# 한국 한시와 여성 인식의 구도

Korean Poetry in Classical Chinese and the Epistemological Frame for Femininity

**박영민**(朴英敏)

1964년 경북 문경 출생
고려대학교 국어국문학과 및 동대학원 졸업
문학박사
한국정신문화연구원 초빙연구원, 고려대학교 BK21 Post Doctor
현재 고려대학교 민족문화연구원 연구조교수
저서로는 『18C 조선인물지』(공역), 『조선후기 한시 작가론』(공저), 『고전문학과 여성주의적 시각』(공저) 등이 있다.

**한국 한시와 여성 인식의 구도**

1판 1쇄 인쇄 2003년 7월 25일
1판 1쇄 발행 2003년 7월 30일

지은이 / 박영민
펴낸이 / 박성모
펴낸곳 / 소명출판
출판고문 / 김호영
등록 / 제13-522호
주소 / 137-878 서울시 서초구 서초동 1621-18 (란빌딩 1층)
대표전화 / (02) 585-7840
팩시밀리 / (02) 585-7848
somyong@korea.com

ⓒ 2003, 박영민

값 17,000원

ISBN 89-5626-046-X 03810

# 한국 한시와 여성 인식의 구도

Korean Poetry in Classical Chinese and the Epistemological Frame for Femininity

## 박영민

소명출판

한시와 여성의 만남은 늘 심상함을 넘어서는 의미를 낳는다. 상층의 한시가 민간의 노래와 만나 『시경(詩經)』·『악부(樂府)』를 낳고 그 자장을 확대하여 갈 때에도, 『초사(楚辭)』가 시대를 넘어 회자될 표상을 세울 때에도, 여성은 한시 미학의 한가운데에 있었다. 어디 그뿐인가? 생기를 잃고 침체에 빠졌던 조선 후기의 한시는 민족·민중·여성을 만나 조선시(朝鮮詩)를 생산하고, 시풍의 흐름을 리얼리즘으로 전환하였다. 한시의 전범과 문학사의 전환이라는 거대 담론을 해명하기 위해서는 조선 후기의 사대부 한시와 여성을 호명해야 했다.

그런데 전사가 궁금하여 조선 중기에서 다시 전기로 시간을 거슬러 올라가 보았다. 과연 여성을 수용한 조선 중기의 사대부는 경색되어 가던 성리학과 힘의 긴장을 벌이며 당시풍(唐詩風)을 열고 있다. 여성은 조선 후기를 변혁한 미적 자질에만 머문 것이 아니었다. 조선 전기의 한시를 읽을 무렵 스스로의 시선의 변화를 감지했다. 사실 조선 후기의 한시에서는 민족·민중이라는 거대 담론에 눌려 여성을 바라볼 엄두가 나지 않았다. 그런데 조선 후기의 틈이 보이면서 한시의 전범과 그 자장에 대한 관심이 시야에서 사라져갔다. 조선 전기는 이 거대 담론에서 비교적 자유로운 시기였다.

그 즈음에 사대부에 의해 여성의 정감이 어떻게 형상화되었는가를 살펴보고자 했다. 그 순간 암벽으로 둘러싸인 막막함이 엄습했다. 억압이니 종속이니 하는 너무나 손쉬운 방편뿐, 여성을 설명할 안목을 갖지 못했던 것이다. 필자를 둘러싼 이 시대의 배치는 민족·민중·성리학 등 거대 담론을 바라보고 선망하는 눈은 길러주었지만 여성을 이해할 수 있는 미시적 안목을 길러주지는 못했다. 그리하여 조선시대의 여성을 누구나 아는 대상이거나 문학의 소품처럼 생각하고 있었다. 책임전가일까? 더구나 그때에는 모든 여성의 정감을 유형화해 보겠다는 망상도 가졌던 듯 하다. 생동하는 삶을 규격화하여 유형화하겠다니 이 얼마나 무모하고 폭력적인가?

사대부가 여성의 정감을 어떻게 유형화하는가는 곧 그들이 어떻게 여성을 인식하는가의 이면임을 깨달은 것은 다행이다. 동시에 여성의 존재론적 기반과 그 의미가 긴요하게 시야에 들어왔다. 당연하지 않을까. 여성은 매화나 대나무처럼 우리가 정신적 지향을 기탁하고 향유하면 되는 자연이 아니라 살아 꿈틀대는 역사의 실체이니. 평범한 사실을 깨닫는 데에 너무 오랜 시간이 걸렸다. 박사학위 논문에서는 여성의 정감이라는 개념을 잡고 있었지만 지금 필자는 여성 인식을 살피고 있다. 『한국 한시와 여성 인식의 구도』라는 제명은 이렇게 하여 탄생하였다. 이 글은 애초에 시간축을 따라 구성되었기도 하다.

이 책은 필자의 박사학위 논문을 수정·보완한 것이다. 시야가 확대되어 논지의 미진함이 적잖이 눈에 띄고 연구사가 진전되어 손질을 가해야 하는 부분이 있었으나 자구를 수정하는 선에서 멈추었다. 대신 고려시대의 여성 인식의 유형과 기반을 다룬 제1장, 이옥의 「이언(俚諺)」을 분석한 제7장을 새로 넣어 그동안의 필자의 시각의 변화를 보이고자 했다. 학위논문을 준비할 때에 필자를 가장 곤혹스럽게 한 작가가 이옥이었다. 폭력적인 상황에 노출된 여성의 삶을 그린 이옥에 대해 '있는 그대로를 그렸다'거나 '진정(眞情)'을 드러냈다고 감탄하는 모습이 못내 미진하여 마음에 걸렸다. 있는 그대로의 삶을 그렸다고 칭찬을 한다면 동시에 그 삶이 어떠한 것인지를 말하여야 하고, 진정을 그렸다고 말함과 동시에 어떠한 진정인가를 말하여야 「이언」을 보다 깊이 이해하는 것이라고 강조하고 싶었음을 후에 깨달았다. 논지의 정당성은 논외에 붙이더라도 조금은 흥분된 마음으로 「이언」을 다시 읽었다. 그랬더니 다른 장들과 문체나 논지의 차이가 생겼다. 그러나 전편의 글을 일관된 논리로 다듬지 못하였다.

그럼에도 불구하고 이 책을 세상에 내놓는 것은 가시성의 배치에서 좌절하던 시선을 떠나보내고 싶어서이다. 언젠가 여기서 다룬 작품들을 다시 호명하며 그들과 대화를 시도할지도 모른다. 그때 부채 의식에서 벗어나 즐겁게 해후하고 싶다. 서론에서 감히 여성주의적 시각이라는 표현을 쓴 것은 이러한 과제를 표현한 것이다. 이제는 중세의 여성을 신비한 아우라로 수식하며 각박한 자본주의 시대의 우리가 귀환해야 할 곳이라고 여기지 않는다. 물론 억압 속에 고통받는 일그러진 형상으로 보지도 않는다. 다만 그들의 일상과 삶을 있는 그대로 보고 현재의 삶을 읽는 시안으로 삼을 수 있기를 기대한다. 이 책이 필자의 시선의 역사와 전망을 고스란히 드러낸다고 너그러이 보아주면 좋겠다. 애초에 의도했던 바와는 다른 길을 가고 있는 듯하다. 하지만 무엇과도 접속할 수 있고 그 접속에서 무수한 즐거움을 생성할 수 있다면 더할 나위 없겠다.

한문학의 길에 들어서서 늘 긴장할 수 있었던 것은 진심으로 존경하는 스승을 만났기 때문이리라. 학자의 삶이 어떠해야 하는지를 몸소 실천하시며 항상 제자를 격려해 주시는 이동환 선생님의 은혜를 가슴 깊이 새길 것이다. 이 글은 대부분 서관의 구석진 다락방에서 구상하였다. 들창 밖으로 단풍 숲의 사계를 내려다보며 내 글이 세상과 흔연히게 소통하기를 꿈꿀 수 있었던 것도 선생님의 격려 덕분이었다. 고려대학교 한문학과와 국어국문학과의 선생님, 그리고 선후배와의 깊은 인연에 감사를 드린다. 지금 이 책을 세상에 내보내며 혹 누가 되지나 않을까 두려운 마음이다. 이 자리를 빌어 부족한 박사학위 논문을 읽고 심사해 주신 안병학·이혜순·임형택·송재소 선생님께 다시 한 번 감사를 드린다. 그리고 가까이에서 힘이 되어 주시는 민족문화연구원의 김흥규 원장님과 동학들께 감사를 드린다. 언제나 따뜻한 미소로 도와준 소명출판에도 진심으로 감사를 전한다.

한결같이 든든한 버팀이 되어주시는 아버님, 늘 그리운 어머님께 이 책을 바칩니다.

2003년 7월
박 영 민

# 한국 한시와 여성 인식

제 1 장

# 서론

## 1. 문제 제기 및 연구사 검토

이 글은 사대부가 여성을 화자(話者) 또는 화재(話材)로 수용한 한국 한시를 대상으로 여성의 정감(情感)과 지향(志向)을 어떻게 형상화하였는가를 조명하여, 한시에서의 여성의 존재 양상과 시인의 여성 인식을 고찰하고자 한다.

지금까지 대부분의 한시 연구자들은 '사대부 한시에 나타나는 여성은 문학사적 의의를 담지하는 중요한 미적 특질이다'라는 명제에 대해 별다른 이의가 없었다. 뿐만 아니라 여성 화자·화재 한시가 존재한다는 사실만으로도 작가의 창작 정신과 그 작품성을 인정하는 경향이 강하였다. 그런데 최근에는 '여성 화자·화재 한시는 나약성·섬약성을 노정한다'는 비판적 반론도 제기되고 있다. 이러한 논란은 양적·질적으로 충분한 연구 성과를 축적한 토대 위에서 깊이 있게 전개되고 있는 것이 아니다. 오히려 이 방면의 연구는 이제 시작 단계라고 할 수 있다. 이 글은 여성 화자·여성 화재 한시의 미적 특질을 역사적으로 고찰하여 한시에 나타나는 여성을 보다 깊이 있게 이해하고자 한다.

그 동안의 한시 연구에서 여성 화자·화재 한시의 작품성과 작가의 창작 정신을 인정해 온 것은 대략 다음의 몇 가지 국면에 근거하고 있다. 우선 연구자들은 『시경(詩經)』·『초사(楚辭)』·『악부(樂府)』 등 한시의 전범들이 그 양식적 특질을 실현하는 주요한 소재의 하나로 여성을 수용하였다는 사실과의 상관성하에 한시에서의 여성을 주목하였다. 이는 한시의 전범(典範)에 대한 관심이라 할 수 있다. 다음으로 문학사적 측면에서의 관심이다. 조선 중기의 시인은 성리학이라는 지배적인 사유 체계와 힘의 긴장을 벌이기 위한 매개체로 여성을 수용하였고, 이러한 움직임이 조선 후기에 가서는 조선풍·조선시로의 시풍 전환을 추동하였던 것이다. 한시의 전범, 문학사의 변화와 관련한 거시적 차원에서의 의의에 기대어 여성을 시적 대상으로 하는 작품과 작가에 대해 옹호하는 분위기가 형성된 것이다. 한시 연구에서 '여성'은 시적 특질의 하나로 인식되었음을 볼 수 있다. 때로는 조선 초기에서 후기로 갈수록 여성의 사회적 지위는 점점 더 가부장제에 종속되어 갔음에 비해 한시의 시적 경계는 여성을 동정적으로 묘사한 경우가 많았다는 점도 근거가 되었다. 이는 역사적 실체로서의 여성에 대한 관심이라고 할 수 있다. 한편에서는 중세의 남녀간의 사랑과 여성 정감을 도덕이 부재하는 시대, 인간 존재의 참된 가치에 대해 회의하는 시대의 우리가 귀환해야 할 곳이라 하여 신비한 아우라로 수식하기도 하였다.

그런데 조선 중기의 시인이 여성의 어떠한 미적 특질로 지배 체제와 긴장을 벌였는지, 조선 후기의 시인이 어떻게 '여성'으로 한 시대의 시풍을 전환하였는지 등에 대해서 더 이상의 깊은 질문을 하지 않는 듯하다. 신비한 아우라로 수식하며 감탄하는 중세 여성의 사랑에서 과연 그 여성은 즐거운지 고통스러운지에 대해서조차. 오히려 연구자의 시선은 지배

체제, 사상적·세계관직 배경, 사대부라는 작가의 계층적 속성 등 거대
담론에 집중되었다. 그리하여 실제적인 것을 드러내겠다고 주장하면서도
연구는 경직된 전체성으로 빠져들고 거대 담론은 질적 깊이를 얻지 못하
고 공허한 말을 소비하는 허약한 모습으로 떨어지기도 하였다. 이유는 이
시대의 가시성의 배치가 우리로 하여금 더 깊이 있게 여성을 바라보지
못하게 차단하였고 우리들의 시선은 그 배치 안에서 문제 설정을 한 데
에 있는 듯하다. 최근의 '여성 화자·화재 한시는 나약성·섬약성을 노정
한다'는 부정적 반론도 이러한 고착성 때문에 제기되는 듯하다.

　우리가 한시에 나타난 여성의 미적 특질과 의미에 대해 제대로 답하려
면 한시 전범에 대한 관심과 문학사적 측면에서의 관심을 역사적 실체로
서의 여성에 대한 관심과 밀접하게 연계시켜 고찰해야 하리라 생각한다.
예를 들어 여성 화자·여성 화재 한시가 나약성·섬약성을 보인다고 비
판을 한다면 여성의 그 정감이 어떤 힘들간의 관계에서 형성된 것인지,
그렇다면 여성의 정감과 대가 되는 강건성이 어떤 기반과 가치를 지니는
가를 먼저 질문한 뒤에야 비판의 정당성을 획득할 수 있을 것이다. 이제
까지는 이 항들을 분리하여 개별적으로 관심을 가졌거나, 연관관계를 고
려하더라도 심도 있게 통찰하지 못한 채 언급하였던 듯하다. 이 과제는
여성에 대한 깊이 있는 통찰을 간과하고서는 해결하기 어려울 듯하다. 역
사적 실체로서의 여성, 미적 특질로서의 여성에 대한 관심을 서로 연계시
키려면 우선 거시적인 질문들로 향하던 우리의 시선 안에서는 보이지 않
던 깃들을 볼 수 있어야 한다. 그러자면 거대 담론이 발 딛고 있는 지반
즉 여성의 미시적 일상사에 관하여 관심을 가져야 한다. 거시석인 역사는
어떤 위기나 사건에 대처하는 사람들의 전략이나 가치관, 개개인의 이름
과 그들 간의 관계 등을 면밀히 탐색하는 미시적 접근을 통해 더 잘 드러
낼 수 있기 때문이다.[1] 이제까지의 여성 화자·여성 화재 한시 연구에서

1) 곽차섭, 「미시사―줌렌즈로 당겨본 역사」, 『역사비평』 46호, 역사비평사, 1999.

는 익명적 거대 집단과 평균적 개인의 존재형태라는 전체사적 흐름 아래 정작 그 주역인 여성 개개인의 모습은 사장시켜 버리는, 그리하여 역사 속의 복잡다단한 리얼리티를 망실하고만 느낌이다. 한시 연구가 여성 화자·여성 화재를 옹호함에도 불구하고 질적 깊이를 얻지 못한 것도 바로 이 때문이라 여겨진다. 다행스럽게도 최근에는 그동안의 연구 성과와 한계를 짚어보면서 이 방면으로 문제 제기를 강화해 나가고 있는 추세이다. 그 결과 앞서 제기한 한시 전범의 양식적 특질이나 조선시대 한시의 문학사적 의의 등이 조금씩 해명될 전망이다. 그러므로 지금 우리에게 요구되는 것은 여성주의적 시각이 사유의 얇은 지층을 뚫고 심연에 육박하는 저력을 생성할 수 있도록 우리의 역량을 가다듬는 일이라 할 수 있다.

이 글은 여성주의적 시각으로 한시를 읽고자 한다. 여성주의적 시각의 가장 큰 대대항은 물론 가부장제이다. 가부장제는 우리가 역사라고 부르는 그것의 탄생 순간부터 시작되어 끊임없는 차이 속의 반복을 통해 증식되고 당연시되어 왔다고 할 수 있다. 그런데 지금까지 당연시되어 온 우리 삶의 전제들이 실은 추상적 원리가 아니라 우리 삶 속에 스며들어 있는 집합적 무의식·습속의 체계임을, 가부장제란 모든 국가 사회 구성체의 뒤에 작동하는 원동력으로 여성을 타자화함으로써 권력을 유지해 왔음을 문제시하는 목소리가 점점 커지고 있다. 그렇다면 습관적으로 반복되고 있는 가부장제를 그 기원의 시점으로 소급하여 의문에 붙이고 그것이 어떤 힘들간의 관계 속에서 우연히 출현한 것인지를 규명하는 일, 가부장제는 영원한 것이 아니라 변이 가능한 역사적 현상임을 밝히는 일이 시급하다. 지금 우리가 기원의 시점을 찾아 중세의 사대부 사회로 돌아가 보는 것, 그 문학의 주류인 한시를 다시 읽는 것은 바로 그 과정의 하나라고 할 수 있다.

이 글은 사대부 작가를 연구 대상으로 한다. 여성주의적 시각이 무조건 여성을 옹호하고 여성 작가의 작품만을 연구하는 것이 아니라 문학에서 사라진 주체로서의 여성의 자리를 찾아 주고, 역사에서 배제된 타자로서의 여성의 삶을 복원하여, 우리 시대의 대안적 가치를 형성하는 데에 있다면 사대부 한시는 매우 소중한 텍스트가 된다고 생각하기 때문이다. 중세는 여성의 한시를 통한 자기 표현이 보편화되지 않은 사회이므로 여성 작가와 작품의 양이 제한되기 마련이다. 또 한시를 지은 여성도 특정 계층에 국한될 가능성이 농후하다. 이 제한된 자료에 여성주의적 시각을 집중한다면 그 한계는 분명하다. 오히려 우리는 사대부 한시에서, 나아가 사설시조·민요·가사·판소리·소설 등에서 더욱 풍부한 여성을 만날수 있다. 그러므로 여성주의적 시각은 제한된 자료 속에 스스로를 가두기보다 모든 텍스트로 논의의 장을 열어 가야 할 것이며, 남성 작가인가 여성 작가인가를 구별하기보다 각각의 작가와 작품들 안에 작동하는 강밀도를 포착하는 것이 중요하다. 그래야만 여성주의적 시각이 단지 여성의 고난, 성적 억압을 채취하는 데 그치지 않고 새로운 가치를 창출하는 사유로 기능할 수 있게 될 것이다.

　그런데 1990년대 들어 우리 문화의 주류로 부상한 페미니즘은 환경생태학에서 사이보그 논쟁까지 담론 내부의 편차가 자못 커서 때론 혼란스러울 정도이다. 한편에서는 상품의 논리에 포획되어 진부하게 범람하는 듯도 하다. 하지만 이러한 현상은 지난 세기말 우리가 제기한 문제가 더욱 긴절하게 유효성을 인정받고 있음을 반영하는 것이며 또한 여성주의적 시각이 끊임없는 변화의 과정 속에 있음을 의미하는 것이기도 하다. 따라서 이 글에서는 우선 연구자의 관점을 한정하고자 한다.

　이 글은 우선 여성 화자·화재 시에 나타나는 여성의 정감과 지향을 조명하고자 한다. 여성의 정감과 지향은 단순히 여성의 정서(情緖)나 시정(抒情)만으로는 파악하기 어렵고, 표현 기법이나 시적 경계 등 개별 작품의 내적 형식·내용의 긴밀한 관련을 통하여 잘 이해할 수 있다. 이를 매개로 한시에서의 여성의 존재 양상을 구명하려 한다. 왜 한시 속에서 여성의 정감과 지향은 그러한 모습으로 존재하는가는 시인의 여성 인식을 통해 살필 때 좀더 선명히 밝혀지리라 생각한다. 즉 여성의 정감과 지향을 통해

여성을 형상화한 개별 작품의 미적 특질을 구체화하고, 작가의 창작 정신
과 여성 인식 등을 유추해 보려는 것이다.

지금까지의 한시 연구에서는 이 관점에서의 구체적인 접근이 거의 없
었다. 따라서 여성이라는 시적 대상을 의미 있게 바라본 연구들의 성과와
한계를 반성적으로 검토하여 앞으로의 과제를 살펴보기로 한다.

조선 후기 한시 연구에서 먼저 여성을 형상화한 작품의 의의를 주목하
기 시작하였다.2) 이 연구는 새로운 시풍을 연 민요취향(民謠趣向)이 여류
감정(女流感情)과 야취(野趣)의 감각을 수용하여 대두되었음을 밝혔다. 나아
가 사(士)라는 작가의 계층적 속성, 실학(實學)이라는 사상적·세계관적 배
경, 조선풍·조선시라는 당대의 문학사적인 움직임, 시조(時調)나 민요(民
謠) 등 다른 문학 양식과 교섭하는 양상, 한시의 전형적인 내용적·형식적
특질과의 비교, 문학사적인 성과와 한계 등을 작품의 내적·외적 특질과
입체적으로 조응(照應)하여 밝혀냈다. 여류감정의 수용을 주요한 시사적(詩
史的) 국면으로 이해함과 동시에 여성의 상황이나 감수성을 매개로 작품
자체의 다양한 미적 특질을 분석하였다. 그 연구 성과는 이후 조선 후기
개별 작가의 작품론이나 작가론에서 거의 예외 없이 받아들여졌으며3) 또
조선 중기의 여성을 시적 대상으로 한 한시의 연구에도 영향을 주었다.
그러나 대부분의 작가론과 작품론은 독자적인 관점을 결여한 채 소재론

---

2) 李東歡, 「朝鮮後期 漢詩에서의 民謠趣向의 擡頭」, 『韓國漢文學研究』 3·4합집, 韓
國漢文學研究會, 1979.

3) 朴玉嬪, 「香娘故事의 文學的 演變」, 성균관대 석사논문, 1982.
金均泰, 『李鈺의 文學理論과 作品世界의 研究』, 創學社, 1986.
安大會, 「杜機 崔成大의 민요적 발상과 서정」, 『연세어문학』 22집, 연세대 국어국문
학과, 1990.
朴英敏, 「杜機 崔成大의 詩世界 研究」, 고려대 석사논문, 1990.
朴晙遠, 「玄同 李安中 研究」, 『大同文化研究』 25집, 성균관대 출판부, 1990.
황수연, 「최성대 시 세계 연구」, 연세대 석사논문, 1991.
박혜숙, 「思牖樂府 研究」, 『古典文學研究』 6집, 韓國古典文學研究會, 1991.
姜慧仙, 「崔成大의 古艷雜曲 13首 研究」, 『韓國漢詩研究』 2, 漢詩學會, 1994.
朴晙遠, 「薄庭叢書 研究」, 성균관대 박사논문, 1994.

적인 측면으로만 확장되어 방법론적인 고착화에 빠진 듯하였다. 따라서 앞서 이룩한 성과를 발전적으로 계승하지 못하였다.

조선 중기 한시의 연구는 성리학적 사유체계, 사회 문화적인 질서, 가치관 내에서 여성에 관한 담론은 특별하고도 의미 있는 위치에 자리하고 있음을 부각시켰다. 사림파는 내면주의적 경향에 근거한 투명한 정신세계를 지향하며 청정한 시세계를 추구하였고, 심성수양을 내세워 인간 정서의 특정한 부분만을 강조하였다. 그리하여 남녀(男女) 사이의 애정(愛情)이라는 특정 정감을 억제함으로써 삶의 풍부한 정서를 드러내지 못하는 결함을 지니게 되었다.4) 이러한 폐단으로 인하여 인간사의 풍부한 정서를 인정하는 새로운 시풍(詩風)이 요청되었고 이를 극복하고자 하는 일군의 시인들이 여성을 형상화하였던 것이다. 이 과제는 정(情)을 중시하는, 특히 여성을 서정적 주인공으로 하여 남녀간의 애정을 형상화하는 당시풍 작가들에 의해 극복되기 시작하였다.

그러나 이 시기 연구자들5) 역시 시사적(詩史的)인 의의를 근거로 여성, 남녀 사이의 애정을 형상화하고 있는 작품들을 긍정할 뿐 그것이 어떠한 미적 특질을 거쳐 실천되고 있는가 하는 등 작품 자체에 대한 탐구는 도외시한 듯하다. 또 개별 작가의 작품은 여성의 사랑, 이별의 한(恨), 외로움을 묘사한 것으로 일반화되어 그 앞 뒤 시기와의 차별성이나 개별성을 포착하지 못했다. 작가의 창작 정신의 측면에서도 당시풍의 영향과 경직된 성리학적 이데올로기에 대한 반발, 그리고 조선 후기와 연결되는 새로운 정신 경계의 태동과 관련이 있다는 거시적인 관점이 반복될 뿐 구체

4) 李東歡, 「朝鮮後期 文學思想과 文體의 變移」, 『韓國文學研究入門』, 지식산업사, 1984.
　　安炳鶴, 「三唐派 詩世界 研究」, 고려대 박사논문, 1988.
5) 金昌植, 「林悌의 風流와 香奩體詩」, 『한양어문연구』 7집, 한양어문연구회, 1989.
　　李熙穆, 「白湖 林悌의 玉臺體詩에 대하여」, 『釜山漢文學研究』 4집, 釜山漢文學研究會, 1989.
　　閔丙秀, 「韓國漢詩와 愛情」, 『韓國漢詩研究』 1집, 새문사, 1993.
　　趙柄悟, 「東溟 鄭斗卿의 愛情漢詩 研究」, 『東洋漢文學研究』 11집, 1997.

적으로 작가의 여성 인식과 미적 특질이 어떻게 연계되는지에 대한 문제 등은 간과되었다. 따라서 이 시기의 연구 역시 소재주의적 관심을 벗어나지 못하였다는 평가를 면할 수가 없다.

조선 전기 한시의 연구는 악부시가 여성을 주요한 제재로 하였음을 주목하였다.[6] 그러나 여성 정감의 특질을 '사랑과 이별의 한'이라는 관습적인 범주로 파악하는 데에 머물고 말아 앞에서 지적한 한계를 벗어나지 못한 듯하다. 최근에는 이 시기의 작품에 대한 개별적인 연구가 이루어지고 있다.[7]

이상에서 살펴본 바와 같이 여성 화자·여성 화재 한시의 연구는 거시적 관점에서의 의의에 의존하여 개별 작품의 미적 특질과 그 차별성을 보다 분석적으로 고찰하지 못하였다는 비판을 면하기가 어렵다. 그래서 연구자의 연구 대상에 대한 긍정과 의의 부여에도 불구하고 오히려 1980년대 이후에는 본격적인 연구가 거의 없었고, 1990년대 후반기(後半期)에 들어와서야 다시 시작되었다. 최근, 여성을 시적 대상으로 하는 한시 연구는 방법론적 측면에서 다양한 시도가 이루어지고 있다.

먼저, 작품의 형식적 특질에 대한 섬세한 분석이 시도되고 있음을 들 수 있다.[8] 이 연구의 의의는 여성 화자시를 유형화하여 17세기 이전과 17세기 이후로 시기 구분을 하고, 각 시기의 작품을 화자의 성분·청자의 성분·여류 정감의 영역 등 다양한 미적 자질로 분석하여, 소박한 소재주의적 차원에 머물렀던 한계를 극복하기 시작한 점이다. 또 한국 현대시와 한시가 밀접하게 연결되어 있다는 사적 인식에서 출발하여 근대시의 여성

---

6) 黃渭周, 「朝鮮前期 樂府詩 硏究」, 고려대 박사논문, 1989.
   박혜숙, 「形成期 韓國樂府詩 硏究」, 서울대 박사논문, 1989.
   이종묵, 「成俔 擬古詩 硏究」, 서울대 석사논문, 1990.
   홍순석, 「허백당 성현의 문학에 대한 연구」, 성균관대 박사논문, 1991.
7) 이혜순, 「15·16세기 한국 여성 화자 시가의 의의-사미인곡·속미인곡·姜薄命을 중심으로」, 『韓國文化』 19, 1997.
8) 이혜순, 「여성 화자시의 한시 전통」, 『韓國漢文學硏究』(학회창립 20주년 기념 특집호), 韓國漢文學硏究會, 1996.

편향적 특성의 연원을 조선시대의 여성 정감시에서 찾으려 하였다. 이는 앞으로 우리가 지속적으로 주목해야 할 과제라고 할 수 있다. 그러나 여성 화사시의 선동을 1/세기 이전과 이후로 구분한 시기 구분의 근거·양식 구분의 근거가 좀더 분명히 밝혀져야 할 것 같다. 또 이 연구는 남성 작가가 자신의 심회를 여성 화자에 기탁하여 표출한 것은 곧 시인의 깊은 뜻이 함축된 의도적 장치였을 것으로 보고, 남성 시인이 쓴 여성 화자만을 대상으로 한다. 그러나 남성 작가와 여성 화자와의 구체적인 관련, 즉 작가가 여성 화자를 매개로 한 의도 역시 미완의 과제로 남겨진 듯하다.

다음으로, 17세기 이후 19세기 사이의 서사한시(敍事漢詩)에서 향랑(香娘)과 일선(逸仙), 전불관(田不關) 등 정절(貞節)을 지킨 여성을 주인공으로 한 작품을 대상으로 여성의 현실과 그것을 포착하는 남성의 시각 사이의 상관성을 고찰한 연구를 들 수 있다.[9] 이 연구의 의의는 여성을 시적 대상으로 하는 한시 연구가 비로소 역사적 실체로서의 여성을 연구의 중심에 놓기 시작했다는 점과 작가로서의 남성과 시적 대상으로서의 여성을 분리하여 사고하기 시작하였다는 데에 있다. 15~16세기의 「사미인곡(思美人曲)」·「속미인곡(續美人曲)」·「첩박명(妾薄命)」을 중심으로 여성 화자 시가의 의의를 탐구한 연구[10] 역시 같은 맥락에서 의의를 부여할 수 있다. 이 두 성과는 앞으로 여성을 시적 대상으로 하는 한시 연구가 궁극적으로 지향해가야 할 방향을 제시하고 있다는 점에서 역설적으로 많은 과제(課題)를 남겨준 것이라고 할 수 있다.

다음으로, 18세기의 사대부 한시를 대상으로 여성의 정감을 유형화하고 그 미적 득질을 분석한 연구가 있다.[11] 이 연구는 한시에서의 여성 정감이 사대부의 정감, 사대부의 정신 경계와 긴밀하게 연계된 지점에 놓여

9) 박혜숙, 「남성의 시각과 여성의 현실」, 『민족문학사연구』 9호, 민족문학사연구소, 1996.
10) 이혜순, 「15·16세기 한국 여성 화자 시가의 의의-사미인곡·속미인곡·妾薄命을 중심으로」, 韓國文化 19, 1997.
11) 朴英敏, 「18세기 漢詩에 나타난 女性情感의 美的 特質」, 『韓國漢文學研究』 19집, 韓國漢文學會, 1996.

있다는 전제에서 출발한다. 이러한 문제 제기를 통해 조선 후기의 여성
정감과 그 유형은 충담소산(沖澹蕭散)·온유돈후(溫柔敦厚)를 지극한 경계
로 받아들이던 그간의 지배적인 사유 체계, 사회 문화적인 질서, 가치관
등과 조화(調和)하거나 긴장(緊張)하는 관계를 적나라하게 보여줄 뿐만 아
니라, 사대부의 세계관·정신 경계의 변모를 무엇보다 분명히 노정한다는
점을 구명하였다.

  여성을 시적 대상으로 하는 한시 연구는 어느 관점이든 이제 출발 단
계에 서 있다. 최근에는 한시에서의 여성의 의미를 해명하기 위하여 다양
한 방법론이 시도되고 있다.[12]

## 2. 연구 대상 및 서술 방법

  조선시대의 보편적인 사대부 문화는 암묵적으로 '남성적인 것'과 '여성
적인 것'을 규정하고 그것을 주지하였다. 또 삼강오륜(三綱五倫) 등의 도덕
규범은 남성과 여성의 질서를 규정하면서, 이 인간(人間)의 질서(秩序)는 우

---

  12) 朴英敏, 「士大夫漢詩에 나타난 女性情感의 史的展開와 美的特質」, 고려대 박사논
      문, 1998.
    이동환, 「한국고전문학에 대한 管見」, 이화여대 한국어문학연구소 주최〈한국고전여
      성문학의 세계〉II(발표문), 1999.
    박무영, 「여성 화자 한시를 통해 본 역설적 '남성성'—俚諺의 경우를 중심으로」, 『이
      화어문논집』 17집, 이화어문학회, 1999.
    이종묵, 「애정한시의 전통과 미학」, 『국문학 연구』 제5호, 2001.
    민병수, 「한국 한시와 애정」, 『한국한문학산고』, 태학사, 2001.
    朴英敏, 「여성 화자의 유형과 존재론적 의미」, 『한국고전여성문학연구』 4집, 한국고
      전여성문학회, 2002.
    안대회, 「18세기 여성 화자시 창작의 활성화와 그 문학사적 의의」, 『한국고전여성문
      학연구』 4집, 한국고전여성문학회, 2002.

주(宇宙)의 질서를 본받아 세워진 것이므로 당위적(當爲的)인 것이라고 하였다. 그리하여 자연의 질서가 조화롭듯이, 높은 하늘과 낮은 땅이 조화롭듯이, 근본적으로 남성과 여성도 조화롭게 존재한다고 여겼다. 이 시유는 남성적인 것과 여성적인 것으로 구분된 문화의 위계를 정하는 것으로 이어지기도 하였다. 하지만 여기서 불평등을 인식하는 경우는 드물었다.

그래서 유가의 전통 어느 시대이건 문학 작품에서 여성을 도외시하거나 거론치 않았던 적은 없었다. 물론 조선 중기의 사림파가 '남녀 사이의 정(情)'의 표출을 억제하기도 하였지만 그것은 특정 정감에 대한 구속과 배제였을 뿐이다. 즉 여성을 시적 대상으로 하는 한시는 어느 특정 시기, 특정 작가에 의해 돌출적으로 창작되어 온 것이 아니라 『시경』·『초사』·『악부』에 그 뿌리를 대고 한시사의 전 시기에 걸쳐 창작되어온, 오랜 연원을 지닌 문학 양식이었던 것이다. 따라서 여성을 형상화한 한시의 수는 여느 한 문학 양식에 못지 않게 풍부하다. 그러므로 본 연구의 효율성을 위해 연구 대상을 한정하는 일이 필요하다. 이 글은 여성의 정감과 지향을 형상화의 핵심 모티브로 한시를 연구 대상으로 한정한다. 대략 다음의 몇 가지 유형으로 나누어 볼 수 있다.

여성의 정감과 지향은 대부분 여성 화자를 통해 감지된다. 물론 한시의 전통에서 보이듯 작품 내에서의 여성 화자가 다른 무엇의 비유의 장치로 사용된 경우라 하더라도 예외는 아니다.

'남성 시인'은 대개 '남성 화자의 남성 정감이나 지향'으로 자신의 미적 인식을 표현한다. 그러나 때로는 남성 시인이 여성의 탈을 쓰고 여성 화자가 되기도 한다. 이러한 삭품은 질량(質量)면에서도 상당한 비중을 보이며 문학사에서 지속적으로 의미 있는 문제를 제기한다. 이 작품이 제1유형으로 분류된다. 여성의 존재 양상과 여성 인식을 한시 연구의 대상으로 할 때 가장 주목할 만한 부분의 하나가 바로 이 유형이다. 탈을 쓰고 성 역할을 바꾸어 보는 남성 작가의 여성 화자는 그 바뀐 역할만큼이나 다양한 모습, 다양한 성격으로 우리의 정감인지를 낮설게 하며 새로운 문제, 새로운 의미를 던져주기 때문이다.

하지만 시의 화자가 여성인가 아닌가가 여성의 정감이나 지향을 감지하는 데에 결정적인 요소는 아니다. 작품 내에서 여성은 그 자신이 화자가 되기도 하고 때로는 화자의 대상(對象)으로 즉 화재로 존재하기도 한다. 따라서 여성의 정감이나 지향은 화자로서의 측면뿐만 아니라 화재로서의 측면에서도 감지된다. 남성 화자가 전지적 관찰자시점, 전지적 작가시점을 통해 여성을 대상화할 때, 또는 남성 화자의 상대로 여성이 등장할 때 여성의 정감과 지향이 감지되기도 한다. 이러한 여성 화재 한시가 제2유형이 된다. 제2유형 역시 여성의 특질을 파악하기에 충분하지만 신중한 감수를 요한다.

이 글은 제1유형을 주요 연구 대상으로 하고, 제2유형에서 특히 여성의 정감이나 지향이 중심 모티브를 형성하는 작품을 포괄하기로 한다.13) 이들은 모두 사대부 혹은 남성 작가의 의식을 통해 형상화된 여성이라는 점에서 동질성을 갖는다. 여성의 정감이나 지향의 연구는 당연히 여성 작가의 작품을 포함하여야 하겠지만14) 이 글은 우선 사대부의 한시로 대상을 한정하기로 한다. 문제 제기에서 밝혔듯이, 사대부의 여성 인식의 특질을

---

13) 지금까지 여성을 시적 대상으로 하는 한시 연구에서는 주로 女性話者(이혜순, 「15 · 16세기 한국 여성 화자 시가의 의의─사미인곡 · 속미인곡 · 姜溥命을 중심으로」, 『韓國文化』 19, 1997), 女性의 現實과 男性의 視覺(박혜숙, 「남성의 시각과 여성의 현실」, 『민족문학사연구』 9호, 민족문학사연구소, 1996), 女性 情感(朴英敏, 「士大夫 漢詩에 나타난 女性 情感의 史的 展開와 美的 特質」, 고려대 박사논문, 1998) 등을 주목하였다. 이 개념들은 각각 층위를 달리하는 일련의 차별성을 지니고 있지만, 여성이라는 동일한 대상에 대한 서로 다른 접근 방법일 뿐으로 여성이라는 시적 대상을 고찰할 때 전반적으로 고려되어야 하지 개별적으로 분리하여 사고할 수 있는 것이 아니다. 따라서 여성을 시적 대상으로 하는 한시 연구의 깊이 있는 성과를 위해서는 이들을 총체적으로 포괄하는 일관된 개념이 필요하다. 이 글은 女性 情感과 여성 인식을 주요한 분석의 틀로 한다.

14) '여성시인'이 쓴 작품은 대부분 '여성 화자'로 구분된다. 그러나 여성시인도 때로는 남성 화자의 탈을 쓰고 남성의 시선으로 사람과 물상에 대한 또는 그들의 관계에 대한 미적 인식을 보여주기도 한다. 이러한 작품은 직접적으로 여성 정감이나 지향을 형상화한 것이라고 하기 어렵다. 그런데 한시에서 여성 시인이 이렇게 탈을 쓰고 등장하는 경우는 그리 흔치 않다.

구명하는 데에 일차적인 목표를 두고 있기 때문이다.[15]

한시 연구에서 여성주의적 시각이 일정정도 성과를 거두고 있음에도 불구하고 작가로서의 남성과 대상으로서의 여성이 결합하는 한시의 미적 특질을 온전히 포착하고 해명하는 일은 단순하지가 않다. 이 글은 다음과 같은 점에 유의하여 연구 대상에 접근하고자 한다.

우선, 지금까지의 한시 연구에서는 남성 작가가 여성의 정감이나 지향으로 자신을 비유한 『초사』의 전통과 그 영향, 남성이 종속적이고 피지배적인 처지의 여성을 연민이나 동정으로 묘사하고 있다는 점 등으로 사대부 남성 작가와 시적 대상인 여성 사이의 관계를 동일한 토대와 정감 위에서 긴밀하게 일치하여 파악하는 경향이 강하였다. 물론 이러한 사실은 여성을 시적 대상으로 하는 한시의 주요한 특징으로 간과할 수 없는 점이다.

그러나 한편에서는 남성 작가와 여성이라는 시적 대상 사이의 거리를 파악하는 관점이 도외시되어서는 안 된다. 사대부가 여성을 시적 대상으로 한다는 것은 꽃이나 새 등의 물상이나 여타의 농부나 어부 등의 인물 형상을 시적 대상으로 하는 경우 등과는 엄격하게 다른 층위를 내포하기 때문이다. 즉 작가인 남성과 시적 대상인 여성은 자의적인 관련을 맺는 것이 아니라, 사회적·문화적으로 규정된 법적·제도적 의식에 크게 영향을 받기 때문이다. 특히 남성과 여성은 역사적으로 지배와 종속, 주체와 타자 등으로 규정되듯 특수한 관계로 존재해 왔다. 따라서 남성 작가와 여성이라는 시적 대상을 섬세하게 파악하기 위해서는 이들 사이에 존재하는 거리를 포착하는 것이 중요하다.

다음으로, 여성이라는 시적 대상의 특수성에 대하여 구체적인 관심을 가지지 않을 수 없다. 주지하듯이 조선을 건국한 사대부는 성리학적 이데

---

15) 그러나 사대부 남성 작가의 작품은 서로 다른 계층적 속성을 지닌 여성 작가의 정감과의 비교 고찰 등을 통해 제대로 이해할 수 있을 것이다. 또한 여성 작가의 한시도 만만치 않은 작품량을 남기고 있고 빼어난 미적 특질을 보여주는 작품이 많아 앞으로 본격적으로 다룰 필요가 있다고 생각한다. 과제로 남긴다.

올로기에 기반하여 새로운 왕조의 지배질서를 정비하면서 동시에 성리학적 이념과 그 실천으로서의 여성관을 확립하여 갔다.[16] 조선시대의 여성의 사회적 지위, 가족 내에서의 위치, 여성에 대한 법적 제도적 장치 등이 한결같지 않고 시대에 따라 변화하여 갔음을 염두에 두고 여성의 상황을 좀더 객관적으로 파악하는 것이 여성을 시적 대상으로 하는 한시를 제대로 이해하는 데에 긴요한 일이다.

　아울러 작가의 창작 배경, 창작 정신을 포착하는 것이 주요한 과제라고 할 수 있다. 조선시대의 여성을 시적 대상으로 한 사대부 한시의 기본적인 사유 양식은 가부장제하의 가족질서를 유지하려는 사대부 여성관의 형성, 변모와 밀접한 관련이 있음을 지적할 수 있다. 또한 사대부 한시에서 남녀 간의 애정이나 여타의 주요한 모티브의 창작 정신, 미적 특질과 그 의미는 사대부 문화, 사대부 정감의 변모와 긴밀하게 연계된 지점에 위치해 있으리라는 가정에서 사대부의 창작 의식을 찾으려 시도할 것이다.

　조선시대 여성 화자·화재 한시의 특징 가운데 하나는 대부분의 작가들이 특정 경향을 선명히 보여주어 서로 개성적으로 구별된다는 사실이다. 그래서 이 글은 한 작가에게 나타나는 미적 특질이 어떠한 창작 기반을 배경으로 하고 있으며, 여성 정감은 사대부의 인식의 변화와 어떠한 관련을 맺고 있는가를 중심으로 논의를 전개하기로 한다. 특정 작가가 특정한 미적 특질을 노정하고 있다면, 이는 작가와 정감의 표출 양상을 긴밀하게 연관시켜 해명할 때에 비로소 그 면모를 제대로 밝힐 수 있다는 전제 때문이다. 그래서 논지 전개도 여성 화자·화재 시를 산발적으로 창작한 작가를 배제하더라도 집중적으로 창작한 작가와 작품을 중심에 두고 진행한다.

---

16) 조선시대의 유교적 여성관, 여성의 지위 등에 대해서는 박용옥 외, 『한국 여성 연구』 1, 청하, 1988; 조혜정, 「한국의 가부장제에 관한 해석적 분석」, 『한국의 여성과 남성』, 문학과지성사, 1988; 張炳仁, 「朝鮮初期 婚姻制 硏究」, 서울대 박사논문, 1993; 「조선 초기의 사회와 신분구조」, 『한국사』 25, 국사편찬위원회, 1994; 韓嬉淑, 「兩班社會와 女性의 地位」, 『韓國史 市民講座』 15집, 한길사, 1995 참조.

　이 글은 여성 화자 또는 화재가 된 여성의 행위 양식과 정감의 특성, 그와 결합하는 언어, 그리고 그에 관련된 남성의 행위 양식과 의도 등을 구체적인 분석의 매개로 삼는다. 작품의 미적 자질이나 그 사적(史的)인 전개 양상(展開樣相) 등 연구 대상 자체에 대한 접근에 몰두할 것이다. 거시적인 관점에서의 여성이라는 시적 대상의 의의가 구체적인 작품의 내적 특질에서는 어떻게 실현되고 있는가, 조선 중기의 작품들이 사림파의 관념과 어떻게 관련되는가, 조선 후기의 작품들은 성리학적인 이데올로기를 어떻게 극복하는가 등은 작품의 구체적인 미적 특질과 이를 형상화하는 사대부의 정신 경계를 선명하게 포착하여야 파악할 수가 있다.

　여성 화자·화재 시의 미적 특질이 어떻게 생성·지속되고 변모하는지를 사적으로 전개하기 위해서는 시대 구분을 하는 일이 필요하다. 이 글은 고려시대, 조선 전기, 조선 중기, 조선 후기로 시대 구분을 한다. 한시를 대략 4시기로 구분하고 각 시기마다의 여성의 정감이나 지향의 특질과 시인의 여성 인식을 변별하고자 한다. 이러한 시기 구분은 기본적으로 여성의 정감이나 지향 그리고 시인의 여성 인식의 차이를 지표로 하였다. 그리고 문학 사조, 작가의 사회·역사적인 처지, 창작 정신 등의 외적 특질도 참고하였다.

　이 글의 서술은 다음과 같이 진행된다.

　제2장에서는 조선시대의 전사(前史)로서 고려시대까지의 여성 화자·화재 시를 고찰하기로 한다.

　제3장에서는 조선 전기의 여성 화자·화재 시를 검토하기로 한다. 대략 15세기에서 16세기 전반기까지를 대상으로 한다. 이 시기의 작가들은 대부분 관각 문인 출신이다. 그러므로 관각 문인이 여성을 형상화하는 태도와 작품의 미적 특질을 집중적으로 분석할 것이다. 이 시기(時期)의 여성 화자·여성 화재 시는 거의 악부(樂府)나 제화시(題畵詩), 농요(農謠)의 양식을 통해 구현된다. 그래서 조선 초기 사대부의 여성이라는 시적 대상에 대한 미적 특질을 포착하기 위하여 악부시를 주목할 것이다.

제4장에서는 조선 중기의 여성을 고찰할 것이다. 시기는 대략 16세기 후반기에서 17세기까지이다. 이 시기의 작가들은 앞 시기의 훈구 관료들과 달리 소외된 계층으로 당시풍을 수용한 작가들이다. 또한 여성의 상황이나 신분, 여성을 시적 대상으로 하는 작가의 지향성과 정신 경계 등 제반 사항에서 이전 시기와 크게 달라진다. 그 양상을 구체적으로 밝혀볼 것이다.

· 제5장부터는 조선 후기의 여성을 고찰할 것이다. 조선 후기는 18세기에 집중하여 18세기 전반기와 후반기를 나누어 고찰할 것이다. 18세기 전반기는 여성을 형상화하는 작가의 태도, 여성의 상황과 정감 등에서 과도기로서의 성격을 나타낸다고 할 수 있다. 강박(姜樸)·신유한(申維翰)·최성대(崔成大)·임정(任珽) 등으로 대표되는 이 시기의 작가들은 여성을 통해 18세기 이후 다양하게 변화하는 사회·문화적 양상과 대면하고 있음을 알 수 있다. 18세기 후반기에는 작가군이 매우 다양하게 확대된다. 그들은 주로 사(士)의식에 기반하여 여성의 성과 사랑, 현실을 주요한 미적 요소로 수용하고 여성의 부조리한 현실에 대해 비판을 가하며 이를 극복하고자 한다. 사대부는 일상적인 삶과 그 속에서 일어나는 다양한 여성의 정감을 구현하여 있는 그대로의 여성의 정감을 표출한다. 조선 후기 한시사에서 가장 문제시되는 논쟁점은 사실성과 낭만성의 문제, 근대성과 봉건성의 문제로부터 당풍(唐風)과 송풍(宋風)의 문제에까지 다양하게 걸쳐 있다. 이러한 제 문제의 해결은 '작가가 어떤 모티브를 어떠한 정감으로 표출해 내는가'에 대한 진지한 탐색이 그 관건이라고 생각한다. 이 글은 이러한 점들을 염두에 두고 정감을 중심으로 여성을 시적 대상으로 하는 한시를 분석하기로 한다.

제8장에서는 이상의 논의 과정에서 남은 과제를 제시하며 마무리를 할 것이다. 여성 화자·화재 한시가 문학사에서 자리하고 있는 위치와 의의를 논할 것이다.

사대부 한시에서의 여성 인식은 18세기를 기점으로 하여 확연하게 달라진다고 할 수 있다. 그렇지만 조선 초에서 17세기까지의 작품 양상과 각 작가의 여성에 대한 지향성을 일률적으로 평가할 수는 없다. 또한 작가가 지배 이데올로기와의 긴장·갈등으로 여성을 표출하였다고 하더라도 정작 그들이 형상화한 여성은 작가의 의식을 전진적(前進的)으로 담아내지 못하는 경우도 있다. 그래서 이전까지 존재하던 여성의 정감과 여성 인식을 반복하는 경우도 있다. 그래서 여성을 시적 대상으로 하는 사대부의 창작 정신은 매우 다층적(多層的)인 속성을 내포한다고 할 수 있다.

한 가지 지적할 점은 고려시대, 조선 초에 형성된 여성 화자·화재 시의 상황과 정감, 작가의 여성이라는 시적 대상에 대한 지향성은 조선시대를 관통하여 지속되는 경향이 강하다. 이는 중세 봉건사회의 특성, 사대부의 기본적인 사유 양식의 특성과 연계된 문제라고 할 수 있다. 그러므로 이 글의 서술은 이러한 점을 염두에 두고 각 시기마다의 특성을 부각시키는 방향으로 전개될 것이다.

제 2 장

# 고려시대, 여성 인식의 유형과 기반

## 1. 문제 제기

본 장에서는 고려시대의 여성 화자(女性話者), 여성 화재(女性話材) 한시를 대상으로 여성의 정감과 지향(志向)을 조명하여 시인의 여성 인식과 그 유형을 탐색하고자 한다.

고려시대에 여성 화자·화재를 형상화한 시인은 매우 많다. 고려시대는 누군가 특히 이 방면에 관심을 가졌다기보다 다수의 작가들이 고루 약간씩의 작품을 남긴 것이다. 삼국시대와 비교해 볼 때, 고려시대의 한시는 공공 영역에서 개인 영역으로의 전이 행보가 보다 활발해진 시기이다.[1] 그렇지만 조선시대와 비교한다면, 전반적으로 한시 창작 빈도가 낮고 남아 있

---

1) 이동환, 「고려전기의 교육과 문화」, 『한국사』 17, 국사편찬위원회, 1994.

는 작가의 수나 작품의 양도 적다. 여성을 화자·화재로 하는 작품 역시 조선시대에 비해 양적으로나 질적으로 빈약하다. 『삼국사기(三國史記)』·『삼국유사(三國遺事)』·『고려사(高麗史)』 등 동시대에 형성되었거나 동시대를 배경으로 하는 서사물의 다양한 여성들과 비교해보아도 마찬가지 답을 얻을 수 있다. 이 시기 여성 화자·화재 한시의 미소(微少)함은 곧 한시 주체의 활동 속에 여성에 대한 무관심과 둔감성이 있음을 의미하는 것이기도 하다. 주체의 활동 속에서 대상은 형성되는 것이고 대상에 민감한 주체일수록 언어를 통해서 미세하고 풍부한 형상들을 포착해 내기 때문이다. 고려시대 한시작가의 여성에 대한 관심의 미소함은 일단 인정하고 출발하여야 할 듯하다. 현재 남아 있는 고려시대의 한시는 대략 10,000여 수를 웃돈다.2) 그 가운데 여성 화자 한시는 60여 수 내외이며, 여성의 정감이나 지향을 형상화의 대상으로 한 여성 화재 한시도 대략 100수를 상회한다. 이를 통해 볼 때 고려시대 한시 전체에서 여성 화자·화재 한시가 차지하는 비중은 결코 낮다고 할 수 없다.

현재 알려진 고려시대까지의 한시 작가는 거의 대부분 남성이다. 여성 한시 작가로는 진덕여왕(眞德女王)·설요(薛瑤)·학사부·권귀비·소수인·동인홍(動人紅)·우돌(于咄) 등이 알려졌으며, 그들의 작품 몇 수가 남아 있을 뿐이다. 그런데 남성 작가의 여성 인식을 고찰하기 위해서는 이 시기 여성의 실존을 이해하는 것이 불가피하다. 따라서 비록 적은 양이 남아 있다 하더라도 여성 한시 작가의 작품과 비교하는 작업이 의미 있으리라 생각한다. 여성 화자, 여성 화재 한시는 대개 악부제·만시(輓詩)는 물론 찬(讚), 기타 서정시 등 다양한 양식으로 남아 있다. 여성의 신분도 궁녀, 일반 부녀, 서민 부녀, 천민 부녀, 기녀, 무녀, 신화나 전설 속의 여성 등 매우 다양하다.

이 글은 고려시대 한시 작가의 여성을 향한 시선은 일정정도 규범화되어 있고, 그 규범은 이후 조선시대까지 이어진다는 전제에서 출발한다.

---

2) 田京源, 「高麗時代 漢詩의 女性形象에 대한 硏究」, 건국대 석사논문, 1997.

그렇다면 그 규범은 구체적으로 무엇인가? 규범이 존재한다면 한시 작가들은 어느 정도 시대를 넘어서는 동일한 사유 양식 내부에 있음을 의미하는데 그 사유 양식은 무엇일까? 한시 작가들이 변하지 않고 지속적으로 어떤 규범을 유지할 수 있었던 배경은 무엇인가? 이러한 의문을 풀어 가며 고려시대 한시에 나타나는 여성의 존재 양상과 기반을 탐구하고자 한다. 그리하여 조선시대 한시의 연구에도 입체적 조망과 안목을 줄 수 있기를 기대한다. 나아가 앞으로 다른 시기, 다른 장르에서의 성과와 결합하여 한시사 전반의 미적 특질을 이해하는 데에 일조할 수 있기를 기대한다. 또한 고려시대의 여성의 현실은 조선시대의 여성의 현실과 달랐다는 것이 일반적인 역사적인 해석인데 과연 그러한지, 한시는 그것을 어떻게 구현하고 있는지를 앞으로의 과제로 삼고자 한다. 이를 통해 한시의 여성을 바라보는 시선의 특성을 구명할 수 있을 것이기 때문이다.


## 2. 성불(成佛), 그 종교적 진리의 경계


『삼국유사』「감통(感通)」편에는 비(婢) 욱면(郁面)의 부처가 된 서사(敍事)와 그에 대한 일연의 찬시(讚詩)가 실려 있다. 욱면의 서사와 찬시는 몇 가지 측면에서 우리의 눈길을 끈다.

먼저 욱면은 『삼국유사』에서 여성으로서는 드물게 독사적인 서사를 얻었다는 점이다. 물론 욱면 외에도 선덕·진덕·진성 세 여왕, 수로부인, 세오녀, 도화녀, 가난한 효녀 등 독자적인 서사를 가진 여성은 더 있다. 또한 『삼국유사』의 서사 내부에는 독자적 서사로 일컬어지지는 않았지만 그 흔적을 통해 다양한 사건과 사실을 말해줄 수 있는 중요한 여성들이 있다. 그럼에도 불구하고 지금 욱면의 서사를 주목하는 것은 욱면이 고려의 지배적 종교인 불교와 밀접한 관련을 가진 인물이라는 점에서이다. 고려시대의 기록자이자 승려인 일연은 무엇 때문에 비(婢)인 욱면에 대한 독자적인 서사를 남겼으며 어떻게 욱면을 이야기하는가라는 점을 여성과 지배 이데올로기와의 관련에서 찾아볼 수 있을 것이라 생각한다.

다음, 욱면은 일연의 찬시를 받은 유일한 여성이라는 점이다. 일연은 『삼국유사』에서 48수의 찬시를 남기고 있다. 그런데 여성에 대한 찬시는 욱면을 향한 한 편뿐이다. 물론 불교에서 여성은 변재천녀, 미륵선화, 선도성모, 관음의 화신 등으로 존숭되기도 하고 이 이미지는 『삼국유사』에서도 자주 등장한다. 광덕과 엄장에서 광덕의 아내가 관음의 화신이었다거나 정수 스님이 해산을 하고 추위에 언 여인을 구해 주니 그녀가 바로 관음이었다거나 등등. 그런데 욱면만이 찬시를 받고 있다. 이 욱면의 찬시를 주목하면 『삼국유사』의 남성 화자가 화재로서 여성을 바라보는 시선의 특징, 서술자로서 여성을 기술하는 방식, 나아가 이 시대의 여성의 삶과 현실까지도 간취할 수 있을 것이라 생각한다.

다음은 일연의 찬시다. 일연의 찬시는 서사를 배경으로 지어졌기 때문에 찬시의 이해는 서사의 이해와 분리될 수가 없다.

**郁面婢念佛西昇 讚**

西隣古寺佛燈明    서쪽 마을 오래된 절 불등 밝히니
春擺歸來夜二更    방아를 다 찧고 밤 이경에 돌아오네.
自許一聲成一佛    한 소리로 성불하리라 스스로 기약하더니
掌穿繩子直忘形[3]    새끼줄로 손바닥을 꿰뚫고 바로 육신을 잊었네

8세기 중반 신라 경덕왕 대의 일이다. 이 시기 신라 불교는 대규모의 사찰과 불상을 만들고 고승들의 법회를 열어 경전을 강하는 등 외형적으로 큰 발전을 하고 있었다. 특히 인생의 중·후반에 이른 귀족들은 극락

---

3) 一然, 「感通」, 『三國遺事』 卷5.

왕생을 기원하며 일만 일(一萬日), 무려 28년에 걸친 장기간을 기약하고 죽는 날까지 계속하여 기도를 올리는 경우도 있었다.[4] 그러나 왕실과 귀족의 복락을 기원하기 위한 불사에 하층민들은 마음대로 참여할 수 없는 등 귀족 불교와 민중 불교 사이에는 커다란 간극이 있었다. 욱면의 이야기는 이 지점에서 시작된다.

강주(오늘날 진주지방)의 아간 귀진(貴珍)은 미타사에서 수십 명의 신도들과 함께 일만 일을 기약하고 극락왕생의 기원을 드리고 있었다. 그때 귀진 집안의 계집종 욱면이 주인 귀진을 따라다니며 절 마당 한가운데에 서서 스님을 따라 염불을 하였다. 그러자 귀진은 욱면이 자신의 직분에 맞지 않는 짓을 한다고 미워하여 매일 저녁 곡식을 두 섬씩 주어 찧게 하였다. 하층민의 서원을 방해하는 귀진의 모습에서 성불서원에 신분의 경계가 있다고 믿는 신라 당대 귀족 불교의 독단과 타락을 읽을 수 있다. 미타사가 욱면 고사의 배경이 된 것도 우연이 아닌 듯하다. 본래 미타사는 신라 민중 불교의 선구자 혜숙 스님이 지은 절이었으나 경덕왕 대에는 주로 귀족 불교의 근거지로 자리 잡았던 것이다. 그런데 욱면은 귀진이 명한 곡식 두 섬을 저녁에 다 찧어 버리고 절로 돌아온다. 그녀가 엄청난 노동을 하는 사이, 오래된 옛 절 미타사는 마치 시간이 정지한 듯 변함 없이 불등을 밝히고 그녀를 기다린다. 마치 귀족과 계집종의 갈등을 지켜보며 불등을 밝혀 욱면을 기다려주는 듯이. 그 불빛을 따라 욱면은 다시 절로 가 성불을 염원한다. 일연의 찬시 1·2구는 바로 이러한 욱면의 성불 소망의 간절함과 미타사의 기다림, 그리고 귀족의 방해에도 불구하고 성불을 염원하는 욱면의 간절함이 자신도 모르는 사이에 엄청난 잠재력을 발휘한 것을 형상화한다.

이러한 염원에서 나아가 욱면은 절 마당 좌우에 긴 말뚝을 세운 뒤 자신의 두 손바닥을 뚫고 그곳에 새끼줄을 꿰어 양 말뚝에 묶고 좌우의 손

---

4) 신라시대 불교의 이해는 高翊晋, 『韓國古代佛敎思想史』, 동국대 출판부, 1989 참조.

을 흔들어 합장을 올리며 자신의 고행을 격려하였다. 이 말뚝은 귀진이 욱면의 염불을 방해하기 위해 세웠다는 이야기와 욱면이 스스로를 격려하기 위해 세웠다는 설이 있다. 욱면은 성불을 향한 혹독한 육신통으로 드디어 하늘을 감동시켜 부처의 호명을 받는다. 하늘에서 "욱면 낭자는 불당에 들어와 염불을 하라"는 소리가 들려 왔던 것이다. 부처는 귀족과 노비의 갈등에서 노비의 손을 들어 주었다. 절에 있던 사람들이 그 소리를 듣고 욱면에게 불당에 들어가도록 권하니 욱면은 불당에 들어가 예에 따라 정진을 다하였다. 얼마 뒤 서쪽 하늘에서 음악이 들려오고 욱면은 절 대들보를 뚫고 나가 서쪽 교외 밖에 이르더니 드디어 육신을 벗고 진신(眞身)으로 변신하였다. 그리고는 연화대에 앉아 큰 광명을 뿌리며 서서히 떠나갔다. 그 당에는 지금도 뚫고 나간 구멍 자리가 남아 있다고 한다. 찬시 3·4구는 욱면의 성불하리라는 한결같은 소망, 손바닥을 뚫고 새끼줄을 꿰어 합장을 올리는 혹독한 수행, 그리고 마침내 성불함을 특별한 감정의 개입 없이 사실을 전달하는 어조로 형상화하였다.

　욱면의 혹독한 수행은 현세적 삶에 대한 부정과 이를 초극하여 성불하려는 절절한 염원을 의미한다. 그녀의 현세의 삶의 부정이 노비라는 신분 문제 때문인지, 그보다 깊은 종교적 동인이 있었는지는 선명치 않다. 그러나 분명 그녀는 부처의 삶을 꿈꾸어 결국 자신의 삶을 바꾼다. 욱면은 마침내 성불을 하여 당대의 지배적인 종교, 그 진리의 내부로 들어간 것이다. 이러한 욱면 서사는 노비가 욱면 낭자로 변하고, 아무리 비천한 노비라 할지라도 자신의 노력에 의해 부처가 될 수 있다는 인간 해방의 불심으로 당대인들에게 널리 회자되기도 했을 것이다.

　그런데 욱면은 손바닥을 뚫어 끈을 꿰고 그 끈을 말뚝에 묶은 채 합장을 올리는 피비린내 나는 고통을 거쳐서야 "욱면 낭자는 안으로 들어오라"는 부처의 호명을 받을 수 있었다. 욱면의 처절한 고행은 『삼국유사』를 통틀어 가장 끔찍한 장면의 하나일 것이다. 물론 「신주(神呪)」편에서 혜통(惠通)도 가르침을 전수받기 위해 화로를 뒤집어쓴다. 그는 무외삼장

(無畏三藏)에게 업을 받기를 청하였나가 모욕적인 인사로 기절을 당하고도 묵묵히 3년간 봉사를 하였다. 그런데도 무외가 제자로 받아들이지 않자 분개하여 뜨락에 서서 화로를 자신의 머리에 덮어썼던 것이다. 이때 혜통의 정수리가 갈라지면서 벼락치는 소리가 나니 무외가 와서 화로를 벗기고 손가락으로 갈라진 자리를 만지며 주문을 외웠다. 그러자 상처가 곧 아물었고 혜통의 이마에는 왕자(王字) 무늬의 흉터가 생겼다고 한다. 그의 고통은 순식간에 치료되었고 이 사건 이후 혜통은 밀본교의 주술을 통해 온갖 기이한 행적을 벌이며 승화한다. 밀본 전통의 술법으로 신비화되고 있는 다른 예화들도 있다. 물론 혜통이 성불을 하였다는 근거는 없다. 따라서 성불을 한 욱면의 육신통이 훨씬 크고 의미 있는 보상을 받은 것일 수도 있다. 그런데 욱면의 서사에는 성불 뒤에도 그 피의 냄새가 쉽게 지워지지 않는다. 왜일까? 왜 그녀가 꿈꾸는 삶은 그토록 가혹한 고통과 피의 진상을 통하고서야 이루어지는 것일까. 과연 그녀는 진정 자신이 원하던 성불의 세계 내부로 들어갈 수 있었나?

『삼국유사』의 서사 후반부는 욱면의 성불 뒤에 사람들이 어떻게 그를 받들었는지, 귀진은 어떻게 변화하였는지, 귀진의 후신은 어떤 모습인지의 세 부분으로 구성되어 있다. 이는 욱면의 서사의 한 축에 귀진의 서사가 있음을 의미한다. 사람들은 욱면이 성불하여 육신을 버린 자리에 보리사를 짓고 '욱면등천지전(郁面登天之殿)'이라고 써 붙인다. 욱면이 성불하자 그녀를 괴롭히던 주인 귀진도 아집을 버리고 자기 집을 절로 내놓았다. 오랜 세월 뒤 그 절터가 폐허가 되자 회경대사(懷鏡大士)가 몸소 토목일을 하여 절을 복원하는 역사를 마쳤는데 사람들은 이가 곧 귀진의 후신이라고 했다. 욱면과 함께 귀진도 변한 것이다. 귀진의 변화는 곧 귀족과 노비의 갈등에서 노비가 승리하고, 귀족 세력의 명분이 약화되었음을 의미한다.

법흥왕 대 이차돈의 순교 뒤에는 귀족과의 대립에서 왕권을 강화하려는 법흥왕과 이차돈의 내밀한 합의가 있었다. 그 뒤 신라에는 근신(近臣)

들의 모반이 눈에 뜨이기는 하지만 그런 반대세력의 제거를 통해 왕권은 오히려 더욱 강화되어 갔다. 뿐만 아니라 삼국시대 국가발전의 사상적 기반이 되었던 불교는 이 무렵 계율·법상·화엄·정토·밀교 등 대승교학을 개화하여 본래의 사회적 기능을 왕성하게 수행하고 있었다. 의숙·태현·표훈·신림 등의 고승대덕과 불국사·화엄사 등의 대찰이 집중적으로 출현하였던 36대 경덕왕 대는 가위 그런 신라 불교 문화가 절정에 이른 듯한 인상을 준다.5) 그러나 경덕왕은 오랫동안 후사가 없었고 뒤늦게 그를 이어 8세에 왕위에 오른 혜공왕과 왕비는 김양상과 김경신의 모반에 의해 살해되었다. 이후 모반의 주모자 김양상이 왕위에 올랐으나 또 김양상 사후 김경신은 김양상의 족자를 살해하고 왕위에 오른다. 경덕왕 이후 9대 59년간 그야말로 신라 왕실은 김씨 방계가 들어서서 골육간에 처참하게 피를 흘리는 왕위찬탈의 역사가 계속되었다. 일연은『삼국유사』에서 혜공왕이 김양상과 김경신에 의해 시해되었음을 노골적으로 서술하고 있다. 일연은 이러한 신라의 역사에서 귀족세력에 대한 경계와 변화의 필요성을 절감한 듯하다. 그래서 그는 하층노비와 귀족의 갈등, 미천한 여성의 성불, 감화받은 귀족의 변화라는 서사 구조와 찬시 양식으로 귀족의 변화를 유도하려 한 듯하다.

욱면의 혹독한 고통과 희생을 통한 성불은 그 억압의 주체인 귀족의 자기 반성과 회개를 강하게 촉구하기에 충분한 모티브였을 것이다. 욱면의 서사 이면에는 부처의 호명이라는 종교적 진리 외에 귀족의 발호를 억제해야 한다는 숙제가 있었던 것이다. 일연은 굳건한 불교의 공인과 왕권의 강화를 강조하기 위해, 귀족의 변화를 유도하기 위해, 귀족에게 학대받고 성불하는 비천한 여성 욱면 이야기를 수식 없이 담담하게 들려주며 귀족들의 반성을 유도하는 것이다. 그렇다면 일연을 위시한 왕권과 불권은 예속시킬 대상을 향한 강력한 내적 힘을 행사하기 위해 우선 여성

---

5) 高翊晋,『韓國古代佛敎思想史』, 동국대 출판부, 1989.

을 전면에 내세우고, 혹독한 폭력 장치를 감내하다가 마침내 성불하는 그녀의 모습을 통해 자신들의 귀족을 향한 억압을 무마하려 한 것은 아니었을까? 남성 화자는 국가의 호명에 응답하는 여성을 만들고 자신들의 이데올로기를 담지하는 여성을 만들어 이를 매개로 복속시키려는 다른 대상을 향한 거세(去勢)의 효과를 획득하려는 것은 아니었을까. 욱면의 서사를 다 읽고 나서도 지워지지 않는 혹독한 고통과 피의 냄새는 바로 그 이유 때문이 아니었을까. 스스로 변하고 남들을 변화시킨 욱면의 서사를 다 읽고 나서도 과연 그녀가 화자로서의 남성 일연과 화재로서의 여성의 관계를 넘어 진정 성불을 하였을지 그녀의 꿈을 이룬 것인지 의문이 남는 것은 바로 그 때문이 아닐까?

　삼국시대의 여성 가운데에는 불교와 관련하여 욱면과 대비되는 여성이 있다. 설요(薛瑤)가 그녀이다. 욱면은 주위의 방해를 무릅쓰고 자신의 몸을 가학적으로 희생하여 성불을 하였지만 설요는 불교에 귀의했다가 도리어 환속을 한다. 여기서 그들은 상반된 성격으로 보인다. 또 당대의 지배적 종교인 불교와 여성의 관계를 각각 신라 당대의 여성 작가·화자 한시와 고려인 남성 작가·화자의 여성 화재 한시를 통해 보여주고 있다는 점에서 여성에 대한 시선을 보다 입체적으로 살필 수 있는 자료가 된다.

#### 返俗謠

| | |
|---|---|
| 化雲心兮思淑貞 | 구름이 되어 마음은 맑고 곧음을 생각하니 |
| 洞寂寞兮不見人 | 골짜기도 적막하여 사람 모습 보이지 않는구나 |
| 瑤草芳兮思芬蒀 | 아름다운 풀 향기 짙어 가려하니 |
| 將奈何兮是靑春[6] | 장차 어이할거나, 이 청춘을. |

　신라시대의 작품으로는 드물게 남아 있는 여성 작가, 여성 화자 한시이다. 『대동시선』은 『전당시(全唐詩)』 소전과 진자앙의 「설씨묘지(薛氏墓誌)」

---

6) 薛瑤, 『大東詩選』.

를 인용하여 설씨에 대한 기록을 남겼다. 이를 종합해보면 설요(?~693)는 동명국인(東明國人) 좌무위장군(左武威將軍) 설승충(薛承沖)의 딸이다. 설요는 어릴 때부터 미모가 있어 선자(仙子)라고 불렸다. 설요는 나이 15세 때에 아버지가 죽자 머리 깎고 중이 되었으나 육 년 만에 환속하여 곽원진(郭元振)의 첩이 되었다. 「반속요」는 바로 그가 속세에 돌아올 때 부른 노래이다. 설씨는 장수 2년에 세상을 떠났다(693.2.17). 설승충은 당(唐) 고종시 김인문과 함께 당나라에 갔다. 김인문은 모두 다섯 차례에 걸쳐 당나라에 갔었는데 그 중 네 번이 고종 때였다. 따라서 설승충이 당나라에 간 것이 어느 해인지는 분명하지 않다. 또한 설요는 설승충이 신라에서 데려간 딸인지 아니면 중국에서 그곳 여인과 낳은 딸인지도 정확하지 않다. 그리고 설승충이 왜 오랫동안 당에 머물다가 죽었는지를 명쾌하게 해명할 근거도 없다. 다만 중국의 유명한 문사인 진자앙이 설요의 묘지를 쓰고 「반속요」를 명기했다는 점은 전문적인 여성 작가의 존재를 가늠케 하는 주목할 만한 점이다. 진자앙이 설요의 문재(文才)를 칭찬하여 그의 묘지를 남긴 것이라면 「반속요」를 중심으로 설요의 창작이 지속적으로 이루어졌을 가능성도 있기 때문이다.7)

이 작품은 전체적으로 화자의 이분법적 세계 인식이 두드러진다. 1구에서 화자의 태도는 사(思)에서 잘 드러난다. 그녀는 이미 화운심(化雲心)이 되었으나 다시 숙정(淑貞)을 생각한다. 이는 화운심(化雲心)과 숙정(淑貞)이 서로 삼투하여 자연스럽게 조화를 이루는 것이 아니라 화자와 거리를 둔 곳에 객체로 존재하고 있음을 암시한다. 화자는 화운심(化雲心)에 몰입하여 하나가 되었다기보다 그것을 마주하고 있다. 숙정(淑貞)도 아직 화자 너머에 있는 화자가 추구해야 할 가치이다. 2구, 적막한 골짜기 역시 화자의 화운심(化雲心)과 숙정(淑貞)을 도울 공간이지만 그녀는 그곳에서 오히려 그 대가 되는 인(人)의 부재(不在)를 더욱 실감할 뿐이다. 이미 화자의

---

7) 이혜순 외, 『한국고전 여성작가 연구』, 태학사, 1999.

마음에는 이의 부재가 결핍감으로 자리잡고 있다. 3구, 적막한 골짜기의 아름다운 풀이 향기를 발산하며 그 온축의 정점을 향할 때 화자는 그만 자신의 인위적인 억제의 힘을 놓치고 만다. 요초는 자신의 향기를 억제하거나 담박함과 정숙을 생각하기보다 자신의 향기를 온축하여 정점에서 발산하기를 꿈꾸는 존재다. 1구와 3구에서 반복되는 사(思)는 화자와 요초의 상반된 태도를, 그들 사이의 거리를 잘 보여준다. 그러나 그 거리의 인식은 억지로 억제하고 있던 화자와 요초의 균형축을 일거에 무너뜨리는 역할을 한다. 동시에 화자의 진심이 폭로된다. 그녀의 의식적인 몰입, 의식적인 거리두기는 결국 자신과 대방에 있는 것으로 다른 길을 가는 것으로 애써 외면하던 요초의 농욱해지는 향기를 외면하지 못하고 자신의 삶에 대한 탄식을 적나라하게 토로하면서 일시에 무너진다. 4구의 탄식은 스스로의 억압과 금기에서 자신도 모르게 풀려 나온 화자의 탄성이다. 그리고 그녀는 환속을 한다.

그녀는 왜 중이 되었을까? 『삼국사기』나 『삼국유사』에는 중이 되거나 불가에 의탁한 이 시대의 여성의 모습이 다수 보인다. 김유신이 죽고 난 뒤 그의 아내가 불가에 귀의했다고 하고, 법흥왕은 불교 공인 뒤 왕비와 함께 출가를 하였으며, 진흥왕과 왕비도 그러했다고 한다. 따라서 불교 공인 뒤 신라에서의 출가는 특별한 지위와 권력을 수반하는 행위를 의미하는 것이기도 하다. 출가의 뒤에는 불교의 공인과 함께 성장하는 왕권의 확립이 있었던 것이다. 그런데 설요의 출가는 신라에서 이루어진 것이 아니다. 게다가 설요의 "아버지가 돌아가시자 중이 되었다"는 것은 그녀의 선택이 자의적인 것이 아니라 어쩔 수 없는 것이었음을 암시한다. 설요에게 사실 당대의 지배적인 이데올로기로 자리잡고 있었던 불교는 그리 큰 위안처가 아니었던 듯하다.

문제는 그럼에도 불구하고 드러나는 화운심(化雲心), 숙정(淑貞), 적막(寂寞), 불견인(不見人)으로 드러나는 세계의 우위성이다. 그 우위성에도 불구하고 설요는 진심으로 그것을 원하지 않았다. 그녀가 원한 것은 우월한 세계와는 대가 되는 인(人)·요초(瑤草)·방(芳)·청춘(靑春) 등의 세계이다. 보편적으로 우월하다고 인식하는 세계가 오히려 자신에게는 삶을 구속하는 굴레라는 것을 느끼자 설요는 너무도 도발적으로 아주 가볍게 환속을 하여 그곳을 벗어난다. 담박하고 정숙해야 한다는 사유가 삶을 구속하는 것이라면 설요에게 그것은 더 이상 순수한 사유의 체계가 아닌 것이다. 관념적이든 실제적이든 당대의 이데올로기의 호명에도 그녀는 아마 응답하지 않고 가벼이 벗어날 것이다. 마지막 4구 '장차 어이할거나 이 청춘을'이라고 하는 설요의 어조에는 죄나 의무 등의 도덕적 냄새가 없다. 이렇게 하여 설요는 이 시대의 지배적 가치인 불교를 떠나면서 자신은 오히려 밖의 세계에서도 자신을 구원해줄 가치를 발견할 수 있다는 자의 모습으로 스스로 외부자가 되어 불교의 가치를 묻는다.

위의 두 수는 성불이라는 당대의 지배적 진리에 대한 남성 작가의 태도와 여성 작가의 태도를 확연히 구분하여 살펴볼 수 있게 한다. 물론 불교에 대한 여성의 태도를 직접적으로 보여주는 한시는 현재 더 이상 찾아볼 수 없다. 따라서 이것으로 신라나 고려시대의 전모를 일반화하여 말할 수는 없다.

그러나 우리는 이 말해진 여성과 함께 말해지지 않은 여성을 미시적으로 읽어 낼 수 있어야만 당대의 사람과 사건들을 더욱 입체적으로 인식할 수 있을 것이다. 또한 문면에 드러난 여성 한시 작가와 작품은 온전한 실체가 아닐 수 있다. 그러므로 남아 있는 양이 매우 적다 하더라도 이를 섬세하게 읽고 분석하는 것, 나아가 드러나지 않은 행간을 읽어내는 안목을 통해 고려시대의 한시 이해를 더욱 심도 있게 할 수 있을 것이다. 또한 『삼국사기』·『삼국유사』·『고려사』 등 동시대에 형성되거나 동시대를 배경으로 하는 서사물에서의 다양한 여성의 모습에서 유추해본다면 고려시대 여성의 실체는 매우 다채로울 듯하다. 이 다채로운 여성의 실체를 이해하는 것이 한시에서의 여성을 이해하는 데에도 매우 유용하리라 생각한다. 그렇다면 온전하지 않은 자료들, 편린들의 가치는 분명 겉으로 보이는 것보다 훨씬 크리라 생각한다.

## 3. 고난(苦難), 그 극복의 길과 유형

  고려시대의 여성 화자·화재 한시의 한 유형은 여성의 고난을 형상화
한 것이다. 여성의 고난은 남편을 수자리 살러 변방으로 떠나보내고 힘겨
운 삶을 살아가는 아내, 세금으로 바칠 비단을 짜느라 고생하는 아낙,[8]
농부의 아내, 버림받은 여성 등을 통해 형상화된다. 그 가운데서도 수자
리 떠난 남성의 아내는 대개 여성 화자로 그려진다. 세금으로 바칠 비단
을 짜는 여성은 남성 화자나 여성 화자의 시선으로 다양하게 그려진다.
농부의 아내는 대개 남성 화자의 시선에 포착된다.

  여성의 고난은 거의 대부분 고려 무신 집권기나 그 이후의 문인들에
의해 악부시로 창작되었다. 고려 후기 악부시의 창작 배경과 신흥사대부
의 창작 의식이 여성 화자·화재 시와 밀접한 관련을 가진다고 할 수 있
다. 악부시는 최치원에게서 처음 보이지만 의고 악부의 창작이 활발해진
것은 무신란 이후이다. 이는 의고 악부가 고려 후기에 등장하는 신흥사대
부의 기분, 의식, 표현 욕구를 담는데 적합한 면을 가지고 있음을 의미한
다. 그들은 무신 혹은 권문세족의 통치 하에서 자신의 사회적 처지와 세
력을 확대시켜 왔는데 이 과정에서 섬차 충군애민을 근간으로 하는 특유
의 의식상태가 형성될 수 있었다. 우선 그들은 자신의 사회적 처지에 대

---

8) "新繭如黃金, 不愁露肌膚, 採桑走朝夕, 艱哉小女奴, 縣知霜雪中, 爾獨無袴襦, 當
 朝赫赫者, 車馬溢通衢, 國恩豈不厚, 密室敷氍毹, 加之以重裘, 乘醉仍歌呼, 輕羅剪春
 服, 肯復流汗珠, 人生有定分, 敢怨充官租."(李穡, 「蠶婦詞前」篇, 「詩藁」 卷16, 『牧隱
 藁』)

한 반성적 사유를 하는 한편 낭만적 혹은 현실주의적 태도로 자신의 주
변세계에 대한 인식을 확대시켜 갔다. 이 점은 이미 기존의 연구 성과에
서 충분히 밝혀진 바 있다.9)「정부원(征婦怨)」계열 작품이 그 대표적인
예이다.

### 征婦怨

| | |
|---|---|
| 一別年多消息稀 | 이별한 지 여러 해 지나도록 소식 드무니 |
| 塞垣存沒有誰知 | 변방 보루의 무사함을 누가 알리오 |
| 今朝始寄寒衣去 | 오늘 아침 비로소 겨울옷을 부치니 |
| 泣送歸時在腹兒10) | 울며 출정을 보낼 때 뱃속에 있던 아이라오 |

### 田婦嘆

| | |
|---|---|
| 夫死紅軍子戍邊 | 남편이 홍건적에 죽고 자식이 변방으로 수자리 드니 |
| 一身生理正蕭然 | 이 한 몸 살 길 참으로 쓸쓸하네 |
| 揷竿冠笠雀登頂 | 장대 꽂고 삿갓 씌우니 참새가 꼭대기에 앉고 |
| 拾穗擔筐蛾撲肩11) | 이삭 주워 광주리 메니 나방이 어깨를 치네 |

### 擬戍婦擣衣詞

| | |
|---|---|
| 皎皎天上月 | 희고도 밝은 하늘의 달 |
| 照此秋夜長 | 이 가을 긴 밤을 비추네 |
| 悲風西北來 | 슬픈 바람 서북에서 불어오니 |
| 蟋蟀鳴我床 | 귀뚜라미 내 침상에서 우네 |
| 君子遠行役 | 서방님은 멀리 수자리 나가시고 |
| 賤妾守空房 | 천첩 빈방을 지키네 |
| 空房不足恨 | 빈방을 어찌 한탄하리오 |
| 感子寒無裳12) | 서방님이 추위에 옷이 없을까 걱정이지. |

---

9) 고려시대의 악부시의 전개 양상과 작품세계에 대해서는 박혜숙,『形成期의 韓國樂
府詩 硏究－高麗時代 漢詩의 民族·民衆的 指向』, 한길사, 1991, 1~298면 참조.
10) 鄭夢周,『圃隱集』卷1.
11) 李達衷,『霽亭集』卷1.

### 代人寄遠

| 一別征車隔歲來 | 한 번 떠나는 수레를 이별하니 해를 넘기고 |
| 幾勞登覬倚樓臺 | 높은 데 올라 보고 누대에 의지하며 얼마나 애를 썼던가 |
| 雖然有此相思苦 | 이렇게 그리움으로 괴롭더라도 |
| 不願無功便早廻[13] | 공이 없이 빨리 돌아옴을 원치 않네 |

### 小樂府

| 鵲兒籬際噪花枝 | 까치가 울 옆 꽃가지에서 울고 |
| 蟢子床頭引網絲 | 갈거미는 침상 맡에서 실을 끄네 |
| 余美歸來應未遠 | 우리 님 오실 날 멀지 않았을거야 |
| 精神早已報人知[14] | 정령이 일찍 사람들께 소식을 알려주었으니. |

1수는 변방으로 수자리 살러 떠난 남편에게서는 몇 해가 지나도록 소식이 없고 남편이 떠날 때 뱃속에 있던 아이가 어느 새 자라 변방으로 아버지를 찾아 떠난다는 내용이다. 아버지의 얼굴을 한 번도 보지 못한 아이가 자라 겨울옷을 가지고 찾아간다는 데서 가족 간의 생이별과 그리움, 고통의 시간을 절감케 한다. 가족 생이별의 절절한 정감의 형상화는 이후에도 지속적으로 의고 되었다. 2수, 수자리 살러 떠난 남성의 아내가 홀로 농사를 지으며 힘겹게 살아가는 모습이 생생하게 묘사되어 있다. 3수, 그럼에도 불구하고 아내는 꿋꿋하게 남편을 기다리겠다거나 남편의 안녕을 걱정하며 남편을 안심시킨다. 4수, 역시 남편이 그립지만 공을 세우지도 않고 빨리 돌아오는 것은 바라지 않는다는 내용이다. 5수, 민간에서 불리던 노래를 한역한 시이다. 『고려사(高麗史)』「악지(樂誌)」에는 「거사련(居士戀)」으로 되어 있다. 멀리 부역 나간 사람의 아내가 남편을 그리워하며 부른 노래라고 한다. 아침 까마귀와 거미는 귀한 사람이 온다는 길조로 인

---

12) 偰遜, 『東文選』 卷19.
13) 崔承老, 『東文選』 卷19.
14) 李正報, 『益齋亂藁』 卷4.

식되어 있다. 그런데 오늘 아침 침상에는 두 가지가 동시에 움직이고 있다. 여성은 님이 오실 전조라 여기고 설레이며 기다린다.

고려시대의 남성이 수자리를 살러 떠나는 일은 매우 중요한 일이었다. 변경의 수비를 튼튼히 하는 일은 왕조의 안위와 직결된 일이었기 때문이다. 그러나 관료나 사대부의 입장에서는 수자리를 떠난 남성을 둔 아내나 가족의 삶과 고통도 외면할 수 없는 일이었다. 가족의 안위와 안정을 지키는 일은 관료로서의 의무이기도 하고 또한 수자리 떠난 남성의 행위에 영향을 미치는 일이기도 하기 때문이다. 수자리 떠난 남성의 행위는 왕조의 근간과도 직결되는 일이므로 관료, 사대부로서의 남성 시인은 어느 쪽도 소홀히 여길 수 없는 것이다. 그리하여 「정부원」 계열 작품은 국경의 수비를 위한 국가사와 왕조의 근간이 되는 가정의 문제가 함께 어우러진 시적 경계를 구성한다. 「정부원」 계열 작품에서 남성 작가가 여성 화자의 모습으로 여성의 삶과 가족의 고통을 절절하게 형상화하는 것은 바로 이러한 절박한 현실적 사건들이 시적 형상화의 근간이 되기 때문이다. 이 변방의 수자리 문제는 조선시대까지 지속되는 문제였다. 따라서 동일한 모티브가 조선 후기까지도 지속된다. 그런데 남성 시인은 수자리 떠난 아내의 정감을 절절히 형상화하면서 동시에 그 절절한 고통 속에서도 변함없이 꿋꿋하게 가족을 지키고 정성으로 남편을 기다리는 것으로 아내의 정감을 제한한다. 이때 여성 화자는 집안을 걱정하지 말고 공을 세우고 돌아오라거나 남편을 걱정하고 있다는 내용으로 고난의 극복 방안을 스스로 제시하며 자신의 삶을 유형화한다. 이러한 여성 화자는 실제로 존재하는 현실적 모습일 것이다. 그러나 한편으로는 남성 작가가 국가대사를 지키고 가정을 지키는 길에는 여성의 인내와 희생이 최선이라 여기는 의식을 여성 화자를 통해 투영한 것이기도 하다. 또한 관료, 사대부는 고려의 군역체계, 변방의 수자리 역에서 직접적으로는 비켜나 있다. 그들의 입장에서 보다 쉽게 제시할 수 있는 해결 방안이었을 법도 하다. 그들에게 여성의 고난 극복의 길은 이 이외의 다른 길은 없는 듯이 보인다. 이러한 고난 극복의 길은 조선 후기까지 변화 없이 지속적으로 형상화되는, 한결같이 매우 유형적임을 보여준다. 따라서 여성 화자의 고난의 형상도 매우 유형적이라 할 수 있다.

### 古風 7수 中 3수

| | |
|---|---|
| 公子遠行役 | 공자께서 먼 길을 떠나니 |
| 鞍馬光翕杝 | 안장 지운 말 붉게 광채 나고 |
| 憔悴玉樓妾 | 초췌한 옥루의 첩은 |
| 忍淚不敎滴 | 눈물을 참으며 흘리지 못하네요 |
| 念之不可忘 | 생각 잊을 수 없어 |
| 奮飛無羽翼 | 떨쳐 날려 하나 날개가 없고 |
| 寒鍾鳴苦遲 | 찬 종소리는 괴로이도 더디게 우니 |
| 何時東方白[15] | 어느 때나 동녘은 밝아오려나 |

### 卜算子代人

| | |
|---|---|
| 倚戶望斜陽 | 지게문에 기대 석양을 바라보니 |
| 正在孤村樹 | 정녕 외딴 마을 나무에 걸려 있네 |
| 戾眼昏昏鳥遠飛 | 눈물 젖은 눈은 침침한데 새는 멀리 나니 |
| 京國知何處 | 서울이 어디인지 알겠구나 |
| 一別似千秋 | 한 번 이별하니 천 년 같은데 |
| 此恨憑誰語 | 이 한 누구에게 말할까 |
| 極目千山又萬山 | 온 산으로 눈을 크게 뜨니 |
| 底是郎歸路[16] | 어디가 낭군께서 돌아오시는 길인가 |

### 明妃曲

| | |
|---|---|
| 上林薰風吹鬢綠 | 숲에 오르니 훈풍이 푸른 살쩍에 불고 |
| 邊庭冷月凝心曲 | 변새 뜰 찬 달 마음을 구비구비 얼게 하네 |

---

15) 李齊賢, 『益齋亂藁』 卷3.
16) 金九容, 『惕若齋學吟集』 卷下.

琵琶掩面獨傷情   비파로 얼굴 가리고 홀로 아파하는 마음
指端有心絃有聲   손가락 끝에 마음 있으니 비파 줄에 소리가 있네
妾身命薄一浮脆   이 몸 운명 야박하여 한결같이 경박하게 떠다니니
直欲決死何偸生   다만 죽기를 결심할 뿐 어찌 구차히 살리
深嗔遙壽非忠臣   깊이 성내어 목숨을 버림은 충신의 일 아니니
淸夢至今飛紫宸   맑은 꿈에선 지금도 자신전에 나네
(…중략…)
他年枯骨亦君恩   다른 해 말라죽은 뼈 또한 임금의 은혜리니
敢向九原忘故國[17]  감히 황천을 향해간들 고국을 잊겠는가

첫 수는 이제현의 「고풍(古風)」 7수 연작시 가운데 3번째 시이다. 다른 6수의 시와 달리 여성 화자로 구성되어 있다. 멀리 길을 떠나는 남성의 신분은 공자이다. 그가 떠날 때 타고 가는 말 또한 붉은 안장이 빛나는 말이다. 그와 대조되어 보내는 여성은 초췌한 모습으로 억지로 눈물을 참고 있다. 참으려 해도 참을 수 없어 따라가고 싶지만 날개가 없다. 잠 못 들고 지세우는 밤은 길고 새벽을 알리는 종소리는 더디기만 하다. 멀리 떠난 남편과 기다리며 잠 못 드는 여성의 대조적인 구성이다. 둘째 수는 서울로 떠난 뒤 돌아오지 않는 님을 기다리며 눈물 흘리는 여성 화자이다. 3수는 모연수의 농간으로 흉노에 끌려간 왕소군이 억울하지만 그래도 절대 한 왕실을 원망하지 않고 고국을 잊지도 않으며 충성을 다하겠다는 것이다. 각 작품의 시적 경계는 다르며 미적 성취 역시 층차가 있다. 작품의 세부적인 묘사에서 작가마다의 개성이나 특성을 찾아볼 수 있고, 각 작가의 작품들이 시제·시어·어조·모티브 등 주요한 미적 요소들에서 미적 성취를 이루었다. 그렇다하더라도 여성 화자의 정감과 시적 경계가 반복되고 있음을 부정할 수가 없다. 이렇게 버림받은 여성 화자의 태도는 기다림, 원망하지 아니함, 그리움의 유형으로 대별된다. 이러한 여성 화자의 특징은 시적 주체의 여성이라는 화재에 대한 태도를 유추할 수 있게

---

17) 李穡, 『牧隱詩藁』 卷9.

한다. 여성 화자나 여성 화재에 대한 시인의 인식은 매우 유형적이고 범주적이다.

그렇다면 왜 시인은 관습적인 여성 화자를 반복하는 것일까? 이는 시인의 여성에 대한 시선이 그의 기억에 고착되어 있음에서 연유함을 지적할 수 있다. 다시 말하면 시인의 여성의 삶에 대한 인식이 매우 수동적임을 의미하기도 한다. 만약 시인이 여성의 삶에 대한 기억을 벗고 여성의 삶에 능동적인 반응을 할 수 있었다면 그렇게 유형적인 여성 화자나 여성 정감의 반복 출현은 가능하지 않았을 것이다. 시인은 그가 화재로 삼는 여성을 둘러싼 상이한 힘들 사이에서 시인 자신에게 전해진 자극의 힘이 무엇인가를 분석하고 살피기보다 자신 속에 이미 형성되어 있는 이미지나 이념을 중시하며 그 방향으로 그 자신의 시적 에너지를 투사하는 것이다. 그리하여 그는 자신의 형상화 대상에 대해 능동적으로 행위하거나 적극적으로 반응할 수 없게 된다. 남성 시인이 여성을 화자로 그리고 화재로 다룬다고 해도 그가 여성에 대한 자신의 기억이나 흔적들로만 반응할 뿐이라면, 그리고 시인이 자신의 역량을 다만 과거의 흔적들에 투사할 뿐이라면 그는 새로운 여성, 현실의 다채로운 여성에 가까운 화자나 화재 시를 창작할 수가 없다. 「정부원」 계열 의고 악부시가 고려시대부터 형성되어 조선 후기까지 그렇게 오랫동안 지속적으로 창작되어 매우 풍성한 작품 양을 남겼지만 양적 역량에 비해 작품세계가 왜소하고 단순한 것 역시 '의고'라는 양식의 특성에만 그 책임을 물을 수가 없을 듯하다. 의고 악부시가 유형적인 여성 화자와 여성 화재로 조선 후기까지 지속될 수 있는 기반도 작가의 유형적 사유, 기억에의 고착에 그 일차적 근거기 있다.

그렇다면 남성 작가들은 무엇 때문에 이렇게 규범적이고 유형적인 여성 화자를 사용하여 특정한 작품을 지속적으로 창작하는가. 그들은 특정한 시어를 반복적으로 발화함으로써 무엇을 의도하는가? 우선 그들이 특정한 한시 관습을 학습하고 있음을 지적해야 할 것이다. 또 한시가 지닌 특정한 이미지를 감상하고 있음을 알 수 있다. 사실 이때의 시인은 창작하는 자라기보다 수용하는 자에 더 가깝다. 그런데 어떤 대상을 유형화한다는 것은 매우 정치적인 성격을 가진다. 시인은 여성 화자나 여성 화재를 통해 듣는 이에게 여성에 대한 정보를 전해 주기도 한다. 그러나 그가 반복적으로 전하는 내용은 정보라기보다 때로는 화재에 대한 특정한 태도를 주입하거나 특정한 인식의 유형을 지시하는 명령일 가능성이 크다. 수자리 떠난 남성의 아내라는 동일한 화재를 반복하면서 그 화재에 대하여 가족을 지키고 꿋꿋이 남편을 기다리는 아내라는 고착된 인식을 형성하고 그 인식의 틀을 벗어나는 시적 경계는 배제하거나 억압을 가하는 태도가 바로 유형적인 여성 화자의 존립 근거는 아닐까. 대상에 대한 유형적 인식이 다분히 정치적이라는 점은 이러한 이유에서이다. 또한 시인이 규범적으로 유형적 화자나 화재를 반복할 때, 그는 무의식적으로 다른 유형의 화자나 화재가 생산될 능동적 힘들을 누르게 된다. 사실 그들이 풍성한 여성 화자나 여성 화재 시를 창작함에도 불구하고 우리가 그들에게서 매너리즘을 느끼는 것은 그들의 창작이 오히려 이러한 억압적 힘을 행사하고 있기 때문이다.

유형적인 여성 화자의 반복은 주체로서의 시인의 행위를 한계 짓는다. 따라서 여성 화자나 화재 시를 창작한 시인들이 다른 시인들에 비해 여성에 대한 친화력을 가지고 있다고 해도 그 힘이 유형적 틀에 갇히고 만다면 결국 한편에서는 시인 자신뿐만 아니라 여성들의 개성적 속성을 억압하며 지배하는 역할을 하기도 한다. 또한 시인들은 언제나 정해진 유형을 바라보면서 자신에게 영향을 주는 다른 여성의 삶과 행위에 대해 표현하기를 지연하거나 감춘다. 규범적이고 유형적인 것이 힘을 가진다는 것은 이렇게 그 이외의 것을 억압하기 때문이다. 한시에서 시인이 특정한 것만을 보고 이야기하면서 다른 것은 외면함으로써 억압하는 것이다. 이러한 논리구조는 모든 닫혀진 세계에서는 어렵지 않게 발견할 수 있는 것이다.

## 4. 연정(戀情), 거리두기와 몰입하기

**江南曲**

江南女兒花揷頭　　강남 아가씨, 머리에 꽃 꽂고
笑呼伴侶遊芳洲　　짝을 불러 아름다운 물가에서 놀다가
蕩槳歸來日欲暮　　노 저어 돌아오니 해는 저무는데
鴛鴦雙飛無限愁[18]　원앙은 짝지어 날고 시름은 그지없네

**老妓**

寒燈孤枕淚無窮　　찬 등불 아래 외로이 잠들며 눈물 끝없고
錦帳銀屏昨夢中　　비단 휘장 은 병풍은 지난 꿈속의 일이었구나
以色事人終見棄　　색으로 사람을 섬기면 끝내 버림을 받으니
莫將紈扇怨西風[19]　집사 부채 가지고 가을바람을 원망하지 말라

**小樂府**

浣沙溪上傍垂楊　　완사계 상류 수양버들 가에서
執手論心白馬郎　　손을 잡고 백마 탄 님과 속내를 터놓았지
縱有連簷三月雨　　처마에서 떨어지는 석 달 장마라도
指頭何忍洗餘香[20]　손끝에 남은 향기를 씻지 못하리

**小樂府**

縱然巖石落珠璣　　구슬이 바위에 떨어진다 해도
纓縷固應無斷時　　꿰미줄은 응당 끊어지지 않으리
與郎千載相離別　　님과 천 년을 떨어져 산다 한들
一點片心何改移[21]　일편단심 변할 리가 있으리

18) 鄭夢周, 『圃隱集』 卷1.
19) 鄭樞, 『圓齋藁』 卷上 22.
20) 李齊賢, 『益齋亂藁』 卷4.
21) 李齊賢, 위의 책.

### 折花行

| 牧丹含露眞珠顆 | 모란꽃 이슬 머금어 진주알 같은데 |
|---|---|
| 美人折得窓前過 | 어여쁜 색시 그 꽃 꺾어 창문 앞을 지나다가 |
| 含笑問檀郎 | 웃음 머금고 낭군께 묻기를 |
| 花强妾貌强 | 꽃이 예뻐요, 제가 예뻐요 |
| 檀郎故相戲 | 서방님 일부러 장난을 하여 |
| 强道花枝好 | 예쁘기야 꽃이 좋지 |
| 美人妬花勝 | 색시는 꽃을 질투하여 |
| 踏破花枝道 | 꽃가지를 짓밟으며 말하네 |
| 花若勝於妾 | 꽃이 만약 저보다 예쁘시다면 |
| 今宵花與宿[22] | 오늘밤은 꽃과 주무시구려 |

1수, 남성 화자가 강남 땅 아리따운 아가씨의 물가 꽃놀이와 정감의 변화를 전지적 시점으로 그려낸다. 1·2구는 머리에 꽃을 꽂은 천진한 모습으로 벗들과 명랑하게 노니는 모습을 어여쁘게 그려낸다. 이어서 3·4구는 해 저무는 저녁 집으로 돌아오는 길의 아가씨가 짝지어 나는 원앙새를 보고 님을 그리며 시무룩해하는 심리 변화를 포착하여 드러낸다. 그녀는 한낮 벗들과의 물놀이에서는 그지없이 명랑하다가 해 저물어 돌아오는 저녁 길에서는 금새 님에 대한 아쉬움을 그대로 드러낸다. 벗들과의 명랑한 우정에서는 자신의 행위를 선으로 느끼고 즐기며 실행하는 여유가, 충만한 사랑을 구하지 못해 안타까워하는 모습에서는 고양된 감정과 아울러 절제된 도덕의 흔적이 있다. 자신의 정감 변화에 충실한 여성의 전경에는 무엇보다도 스스로를 긍정하는 긴장된 행복이 깔려 있다. 아마 후대의 평자들이 이 작품을 '풍류호탕(風流豪宕), 휘영천고(輝映千古), 이시역혹사악부(而詩亦酷似樂府)'라 평하고 즐긴 근거도 여성의 우정에서의 명랑과 연정에서의 수심을 넘나드는 다채로운 심리변화에 있을 듯하다.

「강남곡」은 방주(芳舟)·꽃·벗·원앙(鴛鴦) 등 유사한 모티브로 조선 후

---

22) 李奎報, 『大東詩選』.

기까지 지속적으로 의고되었다. 화자는 대부분 전지적 시점의 남성이다. 그런데 이 남성 화자의 여성 화재 시에는 특성이 있다. 이 계열의 작품의 서두는 대개 "강남여아(江南女兒)" · "십오월계녀(十五越溪女)" 등 여성의 이미지를 구체적으로 묘사하거나 여성을 호명하는 것으로 시작한다. 이러한 특징은 조선시대에 들어와 작품의 의고가 빈번할수록 더 빈번하게 확인된다. 화자가 여성의 이름을 부르며 "너는 −하다"고 말하는 경우, 남성 화자는 분명 화재가 된 여성과 거리 두기를 하고 있다. 비록 문면에 남성 화자 자신의 모습을 드러내지는 않고, "나는 −하다"거나 "나는 너와 다르다"는 분명한 언급은 없다 하더라도 그는 무엇과 거리 두기를 하는가? 그것은 바로 우정에서의 명랑성과 연정에서의 안타까움을 넘나드는 가벼운 정감 변화이다. 특히 한 작품 내에서 여성의 정감이 연정을 넘나들 때 시인은 여성 화재에 대한 태도를 직접적으로 표명하지 않고 이와 같이 거리를 두고 관찰자 시점이 된다.

남성 화자는 특히 여성을 호명하며 자신의 정감을 대신하게 하면서 스스로의 행위를 한정짓는다. 그는 여성 화재와 심적 동조를 한다하더라도, 강남의 아가씨와 어떤 정감의 동일시를 느낀다하더라도, 끝까지 직접 자신의 연정을 드러내지 않고 다만 관조하는 자세로 남을 뿐이다. 여성의 그에게 행위가 영향을 주어도 시인은 이러한 거리 두기를 통해 여성과 행동을 함께 하기를 지연하거나 감춘다. 아마도 시인은 실제의 여성이 생활 속에서 경험하는 행위 · 긍정 · 즐김을 함께 하지 못할 듯하다. 그렇다면 남성 화자는 여성의 연정을 향한 정감과 변화에 대한 자신의 긍정과 찬미 등과도 거리를 둔다고 할 수 있다. 이러한 남성 화자의 태도는 자신에게 어떤 정감의 충동이 일어날 때에도 언제나 다른 누구를 호명하며 정감을 전이시키고, 자신이 내심 바라던 행위도 다른 이름을 불러 그에게 전가하기 쉽다. 아마 남성 화자의 의식에는 자신이 호명한 여성과 자신을 비교하거나, 여성의 정감에 비해 자신의 행위와 정감들을 우월적이라고 생각하거나, 초월적인 가치들과 자신을 비교하거나, 자신이 지배적인 가치에서 비추어 볼 때 선한 사람이라고 불리기를 기다리는 마음이 있을 듯하다. 이는 둘째 수 정추의 작품에서 선명히 나타난다. 정추의 시는 늙은 기녀가 버림을 받은 것은 색(色)으로 사람을 섬겼기 때문이니 이는 버림받을 만한 일이라는 교훈적인 어조가 강하다. 「강남곡」이나 「채련곡」의 의고 악부제가 풍부한 양적 성과를 남기며 조선 후기까지 지속적으로 의고되지만 여성 화자시가 거의 없다는 사실은 비록 의고라는 양식적 자질에 구애되는 면이 강하다하더라도 남성 시인의 의식이 연정이라는 동일한 모티브에 대한 남성 화자의 거리 두기에 예속되고 있었음을 의미하는 것이기도 하다.

3·4수는 이제현(李齊賢)이 고려시대 민간에서 불려지던 노래 11편을 7언 절구의 한시로 옮겨 놓은 「소악부(小樂府)」 가운데 2수이다. 여성 화자는 수양버들 가에서 님과 밀회를 즐기고 돌아와 마주 잡았던 손에 남은 님의 체취를 절대 씻지 않겠다고 다짐을 한다. 『고려사』 「악지」에서의 제목은 「제위보」로 "어떤 부인이 죄를 짓고서 제위보란 곳에 가서 노역을 하였다. 그녀는 어떤 남자에게 손목을 잡혔는데 그 부끄러움을 씻을 길이 없어 이 노래를 지어 스스로를 원망하였다"는 것이다. 그런데 이제현의 한역시는 오히려 그 여성의 정감을 완전히 달리 하여 매우 감각적이고 농염한 정서로 해석하고 형상화하였다. 4수는 고려가요 「서경별곡」을 한역한 시이다. 여성 화자는 님과 절대 헤어지지 않겠으며, 그 사랑은 일편단심 변하지 않으리라고 한다. 「서경별곡」에 대해서는 "전기(傳奇) 「최치원」에서 보이는 색정에의 몰입과 같은 허무의 심연이 그 사랑에 몰입하는 실존의 발 아래에 놓여 있어 사랑의 초절성(超絶性)을 읽게 한다"는 평가도 있다.[23] 이 두 수는 남성 작가가 여성 화자의 연정을 노래할 때의 형상화 태도를 단적으로 보여준다. 남성 작가는 여성 화자를 통해 연정에의 깊은 몰입을 노래한

23) 이동환, 「고려전기 정신사에 있어서의 浪漫主義的 및 耽美主義的 성향에 대하여—주로 문학·예술을 통한 연구를 위한 하나의 點檢」, 『한국학논집』 25집, 계명대 한국학연구원, 1998, 7~13면.

다. 한 번 마음을 주었으면 그 마음은 천 금을 주고도 변치 않겠다는 다짐을 하는 모습, 동심결 등 연정에 가치를 두고 변하지 않는 여성 화자의 태도는 신명하게 부각된다.[24] 이렇게 남성 화자와 여성 화자는 연정에 대한 태도에서 차이를 보여준다. 또한 동인홍(動人紅)의 "娼女與良家 / 其心間幾何 / 可憐栢舟節 / 自誓死靡他"[25]이나 우돌(于咄)의 "廣平腸鐵早知堅 / 兒本無心共枕眠 / 但願一宵詩酒席 / 助吹風月結芳緣"[26] 등 여성 작가는 자신의 공간에서의 유흥적 정감이나 분위기를 직접적으로 드러낸다. 반면 남성 작가·화자는 기녀와의 공간에서의 유흥이나 정감을 나타낼 때 대개 "대인작(代人作)"이라거나 "희(戱)"라는 표기를 하여 자신의 정감을 드러내면서도 감추려 한다. 그러나 조선 중기에 가면 임제의 경우 기녀의 유흥공간에서의 정감을 적나라하게 드러내어 변화된 모습을 보여준다.

# 5. 마무리

새삼스럽지만 화자는 시의 주요한 구성 원리이며, 화자에 대한 관심은 작품을 보다 선명히 이해하는 데 유용하기 때문이다. 우리는 이미 작가론이나 작품론에서 화자의 성격과 변이 과정 등을 매개로 시인의 세계 인식, 작품의 미적 특질 그리고 그 작품세계의 변모 양상 등을 섬세하게 고찰하여 성과를 거둔 바 있다. 더구나 한시는 남성 작가가 자신의 서정을 여성 화자로 표출하는 경우가 빈번하였으므로 여성 화자는 특별한 시적

---

24) "顔色雖非滿鏡春, 歌聲尙足動梁塵, 感君一贈同心結, 不爲千金更媚人."(李齊賢, 「老姬對少年敍情」, 『益齋亂藁』 卷4)
25) 崔滋, 『補閑集』.
26) 崔滋, 위의 책.

관습이나 미적 특질로 중시되어 왔다. 그런데 한시 연구 초, 여성 화자에 대한 관심은 여성을 단순한 시적 장치로 주목하고 그친 감이다.

최근 여성에 대한 관심이 점점 고조되면서 화자 연구 경향도 이동하고 있는 듯하다. 예를 들어 화자가 청자를 대방에 둔다는 사실에 초점을 두어 청자를 통한 화자의 정체 확인으로 나아가거나, 남성의 시각과 여성의 현실 등이 다각도로 논의되고, 여성 화자의 정감이 세심하게 고찰되거나, 남성의 여성에 대한 시선의 변화와 가시성의 배치에 관심을 가지게 되면서 여성 화자에 대한 논의는 여성을 매개로 점차 깊어지고 있다. 이제 여성 화자는 단순한 관습적 장치가 아니라 여성의 현실과 관련한 중요한 미적 특질로서 인식되고 있다. 한시에서의 화자에 대한 연구는 지금 질적인 비약을 기대하고 있는 듯하다. 동시에 지금 한시에서의 여성 연구의 핵심은 화자를 중심으로 진행되고 있다고 해도 과언이 아니다. 이제 여성 화자라는 미적 특질을 이해하기 위해서는 여성을 제대로 이해하는 것이 중요하다는 생각이다.

이제까지의 성과를 바탕으로 화자 연구의 질적 비약을 위해서는 화자를 이루는 요인들, 각 화자의 존립 근거 등 화자에 대한 존재론적 탐구가 절실하다고 생각한다. 여성 화자 한시의 창작과 수용에 작용하는 작가의 여성 인식과 그 원리의 규명은 한시에서의 여성 화자의 기능과 역할에 대한 이해를 심화시킬 수 있을 것이라고 생각한다.

우리가 화자의 정체를 찾을 때에도 왜 그렇게 자세히 화자의 정체를 찾아야만 했던가라는 스스로의 철학적 지반에 대한 질문이 허약하다면 우리의 노력은 자칫 문학에 대한 공허함으로 빠져들게 할 수도 있을 것이다.

이 글은 고려시대까지의 여성 화자·화재 한시를 중심으로 한시에 나타나는 여성의 존재 양상을 분석하여 작가의 여성 인식과 그 기반을 밝혀보았다. 여성 작가의 여성 화자는 당대의 지배 이데올로기인 성불의 세계 외부로 도발적으로 벗어나는 반면, 남성 작가의 여성 화자·화재 시는 여성을 성불이라는 종교적 진리 내부로 끌어들인다. 이렇듯 여성 작가의 여성 화자와 남성 작가의 여성 화자, 여성 화재 시의 미적 특질과 여성 인식은 매우 큰 차이를 함유하고 있다.

그런데 고려시대의 여성 화자·화재 한시의 직가는 대부분 남성이다. 그들은 여성의 고난, 연정을 형상화하면서도 매우 유형적인 여성의 이미지를 반복한다. 이는 시인의 여성 인식이 매우 수동적임을 의미하는 것이기도 한다. 또한 시인의 여성에 대한 시선이 그의 기억에 고착되어 있음을 지적할 수 있다.

앞에서 살펴본 작품세계가 고려시대 여성 화자·화재 시의 전모를 밝힌 것은 아니라고 생각한다. 앞으로 고려시대 한시의 전모를 밝히고 더욱 심도 있게 이해하여 그 바탕 위에서 조선시대와의 비교를 통한 한시 이해의 지평을 넓히고자 한다. 이는 과제로 남긴다.

# 제 3 장

# 조선 전기, 가부장세와 동일성의 지향

## 1. 머리말

조선 전기의 여성 화자·화재 한시의 작가는 서거정(徐居正, 1420~1488)·
이승소(李承召, 1422~1484)·강희맹(姜希孟, 1424~1483)·성간(成侃, 1427~1456)·성
현(成俔, 1439~1504) 등 거의 훈구 관료계(勳舊官僚係) 문인(文人)들이다. 그 가
운데서도 특히 서거정·성간·성현이 대표적인 시인이라 할 수 있다. 간혹
사림계 문인들 가운데에도 김종직(金宗直, 1431~1492)·김정(金淨, 1486~1521)
등 악부 시제로 여성을 형상화한 작가들이 있기는 하다. 하지만 사림계 작
가들의 여성 화자나 화재에 대한 선호도나 창작 실제는 문집에서 그 뚜렷
한 흔적을 찾기가 어려울 정도로 빈약하다.[1] 조선 전기 문인들의 문집은

---

1) 金宗直은 다수의 女性, 女性情感을 詩的 對象으로 하는 漢詩를 남기기도 하였다.

대개 조선 중기 이후에 간행되었으므로 문집 편찬 과정에는 사림파나 성리학의 이념과 의식이 개입될 수밖에 없었다. 따라서 여성 화자나 화재 시들은 편집 과정에서 상당수 삭제되었을 것이다. 구체적인 근거는 김정의 문집 편찬 과정에서 기녀를 대상으로 한 작품들을 삭제하였다고 한 기록2)에서 유추해 볼 수 있다.

조선 전기 관각 문인들은 주로 악부(樂府) · 제화시(題畵詩) · 농요(農謠)를 통해 여성을 형상화하였다. 그 중에서도 특히 조선 초기의 악부 창작의 열기에 의해 악부제(樂府題)가 양적(量的)으로나 질적(質的)으로 풍부하다. 그렇다면 고려시대를 이어 조선 전기에도 악부제는 작가와 여성을 매개하는 양식으로서 주요한 역할을 하였다고 할 수 있다. 이렇게 형상화된 여성은 이후 조선 중기와 후기를 거치면서 일정한 전범이나 모델의 기능을 하게 되었다. 조선 중기와 후기의 개별 작가들의 문집에 악부제 의고 형식을 표방하며 산발적으로 혹은 집중적으로 나타나는 작품들은, 물론 개별 작가마다의 특수성을 인정해야 할 경우가 있기는 하지만, 대부분 조선 전기의 의경(意境)에서 크게 벗어나지 못한 듯하기 때문이다. 또한 악부는 조선 중기를 거치면서 영사나 기속 등 현실과 보다 긴밀하게 연결된 제재(題材)나 의경(意境)으로 지평을 새롭게 열어갔으며 특히 조선 후기에는 악부제를 차용하면서도 의경(意境)을 전혀 달리하는 경향이 확산되어 갔다. 따라서 악부에 나타난 여성의 의의는 성간, 성현을 중심으로 하는 조선 전기까지 가장 고조되었다고 할 수 있다. 그리하여 의고 악부제 여성 화자나 화재도 조선 중기를 지나면서부터 사실 그 특징적 의의를 찾아보기가 어렵게 되었다.

또한 조선 전기는 중앙문단에서 제화시가 극히 성행(세종~성종 연간)했던 시기이기도 하다. 특히 세종조에는 사대부 화가인 정양(鄭穰) · 강희안(姜希顏, 1419~1464) · 강희맹(姜希孟, 1424~1483) · 김뉴(金紐, 1420~?) 등과 화공인

---

2) 金淨, 『沖菴集』, 고려대 소장본.

▲ 작자 미상, 〈소상팔경도〉 부분.

안견(安堅)·최경(崔涇) 같은 걸출한 화가들이 배출되었다. 특히 안평대군은 예술과 문화에 대한 안목과 열정으로 안견의 작품과 동진(東晉)의 고개지(顧愷之)의 작품을 위시한 중국 역대 명화를 220여(餘) 축(軸) 이상 수집하여 소장하고, 문인들로 하여금 제화시를 짓게 하였다. 이때 한 작품에 20여 명 내외의 문인들이 수십 수의 제화시를 짓는 등 제화시가 문단의 일대 성시를 이루었다. 제화시의 대상이 된 그림은 〈소상팔경도(瀟湘八景圖)〉, 안견의 〈몽유도원도(夢遊桃源圖)〉 등과 산수화·수묵화·풍속화 등이었고 시인들로는 당대 유수한 훈구 관료가 망라되어 있었다. 그러므로 제화시는 당대 사대부 사회의 문화적 분위기와 밀접한 관련을 지니고 창작되었음을 알 수 있다. 그 중 서거정이 유독 여성을 형상화한 제화시를 다수 남겼다. 서거정의 제화시에는 노년의 작품으로 추정되는 것도 있어 그가 평생 지속적으로 제화시를 창작하였음을 알 수 있다. 또 서거정은 제화시의 대상이 된 그림의 화가를 밝혀놓기도 하였는데 여성을 형상화한 시에는 화가나 그림을 전혀 밝히지 않았다. 그래서 그의 제화시의 대상이 된 그림이 중국에서 들어온 것이거나 혹 당대 풍속화였을 가능성 등을 떠올려 볼 수 있을 뿐이다. 서거정의 제화시는 그의 전체 작품 5,000여 수 가운데에서 모두 320여 수에 달한다.[3] 그 가운데 여성 화재가 많은 비중을 차지하는 것은 아니지만 이 시기 여성을 형상화하는 작가의 여성 인식의 일단을 잘 보여준다.

이 시기의 여성 화자·화재 한시가 대부분 관각 문학의 틀 속에 있었다는 점은 그 창작 배경과 사대부의 관료적 삶이 서로 무관치 않음을 추측케 한다. 여기서 조선 초기 한시에서 여성의 신분은 거의 아내이며 상대는 남편이라는 사실이 의문을 해결하는 실마리가 될 듯하다. 왜 여성의 신분은 거의가 아내일까? 이 시기 관각 문인들은 부부 사이의 의리나 애정을 통해 아내의 역할을 부각시키거나, 나아가 경세가로서 부부관계의 바른 역할을 규정하며 당대의 이념과 질서를 견고히 하려는 의지를 실현하고 있다고 할 수 있다. 뒤에서 자세히 살펴볼 것이다.

조선시대의 여성은 계층에 따라 왕비(王妃)·후궁(後宮)을 비롯한 왕실 여성(王室女性), 양반 관료의 부인인 양반층(兩班層) 여성, 대부분이 농민인 양인(良人) 여성, 기생(妓生)·무녀(巫女)·의녀(醫女) 등의 특수직의 여성, 노비를 중심으로 주인에게 예속된 천인(賤人) 여성 등으로 나누어 볼 수 있다. 이들은 각 계층에 따라 다른 형태의 지위를 지니며 삶을 살아야 했다. 사대부 한시에 나타나는 여성의 신분은 매우 다양하여 일률적으로 말할 수는 없다. 하지만 궁사(宮詞)의 왕실 여성, 다양한 양식을 통해 형상화되는 양인층 여성과 기녀(妓女) 등이 주가 된다. 특히 조선 초기에는 농촌 여성 등 양

---

3) 제화시에 대한 연구는 李鍾建의 「徐居正 題畵詩 題材 考察」(창원대 논문집 8권 1호, 1986)과 崔敬桓의 「韓國 題畵詩의 陳述樣相 硏究」(서강대 박사논문, 1990)이 있다.

인층의 여성이 많았던 반면, 16세기 후반기에는 기녀의 비중이 늘어나고 18
세기 후반기로 갈수록 다시 양인층 여성의 비중이 증가하는 것이 특징이다.
궁사(宮詞)에서는 왕실 여성도 지속적으로 형상화되었다. 사대부가 어떠한
시기에 어떠한 신분의 여성을 집중적으로 형상화하는가 하는 점은 그들의
여성 화자·화재 한시의 창작 의도와 연계된 문제로 각 시기마다 주목할
만한 일이다.


## 2. 성현(成俔), 가부장제의 구현과 일탈


### 1) 부도덕한 남편의 일탈 풍자

**君難託**

| 春深園中百花落 | 봄 깊어진 뜰에 온갖 꽃 지니 |
|---|---|
| 蝴蝶紛紛無所託 | 호접은 분분히 날아 의탁할 곳 없구나 |
| 溪流枯涸萍黏塊 | 시냇물 말라 부평초가 끈끈하게 엉기니 |
| 群魚喰喁無所泊 | 뭇 고기들 입을 빠끔빠끔 머물 곳이 없구나 |
| 花殘水涸魚蝶去 | 꽃 지고 물이 말라 고기와 나비가 떠나니 |
| 似我紅顔日銷鑠 | 내 꽃 같은 얼굴 날마다 시들어 가는 것 같아라 |
| 紅顔日銷鑠 | 꽃 같은 얼굴 날마다 시들어 가니 |
| 君情自輕薄 | 그대 마음 절로 가벼워지고 야박해지네 |
| 少年安知有今日 | 젊을 때야 어찌 오늘이 있을 줄 알았으리 |
| 今日始悟君難託[4] | 오늘 비로소 그대를 의지하기 어렵다는 걸 알았네 |

여성 화자는 자신의 미모가 시들고 늙어 가니 님의 마음이 절로 가벼

---

4) 成俔, 『風雅錄』, 『虛白堂集』.

워지고 야박해져 결국 버림을 받게 된 상황과 정감을 토로한다. 봄이 깊어 꽃이 지니 호접(胡蝶)이 의탁할 곳 없어서 꽃을 떠나가고, 시냇물 말라 물 위에 떠 있던 부평초가 끈끈하게 엉기니 물고기들 입을 빠끔빠끔 쉴 곳이 없어져 결국 물을 떠난다. 꽃이 지고 물이 말라 호접과 물고기가 떠나는 모습이 마치 날마다 미모(美貌)가 시들어 가니 님이 그녀를 떠나는 것과 같다는 시상(詩想)이다. 그러나 호접과 물고기야 의탁할 곳이 없어 결국 떠나가지만 님이 떠나면 도리어 그녀 자신의 의탁할 곳이 없어진다. 그러니 앞서 그녀가 든 비유는 그녀의 처지와 모순(矛盾)된다. 이 모순을 통해 그녀는 자신의 의탁할 곳 없는 외로운 신세를 역설적으로 비유하려는 듯하다. 7언으로 전개되다가 도중에 5언으로 바뀌며 "예쁜 얼굴 사라지자 / 님의 마음 야박해지네"라고 반복하고, 다시 마지막 두 구에서 "늙고 초라해지니 버림받게 될 줄을 젊어서는 몰랐다"고 반복하여, 늙음과 미(美)가 여성의 가장 큰 관심사임을 보여준다.

    15세기 여성 화자·화재 시의 가장 큰 특징은 악부 시제 여성 화자 시점의 버림받은 여성이 반복(反復)되는 것이다. 여성 화자의 신분은 궁인과 일반 여성으로 나누어지며, 일반 여성일 경우 대개 아내의 형상이다. 조선 초기에는 전반적으로 기녀를 시적 대상으로 하는 경우가 드물었다. 성현(成俔)은 아내와 궁인을 주 대상으로 한다.5) 그런데 버림받은 여성이 궁인일 경우, 임금에 대한 총애(寵愛)를 기대(期待)하는 마음이 쓸쓸함·슬픔·외로움·한탄 등의 시적 경계로 형상화되고 그 외 다른 서정 표출이나 모티브와 결합하는 예가 드물다. 그러나 버림받은 여성이 아내일 경우, 슬픔의 서정(抒情)과 다양한 모티브가 다층적으로 결합된 시적 경계로 형성화된다.

    이 시기에 여성 화자·화재 시에 주력한 시인은 성현(成俔)6)이다. 그는

---

5) 서거정(徐居正)은 버림받은 궁인을, 간혹 버림받은 기녀를 대상으로 하였다.
6) 成俔의 생애에 대해서는 李來宗의 「成俔의 詩論과 作品世界」(고려대 석사논문, 1986)와 洪順錫의 「虛白堂 成俔의 文學에 대한 硏究」(성균관대 박사논문, 1991) 참조

『풍아록(風雅錄)』에서 버림받은 여성의 상황을 형상화한다.『풍아록』의 작품을 나누어보면「군난탁(君難托)」・「첩박명(妾薄命)」・「첩여원(婕妤怨)」・「장문원(長門怨)」・「옥계원(玉階怨)」・「추선탄(秋扇歎)」・「독불견(獨不見)」・「호접무(蝴蝶舞)」 등의 악부 시제(詩題)는 '미모(美貌)가 시들어', 또는 '늙어서' 남성에게 버림을 받은 여성의 한탄과 슬픔을 표현한다. 여성의 미모가 시들었다는 것과 늙어서 남편이 변심을 하였다는 문제는 서로 분리하여 생각할 수 없다. 그러므로 여성이 늙어서 미를 잃고 남편에게 버림을 받았다는 것을 의미한다. '여성의 늙음과 미모(美貌)의 쇠해짐'은 인간의 힘으로 어찌할 수 없는 불가항력(不可抗力)의 영역이다. 그런데 남성은 불가항력의 측면을 문제로 삼아 여성에 대한 버림을 행한다. 여성은 이것이 도덕적인 행위 양식에 위배가 된다고 인식한다. 그래서 여성이 비록 "미가 쇠하여 남성에게 버림받았다"고 슬퍼할 때에도, "미가 쇠하여"라고 주장하는 여성의 내면에는 도덕적인 품성을 포기(抛棄)하고 방기(放棄)하는 남성에 대한 부정적인 인식이 존재한다.

「대규인답경박소년(代閨人答輕薄少年)」・「아미원(蛾眉怨)」・「거부사(去婦詞)」 등의 악부 시제(詩題)는 '못난 남편'을 '잘못' 만나 인생을 망치고 버림을 받은 여인의 회한을 묘사한다. 이는 남편의 '못난 사람', '경박자(輕薄子)'라는 자질(資質)의 결함(缺陷)과 성격적(性格的) 결함을 노골적으로 드러내어 비판하고 부정하는 것이다. 여성은 자신이 불행한 이유를 '잘못 시집을 가서'라거나 왜 잘못 시집을 갔다고 하는지의 이유를 구체적인 남성・남편의 행태를 통해 지저한다. 그 이면에는 남성의 부도덕성을 인식하고 고발하는 태도가 숨어 있다.

**去婦詞**

| 歎息復歎息 | 탄식, 탄식 |
| 我生何不辰 | 내 인생은 어찌 이리 불운한가 |
| 早嫁褦襶郎 | 일찍이 어리석은 사람에게 시집을 가 |

誤我韶華春    내 꽃다운 청춘을 망쳤네
郎情自衰薄    낭군의 情은 절로 야박해져
舊棄反悅新    옛 사람을 버리고 새 사람을 좋아하네
今朝忽遭逐    오늘 아침 갑자기 내쫓김을 당해
上堂辭姑親    마루에 올라 시부모께 절 드리고
痛哭出門去    통곡하며 문을 나서니
悲風助酸辛    슬픈 바람이 쓰라림을 더하네
翩翩堂上燕    훨훨 나는 堂上의 제비야
失所無所回    집을 잃어 돌아갈 곳이 없단다
灼灼路傍花    활짝 핀 길가의 꽃들아
飄落抛泥塵    영락하여 진흙더미에 버려졌단다
早知此蹭蹬    일찍 이렇게 버림받을 줄 알았더라면
寧嫁行商人    차라리 행상인에게나 시집갈 것을
商人多積財    상인이야 모아둔 재물이 많으니
可以容我身    내 몸을 받아들일텐데
歎息復歎息    탄식, 탄식
愁懷難重陳7)    근심스런 마음 거듭 펴기 어려워라

이 시의 모티브는 남편이 새 여인을 좋아하자 버림받고 쫓겨나게 된
아내가 스스로의 불운한 신세를 반복하여 탄식하는 것이다. 아내의 탄식
은 어리석은 남편을 만나 꽃다운 청춘을 망친 일, 남편의 마음이 절로 박
정(薄情)해져서 하루아침에 버림을 받고 쫓겨난 일, 이제는 버림을 받고
갈 곳이 없어 행상인에게라도 몸을 맡겨야 할 처지 등 크게 세 층위로 이
루어졌다.

아내는 자신의 인생에 대한 불행 의식을 "내 삶은 어찌 이리 불운한가"
라 하여 매우 직접적이고 노골적으로 표출한다. 또 아내는 자신의 고통이
남편의 잘못에서 비롯되었음을 분명하게 밝히고 있다. 그녀가 쫓겨나게
된 것은 칠거지악(七去之惡)에 해당하는 사유가 있어서가 아니라 남편이

7) 成俔, 『風雅錄』, 『虛白堂集』.

변심(變心)하여 새 여인을 사랑하게 되었기 때문이다. 아내는 자신의 불행에 대한 남편의 책임을 명확히 표현한다. 여성의 어조는 남성에 대한 강한 원망과 비판이 주조를 이룬다. 남편은 어리석은 사람이라는 자질의 결함을 지니고 변심(變心)이라는 부도덕성(不道德性)을 행한 사람으로 현재의 불행한 상황에 대한 책임을 져야 한다는 점을 여성은 외재적으로 표출하여 매우 강렬한 인상을 전한다.

그러나 아내는 남편을 인격적으로 인정하지 않으면서도 남편을 떠나서는 살 길이 없다. 그녀의 가장 큰 문제는 경제적(經濟的)인 것이다. 경제적인 문제 앞에서 아내는 앞서의 적극적이고 강한 비판의 어조에서 갑자기 자포자기(自暴自棄)의 절망적인 정감이 된다. 훨훨 나는 당상의 제비나 활짝 핀 길가의 꽃들보다 못한, 집을 잃고 갈 곳이 없는, 영락하여 진흙더미에 버려진 신세가 되었다고 한탄을 한다. 이렇게 버림받을 줄을 미리 알았더라면 차라리 재물이 많아 자기 한 몸을 거두어 줄 수 있을 듯한 천한 행상인에게나 시집갔을 것이라는 자포자기의 후회를 한다. 당장의 현실적인 삶에서 살아갈 길이 막연한 그녀는 소극적이고 나약해질 수밖에 없다. 여성은 남성의 버림 앞에 무기력하게 무너진 자신의 삶을 적나라하게 드러내고 탄식을 하고 또 탄식을 할 뿐이다.

조선시대의 법적 이혼은 남편이 마음대로 행하기보다 「대명률(大明律)」에 규정된 칠거(七去)와 삼불거(三不去)에 근거하여, 가족들이 요청하고 가장(家長)이 행하였다. 이때 칠거지악은 여성 처벌 조항이고, 삼불거는 여성 보호 조항이라고 할 수 있다.[8] 그러나 실제 남편과 아내의 헤어짐은 대부분 이렇게 일방적으로 남편이 아내를 내쫓는 것에 지나지 않았고 여성은 남편의 변심 앞에 아무런 보호도 받지 못하고 대책이 없이 버려졌다.

이러한 현실에서 사대부는 성리학적 이념에 의한 부계혈통 중심의 가

---

8) 아내가 자신의 의사만으로 남편에게 이혼을 요구할 수 있는 규정은 없었다. 다만 남편이 도망하여 일정한 기간이 경과하였을 때에 관의 승낙을 받아서 이혼을 할 수 있었고, 남편이 구타하였을 때에 남편의 동의를 얻어 이혼할 수 있었다.

부장제를 확립하기 위해 새로운 가족윤리를 모색하였다. 그 구체적인 방
안의 하나가 차원 높은 도덕성(道德性)에 입각하여 일부일처제(一夫一妻制)
를 엄정히 유지하는 것이었다. 그러기 위해 고려 말 이래의 다처(多妻) 풍
조를 금지하고, 예무이적(禮無二嫡)이라는 예법에 근거한 도덕을 세우는
것이 필요하다고 판단했다. 따라서 중혼(重婚)을 금지하고 위반자에 대하
여 무거운 처벌을 내렸다. 그러나 풍습의 변화는 쉽게 이루어지는 것이
아니어서 조선 초에도 여전히 고려시대와 같은 일부다처제(一夫多妻制)의
유습이 존재하다가 중종조(中宗朝) 이후로 내려가면서 일부일처제가 확립
되었다.9) 이러한 법제(法制)와 실제(實際) 풍습 사이의 모순 때문에, 처첩(妻
妾)의 분변을 엄정히 하여 가부장제에 바탕한 새로운 가족윤리를 확립하
기 위한 쟁송이 빈번하게 일어났다.

　　品官 康順이 4妻 1妾을 두고 그 중 3妻를 연달아 버렸다. 이에 대하여 憲司
는 엄히 그 죄를 규탄하였다. 또한 형조에서는 妻가 있는데 또 처를 얻은 사실
을 탄핵하여 職牒을 거두고 律에 의해 그 죄를 논죄하도록 주청하였다.10)

　　사헌부가 時弊를 논하여, 前朝末에 禮敎가 化行하지 못하여 夫婦의 義가
문란하여 卿·士大夫간에 有妻娶妻한 자, 妾을 妻로 삼은 자가 많더니 마침
내 妻妾이 서로 소송을 제기하는 폐단을 이루었다. 지금부터 이들을 律에 의하
여 처단하고 嫡庶를 정함에 먼저 취한 妻를 嫡으로 할 것을 건의하였다.11)

　　세종 대에 前監牧官 李中正이 正妻를 소박하여 농장에 두고 婢妾을 총애하
여 정처처럼 대우한 사실이 드러나 장 90의 형에 처하였다.12)

　　문종 대에 成均 學正 孫孝文은 처가 있는데 다시 처를 맞은 일이 있어 후처

　9) 張炳仁, 「朝鮮初期 婚姻制 硏究」, 서울대 박사논문, 1993 참조.
　10) 『太宗實錄』 卷11, 太宗 10年 正月 己卯條.
　11) 『太宗實錄』 卷25, 太宗 13年 3月 己丑條.
　12) 『世宗實錄』 卷87, 世宗 21年 11月 甲寅條.

를 이혼시켰다.13)

이상에서 살펴볼 수 있듯, 조선 초기는 일부일처제를 지향하는 법제의 확립 시도와 일부다처제가 적지 않게 행해지고 있는 실제 관행이 서로 상충되는 시기라고 할 수 있다. 사헌부에서는 끊임없이 양반들을 규찰하여 혼인 성립의 타당성 여부를 밝히고 타당치 않은 경우에는 폐서인(廢庶人)하며 관직도 삭탈하였다. 처의 지위를 부당하게 침해하는 자에 대해서는 정치적 사회적 규제를 철저히 하였고, 처가 있는데 다시 처를 취하거나 처를 첩으로 삼고 첩을 처로 삼는 경우에는 파직을 시켰다. 이렇게 국가에서는 처의 지위가 부당하게 유린당하지 않도록 소위 소박정처죄(疎薄正妻罪)와 같은 법적인 규제를 두어 처의 지위를 확보하려고 하였다.14)

그럼에도 불구하고 실제의 삶에서는 기처(棄妻)의 문제가 빈번하게 발생하였고 사대부는 가부장제의 가족윤리를 확립하기 위하여 이를 문제삼지 않을 수 없었다. 이 시기 사대부 작가들이 버림받은 여성에 대하여 지극한 관심을 갖는 것은 이러한 당대 사대부의 과제와 밀접한 관련이 있다고 하겠다. 특히 이 시기의 버림받은 여성을 시적 대상으로 한 작가들이 거의 대부분 훈구 관료(勳舊官僚)였다는 점은 이 사실을 뒷받침한다.

물론 이 버림받은 여성의 비원도 다양하게 해석될 수 있다. 즉 사대부가 자신의 처지를 우의적으로 표현하였다15)거나, 악부를 관습적으로 의고하였다거나, 또는 시인의 습작이라고 해석하는 경우도 있다. 굴원과 비슷한 처지에 놓인 사대부들이 『초사(楚辭)』를 자신들의 정감 전이의 대상

---

13) 『文宗實錄』 卷6, 文宗 元年 2月 癸酉條.

14) 최재석, 「가족제도와 의식주 생활」, 『한국사』 25, 국사편찬위원회, 1994, 247~294면 참조. 그 대가로 정실의 여성들에게는 貞節과 順從이 요구되었다. 이는 양반 혈통의 순수성과 정통성을 통한 그들의 신분적 지위와 이익을 확고히 하고 자기 가문의 도덕적 우월성을 드러내기 위한 것과 연관이 있었다. 따라서 주자학적 사회규범에 벗어나지 않는 처의 지위는 法的인 보장을 받을 수 있었다.

15) 이혜순, 「15 · 16세기 한국 여성 화자 시가의 의의─사미인곡 · 속미인곡 · 妾薄命을 중심으로」, 『韓國文化』 19, 1997.

으로 삼아온 데에서 유래하여, 사대부들은 관습적으로 자신들의 버림받은
처지를 버림받은 여성으로 재현하기도 한 것이다. 그러나 조선 전기의 버
림받은 여성을 형상화 한 작가들이 거의 대부분 훈구 관료였다는 점은
이러한 해석을 수긍하기 어렵게 한다. 조선 초기는 일부일처제의 법제화
를 시도하고 일부다처제를 규찰하며, 혼인성립의 타당성 여부를 밝히고
처의 지위를 부당하게 침해하는 자에 대해서는 정치적 사회적 규제를 철
저히 하였던 것이다.16) 성현의 시적 경계는 가부장제 가족윤리를 확립하
기 위한 경세가로서의 사대부 의식과 밀접한 관련이 있다고 할 수 있다.
물론 남효온의 「첩박명(妾薄命)」처럼 작가가 훈구 관료라 할 수 없고, 작품
의 창작 동기도 작가 자신의 처지를 비유적으로 묘사한 것으로 볼 수 있
는 작품도 있다.

  이 시기 성현의 악부시가 남성의 부도덕한 품성을 신랄하게 풍자하는
여성 화자의 이미지를 설정하는 것도 바로 이러한 현실적 필요와 긴밀한
관련이 있다.

### 代閨人答輕薄少年

| | |
|---|---|
| 妾本公卿大家氏 | 첩은 본래 公卿 대갓집 자식인데 |
| 娛嫁春風輕薄子 | 잘못하여 봄바람 같이 輕薄한 이에게 시집을 갔지요 |
| 妾家門闌方盛時 | 첩의 집안이 한창 번성할 때에 |
| 君能寘予懷袖裏 | 그는 나를 옷 속에 품고 다닐 정도였지요 |
| 自從中道遭亂離 | 중도에 난리를 만나고부터 |
| 君反棄予如相遺 | 그는 반대로 나를 잊은 듯이 버리더군요 |
| 君心政似堂上燕 | 그의 마음 정녕 당상 제비 같더군요 |
| 附熱營巢寒則辭 | 따뜻함을 쫓아 둥지를 틀었다가 추워지면 떠나가잖아요 |
| 新人婉孌貌如玉 | 새 사람은 아리따워 옥 같은 모습인데 |
| 舊人悲啼老空谷 | 옛 사람은 슬피 울며 쓸쓸한 골짜기에서 늙어 가네요 |
| 妾如秋葉不須憐 | 첩은 가을 낙엽 같아 어여삐 여길 수가 없으니 |

---

16) 최재석, 「조선 초기의 사회와 신분구조」, 『한국사』 25, 국사편찬위원회, 1994.

不念翁家恩義篤[17]   시댁의 돈독한 恩義는 생각도 못해요

이 시는 여성 화자가 공경대가(公卿大家)의 딸로 남편에게 사랑을 받으며 살다가 친정이 몰락하자 버림을 받게 된 사연을 묘사한 것이다. 여성 화자는 친정의 부귀권세 여하에 따라 아내에 대한 태도를 달리하는 남편을 경박자(輕薄子)라 단정(斷定)한다. 또 남편의 부도덕한 인격을 거침없이 지적하고 따뜻하면 날아왔다가 추워지면 다시 날아가는 제비에 비유를 하여 그의 염량세태(炎凉世態)를 비판한다. 그리고 자신의 결혼 또한 '잘못(誤)한 결혼'이라고 단정(斷定)한다. 그녀의 어조는 적나라한 고발조이다.

그런데 9구에서 12구의 후반부에서 아내는 갑자기 앞서의 어조를 잃고 두서 없이 흔들린다. 자신의 불행의 원인이 새 여인 때문이 아니라 남편의 파렴치함 때문임을 알면서도 새 여자의 미모와 쓸쓸하게 살아가는 자신을 비교하고, 자신을 버린 시댁을 향해 기대할 수 없는 도움을 바라기도 한다. 작품의 전반부에서 아내는 비록 남편에게 버림은 받았지만, 남편의 불의(不義)를 인식하여 경박한 자라 비판을 하고, 자신의 결혼을 잘못한 것이라고 판단하여 남편을 벗어나는 듯하였다. 하지만 그녀가 남편을 떠나서 살 수 있는 길은 어디에도 없다. 더구나 친정은 이미 몰락을 하였고 시댁에서도 그녀를 어여뻐하지 않는다. 그녀는 현실에서 자신이 선택할 수 있는 길을 발견하지 못하여 급기야 정신이 흩어지고 만다.

이 시 역시 부도덕한 남성의 행태, 그에 대한 아내의 고발과 비판, 그럼에도 불구하고 남편을 떠나서는 살 수 없는 여성 등 남편을 떠난 여성의 무기력한 현실적 처지를 다층적(多層的)으로 묘사하고 있다. 남편의 부도덕에 대한 여성의 적나라한 비판의 어조가 버림받은 후에 나약하게 허물어진 어조로 연결되는 것은 바로 남편을 떠난 여성은 따로이 살아갈 방도가 없고 남편에게 종속될 수밖에 없는 사회구조를 적나라하게 제시

---

17) 成俔, 『風雅錄』, 『虛白堂集』.

하는 것이다. 또한 사대부의 처의 지위는 보호해야 할 대상이라 간주하는 의도의 표현이라고 할 수 있다.[18]

이렇게 이 시기 기처의 문제는 '여성에 대한 남편의 보호는 도덕적인 것'이라는 전제를 중심으로 제기되기도 한다. 남편에게 내쫓긴 여성을 무기력하게 무너진 존재, 나약한 존재로 형상화하고 나약한 여성은 남편의 보호를 필요로 하며, 남편은 나약한 아내를 보호하는 것이 바람직하다는 것을 역설적으로 강조하는 것이다. 역시 관각 문인이 의도하는 가부장제의 가족질서 확립을 의도하는 것이라 할 수 있다.

이러한 처(妻)에 대한 법적 보호는 여성에게 정절(貞節)과 순종(順從)이라는 덕목을 요구한다.

### 陌上桑

| | |
|---|---|
| 春風陌上多稚桑 | 거리에 봄바람 부니, 어린 뽕 잎 많고 |
| 新鶯喚友迎新陽 | 산 꾀꼬리 벗을 불러 새 봄을 맞이하네. |
| 秦家女兒婉淸揚 | 진씨 댁 딸아이 수려한 眉目 어여뻐라 |
| 霞綃少杉蘭麝香 | 얇은 적삼에서 난사향기 나는구나. |
| 攀條擷葉手如玉 | 가지를 잡고 잎을 따는 손 옥 같아라 |
| 采采終朝不盈掬 | 따고 또 따도 아침나절 한 움큼을 못 채웠네. |
| 向人嬌笑一嫣然 | 사람들에게 아리땁게 웃는 모습 한결같이 상큼하여라 |
| 不知臺上已注目 | 臺 위에서 이미 눈길주는 줄도 몰랐네. |
| 王郎結髮誓匪虧 | "王郎과 부부가 되었으니 맹서를 어기지 않으리 |
| 妾意如山不可移 | 첩의 뜻 산 같아 옮길 수 없어요" |
| 匼蘭含蕙獨慘愴 | 난초 향을 머금고 홀로 슬퍼하네 |
| 箏中寫盡無窮詞 | 악기 소리에 다 쏟아내니 끝이 없는 말 |
| 芳操貞苦世無倫 | 꽃다운 지조의 괴로움 세상에 둘도 없어라 |
| 柏舟以後惟一人 | 柏舟 이후에 오직 이 사람뿐이어라 |
| 君不見七國遊說士 | 그대는 보지 못했나, 七國을 유세하던 선비들을 |

---

18) 道를 저버린 남편을 아내가 공경할 수 없다는 것은 『孟子』에도 선명히 나타나 있다.

朝爲仇敵暮君臣[19]   아침에는 원수가 되었다가 저녁에는 군신이 되더라

이 시는 7언 16행의 악부제로 원기(原歌)는 초왕(楚王)이 진(秦)씨의 딸 나부(羅敷)의 아름다움을 탐내어 그녀를 빼앗으려하니 나부가 굳은 정조를 내세워 거절하며 지어 부른 노래이다. 남성 화자가 전지적 작가시점으로 여성을 대상화하다가 중간에 화자가 여성으로 바뀌고 다시 남성 화자의 전지적 시점이 이어진다. 이러한 화자의 변화가 앞에서 살펴보았던 성현의 여성 화자시의 창작 동기와 여성 정감의 양상 등 다양한 측면들을 보다 분명하게 보여준다.

거리에 봄바람이 부니 어린 뽕잎이 새록새록 자라나고 산에서 겨울을 나던 꾀꼬리도 봄이 되자 숲 속에서 나온다. 진씨 댁 나부도 어여쁘고 수려한 이목구비에 하초로 만든 얇은 적삼을 입고 뽕 밭으로 나오는데 그녀에겐 난사향내가 그윽하다. 옥 같은 손으로 뽕잎을 따며 지나가는 사람들에게 상큼하게 웃으며 인사를 건네느라 아침나절 따고 또 따고 한 움큼을 못 채웠다. 그런데 높은 대 위에서 그녀의 미모를 탐내던 초왕이 그녀를 범하려고 하였다. 그러자 나부는 왕랑과 혼인을 하며 맺은 약속을 어길 수 없고 그 뜻 산처럼 크니 바꿀 수도 없다고 거절을 한다.

화자는 한 번 부부의 연을 맺은 뒤 누가 유혹을 해도 변치 않는 나부의 마음을 전국시대(戰國時代) 칠국(七國)을 유세하며 벼슬자리를 구하러 다니던 선비들의 경박함과 비교하고 있다. 즉 성현이 맥상상(陌上桑)에서 진씨녀를 의고하는 것은 끊임없이 남성의 도덕성, 윤리 의식을 돌아보려는 것이다. 그는 여성의 성절에 감동을 받고 그 감동을 통해 반성하지 않는 남성을 풍자(諷刺)하고자 한다. 성현의 악부시는 도덕성을 기반으로 한 가부장제 가족윤리를 확립하기 위하여 기처의 문제를 중시한 사대부의 사유 양식과 그것이 제대로 실현되지 않는 모습에 대한 경계와 반성을 보여준다.

---

19) 成俔, 『風雅錄』, 『白堂集』.

### 邯鄲才人爲廝養卒婦

| | |
|---|---|
| 妾本生長邯鄲城 | 첩은 본래 한단성에서 생장하여 |
| 學鼓趙瑟彈秦箏 | 배워서 趙瑟도 타고 秦箏도 탔지요 |
| 一朝選入深宮裏 | 어느 아침에 깊은 궁궐로 뽑혀 들어가 |
| 最承恩愛身華榮 | 최고로 恩愛를 입어 몸이 영화로웠지요 |
| 傲睨同伴無顏色 | 동무들을 업신여기며 무안하게 하였고 |
| 獨侍君王不離側 | 홀로 군왕을 모시며 곁을 떠나지 않았지요 |
| 自幸鷦鷯得安棲 | 다행히도 뱁새가 보금자리를 얻었는데 |
| 又生鶵雛成羽翼 | 또 봉황같은 새끼를 낳아 날개를 얻었죠 |
| 焉知佳會忽成屯 | 어찌 알았겠어요, 아름답던 만남이 홀연히 험난할 줄을 |
| 辜負三十年靑春 | 삼십 년 맺은 청춘을 저버리데요 |
| 君王已逝雛又化 | 군왕은 이미 죽고 새끼 또한 죽어 |
| 顧妾零丁惟一身 | 돌아보니 첩은 외롭고 낙탁한 한 몸뿐이더군요 |
| 頭髮半蒼成老醜 | 머리는 반쯤 희끗하고 늙고 추해져서 |
| 畢竟嫁作廝卒婦 | 끝내 廝養하는 軍卒의 아내가 되었지요 |
| 荊釵蓬鬢靑衣裙 | 가시나무 비녀, 흐트러진 살쩍, 허름한 옷으로 |
| 半開蓽門賣春酒 | 반쯤 사립문을 열고 春酒를 팔았지요 |
| 往事如夢雲沉沉 | 지난 일이야 꿈속 구름처럼 까마득하고 |
| 鈿蟬零落難調音 | 鈿蟬[20]이 영락하여 箏을 고르기도 어렵군요 |
| 寄語二八娉婷子 | 열여섯 살 어여쁜 아이들아 |
| 莫矜嬌艷生驕心[21] | 예쁘다고 자랑하며 교만하게 굴지 말아라 |

이 시는 7언 20행의 악부시이다. 여성이 화자가 되어 자신이 나서 자라고 늙기까지의 일생을 한편의 서사시(敍事詩)로 전개한다. 이 시의 구성은 1구에서 8구의 생장(生長)부터 궁궐생활(宮闕生活)까지, 9구부터 18구의 임금과 자식이 죽고 난 뒤 시양졸(廝養卒)에게 시집가서 산 이야기, 마지막 두 구의 권계(勸戒)의 이야기로 이루어져 있다. 그녀의 이야기 상대(相對:

---

20) 鈿蟬은 歌妓名. 溫庭筠의 「贈彈箏人」의 "鈿蟬金雁皆零落, 一曲伊州淚萬行" 참조
21) 成俔, 『風雅錄』, 『虛白堂集』.

聽者)는 아마도 그녀의 술청에서 술을 걸치는 술꾼들이거나 시양졸일 수도 있고, 혼자서 회고하여 독백하는 것일 수도 있다. 자신의 일생을 모두 회고한 뒤 마지막 두 구(句)에서는 특별히 '그 옛날 젊은 시절의 그녀만큼 어여쁘고 교만한 처녀아이들'을 청자로 하여 진심 어린 충고(忠告)를 던진다. 화자가 청자를 바꾸고 어조를 달리하여 자신의 깊은 감정의 움직임을 전한다. 회고(回顧)의 어조(語調)에서 권계의 어조가 곁들여져 『사기(史記)』의 열전 형식(列傳形式)을 연상케 하는 서사시이다.

그녀는 조(趙)나라의 서울 한단성에서 생장하여 어릴 때부터 슬(瑟)과 쟁(箏)을 배워 잘 연주하였다. 어느 날 궁인으로 뽑혀 궁궐로 들어가서는 임금의 총애를 독차지하며 부귀영화를 누렸고 총애를 받지 못한 다른 궁인들을 업신여기고 무안하게 만들며 잠시도 임금 곁을 떠나지 않았다. 게다가 아들까지 낳아 그녀의 위세는 날개를 단 듯하였다. 그러니 어찌 생각이나 했겠는가. 아름답기만 하던 은애(恩愛)가 갑자기 끊어지고 30여 년을 한결같이 모시던 세월을 저버리고 군왕이 세상을 떠날 줄을. 자식도 이미 죽고 보니 자신의 주위에는 영락(零落)한 한 몸만이 남게 되었다. 어쩔 수 없이 희끗희끗한 반백의 늙고 추한 모습이 되어 군중에서 나무하고 밥 짓는 천한 군졸의 아내가 되었다. 그 후 가시나무 비녀를 꽂고 살쩍머리 날리며 퍼렇게 물이 빠진 낡은 옷을 입고 술을 파는 여인이 되었다. 그러다 보니 지난 궁중에서의 생활은 꿈속의 일이었던가 아득하고, 젊어서 그리 잘 타던 악기도 이제 영락하고 보니 음(音)을 맞추기도 어렵게 되었다. 그러나 다 잊은 곡조이지만 지금 애써 쟁을 타려는 것은 지금은 어여쁘고 젊지만 언제 자신처럼 영락할지 모르는 젊은이들에게 꼭 들려주고 싶은 충고가 있어서다. 부디 어여쁘다고 교만하게 굴지 말아라, 인생을 자신하지 말라고 언제나 겸손하게 뜻밖의 일을 대비하며 살라고.

긴 일생을 주요한 곡절(曲折)로 나누어 그 곡절마다의 사건(事件)을 배치하였고 수식이나 비유를 배제하였다. 전반부에는 여성의 서정을 표현하는 어사(語辭)를 자주 사용하다가(榮華 · 傲睨 · 無顔色 · 幸) 후반부에서는 사건의

전개에 주력하여 전반부의 삶에 대한 여성의 회한(悔恨)과 반성(反省)이 서
사의 중심임을 드러낸다. 또 서사의 전반부보다 후반부에 더 비중이 주어
져 그녀가 진심으로 하고 싶은 이야기가 과거의 영화를 되새기는 것이 아
니라 영락한 이후의 삶의 고통이 과거에 대한 반성의 토대가 되었음을 선
명하게 보여주고자 함을 말해준다. 자신의 삶을 회고하는 여성의 어조는
매우 진솔(眞率)하다. 그 진솔함이 '여성의 회한'을 감동적이게 한다. 이 시
의 여성은 파란만장한 자신의 일생을 가감 없이 들려주며 진정으로 뉘우
치고 체념하며 회한에 잠기는 여성이다. 자신의 삶에 대한 진지한 반추와
진정한 반성을 행하는 여성의 모습에서 받은 작가의 감동이 바로 이 작품
을 의고(擬古)하는 직접적인 계기가 된다. 이 시의 미는 자신을 은폐하거나
은유하지 않고 직접적으로 자아를 표출하여 부정적인 측면을 솔직히 드러
내는 서정적 자아의 태도에서 기인한다.

결국 성현의 여성 화자시는 남성의 부도덕한 행태를 표출하여 끊임없
이 경계를 하게 하고 처첩의 분변을 엄격히 하여 가부장제의 가족질서를
확립하려는 훈구 관료의 의도와 밀접한 관련이 있다고 할 수 있다. 이 시
기의 작가들이 버림받은 아내를 집중적으로 형상화한 것은 기처 문제가
당대의 가부장제 사회질서와 가족윤리를 확립하려는 사대부의 사유 양식
과 밀접한 관련을 맺고 있기 때문이다. 가부장제 사회에서의 여성은 민유
방본론(民有邦本論)에서의 민(民)의 범주에서 제외되어 있다. 국가의 구성원
이나 정치사회의 구성원으로 인식하지 않고, 그 구성원을 보좌하는 존재
나 가족 구성원으로 한정(限定)하였던 것이다. 그러므로 이러한 시적 구조
는 가부장제의 가족질서를 확립하려는 사대부의 사유 양식을 반영한 것
이다.

그런데 성현의 한시에는 남성의 도덕적 품성을 신랄하게 풍자하다가도
끝내는 자포자기의 절망으로 몸부림치는 여성만 반복될 뿐 다른 모습은
전혀 보이지 않는다. 여성은 늘 정체된 세계상 내에서 아내라는 자신의
역할에 터럭만큼의 거리도 두지 못하고, 자신이 나아가는 방향에 대한 최

소한의 명확성마저도 상실한 채 철저히 자기로부터 소외되어 있다. 아마 버림받은 상황에서도 실제 여성은 자신의 생존의 전략과 가치관을 모색하며 살아갈 것이다. 그런데도 이렇게 철저히 자기로부터 소외된 여성은 마치 멱라수에 빠져 죽은 굴원을 연상케 한다. 이유는 시인이 여성을 묘사할 때, 『초사(楚辭)』라는 과거의 시점으로 되돌아가 그 전범의 표현 형식과 내용 형식을 상기하며 그 기억을 고스란히 현재의 여성에게 재현하기 때문이다.

남성 작가의 과거에의 기억과 고착에 의해 형상화된 여성은 현실의 절망에 고착하고, 미래의 희망을 발견하지 못한다. 그 여성은 언제까지나 다른 사람이 되지 못한다. 조선 중기 정철의 「사미인곡」·「속미인곡」의 여성 화자가 님을 향한 그리움에 절절히 눈물을 흘릴 뿐 아무 것도 하지 못하는 것 역시 같은 이유에서다. 주지하듯이 중세사회는 국가전체가 거대한 가부장제 사회이며, 전제군주는 거대한 가부장적 권력의 미적 표상 체계이다. 끊임없이 남편에게로만 향하는 여성의 모습은 거대한 가부장제 미적 표상에 대한 편집증의 또다른 표현이다. 결국 훈구 관료가 현실에 기반하여 여성을 형상화하여도 여성의 절망을 통해 남성의 우월한 자선만을 강조한다면 아무리 그들이 남성의 부도덕을 비판한다 하더라도 끝내 그들의 현실에는 여성이 존재하지 못할 것이다. 가부장제를 확립해야 하는 경세가만 존재할 뿐.


## 2) 동일성의 지향과 인고

이 시기 여성 화자·화재 한시의 또다른 특징의 하나는 떠나간 남성에 대한 여성의 그리움이 형상화된다는 점이다. 아내와 남편의 이별은 다양한 상황에서 일어난다. 다시 성현(成俔)의 『풍아록(風雅錄)』을 중심으로 이를 분류하여 보면 「장상사(長相思)」·「백저사(白苧詞)」·「추야장(秋夜長)」·「자

군지출의(自君之出矣)」·「절양류(折楊柳)」·「원춘곡(怨春曲)」·「삼오칠언(三五七
言)」 등은 멀리 떠나 있는 것으로만 나타난 경우, 「유소사(有所思)」·「정부원
(征婦怨)」·「기원곡(寄遠曲)」·「각동서(各東西)」 등은 종군하거나 수자리를 떠
난 경우, 「첩안소거(妾安所居)」는 왕사(王事)를 따라, 「절부음(節婦吟)」·「원별
리(遠別離)」는 죽어서 이별한 경우이다. 「화미곡(畵眉曲)」·「대군지(待君至)」
는 떠난 님이 돌아오기를 기다리는 마음을, 「첩환마(妾換馬)」는 왕소군이
한 왕실을 떠나 임금을 그리워하는 마음을 주로 형상화 한 것이다. 그 가
운데서도 특히 남편이 변새(邊塞)에 수자리 살러 떠나갔거나 멀리 벼슬길
을 떠난 경우를 제외하면, 떠난 사연은 분명치 않고 다만 멀리 있는 것으
로 묘사되는 경우가 많다.

**征婦怨**

| | |
|---|---|
| 夫從軍去子從行 | 지아비가 종군하여 떠나가니 아들도 쫓아가고 |
| 妾今來送啼吞聲 | 첩은 송별하고 지금까지 울며 소리를 삼키네요 |
| 不如從軍備晨炊 | 종군하여 새벽밥이라도 지어주며 |
| 一身衣食同死生 | 衣食을 함께 하고 生死를 함께 하는 것만 못하리 |
| 昨夜夫爲驕虜搶 | 어젯밤엔 지아비가 교만한 오랑캐의 창에 죽었는데 |
| 今朝子亦死亂兵 | 오늘 아침엔 아들 또한 적병에게 죽임을 당했네요 |
| 中流失船無所倚 | 강물 한가운데서 배를 잃고 의지할 곳 없어라 |
| 呼天掩淚難爲情[22] | 하늘을 부르며 눈물을 닦아도 정을 가누기 어려워라 |

남편이 종군(從軍)하여 떠남으로 인하여 한 가족이 겪게 된 참담한 현실
이 여성 화자의 서정을 통해 비극적으로 묘사된다. 아들은 종군하여 떠나
가는 아버지를 따라 길을 나서고, 아내는 남편과 자식을 전쟁터로 보내놓
고 울며 지낸다. 함께 따라가서 밥이라도 지어주며 뒷바라지를 하고 싶지
만 그럴 수가 없다. 생사(生死)를 같이 하려는 한 가족의 염려와 사랑이 비
장(悲壯)하게 울린다. 그런데 하루밤낮 사이에 남편은 적의 창에 찔려 죽

---

22) 成俔, 『風雅錄』, 『虛白堂集』.

고 자식도 적에게 죽임을 당하고 말았다. 전쟁이 가정을 어떻게 파괴하고, 여성이 어떻게 비극적 상황으로 내몰리는지를 난파를 만난 듯 절박하고 처절한 아내의 울부짖음으로 절절하게 묘사하고 있다.

조선 초기에 대륙에 접해 있는 북방경역(北方境域)은 아직 정해지지 못한 상태였다. 조선은 개국 직후 이 일대에 흩어져 살던 여진족에 대하여 초유와 진무를 함께 하며 태조(太祖)로부터 세종 대(世宗代)에 이르는 동안 4군(軍) 6진(鎭)을 설치하였다. 북쪽 경계를 약탈하려는 여진족과 이를 밀어내고 지키려는 조선의 공방전은 치열하였고, 북방개척을 위한 정부의 노력도 지속되었다. 특히 세종의 적극적인 북방개척의 의지와 김종서·최윤덕 등 많은 군사들의 피와 땀으로 4군 6진이 설치되어 압록강과 두만강을 국경으로 하는 계기가 되었다. 그러나 여진족의 침입은 그치지 않았고 조선정부의 방어노력도 끊이지 않아 이 지역의 충돌은 지속되었다. 처음에는 군사력(軍事力)을 동원하여 수어(守禦)의 범위를 넓히고, 다음에는 진을 설치하여 남쪽의 군병(軍兵)을 교대로 징집하여 방어 근무하게 하였다. 함경도 평안도로의 사민정책(徙民政策)도 여진족에 대한 정책의 일환이었다.[23] 이 시기 「정부원」 계열 작품은 여진족의 끊임없는 침략과 약탈로 북방정책에 골몰하던 조선 초의 상황과 이를 위해 동원·징집된 군사들의 고통, 가족들의 고통을 적나라하게 묘사한 것이라 할 수 있다.

특히 「정부원」 계열에서 가장 빈번하게 확인되는 시적 경계는 죽음을 무릅쓰고 남편을 기다리는 아내와 지순한 헌신을 바치는 아내이다. 남편이 사지(死地)로 수자리를 떠나거나 종군하여 떠났을 때, "들려오는 소식 하나 없고 / 소식을 알려해도 어쩔 방도가 없는" 가운데서도 "이 몸 멀리 삼천 리나 떨어져 있어도 / 기꺼이 규중에서 단심(丹心)을 지키다 죽으리라" 하여 아내는 죽음을 걸고 남편을 기다리는 비장함을 보여준다.[24] 또

---

23) 차용걸, 「조선왕조의 성립과 대외관계」, 『한국사』 22, 국사편찬위원회, 1995, 143~196면 참조.
24) "郎行遠向遼城戌, 天寒蹴踏河氷渡, 妾今獨在紅粉樓, 萱草解疾何年瘳, 東西相去何

만 리 먼 곳으로 수자리 떠난 남편을 위해 한 땀 한 땀마다 맑은 눈물을
섞어 바느질을 해서 옷을 지어 보내는 아내의 지극한 정성과 그리움의
정감 역시 반복하여 강조된다.[25]

이러한 시적 경계의 중심에는 국경을 튼튼히 해야 한다는 사실과 그러
면서도 군사들이나 그 가족들이 겪어야 하는 고통을 외면할 수 없다는
상호 모순적인 상황에서 그 어느 쪽도 소홀히 할 수 없는 훈구 관료의 고
민이 있다. 그러나 「정부원」 계열의 작품은 정벌전쟁이나 군사동원에 대
한 비판보다 그러한 상황에 처한 아내의 정감을 부각시키면서 아내의 바
른 태도를 규정(規定)하려 하는 듯하다. 즉 사대부는 「정부원」이라는 동일
한 상황과 동일한 정감을 반복하여 묘사하면서 남편에 대한 아내의 죽음
을 불사(不辭)한 기다림, 지순(至純)한 기다림을 감동적으로 형상화하여 이
를 통해 가부장제 질서 하에서의 가정의 윤리(倫理)를 세우려는 사대부의
의도가 그 사이에 개입되어 있다고 할 수 있다. 가정의 안정은 결국 아내
의 역할에 의해 지켜지는 것이다.

이렇게 이 시기 사대부 작가들이 남편과 아내의 이별을 특정한 상황,
특정한 정감으로 반복하여 형상화하는 것은 '특정한 이별의 상황'에서의
'특정한 여성의 정감과 태도'를 규정하려는 사대부의 의도가 개입된 것이
라고 할 수 있다. 이러한 점은 「정부원」 계열을 포함하여, 떠난 남편을 기
다리는 아내의 정감을 형상화한 대부분의 작품들이 남편에 대한 구체적
인 묘사가 없이 여성의 일방적인 서정(抒情)만으로 전편의 시상(詩想)을 구
성하여 그 시적 경계가 주로 아내의 정감에 집중되어 있음에서도 알 수
있다.

---

多日, 我欲縮地還無術, 鴈飛不到魚不來, 欲知音問何爲哉, 此身遠隔三千里, 甘向閨
中守紅死."(成俔, 「各東西」, 『風雅錄』, 『虛白堂集』)
25) "就成新衣將遠寄, 良人萬里交河戍, 衣上千絲復萬絲, 誰知一一和淸淚."(成俔, 「寄
遠曲」, 『風雅錄』, 『虛白堂集』)

**秋夜長**

| | |
|---|---|
| 秋夜長秋夜長 | 가을밤 길기도 하여라, 길기도 하여라 |
| 雲間明月流淸光 | 구름 사이로 밝은 달빛이 흐르고 |
| 天澹澹露瀼瀼 | 하늘은 맑디맑고 이슬은 초롱초롱 |
| 蘭有秀菊有芳 | 난초 빼어나고 국화는 향기로워라 |
| 良人遠在天一方 | 낭군이 멀리 하늘 한 끝에 있어 |
| 紅鉛洗淚愁空房 | 붉은 단장 눈물로 씻으며 빈 방을 지키네 |
| 鴻雁南飛翔 | 기러기 남으로 날건만 |
| 尺書不得將 | 소식은 들을 수 없고 |
| 道路阻且長 | 길은 험하고 멀어 |
| 魂夢空茫茫 | 꿈속에서도 아득하여라 |
| 夜深搗衣暗斷腸 | 깊은 밤에 다듬이질하며 몰래 애를 끊는데 |
| 衾枕寂寥爲誰香[26] | 금침은 적막하니 누굴 위해 향기로울까 |

구름 사이로 밝은 달빛이 흘러 밤을 환히 비추는 교교한 가을 밤, 내내 잠 못 들고 낭군을 그리워하는 아내의 서정을 묘사한 것이다. 하늘은 맑디맑고 이슬은 초롱초롱 아름다우며 난초는 빼어난 자태를 뽐내고 국화는 향기로운 밤, 그러나 낭군이 멀리 가 있어 아내는 이 모든 아름다움을 외면한다. 주변의 아름다운 경물은 오히려 아내의 외로움만을 더해줄 뿐, 아내는 눈물로 빈방을 지키고 있다. 아내에겐 낭군에 대한 온전한 그리움만이 있을 뿐, 어떤 것도 낭군과 함께 하지 않으면 의미가 없다. 그러나 기러기는 날아와도 낭군에게서는 소식이 없고, 낭군이 있는 곳은 길이 험하고 멀어 꿈속에서도 찾아가기가 아득할 정도이다. 그리움이 더해가도 참고 기다릴 수밖에 없는 아내의 처지가 절절하다. 아내가 그리움을 이기고자 하여 할 수 있는 일은 한밤중에 일어나 다듬이질을 하며 애가 끊는 독수공방의 아픔을 참는 일뿐이다. 이렇게 이 시는 아내의 서정만으로 전체의 시상을 구성하고 있다.

---

26) 成俔, 『風雅錄』, 『虛白堂集』.

반면 아내의 지순한 헌신과 그리움에 대한 남편의 마음이나 태도 등은
거의 표현되지 않는다. 남편은 소식이 없이 멀리 격절(隔絶)된 것으로만
묘사될 뿐이다. 아내의 그리움과 지순한 헌신의 대상은 '남편이라는 사실'
로 모든 것이 규정되고 여성 화자는 어떤 구체적인 실체로 남편의 모습
을 기억하지 않는다. 어떤 상징적인 것이 있다면 떠나서 소식이 없다는
것이다. 시간적·공간적 배경과 서정은 모두 아내의 몫이다.

### 長相思

| | |
|---|---|
| 長相思思不見 | 길이 그립고 그리워도 보지 못하여 |
| 心如紙鳶風中戰 | 마음은 바람 속에 떠는 종이 연 같아라 |
| 有席可捲石可轉 | 자리라면 말 수 있고 돌이라면 구를텐데 |
| 此心鬱結何時變 | 이 마음에 맺힌 답답함은 언제나 변할까 |
| 所思遠在天之隅 | 그리운 이 멀리 하늘 끝에 있고 |
| 雲天綠樹晴悠悠 | 하늘 끝 푸른 나무 맑고도 아득하여라 |
| 悠悠不盡愁 | 아득한 근심을 다하지 못하여 |
| 獨坐彈箜篌 | 홀로 앉아 공후를 타네 |
| 箜篌如訴復如泣 | 공후소리 호소하는 듯 우는 듯하여 |
| 彈罷不覺羅衫濕 | 다 타고도 비단 적삼이 젖은 줄 몰랐네 |
| 願爲雙飛鳥 | 원컨대 쌍으로 나는 새가 되어 |
| 向君窓前立 | 그대 창 앞에 섰으면 |
| 願爲明月光 | 원컨대 밝은 달이 되어 |
| 穿君帷箔入 | 그대 휘장을 뚫고 들었으면 |
| 悲歌無寐夜何長 | 슬픈 노래에 잠못 드니 밤은 어찌나 긴지 |
| 魂夢不渡遼山陽 | 꿈은 遼山 남쪽도 못 건너 깨고 |
| 長相思空斷腸[27] | 긴 그리움으로 부질없이 애만 끊어지네 |

이 시 역시 멀리 있는 님에 대한 여성의 그리움을 묘사한 것이다. 그리
워도 보지 못하여 바람에 떠는 종이 연 같은 두려운 마음, 마음에 맺힌

---

27) 成俔, 『風雅錄』, 『虛白堂集』.

울결함이 언제 풀릴지 답답한 마음, 높디높은 하늘 끝처럼 아득한 먼 곳에 있는 님에 대한 격절감, 공후를 타며 옷이 다 적도록 하소연하며 우는 마음, 새가 되어 님의 창으로 날아가고 싶은 마음, 달빛이 되어 님의 휘상으로 들어가고픈 마음, 긴 밤 내 잠 못 드는 마음, 꿈에서라도 보고 싶은데 잠 못 드는 밤이라 꿈마저 꾸지 못하고 애가 끊는 마음 등 처음부터 끝까지 시종 여성의 님에 대한 그리움이라는 특정 정감만이 다양한 모티브로 전개된다.

여성의 정감 표출은 일방적이고 맹목적이다. 여성은 님이 왜 떠났는지 이유를 문제삼지도 않고, 님에 대해 헌신적으로 마음을 다한다. 남편이 현실적으로 아내를 버리고 가정을 돌보지 않고 멀리 떠돌아다녀도 남편은 아내의 모든 가치를 내재한 대상이다. 그가 떠나 있는 지금 그에 대한 원망이나 미움의 표현이 없다. 사대부는 이러한 여성의 정감을 통해 일상에서 고귀하고 바람직하고 모범적이라고 판단되는 여성의 정감을 규정한다.

이러한 시적 정황은 별리(別離)를 제재로 하는 이 시기 여성 정감시의 공통된 특징 중의 하나이다. 양인(良人)·군(君)·낭(郎) 등으로 표현되는 남편의 모습은 거의 형상화되지 않고 오로지 '떠나 있다'는 사실이나, 그곳이 얼마나 먼 곳인가 하는 점(良人遠在天一方) 외에는 별다른 수식어도 없다. 남편이 특별한 목적으로 떠난 경우 간혹 장성굴(長城窟)·동혈(同穴)·요성(遼城)·교하(交河)처럼 특정 공간이 묘사되기도 하지만 그것 역시 아내와 격절되어 있는 상황을 말해줄 뿐 남편의 어떤 구체적인 모습을 보여주는 것이 아니다. 때로는 남편의 말 울음소리로 남편을 상징하기도 하지만 이 역시 아내의 그리움을 더해 주는 요소일 뿐이다. 남편의 시간과 공간이 묘사될 때도 그것은 아내가 가고 싶은 공간, 함께 하고 싶은 시간으로 존재한다. 남편은 특별한 개성으로 아내에게 남아 있는 것이 아니다. 그가 다만 남편이라는 사실로 아내는 지순한 기다림과 헌신을 한다.

남편의 떠남을 받아들이고 남아서 가족을 보살피며 남편을 기다리는 것을 덕(德) 있는 여성의 표본으로 삼는 분위기는 바로 가부장제 가족윤리의 대표적인 특성이라고 할 수 있다. 순(舜) 임금이 순수를 위하여 집을 떠났다가 객사하고 돌아오지 않자 두 비(妃)가 피눈물을 흘렸다는 이야기는 아내의 남편에 대한 그리움의 절정을 말해 주는 것이다. 아황(娥皇)과 여영(女英)의 부도상(婦道象)은 가부장제 사회 형성 이후 지배층의 여성이 갖추어야 할 대표적인 여성상으로 이 두 비는 어진 황후의 덕을 말할 때나 지배층 여성들의 내조(內助)를 말할 때 의례히 으뜸이 되는 본으로 내세워졌다. 또 우(禹) 임금이 결혼을 하고 나서 4일간만 동거하고 8년간 황하치수에만 열중하여 집 앞을 지나가면서도 한 번도 들르지 않았으나 우 임금의 아내는 혼자서 자식을 잘 길러 나중에 우의 뒤를 잇게 하였다는 사실 역시 부덕(婦德)의 상징으로 일컬어졌다.

이러한 사실은, 앞에서 살펴보았듯, 조선 초의 관각문인이 가부장제 질서 하에서의 여성과 남성의 관계를 규정하고, 그것을 시적(詩的) 형상화(形象化)로 실현하려는 의도로 여성 정감시를 창작하고 있음을 보여준다. 특히 성현의 악부시는 이를 본격적이고 지속적으로 문제삼고 있음을 알 수 있다.

전통적으로 사대부가 시적 대상인 여성을 형상화하는 태도에는 다음 몇 가지 유형이 있다고 할 수 있다. 먼저 사대부 자신이 전지적 작가시점으로 자신의 관점을 투사(投射)하여 여성을 해석하고 규정하는 태도를 들 수 있다. 이러한 형상화 태도는 사대부가 주체가 되어 여성을 객체로 파악하고 사대부 자신의 의식과 관점으로 여성을 규정하려는 의도를 직접적으로 표출한 전형적인 경우라고 할 수 있다. 다음으로 사대부가 여성에 대한 기존의 관습적(慣習的)인 인식을 반복하여 형상화하는 태도를 들 수 있다. 이는 작가가 있는 그대로의 여성을 형상화하기보다 기존의 관습(慣習)을 따라 여성을 형상화하고 있음을 의미하는 것이기도 하다. 버림받은 신하가 버림받은 여성으로 자신을 비유한 『초사(楚辭)』의 형상화 수법을 모방하거나, 소극적이고 억압받는 여성의 이미지를 반복적으로 재구성하는 태도가 곧 그 예가 된다. 이제까지의 한시 연구에서는 사대부의 버림받은 여성이나 집 떠난 남편을 기다리는 여성의 비원(悲怨)의 정감을 사대부 자신의 생애(生涯)나 현실(現實)의 우의적(寓意的)인 표현으로 해석하는 경향이 일반적이있다. 정철의 「사미인곡(思美人曲)」이나 「속미인곡(續美人曲)」이 연주시(戀主詩)의 형태로 이해된 것은 주지의 사실이다. 또한 이곡이나 남효온의 「첩박명(妾薄命)」을 화자의 미색(美色)으로도 덕(德)으로도 받아들여지지 않는 비극적 모습으로 당대 정치현실에 비판적 의식을 갖고 불여의한 생애를 산 작가의 삶이나 자신처럼 정치계에서 소외된 사대부들의 실상에 대한 회의나 불편을 투영하고 있는 것으로 추정하기도 하였다.[28] 물론 개개의 작품에서 버림받은 여성이나 집 떠난 남성을 기다리는 여성의 정감이 사대부(士大夫)의 처지(處地)에 대한 비유(譬喩)의 형식(形式)으로 존재(存在)하는 경우도 있다. 사대부의 여성에 대한 관습적인 형상화의 태도는 사대부가 여성이라는 시적 대상에 대한 형식상의 특징을 재현함을 의미할 뿐만 아니라 여성을 여성 자체로, 정체성을 갖는 존재로 인식하는 것이 아니라 남성이라는 지배집단이 부여해 주는 위치를 수동적으로 받아들이는 타자로 인식하고 있음을 나타낸다. 사대부가 언제나 관습적인 여성의 이미지를 재현하여 여성을 자신의 탈(personer)로 구성하는 것은 아니다. 여기서 사대부가 있는 그대로의 여성, 실재하는 여성의 이미지를 묘사하는 태도를 들 수 있다. 조선 초기에서 후기로 갈수록 사대부 한시의 시적 경계는 여성의 있는 그대로의 현실과 긴밀하게 연계되는 경향이 확대되어 간다. 이는 사대부의 여성이라는 시적 대상에 대한 형상화의 태도, 사대부의 정신 경계가 변화하고 있음을 의미한다. 이상에서 지적한 조선시대 사대부의 여성을 시적 대상으로 하는 한시에서의 형상화 태도는 전 시대에 걸쳐 지속되었다고 할 수 있다. 그러나 작가에 따라 시대에 따라 달라지는 형상화의 태도는 작품의 미적 특질이나 창작 정신 등을 포착하는 기본적인 요소라 할 수 있다. 그러나 조선 전기 관각 문인

---

28) 이혜순, 「15·16세기 한국 여성 화자 시가의 의의」, 『한국문화』 19, 1997.

의 작품에서 빈번하게 형상화된 여성 정감의 시적 경계는 작가 자신의
비유의 양식으로 존재하였다기보다 가부장제 가족윤리를 확립하기 위한
사대부의 경세가(經世家)로서의 의식과 밀접한 관련이 있다고 할 수 있다.
특히 이 시기 성현의 악부시가 풍자(諷刺)의 세계와 밀접한 관련을 맺고
있음은 이러한 정황을 보다 선명하게 확인하는 사실이라고도 할 수 있다.
   성현의 『풍아록』에는 앞서 다룬 여성 화자의 작품과 비슷한 정도의 비
중으로 남성 화자 전지적 작가시점의 여성을 시적 대상으로 한 작품이 많
다. 「폐슬사(廢瑟詞)」 · 「추천사(鞦韆詞)」 · 「공무도하(公無渡河)」 · 「미인(美人)」 ·
「소녀행(素女行)」 등의 작품에서 확인할 수 있듯 남성 화자 역시 여성의 특
정한 상황과 형상을 매개로 하여 여성에 대한 풍자와 경계를 내리는 경우
가 대부분이다. 즉 성현의 악부시에서의 풍자가 남성에게로 향하는 것만
은 아니다.

### 促織詞

| | |
|---|---|
| 月華如水近牕戶 | 달빛 강처럼 창문으로 흐르고 |
| 床下斯螽勤動股 | 마루 아래 베짱이 부지런히 다리를 움직이네 |
| 一宵織成幾絲縷 | 온 밤 베짜는 소리 거의 실을 잣겠구나 |
| 唧唧凄凄聲正苦 | 측측 쓸쓸한 소리 정녕 괴로워라 |
| 東家嬾婦驕且憨 | 동쪽 집 게으른 아낙 교만하고 어리석어 |
| 十指長閒睡正酣 | 열 손가락 오래도록 한가하고 잠은 달기도 해라 |
| 身無完衣篋無帛 | 몸에는 제대로 된 옷 없고 상자엔 명주가 없어야 |
| 聞此忠語應懷慚[29] | 이 벌레소리 듣고 응당 부끄러워지리라 |

   남성 화자는 귀뚜라미 울음소리로 길쌈에 게으른 아낙을 경계하거나
경제적 측면에서 여성의 중요한 임무였던 길쌈을 문제삼는다. 또 부지런
히 길쌈을 하는 여성은 먹고 입을 것이 없고 장안의 창기는 상자에 비단
옷이 넘쳐나는 사실을 탄식하기도 한다.[30] 장안의 대가집에서 넘쳐나는

---

29) 成俔, 『風雅錄』, 『虛白堂集』.

비단을 다투는 아가씨들은 낮에는 부지런히 뽕잎을 따 누에를 먹이고 밤
에는 잠 못 들고 등불 아래서 베를 짜는 여성의 괴로운 삶을 모를 것이라
는 비판노(「蠶婦歎」) 강하게 제기된다.

그 외에도 지체 있는 집안의 딸로 아리따운 미모를 가진 여성이 궁궐로
뽑혀 가 어여쁨만을 믿고 자긍하다가 결국 쌍쌍이 노니는 원앙새의 신세
만도 못하게 된 경우를 들어 연조(燕趙)의 미인들을 경계(警戒)하거나(「鴛鴦」,
「李夫人歌」), 우 미인이 해하성에서 죽음을 기러기 터럭보다 가벼이 여기던
아름다운 마음을 칭찬하기도 하고, 순(舜) 임금의 두 비(妃)인 아황(娥皇)과
여영(女英)이 남(南)으로 순수(巡狩)하러 떠난 순 임금을 그리워하여 흘린 눈
물이 긴 대나무에 핏빛으로 남아 있는데 지금 그 마음을 아는 이 없음을
안타까워한다[湘妃怨]. 남편이 돌아오기를 간절하게 기다리다 꽃 같은 모
습은 파리해지고 뼈는 앙상해져서 결국은 돌이 되었다는 여성[亡夫石]의
강렬하고 비장한 여성을 형상화한다. 이러한 정감은 대개 남성 화자의 시
점에서 여성을 묘사하여 남성들의 바램이나 이상형을 반복하는 것이다.
그러나 여성 화자의 시점은 거의 보이지 않는다.

## 3. 서거정(徐居正), 전아미(典雅美)와 해학

### 1) 낙관적 세계 인식과 진아미의 구현

서거정은 여성의 가사노동을 통해 가부장제하의 가족윤리를 확립하려

---

30) "歎息復歎息, 西家婦向東家食, 東家殷富可托命, 弄擲飛梭勤作力, 纖手理絲聯復
斷, 須臾幻出雲霞爛, 五色鋪機儼成匹, 快刀剪破鮫綃牛, 高才自昔多流落, 口無所食
身無着, 君不見長安倡羅, 紈綺縠排千箱."(成俔, 「當窓織」, 『風雅錄』, 『虛白堂集』)

는 관각 문인의 의도를 드러낸다. 그리하여 그는 노동의 수고로움이나 조세의 가혹함 등 당면한 일상의 고통을 정신적으로 감내하는, 당대의 규범적 질서나 가치관에 주체화하는 전아한 인격미의 표상으로 여성들을 형상화한다. 또한 그는 여성의 내·외면을 전지적 시점으로 넘나들며 여성을 자신과 동일자의 세계에서 조화롭게 공존하는 것으로 형상화한다. 이러한 관각 문인 서거정의 시선에는 여성을 향해 작가 자신의 낙관적인 세계관을 투사하려는 경향이 농후하다. 그리하여 서거정이 구성하는 동일자의 세계에는 봄 날 자신의 미모에 한없는 자긍을 펼치거나, 금슬을 조율하며 도도한 흥취에 젖어드는 여성이 해학과 풍자적 어조로 포착되기도 한다. 이때 여성은 시인이 부여해 주는 이미지를 그대로 받아들이는 타자로 형상화될 뿐이다.

### 田婦汲水

| | |
|---|---|
| 蓬鬓荊釵茜色裙 | 흐트러진 살쩍에 가시나무 비녀, 붉은 치마 입고 |
| 一生井臼爾辛勤 | 일생 우물 긷고 절구 찧으며 고되게 일하였네 |
| 長門寂寂蛾眉老 | 長門宮에서 적적하게 늙어 가는 미녀야 |
| 爭似渠家老瓦盆[31] | 어찌 그 집 老瓦동이만 하겠는가 |

서거정이 강희안의 그림에 붙인 제화시(題畫詩) 팔(八)수 가운데 하나로 농촌 아낙의 물긷는 그림을 보고 묘사한 작품이다. 작가가 화자가 되어 농가 아낙의 삶과 장문궁(長門宮)의 궁인의 삶을 비교한다. 1·2구는 흐트러진 머리에 가시나무 비녀를 꽂고, 꼭두서니 뿌리로 붉은 물을 들인 허름한 치마를 입은 모습으로, 일생동안 우물 긷고 방아를 찧으며 고되게 일을 한 농가 아낙의 일상에 대한 서술이다. 3구는 장문궁에서 임금의 사랑을 받지 못하고 쓸쓸하게 늙어 가는 궁인의 삶이다. 작가는 이 둘을 비교하며 4구에서 장문궁의 궁인의 삶이 아낙네 집 노와동이만도 못하다고

---

31) 徐居正, 『四佳集』卷12, 「題姜景愚畵」八首 中.

하여 평생 고생하며 가난하게 살아가는 아낙의 삶을 궁인의 삶보다도 위에 둔다.

한 편의 시에서 전지적 작가가 시적 대상의 내외면(內外面)을 자유로이 넘나드는 구조는 작가의 시점이 시적 경계나 정감의 표출에 절대적인 힘을 발휘하는 것을 의미한다. 그러므로 이 작품에서 여성의 태도나 정감에 대한 판단, 작품의 전체적인 어조는 바로 아낙을 서정적 주인공으로 내세우고 다시 아낙의 서정에 직접 개입하는 작가의 시점에서 나온다. 작자는 아낙의 정감에 개입하면서 그들 사이의 인식에 거리가 생길 것이라는 의심을 가지지 않는다. 즉 가난으로 평생을 고생하고 산 아낙의 일생이 장문궁의 궁인의 삶보다 낫다는 인식은 곧 훈구 관료의 시점에서 나온 인식으로, 그가 여성의 의식과 삶의 방도를 규정하는 것이라고 할 수 있다. 그래서 위의 시는 곧 작가의 여성에 대한 사유 양식을 적극적으로 반영하는 형상화의 대표적인 예가 된다. 서거정의 여성 화자・화재 시에서 주된 제재의 하나인 농촌 여성은 대개 작가가 지방에 파견되어 나갔을 때나 촌사(村舍)에 다니러 갔을 때, 또는 병이 들어 서울 근교 촌사에서 쉬고 있을 때 그의 시선에 포착된 대상들이다. 서거정의 문집이 연대순으로 편찬되어 있다거나 창작정황을 직접적으로 밝혀놓은 것이 아니어서 모든 여성을 형상화한 한시가 구체적으로 언제 창작되었는지는 단언하기는 어렵다. 그러나 문집 내의 주변적 정황으로 그 단서를 찾는 것이 불가능한 것은 아니다. 서거정은 19세(1438)에 진사과(進士科)와 생원과(生員科)에 잇따라 합격하고 25세(1444)에 문과(文科)에 합격하여 집현전(集賢殿) 박사(博士)로 벼슬길에 오른 후, 69세(1488)에 생을 마칠 때까지 현량과(賢良科)에 4번 급제를 하였고, 45년간 경악(經幄)에서 임금을 모셨으며, 23년간 문형(文衡)을 담당한 대각문인(臺閣文人)이다. 서거정은 관직에 머물던 45년간 관직을 떠난 적이 없었고 일시적으로 지방에 파견된 것 외에는 줄곧 왕의 총애와 대신들의 비호 아래 내직(內職)에서만 있었다. 이를 바탕으로 평생 경제적으로는 부유함을, 정신적으로는 안정된 삶을 추구할 수 있었다.[32]

그의 여성 화자·화재 시에 빈번하게 나타나는 농촌 여성은 도성(都城) 근교인 임진, 양주, 광주 일대에 여러 개의 별장을 가지고 공간적 풍요를 누린 서거정에게 포착된 여성이기도 하고 잠시 외직으로 나갔을 때 만난 여성이기도 하다.

### 隴頭餉婦

| | |
|---|---|
| 纔餉晨殢又午殢 | 겨우 아침밥을 내갔는데 또 점심이구나 |
| 野蔬山蕨雜中間 | 들 푸성귀 산 고사리 사이사이에 섞어 |
| 布衫半綻荊釵曲 | 베적삼 반쯤 솔기 터지고 가시나무비녀 구부러져도 |
| 日日田頭解往還[33] | 날마다 밭머리를 오갈 수 있네 |

▲ 윤용, 〈봄 캐는 아낙네〉.

이 시는 서거정이 삼척(三陟) 죽서루(竹西樓)에 파견되었다가 전지적 작가 시점으로 밭두둑에서 들밥을 이고 가는 아낙의 모습을 보고 묘사한 시다.

1구의 겨우(纔)와 또(又)는 분주하게 바쁜 아낙의 일상을 실감나게 묘사하는 시어(詩語)다. 여기서는 들밥을 내가는 일로 표현되었지만 사이사이 집안일·밭일 등을 챙기며 분주히 이곳저곳을 오가는 여성의 형상이 재(纔)와 우(又)에 의해 선명하게 암시된다.

그러나 아낙은 분주한 일들에 대한 어떤 거부나 수고로움의 흔적을 전혀

---

32) 서거정의 생애에 대해서는 宋熹準, 「徐居正 文學 硏究」, 고려대 박사논문, 1996, 15~31면 참조.

33) 徐居正, 「三陟竹西樓八詠稼亭韻」 六首 中, 『四佳集』 卷2.

나타내지 않는다. 그녀는 푸성귀·고사리 등으로 들 밥을 만들어 머리에 이고 들판으로 나가는데 베적삼은 솔기가 터졌고 가시나무비녀로 만든 비녀는 굽어 있다. 소박하다못해 누추한 모습이지만 가난한 삶에서 오는 옹색함이나 소외와 고통의 흔적이 전혀 없다.

오히려 들밥, 푸성귀, 고사리, 베적삼, 솔기, 가시나무 비녀, 밭머리 등 소박한 농촌 아낙네의 일상에 긴밀한 시어들이 비유나 수식 없이 직접적으로 표현되어 소박(素朴)하면서도 활기차고 경쾌(輕快)한 어조(語調)가 형성된다. 2·3구의 아낙의 행위가 4구에서 "아무리 분주하고 누추하게 살아도 날마다 들밥을 이고 부지런히 밭두둑을 오가겠다"는 아낙의 의지로 전이되면서 '집안 일에 부지런하라'는 당대의 규범을 온전히 준수하는 여성의 내면적(內面的) 성실함이 외면(外面)으로 드러나게 되고, 이러한 여성의 행위와 서정에서 건강한 인격미(人格美)가 환기(喚起)된다. 이러한 인격미의 시적 경계(詩的境界)는 바로 '여성의 전아(典雅)한 아름다움'을 구현한다.

'전(典)'은 상도(常道)·준칙(準則)·제도(制度)·법규(法規)·예(禮)·의절(儀節)을 의미한다. 유협은 『문심조룡(文心雕龍)』「원도(原道)」에서 "玄聖創典, 素王述訓"이라 하였다. 여기서의 "전(典)"은 '선성(先聖)이 지은 바의 것'으로 '후세에 전범이 될만한 중요한 서적', '상도(常道)나 법규(法規)가 될만한 것', '그만한 가치를 지닌 것'의 의미를 담고 있다. "아(雅)"는 '바르다, 규범·표준에 합치되다'는 의미이다. 『시(詩)』「대서(大序)」에서는 "雅者, 正也"라고 하였는데, 이는 '시(詩)가 당대의 일을 논해야 하지 멀리 떨어진 시공(時空)의 일을 논하는 것은 바람직하지 않다[言天下之事, 形四方之風, 謂之雅]'는 뜻으로 '바른 것의 경계(境界)'가 구체적으로 무엇인가를 지적해 주는 구절이기도 하다. 여기서 전아(典雅)의 개념이 '규범·상도·예에 합치되는 것, 경전에 전거를 두어 바르게 된 것'임을 알 수 있다. 이는 전통적으로 공자(孔子)가 "詩三百, 一言以蔽之曰, 思無邪"(『論語』「爲政」), "關雎, 樂而不淫, 哀而不傷"(『論語』「八佾」), "溫柔敦厚, 詩教也"(『禮記』), "言天下之事, 形四方之風, 謂之雅, 雅者, 正也, 言王政之所由廢興也"(『詩

「大序」 등에서 유가의 경전을 전범으로 삼아 작품의 사상내용이 순정(純正)할 것을 강조해 온 관점을 계승하여 전아를 설명하는 것이다. 유협 역시 『문심조룡(文心雕龍)』 「체성(體性)」에서 "典雅者, 鎔式經誥, 方軌儒門者也"라고 하여 전아한 작품은 경서(經書)·고고(誥) 등을 법식으로 삼고, 유가(儒家)를 정종(正宗)으로 삼아, 유가의 입론에 의거하여 유문(儒門)을 밟아 나아가는 것이라는 관점을 취하고 있다. 그런데 사공도(司空圖)의 『24시품(詩品)』에서의 전아(典雅)의 풍격(風格)은 작품의 사상내용(思想內容)이 반드시 유가의 준칙을 따라야 한다고 여기지 않는다. 그는 술을 싣고 봄날에 노닐며, 모옥에서 가랑비를 완상하고, 흰 구름이 막 개이고 그윽이 새가 서로 나는 모습을 편안히 바라보고, 녹음 속에 거문고가 뉘여 있는 데 옆에 있는 폭포에서 거문고 소리가 울리는 시적 경계에서 전아를 찾는다. 즉 전통적인 전아의 개념이 사상내용(思想內容)의 순정(純正)함에 있는데 반해, 사공도의 전아는 세속을 초탈하여 고결한 풍모를 갖춘 특별한 시적 경계(詩的境界), 표현기법(表現技法)의 전아를 요구하는 것이다. 우리나라 한시비평에서는 전아의 개념을 이 두 가지 범주로 함께 쓰고 있다. 대표적으로 허균(許筠)·이수광(李晬光)·이정구(李廷龜) 등의 전아(典雅)와 이덕무(李德懋)·이옥(李鈺)에서의 전아(典雅)의 개념이 서로 다른데, 전자가 사공도 『24시품』의 범주와 연계되어 있다면 후자는 유협의 범주와 연계되어 있다. 이 글에서의 여성의 전아(典雅)한 아름다움은 바로 유협과 이덕무, 이옥 등으로 이어지는 개념 범주를 따른다.

위 시의 공간은 집과 논밭으로 이어지는 넓고 개방된 공간이다. 시간 역시 아침부터 점심까지, 과거에서 현재까지 다시 미래로 이어질 길고도 오랜 시간이다. 넓은 공간을 포용하는 긴 시간, 한결같은 태도를 지속하는 여성의 정감에서 항상된 도리·규범의 영원성·불변성이 드러난다.

이 시기 여성의 전아한 아름다움은 거의 대부분 농촌 아낙을 통해 형상화된다. 조선의 경제적 기반은 중소지주가 중심이 되는 지주전호적 생산관계를 중심으로 한다. 이는 소농경영으로 가족노동에 의존한 생산 방식을 쥐하고 있어 여성은 필수직인 가족 노동원이었으리라 짐작된다. 특히 면업(綿業)은 대부분 여성 노동에 의한 것이며 생산된 면보는 소세와 군역 및 유봉수난으로 중요한 위치를 차지했기 때문에 여성의 생산은 조선조 경제의 핵심적인 한 부분을 이루었다고 볼 수 있다. 즉 여성은 거대한 공적 사회에서의 활동은 금지되었지만 경제적 영역에서의 활동은 크게 장려되었다. 그러나 여성의 경제적 기여는 대부분 가정 내의 기여로서만 간주되었지 여성의 사회적 지위 확보에는 기여하지 못하였다. 반면 가장은 경작권과 부역 등 제반 조세의 의무를 짐과 동시에 생산의 전체 운영과 처분권을 갖게 된다. 이러한 가장 지배 체제는 주자학적 가족윤리의 뒷받침을 받아 확고하게 자리잡아갔다고 할 수 있다.[34]

위의 시에서 농촌아낙이 분주하게 바쁜 일상에 쫓기면서도 날마다 그러한 생활을 할 수 있다는 활기찬 의지를 보이는 것 역시 이러한 경제활동에서의 여성의 위치와 역할을 강조하는 훈구 관료의 여성 인식과 여성 정감을 표출하는 기본시점을 반영하는 것이라고 할 수 있다. 작가의 시선에 포착된 농촌은 '즐겁고 신나게 농사짓고 풍요롭게 사는' '태평성세(太平盛世)의 농촌'이다. 여성 화자의 여성 정감이건, 남성 화자의 시선에 포착된 대상으로서의 여성이건 서거정의 농촌 여성은 '치마적삼 온전한 것 하나 없어도 미나리 고사리 향기로운 들밥을 내 오는' 여성이다.[35]

---

34) 한희숙, 「양반사회와 여성의 지위」, 『한국사 시민강좌』 15집, 일조각, 1994.
35) 이러한 시적 경계에서 발현되는 여성의 전아한 정감은 徐居正 시의 곳곳에 나타난다. 「田家謠」은 작가가 봄날 촌사에 나가 지은 시이다. 그가 촌가에 나가 본 농가는 "2월에 새로 농사일을 시작히려하니 포곡새가 풍년을 점치며 울고, 비는 넉넉하게 내려 밭갈기에 좋다. 늙은이는 근력이 좋아 농사일이 힘에 부치지 않고 아이들도 모두 나와 일을 거든다. 아낙은 치마적삼 온전한 것 하나 없어도 미나리 고사리 향기로운 들밥을 내온다. 보리이삭은 노랗게 패여가고 벼는 파릇파릇 돋아나니 농사는 즐겁고 신나는 일이다. 이렇게 농사지어 풍년이 들면 혼인을 의논하여 동네잔치를 벌린다[田家二月啼布穀, 南村北村雨新足, 泥融無塊田可耕, 原頭叱叱驅犢聲, 老翁秉耒筋力强, 大兒小兒行踉蹡, 家婦布衫無完裳, 日干野餉芹蕨香, 麥穗漸黃稻新綠, 滿眼新綠飛雪白, 里閭相逢無異說, 勗尒辛勤事稼穡, 家穡可樂還可憐, 十年不見大有年, 待得有年議婚姻, 携壺挈肉相酣眠, 田家田家風俗眞, 不比壟斷爭利人, 袖中已草歸田詩, 他時爭席知我誰]."

서거정은 문집의 곳곳에서 규범을 받아들이고 그 규범에 순응하는 아낙의 모습을 표현한다. 물론 그의 시선에도 고달픈 백성의 모습이 포착된다. 그러나 그들은 비관적이 아니라 낙관적(樂觀的)인 단호(斷乎)함과 의지(意志)를 가지고 규범(規範)에 순응(順應)하는 것을 우선으로 여기는 사람들이다. 그들의 정감은 자신의 처지를 원망하거나 벗어나고자 애쓰기 보다받아들이고 분수로 여기며 견디려 하는 면이 부각된다.

**織婦行**

| | |
|---|---|
| 霜風昨夜如箭鱉 | 어젯밤 서릿바람이 화살처럼 지나가더니 |
| 機上絲頭半凍裂 | 베틀 위 실 끝 반은 얼어 갈라졌네 |
| 機邊織婦續斷絲 | 베틀 옆에서 길쌈하는 아낙 갈라진 실을 잇는데 |
| 兩手龜盡寒砭骨 | 양손 다 찢어져 추위가 뼈에 사무치네 |
| 理絲軋軋鳴寒梭 | 실을 자으니 삐거덕 삐거덕 찬 북 울고 |
| 自恨身爲他人織 | 스스로 남을 위해 길쌈하는 일 한탄하네 |
| 織成下機催刀尺 | 길쌈 끝나자 베틀에서 내려와 칼과 자를 재촉하니 |
| 官租私債迷緩急 | 관가 세금, 사채 어느 것이 더 급하든가 |
| 官私兩糴那可辜 | 세금이든 사채든 어찌 저버리리 |
| 此身寧忍無裙襪 | 이 몸 차라리 참고 옷 없이 지낼지언정 |
| 嗚呼旣作田家婦 | 아, 이미 농가의 아낙이 되었으니 |
| 卒歲甘分無衣褐 | 해를 마치도록 분수를 달게 여기고 베옷조차 없이 지내려네 |
| 終然不學娼家兒 | 끝내 그러나 창기를 배우지는 않으리 |
| 爲人謌舞衣滿篋36) | 남을 위해 노래하고 춤추어 옷이 상자에 가득하다 해도 |

이 시는 7언 14행 고시체(古詩體)다. 1행에서 8행까지는 작가인 화자가 농촌 여성의 길쌈하는 모습을 객관적으로 묘사하고 있다. 농촌 아낙이 베틀 위 실이 갈라질 정도로 서릿바람이 부는 겨울날, 뼈에 사무치는 추위를 견디며 다 찢어진 손으로 길쌈을 한다. 그러나 이렇게 길쌈을 해도 이

---

(徐居正,「田家謠」,『四佳集』卷3)

36) 徐居正,『四佳集』卷29.

옷감은 남에게로 갈 뿐이다. 옷감이 다 되자 자로 재어 칼로 자르는데 벌써 세금 내라, 사채 갚아라 재촉이 분분하다. 9행부터 14행까지는 이렇듯 어렵고 힘겨운 상황에 처한 여성이 직접 화자가 되어 자신의 심정을 이야기한다. 자신은 치마도 버선도 없이 추위를 참고 지낼지언정 세금이든 사채든 어느 것도 저버릴 수가 없다. 또 자신은 이미 농부의 아내가 되었으므로 가난한 삶에서도 분수를 달게 여기며 옷이 없이 살 생각이다. 또한 끝내 창기들처럼 남을 위해 춤추고 노래부르며 상자 가득 옷이 넘치는 그런 생활은 하지 않을 것이다.

이 시는 1행에서 8행까지 여성의 현실을 객관적으로 묘사하던 작가의 시점이 9행에서 여성 화자의 시점으로 변화하면서 여성 화자의 의지나 다짐 등 여성의 정감에 중점이 주어지는 구조다. 가난한 삶에서도 농부의 아내로서의 분수를 달게 여기고 자신이 해야 하는 임무를 다하여 아무리 춥고 힘겨워도 끝내 창기들처럼 살지는 않겠다는 다짐을 보여주는 여성의 전아함이 작품의 핵심이다. 전반부의 고통스럽고 비극적인 어조가 후반부의 여성 화자로 바뀌면서 여성의 태도나 의지에서 발현되는 단호하고 힘있는 어조가 형성되고 이러한 어조에서 여성의 전아한 정감이 환기된다.

이 시기 서거정의 여성 정감시는 남성 화자(男性話者)와 여성 화자(女性話者)가 함께 나타나 먼저 남성 화자가 시상을 전개하다가 이어서 여성 화자로 변하는 구성을 취하거나, 남성 화자의 시점에서 여성의 정감을 전지적으로 포착하는 구성을 취하는 경우가 많다. 이는 작가가 여성을 대상화(對象化)하고 여성의 정감에 직접 개입하는 것을 선명하게 보여준다.

여성을 표출하는 제재는 남녀간의 애정, 여성의 일상적인 삶의 제반 요소, 자아 존재에의 성찰, 사회·역사적인 사건 등 특별한 제한을 갖지 않는다. 이 각각의 제재가 제반 시적 자질과 어울려 어떻게 구현되는가에 따라 특정한 정감이 발현되는 것이다. 그런데 실제 여성 정감의 작품에서는 특정한 제재에 따라 특정 정감을 표출하는 경향성이 보인다. 즉 전아함을 나타내는 제재는 사회·역사적인 사건이나 자아 존재에의 성찰 등의 제재보다는 가사일, 가족 간의 관계 등 여성의 일상에서 주요한 의무·책임으로 여겨지던 일들에 집중되는 경향이다. 같은 시대의 강희맹37) 역시 들밥을 기다리는 일꾼들의 시선을 통해 부지런히 들밥을 준비하는 아낙네의 형상을 묘사하기도 한다.

서정적 자아의 정감이나 태도가 규범적 질서나 가치관에 대해 긴장이나 갈등을 느끼지 않는 전아함은 조화와 여유, 빼어난 인격미의 시적 경계로 수용된다. 서정적 자아의 어조는 여유가 있고 넉넉하며 이 여유나 넉넉함은 여성의 태도(態度)나 용모(容貌), 동작(動作), 마음씀씀이 등에서 활기차고 낙관적인 정신으로 구체화된다. 그런데 당대의 규범에의 조화나 절제는 '마땅히 해야 하는 일'이지만 실상 규범의 실천이란 어려운 일이다. 그런 가운데서도 이를 조화롭게 지켜가는 서정적 자아에게서는 남다른 빼어남을 느끼게 된다. 이 빼어남은 규범이 자아의 마음에 흔연히 맞는 데서 오는 흡족감, 새로움, 신선함을 발현하고 전아미는 바로 여기서 감지된다. 그런데 서정적 자아가 당대의 규범적 질서를 무조건 따르거나 외부로부터의 훈계나 교훈조의 강제에 의해서 억압적으로 따를 때에는 전아미가 발현되기 어렵다. 그러므로 전아함은 당대 규범에의 무조건적인 조화나 절제보다 보다 규범에 대한 근원적인 체인(體認)을 수반할 때 미를 감지하게 된다. 이러한 정감은 작품의 표현기법(表現技法), 시어 등에서도 당연히 당대의 규범적 질서에로 조화를 하거나 절제를 통하여 발현된다. 여성 정감의 경우 시어는 속어(俗語)나 추상적인 언어를 쓰기보다 시적 내용을 잘 드러내는 실사(實辭)를 사용하고 수식(修飾)을 지양한다.

서거정의 시에서의 전아미는 조선 후기 이옥(李鈺)의 「이언(俚諺)」「아조(雅調)」 '소서(小序)'에 이르기까지 지속되는데, 조선시대의 규범적 당위성을 지닌 여성의 전형적인 유형이라고 할 수 있다. 이옥은 당대의 규범적

---

37) "大姑春正急, 小姑入廚烟橫碧, 飢腸暗作吼雷鳴, 空花生兩目, 待餉時, 提鋤不得力."(姜希孟, 「待餉」, 『私淑齋集』.)

질시에서 의무나 책임이라고 규정한 범주를 성실히 실천하는 여성의 태도나 서정을 중심으로 「이언」, 「아조」를 구성한다. 즉 이옥(李鈺)의 「이언」 「아조」는 "아(雅)라는 것은 상(常)이고 정(正)이요"라고 하여 "항상된 도리, 바른 것"이 「아조」의 경계에 드는 것임을 언명하고, "항상된 것, 바른 것"은 구체적으로 "부인이 그 어버이를 사랑으로 모시고, 남편을 공경으로 받들고, 집안에서 검소하게 생활하고, 가사 일에 부지런히 일하는 것"이라고 밝힌다. 이는 여성이 일상에서 여성 자신의 의무나 책임이라고 부여받은 범주를 성실히 실천해 가는 태도(態度)와 서정(抒情)을 총체적으로 '아(雅)'라고 일컫고 있음을 알 수 있다. 즉 전아란 일상의 의무나 책임에 대한 여성의 태도나 서정의 측면에 중점을 두어 파악한 개념이다. 이옥은 이러한 태도나 서정을 "사람이 타고난 품성, 사람의 바른 도리[天地之常, 人道之正]"라고 하여 유가의 상도(常道), 인성론(人性論)의 입장에 연결시킨다.38) 즉 유가의 근본적인 사상체계와 연관시켜 여성의 의무나 책임이라고 생각하는 것에 권위와 힘을 부여하고 그 시대 지배규범 가치질서를 지키고 실천할 것을 강조하는 근거를 마련한다. 그러나 이는 이옥 개인(個人)의 의사(意思)라기보다 바로 조선시대의 여성에 대한 규범적 당위가 무엇인가를 보여주려는 의도라고 할 수 있다.39) 조선 중기를 거쳐 조선 후기로 갈수록 농촌 여성의 전아한 정감은 더 이상 유지되기가 어려워졌고 다음 시대에는 규범적 당위를 일탈하는 새롭고 낯선 정감이 여성 정감을 대표하는 정감으로 대두된다.

---

38) "雅者, 常也正也, 調者, 曲也, 夫婦人之愛其親, 敬其夫, 儉於其家, 勤於其事, 皆天性之常也, 人道之正也, 故此篇, 全言愛親敬夫勤儉之事而, 以雅調名之."(李鈺, 「俚諺」, 『藝林雜佩』)

39) 실상 「雅調」17首의 구체적인 제재는 小序에서 밝힌 범주를 뛰어넘고 있다. 물론 어버이를 사랑으로 모시고, 남편을 공경하여 받들고, 집안에서 검소하게 생활하고, 가사일에 근면한 면이 있지만 일상에 대한 이전과는 다른 태도나 서정이 생생하게 묘사된다.

## 2) 해학(諧謔)과 풍자(諷刺)의 전이

**題美人賞春圖**

竹籜躑烟藏翡翠　　죽순 이내를 드리운 듯 비취를 감추고
荷盤擎雨盖鴛鴦　　연잎 비를 받아 원앙을 덮네
美人睡起嬌無力　　미인 잠에서 일어나 나긋나긋 교태롭고
閑捲珠簾看海棠40)　한가로이 주렴 걷으며 해당화를 본다

이 시는 미인이 봄을 완상하는 정경을 묘사한 작품이다. 전지적 작가 시점으로 화자는 그림 전체에 시선을 돌려가며 차례로 묘사한다. 이 시는 모두 세 공간으로 이루어져 있다. 뒤뜰 대숲에 봄날 쑥쑥 자라 삐져나온 죽순이 이내를 늘어뜨린 듯 무성한데 그 아래엔 비취새 한 쌍이 숨어 즐거운 한 때를 보내고 있고, 앞마당 연못엔 보슬비가 내리는데 연잎이 비를 받아 그 아래에 놀고 있는 원앙을 가려준다. 두 곳이 모두 한 눈에 들어오는 어디쯤엔가 누각엔 미인이 잠에서 막 깨어나 나긋나긋 교태를 부리다가 한가롭게 주렴을 걷으며 해당화를 바라본다.

이 시의 구조는 죽순과 비취새, 연잎과 원앙새, 미인과 해당화로 짝을 이루는 물상과 물상의 어울림으로 이루어져 있고 주제는 이 어울림이 만들어내는 어떤 정감이다. 대나무가 쑥쑥 자란 죽순으로 사이좋은 비취새를 잘 숨겨주어 그들의 금슬을 더욱 더하게 도와주고, 연잎이 자신의 큰 잎으로 비를 피하도록 원앙새를 덮어주어 그들의 금슬을 더욱 더하게 도와주는 물상과 물상의 조화의 극치가 1·2구의 핵심이다. 비취새와 원앙새는 항상 쌍으로 노닐며 금슬을 자랑하는 새들로 한시에서 전형적인 알레고리로 자주 등장한다. 그러나 이 시는 전형적인 알레고리를 사용하였지만 정작 화자의 관심은 여기서 머물지 않고 그 금슬·조화를 더욱 더하게 하는 주변 물상의 역할에 두어진다. 그래서 1·2구의 주체는 바로

---

40) 徐居正, 『四佳集』 卷52.

죽순과 연잎이고 비취와 원앙은 그들의 대상이 된다. 이 점이 바로 이 시의 개성이다. 이는 다음 구에서 분명해진다.

3·4구의 미인과 해당화는 두 개체의 만남이라는 점에서는 1·2구와 같은 구조이지만 그 의미는 미인이 해당화를 또는 해당화가 미인을 도와주는 구조에서 발생하지 않는다. 3구 잠에서 막 깨어나 나긋나긋 교태를 부리는 미인은 지금 혼자의 모습이지만 비취새·원앙새는 미인의 정황과 공간적 배경을 비유하는 객관적 상관물이다. 그래서 4구 첫 구절 한가로이(閑) 주렴을 걷고 주변을 볼 수가 있는 것이다. 여인이 주렴을 걷고 만약 금슬좋은, 조화로운 비취새·원앙새를 바라보았다면 이 시의 주제는 아주 단순하게 미인 역시 그 새들의 금슬을 꿈꾸는 것이 되었을 것이다. 그러나 '한(閑)'은 결핍의 정서나 간절한 소망의 정서가 아니라 만족·여유의 정서가 행동으로 표출된 것이다.

그래서 4구에서 의미의 전환이 일어난다. 미인의 시선은 앞마당에 있는 해당화에게로 옮겨간다. 해당화는 무엇을 의미할까? 서거정의 시에는 "日烘氣力饒春睡, 雨借精神起晚粧"[41]이라고 하여 해당화가 햇살을 받으면 그 모습은 "미인이 잠을 자는 것 같고, 비를 맞으면 잠에서 깨어나서 아름답게 화장하여 생기가 도는 모습과 같다" 한다. 이 시의 마지막 구는 미인의 자기 용모에 대한 자긍이나 자아 도취가 해당화로 전이(轉移)되어 나타난 것이다. 결국 비취새 원앙새 같은 금슬을 이루고 자신의 아름다움에 대한 한없는 자긍을 펼칠 정감이 해당화로 전이되어 표현된 것이다. 미인이 조급하거나 격정적이지 않고 한가롭고 은은하게 해당화를 바라보는 시선에는 미인의 자긍(自矜)의 정감이 깊게 자리하고 있음을 느낄 수 있다.

이 시는 객관적 상관물의 절묘한 이용, 전이의 수법을 통한 정감의 응결, 한시에 일반적으로 있을 법한 비취새·원앙새의 알레고리의 상투성을

41) 徐居正, 「海棠」, 『四佳集』 卷4.

뛰어넘어 이 작품만의 독특한 정감의 세계를 형성한다. 그림이라는 관념
적(觀念的)인 대상 속의 여성 정감은 자긍(自矜), 자아 도취(自我陶醉)의 정감
이다.

**題美人避暑圖**

珠盤和露黃金果    구슬 쟁반에 갓 따온 노란 참외
銀椀點氷白玉漿    은 대접엔 얼음 띄운 찬. 식혜
紈扇小風淸似水    흰 깁 부채 살랑살랑 맑은 물 같아
閑調錦瑟和霓裳42)   한가로이 금슬로 예상우의곡을 뜯네

이 시는 미인이 피서(避暑)하는 그림을 보고 지은 시이다. 옥구슬로 장
식한 아름다운 쟁반엔 갓 따온 노란 참외가 먹음직하게 놓여 있으며, 은
대접엔 얼음을 동동 띄운 찬 음료가 들어 있고, 흰 깁 부채는 살랑살랑
맑은 물처럼 시원하고 기분좋은 기운을 일으킨다. 이 기분좋은 여름날의
흥이 한가로이 금슬을 조율하여 예상우의곡을 타고 월궁(月宮) 선녀(仙女)
가 된 양 흥취(興趣)가 도도(滔滔)해진 정감으로 전이된다.

이 시는 일견 단조로운 구조·직서(直敍)의 표현수법으로 가벼운 시상
(詩想)에 머물고 만 느낌으로 읽을 수도 있다. 그러나 1구에서 3구까지 과
일·음료·부채 등 여름날의 선망(羨望)의 물상이 차례로 화려하고 아름
다운 그릇에 담겨 나열되는 구조가 반복되면서, 이 반복의 정도에 비례하
여 피서를 하는 미인의 시원함, 상쾌함, 만족감과 흥취가 점점 고조된다.
단순한 구조가 반복되는 시행, 특별한 수식이나 기교가 없는 시어가 어떤
비유(比喩)도 거치지 않고 그 자체로 객관적으로 직서되어 오히려 서정적
자아의 흔연한 쾌감을 깔끔하게 드러내는 효과를 가져온다. 또한 옥구슬
쟁반, 노란 참외, 은 대접, 찬 음료, 흰 깁 부채, 맑은 물의 시각적 이미지
가 자연스럽게 갓 따온, 얼음을 띄운, 살랑살랑 등의 신선하고 시원하고

---

42) 徐居正, 『四佳集』 卷52.

상쾌한 이미지로 환기되면서 서정적 자아의 정감에 누구라도 금새 하나가 될 듯 정감의 공명성(共鳴性)을 상쾌하게 울린다. 여기서 이 시의 난순싱이 바로 직가의 고도한 시적 역량의 축적에서 연유한 견과임을 알게 된다. 이렇게 도도하게 흥이 오른 미인은 서두르지 않고 우아하게 시원한 쾌감을 금슬에 실어보낸다. 4구의 한(閒) 역시 미인이 누리는 신선하고 맑은 쾌감이 사라질까봐 두려운, 불안한 순간(瞬間)의 것이 아니라 언제나 한결같이 존재하는, 여유를 가져도 좋은 것임을 암시한다. 그래서 미인은 서두르지 않고 우아하게 금슬을 잡아 조율을 하고 달나라 선녀의 노래를 부를 수 있다.

우아하게 금슬을 잡고 부르는 월궁 선녀의 노래가 청각적 이미지가 되어 마치 달나라 선녀가 된 듯한 미인의 기분 좋은 흡족한 정감을 허공으로 멀리 올려보낸다. 미인의 정감이 직접 표현된 것은 4구 첫 시어인 한(閒)이 다이지만 청각적 이미지의 환기가 여성의 정감의 깊이와 넓이를 무궁하게 한다. 이처럼 단순한 듯한 시의 구조에 다양한 감각적 이미지를 구사하여 상쾌한 감각만이 해결할 수 있는 여름날 피서의 방법을 효과적으로 보여주면서 주제를 완성한다. 이러한 감각적 이미지의 운용에 서거정의 여성 정감시의 특징이 있다. 이 시의 여성의 정감은 신선하고 맑은 쾌감으로 나아간다.

다음 시는 직접 여성 정감을 구현하고 있다고 하기는 어렵지만 서거정의 여성을 대상으로 한 어조가 잘 드러난다.

### 題醜丈夫邀飮美人圖

| 鷹眼虯髥黑面奴 | 매눈 규룡수염에 거무튀튀한 놈이 |
| 擧觥時復撫雙壺 | 큰잔을 들었다가 다시 양쪽 술병을 두드려본다 |
| 回頭轉矚矛豪甚 | 고개 돌려 두릿대는 눈매 몹시도 사나운데 |
| 笑隔花枝有美姝[43] | 꽃가지 너머에서 웃고 있는 미인을 보다니! |

---

43) 徐居正, 『四佳集』 卷44.

### 題美人遇醜丈夫圖

何處濃粧黃四娘　어디선가, 곱게 단장한 황사랑
扇風花氣玉纖香　부채바람에 꽃기운 옥 같이 고운향 불어오네
探春小立翻惆悵　봄을 찾아 잠깐 서있으려니 홀연히 슬퍼지는데
不見子都乃見狂[44]　子都는 보지 못하고 미치광이를 만나다니!

　이 시는 전지적(全知的) 관찰자(觀察者) 시점의 어조(語調)와 분위기(雰圍氣)가 특히 여성을 해학적으로 포착하는 인식이 강하게 부각되는 작품이다. 첫 번째 시는 못생긴 사내가 술을 마시다가 우연히 미인을 발견한 순간을 포착한 것이고, 두 번째 시는 반대로 미인이 잘생긴 연인을 그리다가 말도 안되게 못생긴 사내와 마주친 순간을 묘사한 것이다.

　제1수는 매처럼 사납고 매서운 눈에다 새끼용처럼 꼬불꼬불한 수염을 달고 거머튀튀한 얼굴을 한 사내놈이 무소 뿔로 만든 큰 술잔을 들었다 간 다시 옆에 놓여 있는 술병 둘을 탁탁 쳐보면서 남은 게 없나 확인하는 모양이 이제껏 마신 술이 아직 성에 안찬 듯 아쉬움이 많은 듯하다. 1구에서 사납고 거칠고 우스꽝스럽고 촌스러운 사내의 못생긴 외모를 집중적으로 묘사하여 인물의 형상을 극대화시킨다. 2구는 이러한 못생긴 외모에 술 좋아하고 세련되지 못한 장부의 거친 행동이 어우러져 금방이라도 살아날 듯 생생한 인물의 형상이 된다. 3구에서는 그 미진함, 아쉬움을 어디 풀 곳이 없나 고개를 돌리며 이리저리 두릿대는 거칠고 사나운 눈매에 아뿔사! 꽃가지 너머에서 웃고 있는 미인이 번쩍 스친다.

　화자는 1구에서 3구까지 사내의 못생긴 외모, 거친 행위를 묘사하다가 4구에서 화자의 시선을 훌쩍 미인으로 그것도 꽃가지 너머에서 웃고 있는 미인으로 이동시켜 시의 분위기를 반전시키는 수법이 아주 자연스럽다. 술을 찾아 시선을 돌리는 사내의 거칠고 촌스러운 이미지가 4구에서는 역으로 아리땁고 세련된 미인의 이미지로 전이되면서 결국 서로 대조

---

44) 徐居正, 『四佳集』 卷44.

되는 이미지가 하나로 겹쳐져 빚어내는 의외성, 기발함이 해학적인 시적 경계를 형성하고 사내의 술에 대한 갈증을 극도로 해소하는 분위기가 뛰어나다.

이 시는 시종 시각적 이미지로 일관한다. 매, 규룡, 검은 색 등의 수식(修飾)을 통해 시각적 이미지를 선명하게 부각시키고 잔을 들어보고 아쉽게 놓는 행위, 술통을 쳐보며 술이 있나 다시 확인하는 행위, 고개를 돌리고 두릿대며 다른 술을 찾아보는 눈짓 등의 세세한 행위 묘사를 인물이 금방이라도 살아날 듯 생생하게 시각화한다. 그런데 이 시각적 이미지는 마지막 4구에서 그동안 일관되던 시각적 이미지의 기발한 대상으로의 전환을 통해 시의 긴장을 일으키고 해학적 정서를 환기시킨다. 그래서 이 시를 읽고 나면 거칠고 못생긴 사내의 모습은 간 데 없고 의외의 신선함 기발함이 주는 즐겁고 유쾌한 해학이 시를 전체적으로 감싼다. 못생긴 사내의 술에 대한 갈증은 곱절로 해소된다.

두 번째 시는 3인칭 전지적 작가시점으로 미인이 못생긴 장부를 만난 그림을 재제로 하였다. 곱게 단장을 한 아름다운 여인에게 어디선가 부채 바람에 실려 옥 같이 고운 꽃향기가 날아온다. 꽃향기를 찾아 봄구경을 하다가 문득 연인이 그리워져 잠깐 서서 울적한 마음을 다스리는데 아름다운 연인은 보이지 않고 자신을 보고 있는 못생긴 장부의 시선과 마주쳤다. 그리운 사람을 보지 못하고 엉뚱한 사람을 만난 실망감, 여성의 황당함이 직설적으로 표현되어 있다. 황사랑(黃四娘)이 구체적으로 누구인지는 알 수 없다. 다만 아름다운 여인을 비유하는 표현인가 한다.[45]

이 시는 하나의 사건을 이야기를 전하듯 자연스럽게 구성되었다. 특이한 점은 마지막 4구에서 여성의 정감이다. 자도(子都)는 옛날 미남(美男)을

---

45) 옛날 齊나라에 겸손하게 자신을 낮추기를 좋아하는 黃公이라는 이가 있었는데 지나치게 겸손하여 항상 자신의 아름다운 두 딸을 추하게 생겼다고 말하였다. 그 말이 멀리까지 퍼져 두 딸은 세월이 지나도록 시집을 가지 못하였다. 그런데 어느 날 홀아비가 그녀에게 장가를 들고 보니 뜻밖에도 國色이었더라는 고사.

가리키는 관용적 수법으로 『시경(詩經)』「정풍(鄭風)」「산유부소(山有扶蘇)」
에 꼭 같은 구절을 인용한 것이다. 주자(朱子)는 "사람이 미색(美色)을 좋아
하나 가서 보지 아니하고 도리어 미치광이를 보는 것으로 홀(忽)이 선(善)
을 좋아하나 현자(賢者)를 임용하지 아니하고 도리어 소인(小人)을 임용하
는 것을 흥(興)한 것"46)이라고 주(註)하였지만 서거정은 정풍의 구절을 문
면 그대로 가져다 쓰면서 제화시 내에서의 해학적 어조로 변용하고 있다.
흥(興)하거나 비판(批判)하는 어조가 아니라 오히려 유쾌하게 즐기는 어조
로 바뀐 것이다. 또 자도(子都)와 대(對)가 되는 의미이긴 하지만 못생긴 장
부를 광(狂)이라고 표현하는 서정적 자아의 심정 역시 여성의 순간적 직설
성을 해학적으로 드러낸다. 어긋난 기대에 대한 정감을 표현하는 화자의
어조도 해학적이다. 이 해학성은 여성의 정감을 전지적 관찰자시점으로
파악하고 직접적으로 솔직하게 표현하는 작자의 태도에서 발생한다. 여성
의 정감과 작자의 어조와의 관계가 잘 보이는 작품이다.

　여기서 서거정의 여성이라는 시적 대상에 대한 인식 태도를 볼 수 있
다. 그의 제화시의 서정적 자아는 미인이다. 미인이 봄을 완상하거나, 미
인이 피서를 하거나, 미인이 못생긴 사내를 만나거나, 못생긴 사내의 사
납게 두리번대는 시선에 웃고 있는 미인이 부딪치거나 모두 '미인의 일상
(日常)'이라는 연관성을 지닌 순간(瞬間)이 시의 제재가 된다. 못생긴 사내
와 미인이라는 어울리지 않는 만남과 그 사건에서 생겨나는 재미있고 우
스꽝스러운 분위기가 돋보이는 작품이다. 화자의 어조는 해학적이지만 상
반되는 두 이미지를 하나로 어우러지게 하는 태도는 해학이 관용과 여유
에서 생겨난 것임을 알게 한다. 어떠한 갈등이나 긴장도 있지 않는 조화
와 여유, 낙관의 태도가 해학의 어조를 낳은 것이다. 이 시는 아마 시인의
나이 63세경인 노년작(老年作)인 듯하다. 평생 경제적으로는 부유함을, 정
신적으로는 안정된 삶을 추구할 수 있었던 화자의 안정과 여유, 낙관과

----

46) 『詩經』, 『朱子集註』.

관용 등의 생활에서 나온 듯하다.

　제화시의 대상이 된 그림의 구조가 실제 어떠하건 궁극적으로 무엇에 초점을 두어 어떻게 형상화하는가는 관찰자의 시선에 의해 결정이 된다. 그러므로 여성의 정감을 이렇게 감각적인 형식미가 우세하게 구조화하는 것은 바로 작가의 세계관, 대상에 대한 인식의 태도에 따라 결정되는 것이다. 풍속화를 보고 분위기, 정감을 읽어내는 시인의 안목과 이를 자연스럽고 거리낌없이 시적 구조로 옮기는 시인의 태도는 한 시대의 성사(盛事)를 이룬 시인의 역량(力量)과 여유(餘裕)와 낙관(樂觀)의 어울림의 결과라고 할 수 있다. 또 서거정의 여성 화재 시는 노년(老年)에 창작된 경우가 많은데 이는 더욱 여성 화재 시가 작자의 달관(達觀), 여유(餘裕), 관용(寬容)의 배경에서 나온 것임을 암시한다. 흔히 서거정의 시를 내용(內容)의 의리(義理)에는 관용적(慣用的)인 반면 감각적(感覺的)인 형식미(形式美)를 추구(追求)하였다[47]고 일컬어지는데 서거정의 여성 화재 시가 그의 전체 시 5,000여 수의 분량에 비하면 미미한 자료이지만 그의 여성 화재 시는 어느 작품이건 그의 시의 핵심적 특징을 잘 드러내는, 서거정의 본령에 가깝게 접근한 작품이라고 할 수 있다. 이러한 서거정의 여성 화재 시의 정감, 어조, 분위기는 『시경』·『초사』·『악부』로 이어지는 여성 정감시 전통의 계승과 영향으로 설명하기에는 미진한 감이 크다. 오히려 이들 양식(樣式)을 떠나 서거정의 사회 역사적인 처지와 그의 개성적(個性的) 기질(氣質)이 크게 작용한 듯하다. 제화시의 자긍, 자아 도취나 쾌감은 바로 화자의 정감, 작가의 정감이기도 하다. 여기에 여성의 정감이 곧 화자의 정감, 작가의 정감이라고 하는 이유가 있다.

　다음 시 역시 그의 여성을 대상으로 한 해학을 잘 보여준다.

---

47) 李東歡, 「朝鮮後期 文學思想과 文體의 變移」, 『韓國文學硏究入門』, 지식산업사, 1984.

麗人圖

| 曲江春日麗人行 | 곡강, 봄날 미인의 행차 |
| 睡破梳粧照晚晴 | 졸다 깨어 단장하니 저녁햇살에 눈부시네 |
| 只許暫時腰後見 | 잠깐 뒷모습만 보게 하였는데 |
| 杜陵飢客眼空明[48] | 두릉의 굶주린 나그네 눈이 공연히 환해지네 |

「여인행(麗人行)」은 두보(杜甫)가 쓰고 이후 여러 시인들이 의고한 작품이다. 소식(蘇軾)도 「속려인행(續麗人行)」을 남겼다. 서거정은 제목은 두보를 의고(擬古)했으나, 시상전개는 소식을 모방하였다. 그러나 주제(主題)는 이들 두 사람과 달리 해학적(諧謔的)인 분위기를 전하는 쪽으로 나아갔다. 두보는 "천보 15년 양국충과 양귀비의 언니가 이웃에 살며 수시로 왕래를 하였다. 이들이 나란히 앉아 입조(入朝)할 때면 장막을 치지 않아 길가는 사람들이 오히려 눈을 가려야 할 정도였다. 그리하여 이 시를 짓는다"[49] 고 밝혔다. 그래서 후대에는 이 시가 양국충과 괵국부인의 불륜을 풍자한 시라고 일컬어졌다. 시는 모두 26행의 고시로 삼월 삼짇날 장안 물가에서 아름다운 여인들이 짙게 화장을 하고 곱고 화려한 장식을 하고 진귀한 요리 온갖 악기로 화려한 잔치를 벌이는 모습을 비교적 사실 묘사에 치중하여 묘사하고 있다. 그러나 사람들은 이 시를 시인의 풍자적(諷刺的)인 어조가 숨어 있는 시라고 한다. 반면 소식은 두보보다 훨씬 편폭이 짧아진 16행 고시로 "깊은 궁궐 북쪽에 있는 심향정에서 미인이 자고 일어나 가볍게 단장을 하니 그 모습이 애를 끊듯 아름다운데 늘 굶주리던 두보도 절룩거리는 노새를 타고 귀족들을 따라다니다가 꽃가지 너머에서 이 모습을 한 번 보고는 취하여 인간 세상에 진짜 서시가 있는 줄 믿었다." 그러나 "양홍의 처 맹광의 거안제미(擧案齊眉)하던 행동에 어찌 봄을 완상하던 일이 있었던가?"로 끝을 맺어 교훈적(敎訓的)인 어조를 지닌다. 반면 서거정

---

48) 徐居正, 『四佳集』 卷4.
49) 楊倫箋 注, 『杜詩鏡銓』.

은 7언 절구 간결한 형식에 두보가 미인의 뒷모습에 반해 버린 점을 집중적으로 포착하여 해학적(諧謔的)인 분위기를 고조시킨다.

한편, 이 시기 여성을 시적 대상으로 하는 한시의 또다른 특징의 하나는 어느 신분의 여성이든 여성 스스로의 미(美)에 대한 자긍이 부각된다는 점이다. 즉 이 시기는 여성이 가사일을 전아한 정감으로 표현할 때 드러나는 부덕(婦德)이라는 윤리적 덕목과 미라는 감각적이고 외형적인 측면을 자신의 존재기반으로 내세우는 여성 정감이 공존한다고 할 수 있다.

**蛾眉怨**

| | |
|---|---|
| 天生我蛾眉 | 나는 타고난 미인 |
| 誤此芳華時 | 이 꽃다운 시절을 그르쳤네 |
| 不如嫫母醜 | 추한 嫫母만도 못하여 |
| 嫁作商人婦 | 장사꾼의 아내가 되었네 |
| 商人重利多蓄財 | 장사꾼은 이윤을 중시하여 많은 재물을 모으고도 |
| 典衣日日猶含盃 | 옷을 전당잡히고 날마다 술을 마시네 |
| 君不見明妃嫁胡虜 | 그대는 보지 못했나, 명비가 흉노에 시집을 가서 |
| 靑塚年年思漢土 | 청총에 묻히고도 해마다 漢 땅을 그리워한 줄을 |
| 自古蛾眉多命薄 | 예부터 미인은 대부분 박명하더라 |
| 非我獨遭此難苦[50] | 나만 유독 이 고난을 만난 것은 아니리 |

이 시의 여성 화자는 스스로 하늘이 낳은 타고난 미인이라고 자부하는데 남편은 많은 재물을 모으고도 옷을 전당잡히고 술을 마실 정도인 수전노 장사꾼이다. 그녀는 미모를 지니고도 수전노를 만나 꽃다운 젊은 시절을 망쳐 버렸으니 천하의 추녀(醜女)로 황제(黃帝)의 비(妃)가 된 보모(嫫母)만도 못한 인생이 되었다고 한탄한다. 그러나 그녀는 '흉노에게 시집간 명비(明妃)'에 견주어 미인(美人)은 원래 박명(薄命)하니 어쩔 수 없다는 운명론으로 체념(諦念)한다. 미(美)를 지니고도 성격적 결함을 지닌 그에 어

---

50) 成俔, 『風雅錄』, 『虛白堂集』.

울리는 남편을 만나지 못한 것이 부당하다고 하는 여성의 가치 기반은 오로지 미(美)로 표현된다. 여성은 자신의 미를 내세우는 동시에 남성의 행위를 비판한다. 그러나 이는 어쩔 수 없는 운명이다.[51]

이 시기의 사대부는 성리학적 이념의 구현체로서의 여성상, 여성의 부덕(婦德)을 강조하였지만 동시에 여성은 도덕적인 덕목으로 자아의 정체성을 추구하기 보다 미(美)라는 감각적이고 외형적인 측면으로 자신을 내세우는 경향도 강하였다. 가부장제 가족윤리를 확립하려는 의식과는 다른 방향으로 사대부의 여성이라는 시적 대상이 형상화되고 있음을 살펴볼 수 있다. 이 시기는 유가의 경전에 근거하여 아황(娥皇)과 여영(女英)이나 『시경』에 나오는 후비(后妃)와 같은 덕녀(德女)를 이상적인 여성상으로 규정하는 여성교화나 풍습교화가 점점 강화되어 가고 있었다. 그런데 여성화자는 덕(德)이 아니라 미를 여성 자신의 가치 기반으로 인식하고, 부도덕한 남성을 비판하는 근거로 묘사하고, 사랑에 대한 갈망의 근거 등으로 다양하게 묘사한다. 그 배경으로 조선 초기의 재산의 균분상속(均分相續)·윤회봉사(輪廻奉祀) 등으로 여성의 지위가 후대에 비해 상당히 높았던 점을 들 수 있다. 또 고려시대의 자유로운 남녀관계의 유습이 아직도 강하게 남아 있음을 살펴볼 수 있다. 남귀여가혼(男歸女家婚)의 유습으로 여성측의 경제적(經濟的) 조건(條件)이 크게 고려되었고, 모계(母系)에 대한 우대가 강하게 남아 있었던 점을 고려할 수 있다.[52] 그래서 남성을 비판하는 데에도 적나라한 정감을 드러내고 자신을 내세우는 데에도 주저 없이 당당하게 남성과 대비를 한다. 이는 여성의 측면에서 본다면, 균분상속제

---

51) 孔子는 『詩經』「關雎」에 보이는 幽·閑·靜·德 등을 갖춘 文王 后妃를 가장 이상적인 여성상으로 보았다. 그는 여성의 外的인 美는 남자를 파멸시킨다고 보고, 여성의 內在的인 美를 중시하였다. 공자가 자신의 처에게는 채색옷을 입지 못하게 하였고 첩에게는 비단옷을 입지 못하게 한 것 등은 바로 여성의 내적인 미를 강조하기 위한 것이다(張志淵·柳正東 譯, 『朝鮮儒敎淵源』 下篇, 三星文化文庫 145, 삼성미술문화재단, 1979, 505면 참조).

52) 韓嬉淑, 「兩班社會와 女性의 地位」, 『韓國史 市民講座』 15집, 일조각, 1994 참조.

나 남귀여가혼 등으로 조선시대의 어느 시기보다도 가족 내에서의 지위
가 높았던 여성의 처지와 고려시대 이래의 유습으로 아직까지 남아 있는
보다 자유로운 여성 성삼의 반영이라고 할 수 있다. 또 작가의 측면에서
는 훈구 관료의 낙관적인 정신 경계가 미를 자긍하는 여성의 정감을 포
착하고 해학적으로 표출한 것으로 설명할 수 있다. 그럼에도 불구하고 여
성의 신분적 처지나 혼인관계에서의 실질적인 힘, 그리고 경제적 문제 어
디서도 여성은 남성에게 종속되지 않은 곳이 없다. 그래서 여성의 정감은
자아에 대한 자긍이 강할수록 슬픔과 결여의 탄식이 강해진다. 아내의 남
편에 대한 적극적인 비판의 어조는 바로 이러한 조선 초의 여성의 지위
를 반영하는 것이라고 할 수 있다. 동시에 조선 초기 사대부는 여성의 이
러한 가족 내에서의 지위를 제한하여 가부장적인 질서에 종속시키려는
노력을 다각도로 하였다.

특히 조선 초(朝鮮初)는 성리학(性理學)을 지배 이념으로 삼고 있었지만
아직 성리학의 엄숙주의가 자리잡기 이전으로 대개 내용(內容)의 의리(義
理)에는 관용적인 편이었다는 지적은 이 시기 사대부 여성 정감시의 경향
을 이해하는 데에도 유용한 지표가 될 듯하다.

## 4. 마무리

앞에서 살펴보았듯이 성현의 악부제 여성 화자·화재 시는 관각 문인
의 경세 의식을 배경으로 가부장제 가족윤리를 확립하려는 의도로 의작
되었다. 그러나 여성을 형상화한 악부시가 모두 성현과 동일한 창작 계기
에서 이루어진 것은 아니다. 서거정은 악부시를 개인의 감상적(感傷的)인
정감을 표출하는 주요한 양식의 하나로 수용하고 창작하였다. 서거정의

악부제는 '슬픔과 그리움의 여성'을 묘사하면서 대개 중국 악부제의 일반
적인 의경(意境)을 충실하게 따르고 있다. 그의 악부시는 비록 의고의 선
상에 있다 하더라도 해학적인 어조나 낙관적인 세계 인식으로 여성을 형
상화하던 어조와는 그 경향을 완연히 달리한다. 그리하여 우리가 서거정
의 정신 경계에 대해 일관성을 상실한 것이 아닌가하는 의문을 갖게 한
다. 그의 여성 화자·화재 악부가 언제 어떠한 경로로 창작되었는지 단언
키는 어렵다. 하지만 문집을 토대로 창작 정황을 추론해 볼 수도 있다. 그
는 대개 병으로 잠시 별장에 머물며 『한서(漢書)』 등을 독서(讀書)하고 있
을 때 관련된 악부시의 시상(詩想)을 떠올리고 지었거나,53) 대구(大邱)에 부
모님을 근친(近親)하러 갔다가 마침 병이 들어 오래 머물게 되자 임금을
떠나 있는 신하의 그리움을 남성을 그리워하는 여성으로 비유하여 지었
거나54) 자신의 병들고 허약해진 심정을 파리하게 쇠약해져 청춘을 슬퍼
하는 여성으로 비유를 하거나55) 하는 등 거의 창작 경로를 추측할 수 있
다. 서거정의 악부에 나타난 여성은 대개 작가가 병이나 허약해진 심신으
로 감상적이 되어 있을 때에 그 감상성을 표출하는 비유(比喩)의 장치(裝置)
거나 임금에 대한 그리움을 간직한 작가 자신의 투영(投影)으로 표출된 경
우가 대부분인 듯하다. 따라서 그의 여성 화자·화재 시의 의경은 대부분
기왕의 악부시의 의경을 충실히 따르면서 그의 순간적(瞬間的)인 감상성(感
傷性)을 투영하고 있다.

　그래서 서거정의 악부시에 나타난 여성 형상화에서는 사실 그 슬픔이
나 그리움을 형상화한 일반적인 시적 경계보다는 그가 무엇 때문에 이러

---

53) "露滴梧桐月半樓, 銀河耿耿欲西流, 洞房深鎖無消息, 咫尺長門萬里愁."(徐居正,「宮
　　詞」,『四家集』卷4)
54) "朔風吹雪黑山深, 萬里明妃去國心, 一曲琵琶誰解聽, 暮雲南北斷腸音. 陰山萬里漢
　　魂迷, 青塚無人月欲低, 泉下劉皇如邂逅, 也應慙愧畜征西."(徐居正,「明妃怨」二首,
　　『四家集』)
55) "深閨兒女不解事, 一生只解悲青春, 衣裳漸寬十分瘦, 薄鬢易脫雙娥鬢, 穿針刺繡還
　　復置, 立向晴窓一欠伸, 裁成錦字憑誰寄, 年年空自思美人."(徐居正,「青春詞」,『四家
　　集』卷2)

한 여성의 정감을 창작하였는가 하는 점을 포착하는 주요한 계기를 보여
주는 듯하다. 그는 작가 자신의 시점에 서서 자신의 의식세계(意識世界)를
반영(反影)하거나 심미적(審美的) 인식을 표출하는 하나의 비유제(比喩體)로
여성을 인식하는 경향이며 여성이라는 시적 대상에 대한 탐구나 인식에
집중하지는 않는다. 서거정의 태도는 조선 전기 이후 풍부한 작품량을 남
기며 지속적으로 창작된 악부시의 여성 정감이 어떠한 창작 계기를 지니
느가를 밝혀주는 것이기도 하다. 사실 대부분의 의고 악부시 연구는 작가
의 창작기반과 유리된 채 연구되어 작가에게 악부시가 어떠한 관련을 가
지고 있는지는 긴밀한 주목을 받지 못하였다.

악부가 '여성 정감'을 제재로 하지만, 그리고 의고인 경우라 하더라도
여성 정감의 유형, 작가의 창작동기는 작가마다, 시대마다 다르기 마련이
다. 예를 들면 성현이 당대 악부(唐代樂府)를 주로 의고하고 있다면 조선
중기의 신흠은 남조 악부(南朝樂府)를 의고한다.[56] 그래서 성현은 주로 비
원(悲怨)의 여성 정감을 신흠은 농염(濃艶)한 여성 정감을 형상화한다. 성현
이 여성 정감시에서 장편(長篇) 악부제를 의고한다면 신흠은 5언 4구의 단
형체(短形體)를 주로 의고한다. 성현이 아내와 남편 즉 부부(夫婦)를 등장인
물로 한다면 신흠은 기녀와 남성을 등장인물로 한다. 성현이 버림받은 아
내 떠나간 남편을 제재로 한다면 신흠은 사랑에 빠진 사랑을 구하는 여

---

56) 黃渭周, 「朝鮮前期 樂府詩 硏究」, 고려대 박사논문, 1989.
   황위주는 朝鮮 前期를 申欽의 시대까지로 보고 이 시기의 의고 악부는 전반적으로
   唐詩를 의고한 것이라 파악하였다. 그리고 의고 작품과 의고의 원형을 대비하는 과정
   에서 신흠 역시 당시를 의고하였지만 곽무천의 「악부시집」에서는 그 원형을 찾기가 어
   려운 것이 많다고 하였다. 그런데 신흠의 의고 악부와 창작 정신은 南朝의 경향을 많
   이 띤다. 신흠의 의고 악부시가 무엇보다 거의 대부분 南朝의 노래인 吳歌, 西曲, 神絃
   歌 등에서 시작된 제목을 그대로 의고한 것이나 비원의 정감이 아니라 주로 농염의 정
   감을 의고한다거나, 4언 단형체로 표현된다거나 하는 것은 그의 의고의 창작 정신이 남
   조에 닿아 있음을 의미한다. 실제 신흠시의 여성 정감을 남조의 악부와 비교해보면 제
   목이나 의경에서 거의 다를 바가 없다. 신흠은 의고 악부를 통해 矛盾을 諷刺하기 보
   다 작가 個人의 정감, 濃艶한 情感을 表出한다. 성현이 당시를 의고하여 모순을 풍자
   하는 것과 달리 의고 악부가 개인적인 정서와 만나는 것이다.

성을 제재로 한다. 성현은 남성의 횡포함과 그에서 기인한 여성의 비애를
매개로 자신이 속한 관료사회의 비윤리적 비도덕적인 모습을 경세 의식
으로 풍자하는 데에 의고 악부 여성 정감의 창작의도를 둔다면 신흠은
사랑을 나누는 대상에 대한 미감을 표출하는 데에 창작의도가 있다. 이렇
게 달라지는 작품의 미적 특질은 작가의 개인적인 창작 정신과 밀접한
관련을 가진다.57) 그런데 지금까지의 연구는 '의고 악부라 하더라도 독창
적(獨創的)인 주제(主題)로의 변용(變用)이 있다'는 점을 인정하기는 하지만
작가마다의 개성적인 측면과 밀착시켜 작품을 이해하는 데에는 소홀하여
악부시 여성 정감시의 '의고의 세계'의 심층(深層)을 파악하는 데에는 다
가가지 못한 듯하다.

---

57) 이러한 신흠의 특징에 대해서는 과제로 남긴다.

# 제4장

## 조선 중기, 생성을 향한 능동적 변이

## 1. 머리말

조선 중기 여성 화자·화재 한시의 주요 작가로는 신흠(申欽, 1523~1597)·
백광훈(白光勳, 1537~1582)·이달(李達, 1539~1612)·최경창(崔慶昌, 1539~1583)·임
제(林悌, 1549~1587)·허봉(許篈, 1551~1588)·이수광(李睟光, 1563~1628)·정두경(鄭
斗卿, 1597~1673)·김만중(金萬重, 1637~1692) 등을 들 수 있다. 그 가운데서도 특
히 이달·최경창·백광훈 등 삼당파와 임제는 각기 서로 다른 개성으로
여성을 형상화하여, 조선 중기 여성 인식의 주요 국면을 파악할 수 있는
작가들이라 할 수 있다. 이들은 앞 시기의 관각 문인들과는 다른 사회적
처지, 사유 양식, 문학적 경향 등을 지녔다. 이달은 서얼(庶孼) 출신이었고,
백광훈은 진사(進士)를 하고 난 뒤 과거를 포기하였으며, 최경창·임제는
문과(文科)를 거쳤으나 중앙 관직에서 배제되는 등 당대 사대부 사회에서

소외(疎外)된 사대부들이었다. 그들은 소외된 사대부로서 훈구 관료 문인들
과는 다른 사회적 처지, 사유 양식을 문학으로 표현한 듯하다. 또한 당시풍
(唐詩風)이라는 새로운 시풍을 받아들여 여성의 정감, 남녀간의 애정을 풍
성하고 다채롭게 형상화하여 사림파의 의식에 반(反)하는 창작활동을 하였다.

조선 중기는 사대부 문화의 전성기이자 그 한계가 드러나기 시작한 시
기이다. 훈구파와 사림파의 대결이 사림의 집권으로 귀결되면서 성리학의
체계화와 예교의 토착화가 가속화되었다. 나아가 사림파는 성리학적 사유
양식에 근거하여 문학의 도덕적 구현을 강조하며 내면주의적 심성 수양
과 청정한 정신 경계를 추구하였다. 그들의 사유 양식은 한시에서 여성
정감, 남녀 사이의 애정 등 인간 삶의 특정 모티브를 배제하고 제약을 가
하는 등 인간 정감의 다양한 질(質) 가운데 특정의 것만 수용하는 것으로
구체화되었다. 사림파 내부에는 그 스스로의 가치 체계와 표리관계를 가
지는 도(道)에 대해서는 배타적 절대화를 꾀하여 규범성, 보편 지향성과
같은 역작용을 불러일으킬 속성들이 내재해 있었던 것이다.[1] 뿐만 아니
라 개인이나 민족적 차원에서도 개성·독자성의 구현을 둔화시키는 부정
적인 현상을 불러왔다. 그들의 정치 권력의 신장과 함께 이러한 특징은
억압적인 권위를 지니며 한 시대를 지배하는 사유 양식으로 작동하였다.
그리하여 사림파 작가들의 작품에서는 여성 화자·화재 한시를 찾아보기
가 어렵다.

그런데 삼당파·임제 등 소외된 사대부들은 도학(道學)의 경색(梗塞)에서
벗어나 새로운 문학·철학·삶을 지향하였으며, 그들의 의지를 여성이라
는 시적 대상의 표출로 구체화하였다. 여기서 당시풍 작가들에게 여성 화
자·화재 한시는 한 시대를 지배하는 규범과 대응하는 양식이었으며, 여
성이라는 제재는 조선 중기의 상이한 힘들간의 긴장과 갈등관계를 보여
주는 양식이었다는 담론을 형성할 수 있다. 한편 당시의 주자학적 세계관

---

1) 李東歡, 「조선 후기 문학사상과 문체의 변이」, 『한국문학연구입문』, 지식산업사, 1982.

의 이완·박순 등 고위 관료들의 당시풍에의 경도, 그리고 허균의 정욕설 등으로 대표되는 사상적 변화 등이 이러한 움직임에 힘을 실어주고 있었다. 그들은 서로 밀접한 교류를 하였던 것이다. 또 허봉은 가문(家門)과 환로(宦路)는 달랐지만 그 기질상(氣質上) 긴밀한 친교를 맺고 영향을 주고받았다. 본 장에서는 이들을 중심으로 앞 시기의 훈구 관료의 문학과도 다른, 사림파의 지배적인 문학과 다른, 조선 중기 여성 화자·화재 한시의 미적 특질과 흐름을 살펴보고자 한다.

물론 조선 중기에도 신흠처럼 앞 시기 관각 문학의 시풍을 이어받은 시인들이 있고, 가족윤리를 확립하려는 사대부의 지향에 기반한 의고 악부제 여성 정감시도 지속적으로 창작되었다. 조선 중기는 가부장제가 점점 강화되어 가는 시기이므로 이러한 경향은 당연하다고 하겠다. 특히 16세기에 들어서면 사림들의 활동이 두드러지고 유교적인 질서가 향촌(鄕村) 사회에까지 확대 보급되어 가면서 부덕(婦德)이 더욱 강조되었다. 사림은 여성 교화(女性敎化)와 풍속 교화(風俗敎化)를 위해『소학(小學)』·『열녀전(烈女傳)』·『여계(女戒)』·『여칙(女則)』등의 유교윤리 서적들을 적극적으로 보급하였다. 특히 일상 생활에서의 유교 실천윤리로『소학』을 널리 보급하였고, 이에 따라 남(男)·여(女)의 질서(秩序)를 천(天)·지(地)와 군(君)·신(臣)의 관계에 비유하는 관점이 일반화되어 갔다. 이러한 국가의 여성 교화 정책은 비교적 성공적이어서 주로 양반층을 대상으로 한 정책이 차츰 일반 평민 여성들에게까지 영향을 주어, 다음 시기에는 본격적으로 사회적 관습(慣習)으로 자리잡게 되었다.[2] 또한 이황의『규중요람(閨中要覽)』이나 송시열의『우암선생계녀서(尤庵先生戒女書)』등 개인에 의해서도 여성 교훈서가 저술 간행되어 여성에 대한 교화나 풍습에 대한 교화가 더욱 강화되어 갔다.

이렇게 가부장제 질서가 점점 강화되어 가면서 조선 중기에도 가족윤리

---

2) 韓嬉淑,「兩班社會와 女性의 地位」,『韓國史 市民講座』15집, 한길사, 1995.

를 확립하려는 사대부의 지향과 관련한 여성 화자·화재의 형상화는 지속
되었다. 또한 앞 시기와 마찬가지로 여성 모티브는 여성을 국가의 구성원이
나 정치의 구성원이 아니라 가부장제하의 가족윤리 내에서의 가족 구성원
으로 간주되는 여성의 상황이나 정감에서 크게 벗어나지 않는다. 그런데 좀
더 구체적으로 살펴보면 이 시기에도 변화는 있다. 즉 조선 중기에 들어서
면 앞 시기에 강조되었던 처첩 분변 문제가 다소 소극적인 모티브로 변화된
다. 이는 처첩 분변을 엄정히 하려는 선초 사대부의 의지가 일정 정도 자리
를 잡은 것으로 이해할 수 있을 듯하다. 반면 이 시기에는 '집 떠난 남편을
둔 아내'의 상황이 다양한 현실적 문제와 관련되면서 크게 부각된다. 즉 여
성의 주요한 상황과 정감이 변화하고, 이를 포착하는 사대부의 관점과 지향
이 이동하고 있음을 선명히 보여준다. 이 점은 뒤에서 살펴볼 것이다.

이달, 〈부벽루연회도〉(좌·우).

　조선 중기 사대부 한시에 나타나는 여성의 신분은 궁궐 여성과 일반 여성 등 다양하다. 하지만 특히 기녀가 부각된다. 기녀는 사대부의 유흥적 일상과 밀접한 위치에 있었으므로 사대부 사회에는 기녀와 관련된 일화들이 많이 전한다. 그래서 한두 수쯤 기녀를 소재로 한 작품을 남긴 작가들은 헤아릴 수 없이 많다. 따라서 기녀를 서정적 자아로 한 창작을 조선 중기만의 특별한 산물이라고 보기는 어렵다. 그러나 조선 중기에 기녀에 대한 형상화가 부각되는 것은 분명하다. 또한 이달·임제의 작품세계에는 기녀와 사대부의 일상적 관습을 넘어서는 미적 특질과 작가 의식이 내재해 있다. 부덕과 풍습의 교화를 강조하고 여색(女色)을 멀리하라는 유교 경전의 가르침이 확대되어 가는 가운데 기녀라는 특수한 신분의 서정적 주인공이 확대되는 것은 무엇 때문일까? 이는 분명 조선 중기 사대부 작가

의 여성 인식과 밀접한 관련이 있음을 추측하게 된다. 이러한 문제 제기를
중심으로 조선 중기 한시의 미적 특질과 여성 인식을 살펴보기로 한다.

  이 시기 여성 화자·화재시의 창작은 호남 등 지방 문화를 기반으로
한다고 할 수 있다. 주지하듯이 사림(士林)의 세력기반이 영남과 기호 지
방에 있었던 반면, 호남은 도학과는 거리를 두고 풍부한 물산을 배경으로
당시풍을 생성하였다.3) 특히 여성 화자·화재 한시 작가들의 출신지나
작품의 배경을 살펴보면 이달은 원주(原州), 최경창·백광훈·임제는 호남
(湖南)이 출신지이다. 허봉은 주로 낭천(狼川)을 창작의 배경으로 하였다.
또 임제·이달·최경창·허봉 등이 평양의 부벽루, 전남의 영암 등에서
기녀와 어울린 일화가 무수히 전한다. 따라서 관아(官衙)가 위치해 있는
지방(地方) 도시(都市)의 유흥적(遊興的) 공간(空間)이 창작 배경(背景)이 되는
듯하다. 중앙정계에서 소외된 사대부들이 지방 관아를 중심으로 기방 문
화와 교류하며 여성을 형상화한 한시를 중요한 창작하였던 것이다.


## 2. 규범의 내재화와 진정(眞情)


  조선 중기 여성 화자·화재 한시의 특징은 '사랑' 모티브가 강조된다는
점이다. 물론 조선 전기의 한시에도 여성이 사랑을 갈망하거나 소외감을
표출하는 모티브가 있었다. 그러나 남성 비판, 집 떠난 남편에 대한 순종
과 그리움, 가사 일에 전념하는 전아한 아름다움의 형상화에 비하면 그
비중이 미미하였다. 그러나 조선 중기의 한시에는 사랑을 매개로 한 여성
의 정감이 확대되었다. 이렇게 사랑 모티브가 확대되는 이유는 기녀 형상

---

3) 安炳鶴,「三唐派 詩世界 硏究」, 고려대 박사논문, 1988.

의 부각과도 관련이 있을 듯하다. 그러나 기녀를 서정적 주인공으로 하기 때문만은 아니다. 본 장에서는 일반 여성들의 사랑 모티브를 살펴보고, 기녀의 사랑에 대한 논의는 다음 장에서 다루고자 한다.

사랑은 어느 시대, 누구에게나 절실한 삶의 영역일 터이다. 하지만 시인이 특히 어느 부분에 초점을 두고, 어떠한 시적 경계를 형상화하는가는 시대에 따라 작가에 따라 달라지게 마련이다. 사림에 의하여 유교 질서가 향촌 사회에까지 확대되어 가면서 유가의 사대부 문화는 이전 어느 시기보다 더 강하게 개인이 넘어서는 안되는 정감의 경계(境界)가 존재함을 강조하였다. 특히 중세의 지배 질서와 규범이 여성에게 가하는 규제가 가장 잘 드러나는 모티브의 하나가 바로 사랑이라는 정감의 영역이라 할 수 있다. 남녀의 사랑이라는 특정 정감의 표출은 "發於情, 止於禮", "樂而不淫, 哀而不傷", "樂縱和"라는 윤리 규범에 의해 강한 제약을 받았다. 그리하여 여성은 사랑에 대한 자신의 내적 심리 변화를 다양하게 경험하면서도 그 사실을 '부끄럽게 생각하라'는 문화적 관습이나 규범에 의해 자신의 진정(眞情)을 진솔하게 드러내지 못하였다. 결국 여성의 개성적인 사랑은 언제나 지배 이데올로기가 규정한 문화적 관습 등에 의해 제제를 받았고, 그녀는 현재(現在)의 사랑을 이루지 못하거나 자신의 의사와는 상관없이 부모가 짝을 지어주는 남성과 결혼을 하는 등 좌절을 겪었다. 사랑에 대한 중세 사회의 기준은 바로 문화 관습이라 할 수 있는 정감의 표현 원리, 정감의 규제(規制) 원리였다.

조선 중기의 한시에서 사랑 모티브는 이렇게 개인의 정감 표출에 일정한 제한(制限)을 두는 사대부 문화, 그 규범과 진정 사이에서 긴장·갈등·고통을 받는 어싱 주체라는 이중적인 구조로 드러난다. 특히 내외법(內外法)을 앞에 두고 갈등하는 여성 정감이 빈번하게 나타난다. 고려 말이래 여성의 외출 금지와 함께 강조되어온 내외법은 조선 초 세종조에이르러 여성 교화 정책이 강력하게 시행되면서 더욱 권장되어 갔다. 부부유별, 남녀분별의 내외법은 안과 밖이라는 남녀의 역할 관념을 엄격히 하고 여성의 사회 활동을 금지하는 것이다. 또 유가(儒家)의 사대부 문화는

'내외법'을 통해 남녀의 직접적인 접촉과 사랑의 직접적인 표출을 금지하고 제한하였다.

### 拜新月

| | |
|---|---|
| 深閨女兒年十五 | 깊은 규방의 열다섯 살 난 여자아이 |
| 拜月堂前人不知 | 남몰래 堂 앞에서 달님께 절하네 |
| 風吹羅帶默無語 | 바람이 비단 띠에 불어도 묵묵히 말이 없더니 |
| 下階手折庭花枝[4] | 계단을 내려와 손으로 뜰 꽃가지를 꺾네 |

### 采蓮曲

| | |
|---|---|
| 秋淨長湖碧玉流 | 가을 물 맑은 긴 호수에 벽옥이 흐르고 |
| 荷花深處繫蘭舟 | 연꽃 무성한 곳에 목란 배를 매었네 |
| 逢郞隔水投蓮子 | 낭군을 만나 물 건너로 연밥을 던지다 |
| 遙被人知半日羞[5] | 멀리 남들에게 알려져 반나절은 부끄러웠네 |

첫째 시는 깊은 규방에 살고 있는 여자아이가 밤중에 달님을 보고 소원을 비는 모티브이다. 당 앞에서 말없이 달님께 절을 하고 소원을 비는 소녀, 계단으로 내려와 꽃을 꺾는 소녀의 태도는 한결같이 간절한 소망을 안고 있는 듯하다. 소녀의 내면은 구체적으로 드러나지 않지만 아마 사랑하는 님을 점지해 달라는 것이리라. 조용하고 깊은 규방이라는 공간적 배경, 남이 안보는 밤이라는 시간적 배경, 그 밤을 틈타 몰래 기도하는 조심스럽고도 간절한 마음, 밤바람이 차서 옷이 얇은데도 아랑곳하지 않고 뜰로 내려와 꽃을 꺾는 굳은 마음 등에서 소녀의 행위 속에 내재화된 정감의 강렬함이 느껴진다. 소녀가 남몰래 간직한, 꽃을 꺾어 님께 바치며 사랑을 이루고 싶다는 소망의 깊이와 간절함이 조용한 시간적·공간적 배

---

4) 李達, 『蓀谷集』.
5) 許蘭雪軒, 『國朝詩刪』. 이러한 시적 경계는 다음 시기에도 이어진다. "道上偶逢郞, 含情不得語, 靑梅打馬蹄, 何事忙歸去."(李睟光, 「艶詞」, 『芝峰集』) "彼美采蓮女, 繫舟橫塘渚, 羞見馬上郞, 笑入荷花去."(洪萬鍾, 「采蓮曲」, 『詩叢話林』)

경 속에서 강하게 부각된다.

이 시는 화자가 전지적 작가시점으로 여성의 서정을 묘사한 시이다. 화자의 시선은 소녀의 정적이고 유유한 행위를 따라가지만 그녀의 내면을 직접적으로 표현하지는 않는다. 그러나 화자의 시선은 소녀의 행위 속에 내재화된 소망과 열정에 닿아 있다. 즉 사대부의 미적 충동은 매우 동적이고 강렬한 열망을 지닌 소녀의 내면적 절실함과 그에 대한 안타까움으로부터 유발된다.

둘째 시는 여성작가의 정감을 표현하고 있다. 여성은 아름다운 호수 가에서 낭군을 만나자 물 너머로 연밥을 던지며 낭군을 유혹한다. 낭군에게 장난을 치는 여성의 외향적인 발랄함이 나타난다. 그러나 여성은 한나절이 지나도록 자신의 발랄하고 외향적인 행위가 남들에게 알려진 것을 부끄러워하고 있다. 사회는 문화적 관습의 내면화를 미덕이라 여기고 그것을 벗어나는 것에 대해서는, 설사 그것이 진정이라 하더라도, 비판을 하기 때문이다. 그런데 여성 화자의 행위와 정감은 발랄함과 수줍음 사이에서 별다른 긴장이나 불안함이 없이 오히려 자연스럽게 어울린다. 남성 화자의 전지적 시점에 포착된 여성의 정감과 같은 강렬한 엇갈림이나 긴장이 보이지 않는다.

여성 작가는 문화적 규범이나 관습과의 조화보다 진정을 직접적으로 표현하는 형상을 추구하는 반면, 남성 작가·화자는 규범과 진정 사이의 엇갈림이나 긴장을 강조하는 듯하다. 즉 남성 작가는 여성의 정감 속에 깃든 안타까움이나 발랄함을 포착하고, 여성의 사랑에 대한 욕구와 안타까움에서 미를 감지한다. 여기서 시인은 여성이라는 시적 대상을 통해 정감 규제의 모순을 부각시키려 하고 있음을 알 수 있다. 시인은 여성이 자신의 진정을 이루기를 바라는 듯하다. 여기서 여성의 사랑을 금기시하고 간섭하는 사회적 분위기, 그 사이에서 거리를 느끼는 여성, 그리고 이를 포착하는 시인의 감응을 알 수 있다. 이 시기 한시 작가들은 남녀간의 사랑 특히 여성의 사랑이라는 모티브를 통해 내외법이나 관습과 갈등하는 여성의 정감을 형상화한다.

조선 전기의 가부장제 규범과 동일자의 세계에 있는 여성들의 정감은 대개 밖으로 발현되어 외재화되는 것이 특징이었다. 절개를 지키거나 '천지지상(天地之常) · 인도지리(人道之理)'를 실천하는 규모 있는 여성의 행동도 대부분 외재화되어 미를 감지케 하였다. 중세 보편 사회의 보편윤리에 순응하는 정감의 외재화라 할 수 있다. 이러한 외재화는 중세 문화가 여성에게 규범을 강조하고 여성이 이를 수용하면서 발생하는 것이다. 그러나 조선 중기 여성의 사랑은 대개 남성 화자의 시선에 포착된, 내재미를 추구하는 여성의 모습으로 나타난다. 이 시기 여성의 사랑은 진정을 표현하면서도 내재화로 향하여야 전아한 아름다움을 가졌다고 칭찬을 받을 수가 있다. 나아가 전아한 아름다움은 여성의 애상(哀傷) · 유열(愉悅) · 광기(狂氣)도 모두 개체의 내면에로 침잠되어 거기서 멈출 것을 요구한다. 그리하여 전아한 아름다움은 인물의 내재화된 성격뿐만 아니라 외모에서도 감지되고 이러한 미(美)는 은밀함 · 수줍음 등으로 여성의 아름다움을 고정하는 분위기로 규정되다시피 한다. 낭군과 이별을 한 여인은 슬픔을 다 표출하지 않고 내면에서 삭여야 하고, 낭군 앞에 마주선 각시는 부끄러워 자태를 감추려는 심리(心理)를 드러내야 한다. 이는 여성이 스스로 현실의 삶에 고통을 느끼면서도 그 고통을 인내하기를 요구하는 것으로 나아간다. 따라서 전아한 아름다움의 내재미는 대개 수줍어하는 인물의 형상, 인내하는 인물의 형상을 보여준다.

그런데 은유와 함축으로 표현되는 사랑은 사대부가 성정(性情)의 도야(陶冶)라는 덕목(德目)을 지키며 유가의 보편적인 정감 내에서 자신의 정감을 운용하고 그 방법을 여성에게 전이하여 교육한 것이기도 하다. 따라서 작가는 시대적 규범을 준수하는 여성의 서정을 묘사하면서 때로는 규범을 준수하는 여성의 '바른 태도'를 즐겁게 바라보기도 한다. 하지만 이와 달리 규범의 경계를 넘어설 듯한 여성의 정감에서 미를 감지하고, 그 고통을 감당해야 하는 여성의 현실에서 창작의 계기를 얻기도 한다. 이렇게 미를 감지하고 표현하는 작가는 서정적 주인공의 내면에서 규범과의 불일치가 존재함을 포착한다. 물론 이러한 사랑과 정감을 제재로 하는 작품에서도 작가는 쉽게 사대부 문화의 이중성을 부정하거나 벗어나지는 못한다. 그래서 그들도 여성의 안타까운 정감을 직접 표현하기보다 시어나 전체적인 분위기를 통한 은유와 함축으로 표현한다. 따라서 작가의 호흡이나 의도도 그 시의 분위기나 작품을 지배하는 기(氣)의 성격과 흐름을 따라, 분위기를 따라 은밀하게 드러난다. 왜냐하면 여성이 규범과 진정 사이의 갈등과 고통을 직접적이고 솔직하게 표현할 수가 없어 이중적인 정감을 드러내는 것처럼, 중세의 분위기에서는 작가 역시 직접적으로 규범에 대한 저항으로 여성의 고통을 드러내는 것이 쉽지 않기 때문이다. 그러므로 조선 중기의 사랑을 제재로 하는 작품에서는 사대부 문화의 이중성과 사대부의 갈등, 그리고 사대부 문화에서 기인한 여성의 갈등이 여성 인식과 함께 표출된다고 할 수 있다.

이전 시기의 여성 화자・화재 한시는 가부장제의 가족윤리를 확립하기 위하여 남편의 도덕적 성찰을 유도하고, 처의 지위를 보호하려는 사대부의 의도가 강하였기 때문에 구체적인 작품에서 시대적 규범이나 관습이 여성에게 가하는 압력이나 제재가 별로 나타나지 않았다. 물론 아내의 정절과 순종을 강조하고, 가사 일에 근면한 여성의 태도를 규정하고 억압을 가하기도 하였지만 여성의 정감과 규범이 서로 갈등하고 모순하는 모티브는 거의 나타나지 않았다. 그러나 이 시기 작가들은 당대의 규범적 이데올로기와 갈등하는 정신 경계를 형상화한다. 당시풍이라는 새로운 문학 사조의 한 방향은 구체적으로 이러한 미적 특질들을 통해 실현된다.

閨怨

| 十五越溪女 | 열다섯 살 어여쁜 아가씨 |
| 羞人無語別 | 부끄러워 말없이 헤어졌네 |
| 歸來掩重門 | 돌아와 겹문을 닫고 |

泣向梨花月[6]  배꽃에 걸린 달을 향해 우네

화자는 전지적 작가시점으로 짤막한 5언 절구 속에 여성의 서정을 묘사한다. "아리따운 아가씨가 님을 만나서는 부끄러워 말도 못하더니, 집에 돌아와 겹문을 꼭 닫고 달을 보며 울더라"는 이야기를 특별한 수식 없이 객관적인 정황 그대로 서술한다. 당대의 관습·규범은 남녀내외법·남녀칠세부동석 등으로 남녀의 직접적인 접촉과 사랑 표현을 제한하였고, 아가씨는 그 관습이나 규범에 따라 자신의 사랑을 부끄러워하며 감춘 것이다. 하지만 문을 꼭 닫아걸고 달님을 향해 안타깝게 우는 아가씨의 내적 심리는 관습이나 규범과 갈등하는 자신의 정감을 표현하는 듯하다. 화자는 전지적 시점으로 서정적 주인공의 심리를 수(羞)와 읍(泣)으로 선명하게 부각시키고 있다. 부끄러움[羞]에서 눈물[泣]로 옮아가는 여성의 내적 심리를 포착하는 작자의 어조는 가볍고 경쾌한 듯하지만 여성 정감과 규범의 엇갈림을 놓치지 않고 포착한다. 따라서 화자의 미감(美感)은 아가씨의 절제한 사랑 표현이라기보다 안타까움으로 변하는 여성의 내면에서 더 강하게 일어남을 알 수 있다.

이 시는 한시에 대한 탁월한 감식안으로 널리 이름을 알렸던 허균이 "정감이 있는(有情) 시"라고 호평을 한 이래 지금의 연구자들에 이르기까지 한결같이 예술성을 인정받아 왔다. 무엇이 그토록 오랜 세월, 많은 사람들에게 미(美)를 느끼게 하는가? 동시대의 허균이 말한 '유정(有情)'도 화자가 여성의 수(羞)에서 읍(泣)으로의 정감 변화를 포착하여 문화적 규범(規範)과 여성의 진정 사이의 엇갈림을 간결하면서도 긴 여운으로 전하는 데에 근거하고 있으리라. 그리하여 화자는 가볍고 즐거운 듯하지만 실상은 마치 여성이 기쁜 사랑의 생성을 위해 능동적으로 움직여가기를 바라는 듯하다. 여기에 화자의 의도가 있는 듯하다. "남녀간의 정욕은 천도(天道)

---

6) 林悌, 『白湖集』.

요, 예의는 인도(人道)이니, 나는 인도를 따르지 못할망정 천도를 따르겠다." 당당하게 주장한 허균이라면 분명 여성의 즐거운 사랑을 위한 능동적 행위를 희망하였으리라.

그런데 오늘날의 독자들이 이 시에서 아름답다고 감탄을 하는 지점은 어디인가. 유가의 정감 규제라는 윤리[發於情 止於禮, 樂而不淫 哀而不傷, 樂縱和]에 무의식적으로 순응하고, 그러한 자신의 행위에 안타까운 눈물을 흘리며 슬픈 사랑을 하는 여성이 아닌가? 그렇다면 지금 우리는 은근히 그녀의 고통을 부추기고 있다. 우리는 모두 악동들이 아닌데 왜 이런 일이 생긴 것일까? 우리가 성리학적 규범이 한 시대의 억압적인 규율로 작동하며 어떤 한계를 노정하였는지를, 특히 가장 대표적인 한계의 하나가 바로 남녀간의 정의 표현을 억제한 것임을 이미 오래 전부터 말해 왔으면서도 이 사유 양식을 고통스럽게 내면화하려는 여성을 아름다움으로 느끼는 이율배반적인 모순은 어디에서 온 것일까? 특히 여성과 관련된 부분에서는 중세의 역동성을 소거한 채 성리학적 규범의 잔재들을 붙들고 있는 우리들의 무의식에 있는 것은 아닌가? 중세의 시인은 여성이 기쁜 사랑을 하도록 돕는 듯 한데 정작 오늘날 독자나 연구자들은 그녀가 슬픈 사랑 안에 주저앉도록 방치하며 이 작품을 읽는 것이다. 우리가 전통의 힘을 소거시킨 채 이어받지 못하는 이유는 바로 근대 이성 중심의 도덕에 견인된 채 중세의 규율을 벗어나려는 시인들을 왜곡하기 때문이리라.

중국에서의 「채련곡(采蓮曲)」이 남녀의 노동에서 연정(戀情)으로 이어지는 전통을 형상화하였다면 우리나라의 「추천곡(鞦韆曲)」은 남녀가 자태를 자랑하고 남몰래 시선을 주고받는 모습을 포착한다. 우리나라의 경우 여성의 사랑과 감각적인 미(美), 발랄한 정신세계는 전통적으로 그네 타는 여성의 모습으로 나타난다.

**鞦韆曲**

白苧衣裳茜裙帶    새하얀 모시 치마 적삼에 진분홍 허리띠

相携女伴競鞦韆    처자들 손에 손잡고 다투어 그네를 타네
提邊白馬誰家子    제방변 백마 탄 이는 어느 댁 도령인가
橫住金鞭故不前    금채찍을 빗겨잡고 부러 서성이네
粉汗微生雙臉紅    땀이 송글송글한 두 뺨은 발그레하고
數聲嬌笑落煙空    교태로운 웃음소리 허공에 떨어지네
指柔易著鴛鴦索    가느다란 손으로 원앙줄을 사뿐 잡아
腰細不堪楊柳風    가는 허리 한들바람을 견디지 못할 듯하네
誤落雲鬢金鳳釵    잘못하여 구름결 같은 머리에서 금비녀 떨어지니
遊郎拾取笑相誇    어슬렁거리던 총각이 주워들고 싱글벙글 뽐을 내네
含羞暗問郎君住    수줍은 듯 가만히 묻는 말, 도련님 어디 사시나요
綠柳珠簾第幾家7)   푸른 버들가 주렴을 드리운 몇 번째 집이라오

▲ 신윤복, 〈추천도〉.

임제의 7언 12행의 추천곡(鞦韆曲)이다. 남성 화자 전지적 작가시점으로 그네 터에서 처녀 총각들이 서로에게 매혹되어 호감을 표출하는 모습을 형상화한 것이다.

이 시의 처녀들은 새하얀 모시로 만든 치마 적삼에 잇꽃 진 분홍 물을 들인 허리띠를 묶은 곱고도 선연한 미모, 손에 손을 잡고 그네 터로 몰려 나와 누가 높이 오르나 내기를 하는 발랄한 성격, 땀이 송글송글 맺힌 발그레한 두 뺨, 교태로운 웃음소리가 서로 섞여 왁자지껄하고 경

7) 林悌, 『白湖集』 卷3.

쾌한 분위기 등 매우 또렷하고 감각적인 아름다움을 발산한다. 그들이 그네를 타는 모습은 나긋나긋한 고운 손으로 원앙 줄을 사뿐히 잡고 그네를 힘껏 밀어 공중으로 날아오르는데 날씬한 허리가 한들바람을 이기지 못할 듯 가녀리고도 농염하다. 처녀들의 미모, 성격, 행동, 분위기가 매우 감각적이고도 매혹적으로 형상화된다. 이러한 처녀들의 모습은 저 만치 제방변에서 백마를 타고 있는 총각으로 하여금 그 모습을 훔쳐보느라 떠나지 못하게 한다. 물론 교태로운 웃음소리로 왁자지껄 재잘대는 처녀들의 안중에도, 그네를 타며 가녀린 허리를 한들거리는 처녀들의 동작에도 총각들을 의식하는 모습이 보인다.

이 시에서의 여성과 남성은 서로의 마음을 표현하는 데에서 상당히 주체적이다. 높이 그네를 구르던 처녀의 금비녀가 땅에 떨어지니 주변에서 서성이던 총각이 얼른 주워들고 싱글벙글 희롱을 하며 뽐을 내고, 드디어 처자는 수줍게 도련님 집이 어디냐고 가만히 물어본다. 이들이 물론 서로의 개인적인 인간미에 애착을 느끼거나 개인적인 어떤 특징에 매혹된 것으로 나타나지는 않는다. 처녀들의 모습에 매혹을 느끼는 총각들과 총각들에게 관심을 가지는 처녀들은 개성적인 호감으로 서로를 발견하는 것이 아니라 전체적인 분위기나 집단성으로 나타나지만 남녀 상호간의 관심과 호기심이 동시에 표출되는 형상은 주목할 만하다. 사회적이고 관습적인 금기에 의해 남녀의 직접적인 사랑표현이 제어되었지만 다른 한 편에서는 사랑에 대한 갈등도 없고, 어떤 교화나 이념의 규제도 없으며, 남녀간의 서로에 대한 호감과 그 사이에 미묘하게 일어나는 내면심리가 자연스럽고도 아름답게 존재하는 현실도 있었던 것이다. 물론 이것이 일회적인 순간의 유희적인 감정일 수도 있다. 그러나 그들은 자신의 내부에서 비롯된 감정의 체험을 사회적인 힘에 의해 제어하지 않는다.

처녀와 총각을 포착하여 묘사하는 작가의 의식에도 사랑에 대한 관습과 규범이 개입되어 있지 않다. 내외법을 지키는 것이 아니라 가만히 수줍은 듯 대화를 주고받는 모습을 어여쁘게 바라보는 화자는 사랑 역시 사회적

현상임을 부정하지는 않지만 그 관습적인 형태 너머의 길들여지지 않은 형
상도 포착한다. 통상 관습과 사회화는 사랑과 남녀간의 소통이 어떻게 이
루어져야 하는가를 알려준다. 그러나 사랑의 소통 방식에 개의치 않는 작
가의 시선에서 점점 경화되어 가는 중세적 규범을 넘어서려는 지향을 읽을
수 있다. 물론 이 시기의 한시에서는 연정이 사랑으로 이어지고 다시 결혼
으로 이어지는 모티브는 거의 없다. 그러나 18세기로 가면 이러한 남녀의
만남이 사랑으로 이어지고 다시 결혼으로 이어지는 모티브가 아름답게 포
착된다. 중세의 이데올로기와 규범이 가하는 억압에 눈을 떠가며 작가는
있는 그대로의 모습을 꾸밈없이 묘사하는 과정의 산물이라고도 할 수 있다.


## 3. 「채련곡(采蓮曲)」, 농염(濃艶)과 기려(綺麗)


조선 시대의 사랑은 채련곡(采蓮曲)을 통해 더욱 더 다양하게 형상화된다.
채련곡은 원래 중국 강남(江南)에서 연꽃이 피고 연밥이 익을 무렵, 곱게 단
장한 젊은 남녀가 화려하게 채색한 배를 타고 아름다운 호수에서 연밥·연
근을 채취하는 실제의 노동현장에서 부른 민가(民歌)를 채집한 것이다. 남녀
가 함께 하는 이 노동은 꽃이 핀 아름다운 연못, 단장한 처녀 총각, 아름다
운 배 등 남녀의 사랑을 유발하기에 적합하였다. 그리하여 한시에서는 채
련을 남녀의 애정(愛情)과 밀접한 관련을 지닌 모티브로 인식하여 왔다. 특
히 당(唐) 이후의 악부에서는 노동요(勞動謠)의 성격이 거의 사라지고 남녀
간의 사랑만이 모티브로 남아 애정요(愛情謠)로 자리잡아 갔다.[8]
우리나라의 한시에서 채련곡은 어느 의고제(擬古題) 악부보다도 많은 작

---

가군(歌群)을 서느린 작품이다. 고려 말(高麗末)의 이색(李穡)을 시작으로 조선 후
기에 이르기까지 악부제를 의고한 작가들이 대부분 한 두 수씩 많은 경우
에는 7~8수 이상씩 지어 왔던 것이다.

채련곡의 의고 경로는 여성 정감의 양상과 그 존재론적 기반 그리고
시인의 여성 인식의 다양성을 말해준다.

먼저, 악부(樂府)·고시(古詩)를 중시하던 풍토와 그 습작 과정에서 의고
되었음을 알 수 있다. 성현은 당시 우리나라의 시단(詩壇)을 "시도(詩道)가
크게 성취되어 대대로 시인이 없지 않으나 율시(律詩)만 알고 고시(古詩)는
모르는 형편이다"라고 진단하고, 고시의 중요성을 강조하였다. 성현은 "고
시를 근본(根本)으로 율시(律詩)를 지엽(枝葉)으로 해야 하니, 이 이치를 깨달
으면 시를 배우는 길을 알게 될 것"[9]이라는 주장으로 고시집(古詩集)의 필
요성을 제기하여 홍문관 학자들과 함께 『풍소궤범』을 편찬, 성종 15년
(1484)에 간행하였다. 즉 『풍소궤범』은 홍문관을 중심으로 한 관각파가 제
시한 일종의 시(詩) 교과서(敎科書)였던 셈이다. 『풍소궤범』의 편찬 의식은
이후 시를 공부하는 사람들에게 고시·악부의 전범성을 제시하였고 이를
토대로 한 습작이 사대부의 공부에서 필수적인 과정의 하나였을 것이다.
이러한 분위기 아래 습작의 한 형태로 채련곡을 위시한 의고 악부가 창작
된 것이 아닌가 한다. 『풍소궤범』에는 이백(李白)·왕창령(王昌齡)·이효광(李
孝光)·유시중(劉時中) 등의 작품이 4수 실려 있다. 성현의 『풍소궤범』 편찬
이후 다양한 악부집이 출현한 것도 이 시기의 악부에 대한 경도를 말해
준다. 채련곡도 그와 같은 분위기를 타고 빈번하게 의고된 듯하다. 특히
채련곡이 조선 전기에는 주로 관각 문인들을 중심으로 의고되다가 조선
중기에는 당시풍을 주조로 하는 작가들로 이어졌다는 점도 그 근거가 된다.

다음으로, 작가가 현실의 못 또는 물이라는 공간적 배경에서 홍기되는
기분(氣分)을 의고시와 결합시켜 표출한 경우를 들 수 있다. 이색은 63~64

---

9) 成俔, 『風搔軌範』序, 성균관대 대동문화연구원 소장본. 임형택 교수의 해제가 있다.

경에 상주(尙州) 함창(咸昌)으로 유배를 가 일 년 남짓 머물면서 7언 20행의
장편 악부제 채련곡10)을 짓는다. 상주 함창은 민요 '연밥따는 아가씨'에
등장하는 '공갈 못'이 있는 곳으로 우리나라에서 가장 유명한 연꽃 서식지
의 하나이다. 이색은 못이라는 공간적 배경에서 채련곡을 연상하고 이를
그가 머물던 상주 함창의 기속(紀俗)과 결합시켜 창작한 것이다. 이러한 공
간적 배경과 작가의 기분이 결합하여 채련곡이 창작되는 예는 김정과 이
달, 최경창 등의 경우에서도 확인된다. 김정이 40세에 경상도 관찰사로 있
을 때에 지은 채련곡이나, 최경창이 평양의 서윤관(庶尹館)으로 부임하였을
때에 대동찰방(大同察訪) 서익(徐益)·이달11)과 함께 금가(琴歌)를 잘하는 악
공·명기(名妓) 십여 명을 뽑아 대동강 부벽루에 올라 놀며 정지상의 「대
동강(大洞江)」 시(詩)에 차운하여 채련곡을 지은 일화 등 강(江)·호수(湖水)
를 배경으로 하는 채련곡을 다수 확인할 수 있다. 그러나 이색처럼 지적인
기분으로 기속(紀俗)을 의도한 경우는 드물고 대부분 작가의 유희적인 서
정(抒情)과 결합한다.

　다음, 채련곡 작가들의 관심이 여성과 관련한 시어·분위기·정감에 경
도되어 있음을 들 수 있다. 채련녀는 거울 같이 맑고 깨끗한 못 물에[采蓮
娀來水無風, 蓮潭如鏡松如龍]12) 자신의 모습을 비춰보고, "단장을 비춰보다 비
녀를 떨어뜨리기도 한다[看妝墮玉簪]."13) 대개 여인이 거울이나 거울처럼
맑은 물에 자신을 비춰보는 것은 낭군을 향한 그리움이나 낭군에게 아름
답게 보이고 싶은 마음의 표현이다. 그리고 채련녀가 거울처럼 맑은 물에
자신을 비춰봄은 자신의 아름다움과 마음을 자의식하는 곳으로 나아가기

---

10) "江南風氣何淸妍, 名花絶品皆神仙, 蓮爲君子號淸植, 日照上下紅粧鮮, 有女婉婉白
　　如玉, 笑向波間撑畫船, 綠鬟斜嚲翠蓋動, 風吹香袂時翩翩, 歸來羅襪濃露濕, 碧窓相
　　對紗如煙, 何郞筍令巧相似, 詩家題品多流傳, 誰知萬山最深處, 一區宛爾江南天, 於
　　中只欠採蓮曲, 白頭南望心悠然, 便欲乞身陪杖屨, 象筒劇飮題詩篇, 老來所願天不斬,
　　看取來歲幷明年."(李穡, 「採蓮曲奉寄舅氏」, 『牧隱集』)
11) 蓮葉參差蓮子多, 蓮花相間女郞歌, 來時約伴橫塘口, 辛苦移舟逆上波.
12) 鮑溶, 「採蓮曲」.
13) 戎昱, 「採蓮曲」.

도 한다. "계수나무 노, 난초 노 푸른 물에 띄우니 / 강 꽃, 옥 같은 얼굴 둘
이 시로 비슷하네[桂楫蘭橈学碧水, 江花玉面兩相似]"라 하여 물에 자신의 모습
을 비춰보는 채련녀는 옥 같이 고운 얼굴을 의식하는 강렬한 자의식을 드
러내기도 한다. 그녀는 충만한 자신의 공간을 즐기고 그곳에서 자신의 미
를 발견하는 자의식을 획득한다.[14] 채련녀의 자의식은 "첩의 집은 월나라
물가 / 배를 저으며 강 이내로 들어가네 / 이미 同心의 짝을 찾았는데 / 다시
同心의 연을 따네[妾家越水邊, 搖艇入江煙, 旣覓同心侶, 復採同心蓮]"[15]라 하며 자
신의 마음과 같은 이를 구하는 심정으로 나타나기도 한다.

또한 채련녀의 심리적 움직임을 잘 묘사한 작품을 살펴보면 "채련곡을
듣더라도 사람들은 채련하는 사람의 마음을 알 수는 없다"거나, 채련녀가
노를 저어 멀리 연꽃을 향해 나아가는 마음[遠], 배를 돌리며 깊은 수심을
근심하는 마음[回], 포구 끝까지 이내로 물드는 심상[極] 등 모두 구체적으
로는 드러나지 않는 멀고 아득하고 끝없는 심상이 강조된다. 새벽부터 시
작된 채련이 석양까지 이어지고 이제는 돌아가야 할 때, 저녁 해가 강가
텅 빈 바위에 비치니 이미 주변엔 모두 돌아가고 아무도 없다. 여기에 바
람이 일어나 호수는 건너기 어렵다. 여성은 쓸쓸하게 홀로 남겨져 있고 그
의 방황은 모호하면서도 깊다. 해 저물 녘의 고요 속에 강변의 물상들이
채련녀와 함께 하는 잔잔한 합일, 얼핏 쓸쓸한 듯이 보이나 실은 채련녀와
물상의 합일이 다시 다른 물상과 물상을 이어준다. 이것이 조(照)·승(承)·
기(起)·도(度)·적(摘)·동(動)·낙(落)·이(移)·비(飛)·요(繞)·견(牽) 등의 동적
인 움직임으로 표현되어 이들이 함께 이루어내는 움직임이 주변의 고요한
분위기를 쓸쓸함보다는 오히려 채련녀만의 자족의 공간으로 만들어준다.
채련곡의 여성의 정감은 매우 풍부하다.

또한 대제(大堤)·약야계(若耶溪)·횡당(橫塘)·오(吳)·월(越)·초(楚)·여남汝

---

14) 王昌齡,「采蓮曲」, "越女作桂舟, 還將桂爲楫, 湖上水渺漫, 淸江初可涉, 摘取芙蓉
花, 莫摘芙蓉葉, 將歸問夫壻, 顔色何如妾."
15) 徐彦伯,「采蓮曲」.

南) 등 채련곡에 빈번하게 등장하는 지명은 지금의 절강성(浙江省) 일대 강남지
방에 위치했던 곳이다. 이는 강마을의 여유롭고 낭만적인 공간들로 이를 의
고하여 이국적이고 유장하고 풍미(豐美)한 채련녀의 정감을 부각시킨다.

이러한 여성의 정감이 시인의 여성에 대한 인식과 관찰의 깊이를 의미
하는 것은 아니다. 채련녀의 정감은 작가 자신의 복잡한 정감의 비유체이
지, 여성에 대한 관찰이나 탐구의 결과, 여성 인식의 확장과 깊이의 결과
라고 보기는 어렵다. 폐쇄된 공간과 시간에서 자유롭게 자신의 욕망과 결
핍을 표출하는 여성의 정감, 자연스럽고 화려한 여성의 아름다움, 농염하
고 기려한 여성, 때로는 정감의 표출에 긴장을 느끼는 당대 여성 정감의
풀길 없는 안타까움은 작가 자신의 정감의 대리체임을 암시하는 것이기
도 하다. 채련곡의 여성은 작가가 자신의 정감을 관념적(觀念的)인 사유(思
惟), 의식적(意識的)인 사유(思惟)를 거쳐 의고 형식으로 묘사하여 표출하는
것이다.

때로 작가는 여성에 대한 탐닉을 의고 악부라는 용인받은 양식을 통해
전이시키고 있음을 볼 수 있다. 채련곡은 채련하는 여성의 외적 아름다움
을 구체적으로 묘사한다. 채련하는 여성의 외적 미모는 흰 손, 옥 같은 피
부, 버선 벗은 맨발 등으로 표현되는데 물론 이는 지분기 넘치는 아름다
움과는 구별된다. 자연 그대로 있는 그대로의 여성의 미를 포착한 것이다.
이러한 고운 자태의 여인이 연꽃, 맑은 물, 연잎, 가을 등과 어우러져 관
능적이고 감각적인 정감을 형성한다. 이는 한(漢) 민가의 전통에서 보여주
던 서민적인 형상이 탈각된 매우 귀족적인 이미지의 여성이다. 이 이미지
는 당 이후의 작품에서는 많이 보이나 그 이전의 작품에서는 찾아보기
어렵다. 우리나라에서는 성현·성간(成侃)·이승소(李承召)·정수강(丁壽崗)
뿐만 아니라 정범조 등의 조선 후기의 작품에서도 대부분 이러한 경향을
띤다. 이는 채련곡의 창작 동기, 그리고 여성 인식이 남성 작가의 여성의
미에 대한 탐닉과 관련됨을 의미하는 것이라고 할 수 있다. 시기마다 작
가마다 채련곡의 의고의 양상에 차이가 있을 수 있다. 하지만 우리나라의

채련곡 작품군의 여성 징감과 여성 인식은 그 내부의 차이가 선명하다기
보다 몇몇 이미지로 유형화되어 의고되었다. 그래서 채련곡에 나타나는
여성 정감과 여성 인식을 유형적으로 살펴보는 것도 무방하리라 생각한
다. 또한 채련곡은 조선 중기에 활발하게 의고되기 시작하여 조선 후기까
지 이어진다. 따라서 조선 중기에서 다루기로 한다. 채련곡은 악부(樂府)의
의고(擬古)이므로 중국 악부제 채련곡과의 비교도 병행하는 것이 효과적
이다.16) 본 절에서는 채련곡의 여성 정감과 미적 특질을 통해 조선 중기
사대부 한시에 나타난 여성 인식을 살펴보고자 한다.

### 采蓮曲

| | |
|---|---|
| 越女立芳洲 | 미인이 꽃다운 물가에 서서 |
| 盈盈如有求 | 간절하게 찾는 사람 있네 |
| 採蓮無所贈 | 꽃을 꺾어도 줄 이가 없으니 |
| 綠水使人愁17) | 푸른 물 사람을 슬프게 하네 |

### 採蓮曲

| | |
|---|---|
| 美人素手采蓮花 | 미인이 하얀 손으로 연꽃을 따네 |
| 花如紅頰頰如花 | 꽃은 붉은 뺨 같고 뺨은 꽃 같아라 |
| 中流蕩槳唱吳歌 | 中流에서 노를 저어 吳歌를 부르네 |
| 唱吳歌 | 吳歌를 부르네 |
| 落日低 | 석양이 지고 |
| 波渺渺 | 파도는 아득하여 |
| 歸路迷18) | 놀아갈 길 헤매네 |

채련곡 계(系)의 작품은 대부분 작가가 전지적 시점으로 여성의 서정을
포착하여 형상화하였다. 첫 번째 시는 정두경의 5언 4구이고, 두 번째 시는

---

16) 중국 악부시는 곽무천의 『樂府詩集』 소재 작품을 주 대상으로 할 것이다.
17) 鄭斗卿, 『東冥集』.

▲ 신윤복, 〈여속도첩〉.

신흠이 양 무제(梁武帝)의 「강남롱(江南弄)」 칠곡(七曲) 중에 있는 채련곡[19]의 형식(7/7/7 /3/3/3/3)을 따라 악곡(樂曲)의 리듬으로 지은 것이다.

첫 수에서의 연꽃을 꺾는 미인, 채련곡을 부르는 아름다운 여성, 방주(芳洲)의 공간적 배경은 채련곡 계를 구성(構成)하는 일관된 심상(心象)이다. 그녀는 꽃을 꺾어 님께 바치며 간절한 마음으로 사랑을 고백하려 하지만 님은 오지 않는다. 그러나 여성의 정은 식을 줄 모른다. 그래서 채련곡을 노래하며 아직 오지 않은 님을 부르고자 한다.[20] 신흠의 작품은 일모(日暮)와 어우러진 시상이다. 해가 지는 시간은 꽃을 꺾어 사랑을 고백하려던 낮 시간의 흥분이 체념적으로 가라앉고 이제 집으로 돌아가야 할 시간을 의미한다. 노래를 부르며 기다려도 님은 오지 않고, 이미 석양은 지고 있다. 이제 그녀는 돌아가야 하지만 그녀의 마음속에는 여전히 간절한 사랑으로

---

18) 申欽, 『象村藁』.

19) "遊戲五湖採蓮歸, 發花田葉芳襲衣, 爲君儂歌世所希, 世所希, 有如玉, 江南弄, 採蓮曲."(梁武帝, 「江南弄」 七曲 中 「採蓮曲」) 채련곡은 처음 梁 武帝의 「江南弄」 七曲 가운데 하나로 지어졌다. 이후 중국에서 '채련'을 노래하는 전통은 다양한 방면으로 계승과 변주를 계속해 왔다. 「채련곡」의 배경은 강남이다. 그런데 「江南曲」의 첫 작품인 漢 채집민가 '江南'의 古辭도 '采蓮'의 일을 노래하고 있어 '「採蓮曲」'과 「江南曲」은 내용과 형식상 밀접한 관련을 가졌음을 짐작할 수 있다. 따라서 「採蓮曲」을 살피려면 「江南曲」을 함께 고려할 필요가 있다.

20) "淡淡芳湖靜不流, 綠楊枝繫木蘭舟, 美人爭唱采菱曲, 郎在荷花淸淺洲."(趙緯韓, 「採蓮曲」, 『玄谷集』)

님을 찾는 열정이 남아 있어 강을 배회한다. 강을 배회하며 님을 찾는 여성의 정감이 아득한 파도, 돌아갈 길 헤매는 모습으로 비유된다.[21] 사랑을 구하며 강가를 헤매는 여성은 채련곡이 형성하는 독특한 모습이라고 할 수 있다.

이 유형의 채련곡은 또한 독특한 분위기의 시공간(時空間)을 구성한다. 여성 화자·화재 시에서 자연이나 집을 벗어난 외부세계는 대개 노동의 공간이거나 남성의 공간이다. 그런데 채련곡의 여성은 주렴이 쳐진 곳, 좁은 방안, 겹문이 닫힌 곳, 뜰 안 등의 좁고 폐쇄적인 곳을 벗어나 집 밖의 넓은 연못에 있다. 한시에서 여성의 공간이 이렇게 확대되는 것은 흔치 않은 일이다. 하지만 그곳은 또다른 제한성과 폐쇄성을 띤 곳이며, 늘 돌아가야 할 일상이 따로 전제된 곳이다. 채련곡의 기본 모티브는 '아름다운 여성의 님을 향한 사랑 고백(告白)'이다. 그러나 그녀가 사랑을 고백하며 부르는 채련곡은 연못을 벗어나지 못하였고 그녀의 사랑은 이루어지지 않는다. 님은 그 소리를 들을 수 없고 그녀는 한없는 애상과 아쉬움으로 열정을 다 발산하지 못한다. 채련곡의 시적 경계는 여성의 시공간을 확장하지만 님에게 사랑을 고백하고픈 여성의 정감은 여전히 풀리지 않는 갈망으로 남아 있어 앞 절에서 살펴보았던 사랑을 내재화한 여성의 정감과는 또다른 폐쇄성을 보여준다.

채련곡은 때로 여성의 천진하고 열정적인 사랑을 적나라하게 노출한다.

**采蓮曲**

| | |
|---|---|
| 東隣女兒脚不韤 | 동쪽 마을 여사아이 버선도 아니 신고 |
| 兩足如霜踏溪渚 | 서리 같은 두 다리로 물가를 걷네 |
| 溪頭蕩槳誰家郎 | 윗물에서 누구네집 총각인가 노를 저어 와 |
| 手折荷花笑相語 | 연꽃을 꺾으며 웃고 얘기하더니 |

---

21) "花似紅顔顔似花, 水爲明鏡照芳華, 沿洄不覺歸時晚, 浦口回舟日已斜."(李景奭, 「采蓮曲」, 『白軒集』) 채련곡에서 미인은 꽃과 같이 아름다운 자신의 모습에 도취하기도 한다.

移舡同去不知處　　배를 옮겨 함께 가서, 간 곳을 모르는데
別浦驚起鴛鴦侶22)　별포에서 놀란 원앙이 짝을 지어 날아오르네

**采蓮曲**

不襪女兒雙足白　　버선도 아니 신은 여자 아이 두 다리 희어라
如霜如玉踏淸水　　서리처럼 옥처럼 맑은 물을 밟네
荷花一枝手折贈　　연꽃 한 가지를 꺾어 주니
誰家少郞病纏髓　　누구네 집 청년인가 병이 골수에 사무치네
參差葉底水之涘　　물가 들쑥날쑥한 연잎 아래
一曲嫋嫋兩兩起23)　한 곡조 긴 노래, 짝지어 날아오르네

첫 수, 화자가 하얗게 드러난 맨발로 물가를 걷는 이웃마을 아가씨의
천진한 모습에 빠져 그녀를 주시한다. 그때 누구네집 총각이 노를 저어
와 꽃을 꺾어 주니 함께 배를 저어 어디론가 가 버렸다. 어디로 갔을까?
그때 별포에서 갑자기 한 쌍의 원앙이 날아올라 그들이 그곳에 숨었음을
알았다. 이 시는 맨발의 하얀 다리를 드러낸 아가씨의 눈부신 아름다움,
물가를 걷는 어여쁜 모습, 총각을 만나 거리낌없이 웃고 떠드는 천진함,
둘이서 어디론가 숨어 버리는 농염한 분위기가 시적 경계를 구성한다. 그
러나 이 시적 경계는 아가씨의 천진함 때문에 관능적이거나 색정적이지
않다. 둘째 시는 앞의 시보다 후대의 작품이다. 역시 옥 같이 하얗고 아름
다운 맨발, 물가를 거니는 천진함으로 총각에게 연꽃을 꺾어 사랑을 전하
니 총각은 첫 눈에 상사병이 든다는 자유롭고 낭만적인 여성 정감이 앞
시와 유사하다. 그녀는 외사랑이 아니라 상대와 소통하는 사랑을 한다.
그녀의 정신 경계는 내재화된 미를 표출하는 것이 아니라 감각적인 외모
와 어울려 자유롭고 활달하다. 이 자유로운 의식세계가 곧 채련녀의 정감
과 미를 형성한다.

---

22) 申欽, 『象村先生集』.
23) 李裕元,「古樂府」31首 中, 『嘉梧藁略』.

우리나라의 채련곡 가운데에는 남녀간의 애정을 기본 모티브로 하는 이백24)을 의고하면서 동시에 왕창령의 "꽃을 따서 낭군에게 누가 더 예쁜가 물어봐야지"25)라는 여성의 농염한 자신감을 의고한 작품이 많다. 물론 우리나라에도 원(元) 이효광(李孝光)처럼 빈천지교(貧賤之交)와 부유지우(富裕之友)를 대응시켜 "몸을 지켜 남에게 허락하기는 쉬워도 / 마음을 지켜 남에게 허락하기는 어렵다"26)는 교훈적인 시상을 의고한 작가도 있다. 하지만 이는 예외적 현상이다.

우리나라의 채련곡이 농염한 정감을 풍부하게 드러냄은 우선 조선 전기에 편찬된 한시 교과서의 하나인 『풍소궤범』 편찬과 그 영향을 지적할 수 있다. 이들은 대부분 당(唐) 이후 작가들로서 조선시대의 작가들에게 영향을 미쳤다. 채련곡은 고려 말 이색(李穡)의 작품에서부터 시작하여 조선 후기까지 지속적으로 의고(擬古)되었지만 시대에 따라 서로 다른 평가를 받고 있다. 즉 조선 전기의 『풍소궤범(風搔軌範)』이 4수나 되는 채련곡을 수록하고 있음에 반해, 조선 중기 한시 교과서의 하나라 할 수 있는 『정언묘선(精言妙選)』은 채련곡을 한 수도 수록하지 않았다. 뿐만 아니라 허난설헌의 채련곡에 대해 "採蓮曲一兩曲, 近於流蕩, 不載集中云"27)하다는 부정적인 평가를 하기도 하였다. 여기서 조선 중기 들어 도학적 기풍이 강화될수록 채련곡은 중세 규범이 허여(許與)하는 경계선을 넘나드는 위태로운 존재로 인식되고 있음을 유추할 수 있다.28) 조선 중기에 율

---

24) "若耶谿傍採蓮女, 笑隔荷花共人語, 日照新粧水底明, 風飄香袂空中擧, 岸上誰家遊冶郞, 三三五五映垂楊, 紫騮嘶入落花去, 見此躊躇共斷腸."(李白, 「采蓮曲」, 『風搔軌範』)

25) "越女作桂舟, 還將桂爲楫, 湖上水渺漫, 淸江初可涉, 摘取芙蓉花, 莫摘芙蓉葉, 將歸問夫壻, 顔色何如妾."(王昌齡, 「采蓮曲」, 『風搔軌範』)

26) "蓮葉何田田, 宛在水中央, 別離不足念, 亦復何憐生, 蓮葉何田田, 見葉不見水, 貧賤貧賤交, 富貴富貴友, 花生滿洲渚, 不復葉田田, 持身許人易, 持心許人難."(李孝光, 「采蓮曲」, 『風搔軌範』)

27) 李鐘殷・鄭珉 편, 『韓國歷代詩話類編』, 아세아문화사, 1988.

28) 한편 『정언묘선』은 「仁字集」 부분에 채련곡과 비슷한 모티브를 가진 '大提曲'을 수록하고 있는데 「仁字集」은 "此集所選, 主於情深意遠, 卽景卽事, 寫出襟懷, 怨而不悖,

곡 이이가 『정언묘선』을 엮고 많은 악부시를 수록하면서도 채련곡을 제
외한 것 역시 채련곡의 농염한 정감 때문이 아닌가 한다. 채련곡의 농염
한 정감이 도학자의 안목에 들지 않았던 듯하다.[29]

그러나 『풍소궤범』 소재의 작품을 제외하면, 당 이후의 작품들은 대개
'간장을 끊을 듯한' 여인의 이별·그리움·안타까움을 많이 보인다. "자
류마 울며 낙화 속으로 들어가니 / 이를 보고 주저하며 부질없이 단장을
끊이네[紫騮嘶入落花去, 見此躊躇空斷腸]"[30]라 하여 님을 그리며 애를 끊이
는 여성의 정감을 그리거나, "낭군을 만나 말하려 하다가 고개 숙여 웃고
/ 머리를 긁자 푸른 옥비녀 물 속에 떨어지네[逢郎欲語低頭笑, 碧玉搔頭落水
中]"[31]라 하여 수줍은 여성의 정감을 보이기도 한다. 이는 한 대 민가의
영향을 받은 채련곡들이 대개 서민 여성의 화락을 반영하였다면, 당 이후
의 작품들은 다소 귀족적인 여성의 이별과 안타까움·그리움을 묘사하는
방향으로 흘렀다는 사실을 의미하는 것이기도 하다. 당 이후의 채련곡은
노동과 분리되고, 기왕에 존재했던 한시의 수줍은 연정과 만나면서 한대
와 달리 변화한다. 물론 "원컨대 추호부인을 배우리 / 참된 마음 옛 소나
무에 비견되니[願學秋胡婦, 眞心比古松]"[32]라 하여 옛 정녀(貞女)의 형상을
배우겠다는 여성 정감으로 나타나기도 한다.

한편, 당 이전의 채련곡이나 강남곡에는 원앙의 이미지가 거의 등장하
지 않는다. 간간이 보이는 원앙은 대개 남녀의 화락한 분위기를 암시하는

哀而不傷, 讀此集, 則未嘗不穆爾長思, 悽然興嘆, 求獲古人之心, 而無怨懟淫放之失
矣"라고 하여 일차적으로 긍정적인 평가를 하기도 한다. 그러므로 채련곡은 악부제 가
운데서도 당대 규범의 허여의 경계선을 넘나드는 측면에서 제량체와 비교를 통하여 그
미적 특질을 선명히 할 수 있을 듯하다.
29) 그러나 우리나라의 采蓮曲이 모두 濃艷한 정감의 유형에 드는 것은 아니다. 특히 悲
怨의 情感으로 형상화된 경우도 많다. 따라서 采蓮曲의 정감을 하나로 이야기하기는
어렵지만 때로는 비원의 정감일 경우에도 농염의 특질을 가미하는 바로 이 특질이 다
른 작품군과 구별되는 采蓮曲만의 특징이라고 할 수 있다.
30) 李白, 「採蓮曲」.
31) 白居易, 「採蓮曲」.
32) 李白, 앞의 글.

심상이다. 그런데 우리나라의 채련곡에서는 원앙이 작품 전체의 정조를 주도하는 경우가 많다. 우리나라의 작품들이 대개 당 이후의 원앙의 이미지를 수용하였기 때문이다. 그리하여 이별의 안타까움이나 그리움이 채련곡의 지배적 여성의 정감이 된다. 채련곡은 애상적이고 안타까운 여성을 반복하던 다른 양식의 여성 정감과 결합하면서 그 정감의 강도를 더해주는 방향으로 기능하였고 채련곡만의 독자적인 세계를 형성하지는 못하였다. 그래서 조선 후기로 갈수록 창작 악부가 힘있게 현실 반영을 시작하면서 의고 악부는 퇴조하고 만다. 이는 이미 다른 시적 장치에서 당풍의 영향력이 강하였기 때문에 자연스럽게 수용된 것으로 보인다. 악부제를 의고하는 작가들의 당풍과의 관련과도 통한다고 할 수 있다.

그런데 채련녀의 아름다운 외모는 자연과 어우러진 자연스러움을 그 특징으로 한다. 이 자연스러운 여성의 미는 채련곡의 기려(綺麗)의 미적 특질을 형성한다. 그리하여 채련곡은 연정(戀情)을 주로 형상화하면서도 외설스럽고 음란하다는 평가를 받지는 않았다. 주지하듯이 채련(採蓮)은 매우 보편적인 노동의 하나였으며 채련곡은 원래 이 노동과 밀접한 관련을 지녔다. 연을 채취하는 날 젊은 남녀가 구름처럼 호수에 몰려와 자연스럽게 어울려 노동하는 남녀의 모습과 연정이 토로되어 채련곡에 담긴 것이다. 이렇듯 채련은 원래 노동과 연정의 결합 형태로 존재하였다. 채련곡의 연정이 퇴폐나 음란으로 이해되지 않고 자연스러운 정감으로 수용된 것은 이러한 연정과 노동의 결합이라는 현실적 삶과 그 형상이라는 이상적 모티브에서 연유하는 듯하다. 채련곡은 조선 후기에 비슷한 제재를 운용한 제량체나 옥대향렴체와는 다른 미적 평가를 받았다. 조선 후기의 제량체가 여성과 남성의 관계나 거기에서 발생한 여성의 정감을 주요한 시적 대상으로 하여 부염(浮艶)하다는 비판을 받았다면, 채련곡은 기려하다는 평가를 받아왔다. 그리하여 조선 후기에 제량체가 다수 창작되어 문제시되었던 것에 반해 채련곡은 조선 후기까지 지속적으로 의고될 수 있었다.

**採蓮曲**

越溪美人桂爲楫     월계 미인이 계수나무 노 저어
秋日江南採蓮葉     가을날 강남에서 연잎을 따네
葉東葉西多戱魚     연잎 동쪽 서쪽에 노니는 물고기 많더니
魚見紅顔盡深入[33]  홍안을 보고 다 깊이 숨었네

정두경의 「채련곡」이다. 이 시의 핵심 이미지는 물고기가 연잎 사이를 노니는 모습이다. 물고기가 무성하고 아름다운 연잎 사이를 이리저리 노니는 놀이를 통해 채련녀의 경쾌하고 발랄한 마음을 드러낸다. 물고기의 놀이는 무엇을 의미하는 것일까. '연잎을 따다[採蓮]'는 애정을 구한다는 뜻이다. 채련(採蓮)에서의 연(蓮)과 연엽(蓮葉)에서의 연(蓮)은 영(怜), 연(戀)을 해(諧)한 것으로 애정을 상징하는 쌍관수법이다. 그러므로 물고기들이 연잎 사이를 이리저리 노니는 것은 애정을 구하는 남녀의 발랄한 모습, 남녀의 환락을 비유한다. 따라서 이 시는 『시경(詩經)』의 비흥(比興)의 수법을 통해 유희(遊戱)하는 남녀의 정경을 우의(寓意)하고 있음을 알 수 있다. 이러한 쌍관수법은 강남 고사의 특징이다. 이러한 쌍관수법은 채련곡의 기려의 미적 특질을 형성하는 요소가 된다. 채련곡이 주로 애정형상으로 구현되는 것도 모두 여기에서 기인한 것으로 보인다.

채련곡에서 실제적인 노동 행위를 다양하게 묘사하는 것 역시 기려의 미적 특질을 형성하는 중요한 요인이 된다. "가을 강 언덕 연밥이 많고 / 채련하는 여자아이 배에 기대 노래하네 / 푸른 방에 둥근 열매 가지런히 모여 있으니 / 앞다투어 꺾으며 탕탕 물살을 일렁이네[秋江岸邊蓮子多, 採蓮女兒憑船歌, 靑房圓實齊楫楫, 爭前競折蕩漾波]",[34] "배를 놀리며 남당에 와 / 연잎 몸에 비추이며 연밥을 따네[弄舟搨來南唐水, 荷葉映身摘蓮子]",[35] "푸른 줄기를 끌며 연뿌리를 찾아 내려가니 / 실이 끊어진 곳 가시가 많아 손을 다치네[試

---

33) 鄭斗卿, 『東冥集』.
34) 張籍, 「采蓮曲」.
35) 鮑溶, 「采蓮曲」.

牽綠莖下尋藕, 斷處絲多刺傷手]",36) "연꽃 위 잎을 따며 / 연뿌리의 실을 끄네[摘除蓮上葉, 拖出藕中絲]",37) "부용꽃을 따라 / 부용잎을 따지 마라[摘取芙蓉花, 莫摘芙蓉葉]"38) 등에서 살펴볼 수 있듯 실제 노동은 연꽃·연밥·연뿌리·연줄기 등으로 다양한 모티브와 관련된다. 따라서 작품에서 채련을 포착하는 이미지 또한 다양해진다.39) 가을·강·연꽃·연잎·연뿌리 등 채련곡을 구성하는 이미지는 화려하다. 이 화려한 아름다움은 있는 그대로의 자연 그대로의 물상에서 기인한 것이다. 사공도는 이러한 미적 특질을 기려로 표현한다. 절로 그러한 자연에 바탕을 둔 화려한 아름다움이 채련곡의 기려의 풍격을 이룬다. 기려의 미적 특질을 형성하는 채련곡의 구성 요소는 다른 작품들에서는 찾아보기 어려운 독특한 것으로 채련곡이 의고제를 차용하며 지속적으로 여러 작가에 의해 의고된 이유의 하나라 할 수 있다.

채련곡은 사대부가 채련녀를 통해 자신의 정감을 구현하고 자신의 탐닉을 표현하면서 한편으로는 이를 은폐하는 기능을 하고 있다. 채련곡의 여성 정감과 시어, 분위기가 매우 다양하면서도 적극적인 것은 바로 이러한 점을 말하는 것이기도 하다. 채련곡의 여성 정감은 사대부가 자신의 정감을 투사하거나 전이하는 매개체로 존재했다. 따라서 채련곡에 나타나는 여성 인식은 매우 관습적이고 유형적이다. 그럼에도 불구하고 채련곡은 여성의 다양한 정감과 분위기, 시어의 세계를 형상화하여 여성의 정감이 단일하거나 고정적이지 않다는 것을 보여주었다. 여기서 버림받고 눈물 흘리는 소극적인 여성의 정감과는 다른 자리에 있는 여성의 의고를 통해 여성 인식이 확대되거나 깊어질 수 있는 가능성을 찾을 수도 있다는 데에 일정 정도 의의가 있다.40)

---

36) 張籍, 「采蓮曲」.
37) 朱超, 「采蓮曲」.
38) 王昌齡, 「采蓮曲」.
39) 대개 연잎은 따서 봄 누에를 먹이거나 큰 잎을 오무려 술잔을 만들고(殷英童, '蓮葉捧成杯', 「采蓮曲」), 연뿌리는 식용이나 쉽게 끊어지지 않는 질긴 실로 쓰고(殷英童, '藕絲牽作縷', 「採蓮曲」), 연밥은 약재가, 연꽃은 미인의 투영이 된다.

## 4. 임제(林悌), 기녀의 꿈과 좌절

　이전 시기에도 사대부 한시에서 기녀를 시적 대상으로 하는 경우는 있
었다. 그러나 대부분 남성 화자가 유흥적인 공간에서의 순간적인 분위기를
묘사한 것으로 여성 화자, 여성 정감을 주요 모티브로 하는 경우는 드물었
다. 반면 이 시기에는 이달(李達)·임제(林悌)·이수광(李睟光) 등을 중심으로
기녀의 정감을 주요한 모티브로 하는 작품이 집중적으로 창작된다.

　이 시기 이달·임제·허봉·최경창·백광훈 등의 우정(友情)과 풍류(風
流)에는 기녀를 대상으로 한 일화(逸話)가 무수하게 들어 있다.[41] 그래서
이들은 한결같이 시를 잘 지었다는 칭찬과 동시에 "性, 好色"[42]이라는 비
방을 들었다. 임제는 평양에 부임하는 길에 황진이 무덤을 지나며 제를
지내다 부임 도중에 파직당한 일로 유명한데, 문과에 급제하고 제주 목사
로 있던 아버지를 친영(親迎)하러 가던 길이나 돌아오는 길에도 이달·최
경창 등과 어울려 기녀와 노닐었다. 백광훈이나 허봉 역시 마찬가지다.
이달이 영암에 머물 때 자신이 아끼던 기녀에게 비단을 사주기 위해 시

---

40) 梁武帝,「江南弄」七曲 中 採蓮曲. 우리나라의 채련곡 의고의 방향이 당 이후의 작
　　품들에 경도되었다는 사실은 우리나라의 채련곡이 중국의 채련곡과 중요한 몇 가지 차
　　이를 지님을 암시한다.『악부시집』에 실린 중국의 채련곡 의고의 한 방향은「강남」고
　　사나 양무제의 영향을 받아 民歌의 전통을 잇는 경향이 짙다. 한 민가의 전통을 잇는
　　채련곡은 대개 노동이 아니라 유희나 연정의 기쁨을 노래한다. 五湖에서의 유희가 만
　　발한 꽃, 무성한 잎의 향기가 옷에 스며드는 분위기로 비유된다. 서정적 자아가 님을
　　위해 노래부르는 그 옥 같은 노래가 바로 채련곡이다. 채련의 모습에서 포착한 남녀의
　　유희의 기쁨이 간략한 노래 속에 충만하게 표현되어 있는 것이다("遊戲五湖採蓮歸, 發
　　花田葉芳襲衣, 爲君儂歌世所希, 世所希, 有如玉").
41) 許篈은 당대에 好色, 風流談謔流, 詩豪蕩으로 지목되었다. 그의 아우 許筠 역시 문
　　과에 급제하고 평양에 부임할 때에 서울서 기생을 데리고 가서 別衙를 마련해 주고 政
　　事를 소홀히 하다 파직을 당하였다. 이후부터 輕薄한 자로 낙인찍혀 그는 정치생활에
　　서 끊임없는 부침을 겪게 되었다. 최경창 역시 평양의 大同察訪으로 부임하였을 때 이
　　달과 함께 부벽루에 올라 악공과 기녀를 데리고 놀며 평양을 떠날 때까지 놀이를 계속
　　하였다 한다. 백광훈도 임제, 이달과 함께 놀던 일, 기생 紅娘과의 사랑 등이 전한다.
42) 李鍾殷·鄭珉 편,『韓國歷代詩話類編』, 아세아문화사, 1988.

를 지어 최경창에게 비싼 값으로 팔았다는 일화 역시 그들의 생활의 단면을 생생하게 전해준다. 그래서 허균은 이달을 "李益之, 少以花柳之失, 忌才者, 從而謗之",[43] "世或以風花病之"[44]라 서술하기도 하였다.

그런데 양경우(梁慶遇)는 『제호시화(霽湖詩話)』에서 "이달이 나이 70세가 넘어서 평양성 내 늙은 관기(官妓)에게 객거(客居)하는 것을 보았다"고 하였다. 이 사실로 미루어 현실 정치에서 소외되고 경작할 땅 한 뼘 없는 곤궁한 상태로 평생을 유리걸식하며 사방을 떠돌았던 이달에게 기녀는 단순한 유흥공간의 의미를 넘어서는, 그가 고통스러운 '현실(現實)'에서 그나마 의지할 수 있었던 공간의 하나였음을 추측하게 한다. 기녀는 그를 알아주고 인정해 주던 진정한 지기(知己)였다. 기녀 역시 재주와 절개를 지니고 있어도 뜻대로 살아갈 수가 없는 처지였던 것이다. 즉 이달은 사대부 사회에서 '기방을 문란케 한다'는 분분한 비방을 들을 정도였지만, 그와 기녀의 관계는 유흥적 공간의 향유나 퇴폐적인 삶으로 치부하고 말기에는 곤란한 듯하다.

특히 임제는 기녀를 통해 개인의 주체(主體)의 문제를 고민할 뿐만 아니라 객체의 문제, 개성(個性)의 문제 등 당대의 가장 민감한 사상과 문화의 변화를 직접적으로 반영하고 실천하고 있다.

**贈玉井**

| 莫把瑤琴奏別鶴 | 瑤琴을 잡고 別鶴操를 타지 말아요 |
| 江南芳草年年愁 | 강남에 꽃다운 풀 돋으면 해마다 근심할 거예요 |
| 妾心木變洇江在 | 제 마음 아직 변치 않고 패강에 있는데 |
| 何日共登浮碧樓[45] | 어느 날 함께 부벽루에 오를지요 |

시제(詩題)는 이별을 앞에 두고 임제가 옥정(玉井)에게 준 시임을 의미한

43) 李鍾殷・鄭珉 편, 위의 책.
44) 許筠, 『鶴山樵談』.
45) 林悌, 『白湖集』.

다. 그런데 시상(詩想)은 도리어 옥정이 화자가 되어 임제에게 말을 건네는 것으로 전개된다. 7언 4구의 짧은 편폭에 시제(詩題)와 화자(話者)의 이중성, 고사(故事)의 다양한 운용으로 시상을 깊게 하는 임제의 기교(技巧)가 돋보이는 여성 정감시이다. 여기서 「증옥정(贈玉井)」이라는 시제의 의미는 1구의 별학조(別鶴操)를 연주하는 남성의 모습에서 다 표출된다. 남성이 연주하는 별학조46)는 상릉목자(商陵牧子)가 자식을 낳지 못해 부형(父兄)들에게 내쫓기는 아내를 위해 슬프게 지어부르던 금곡(琴曲)이다. 그러므로 지금 남성은 '지금의 이별이 슬프지만 한 번에 천 리 길 머나먼 곳으로 날아가는 학과 같은 이별이니 다시 만날 기약이 없음'을 암시한다.

전편(全篇)의 시상은 그 별학조 연주를 듣는 옥정의 화답으로 이어진다. 옥정은 님에게 요금(瑤琴)으로 그 이별가를 연주하지 말라고 당부한다. 그 학(鶴)은 한 번에 천 리(千里)를 날아 하늘 끝 먼 곳으로 떠나가는 새라고 하니 그 노래로 지금의 님과 자신의 이별을 비유해서는 안된다. 왜냐하면 자신은 강남에 풀이 돋아 향기를 품으면 그때마다 님이 그리워서 근심을 할 것이고, 자신은 그 마음 변치않고 패강에 있을 터이기 때문이다. 그런데 님은 언제나 돌아와 함께 부벽루(浮碧樓)를 올라 볼 지 걱정이다. 먼 이별을 고하는 님의 연주에 '영원히 기다리겠다고 화답하는 여성의 정감'이다.

가부장제 가족윤리는 법적·도덕적으로 버림받는 처의 신분을 보호하고 이를 통해 가부장제 가족윤리를 고양시키려 한다. 그래서 훈구 관료 문인들은 남성의 부도덕을 경계하고, 남편과의 관계에서만 그 존재의 의의를 찾는 무기력한 아내의 정감, 버림받은 아내의 가여움을 의도적으로 부각시켜 가족윤리를 확립하려는 지향성을 보인다. 그러나 가부장제는 다른 한편 버림받는 것이 당연한 특수한 신분의 여성을 제도적으로 인정한다.

---

46) 別鶴은 商陵牧子가 지은 것이다. 아내를 맞이한 지 五年이 되었으나 자식이 없어 父兄이 그를 다시 장가보내려 하였다. 아내가 그 소리를 듣고 한밤중에 일어나 문에 기대어 슬프게 노래부르니 牧子가 듣고 슬퍼져 琴을 당겨 노래를 불렀다. 그 노래는 "將乖比翼兮隔天端, 山川悠遠兮路漫漫, 攬衣不寐兮食忘餐"이다. 鶴은 한 번에 천 리를 난다고 한다. 琴曲名으로 『樂府詩集』「琴曲歌舞」'別鶴操'에 나온다.

사회적으로 제도적으로 용인된 특수한 신분의 여성인 기녀를 버리는 남성은 아내의 경우와 달리 도덕적인 제어를 받지 않는다. 16세기 기녀를 시적 대상으로 하는 작가들은 대부분 어디서도 보호받고 호소할 곳이 없는 기녀의 처지를 연민하고 부각시키는 데에 그들의 시적 지향성을 두었다.

특히 임제의 작품에 나타나는 기녀의 정감은 기녀의 모순적(矛盾的)인 상황을 부각시키는 데에 시인의 시적(詩的) 지향성(志向性)이 있음을 선명하게 보여준다. 다음 시는 5언(言) 10행(行), 기녀를 화자로 하는 독백체(獨白體)의 시로 이러한 기녀의 현실을 적나라하게 포착한 것이다. 기녀가 조수(潮水)의 변화에 따라 달라지는 님의 행태와 님의 행태에 따라 변화하는 자신의 서정을 독백으로 읊조린다.

**三浦倩作蕩槳曲**

| 潮生郎騎馬 | 조수 일자 님은 말을 타고 |
| 早向楓湖道 | 일찍 楓湖 길로 나서네요 |
| 潮廻郎棹舟 | 조수 돌아오자 님은 배를 저으며 |
| 只愛煙波好 | 안개 낀 파도만 좋다고 사랑하네요 |
| 潮廻過妾家 | 조수 돌아오니 첩의 집을 지나치며 |
| 郎舟尙容與 | 님의 배 오히려 태연하네요 |
| 不如潮有信 | 조수의 信義만도 못하군요 |
| 郎心誰得知 | 님의 마음 누가 알아줄까요 |
| 潮來郎不來 | 조수는 오는데 님은 오지 않고 |
| 賤妾當何爲[47] | 천첩은 어이해야 하나요 |

기녀의 집은 물가에 있다. 조수가 밀려가자 낭군은 말을 타고 풍호(楓湖) 길로 나선다. 풍호에 가서 그가 무엇을 할지는 보지 않아도 안다. 조수물이 밀려오자, 다행히도 님은 다시 배를 띄우고 강으로 돌아온다. 그러나 님은 노를 저어 노닐며, 안개 자욱한 바다만 아름답다고 감탄이다.

---

47) 林梯, 『白湖集』.

조수가 돌아오고 님이 배를 띄우면 의당 자신을 찾을 줄 알았는데, 님의
안중에는 이제 그녀가 없는 듯하다. 님의 배는 기녀의 집을 그냥 지나치
고, 님은 오히려 그것이 즐거운 듯 태연하다. 조수처럼 바뀌는 경박한 님
의 마음, 기녀의 고통을 알고도 오히려 희롱하며 즐기는 님의 행태를 반
복하여 나열하는 가운데도 기녀는 님에 대한 서운함과 원망을 "只", "尙"
등의 어사를 통해 드러낼 뿐이다. 그녀는 자신의 마음을 당당히 표현할
권리가 없다.

봉건사회 사대부의 제도나 문화적 규범은 기녀를 항상성(恒常性)이 없
고 영원성(永遠性)이 없는 순간적(瞬間的)이고 경박(輕薄)한 속성으로 규정하
고 기녀를 희롱하고 천시한다. 하지만 정작 그 속성은 남성에게 속한 것
이고 오히려 기녀는 남성의 그러한 행위에 의해 고통을 받는다. 드디어
기녀는 남성에 대해 참고 있던 속마음을 뱉어내고 만다. 님은 날마다 밀
려왔다가 밀려가는 변화무쌍한 조수보다도 신의(信義)가 없다고 비난한다.
그래도 조수는 아침에 밀려 들어왔다가 나가는 일정함이 있는데 님은 그
만큼의 항상성도 없다고 비난한다. 사대부 남성의 제도 규범이 자신에게
씌운 부정적인 규정을 오히려 남성에게 돌리고 그런 마음을 누가 알아주
기나 할까보냐고 자신도 낭군을 외면해 버릴 듯한 기세(氣勢)로 내뱉는다.
그러나 그 기세도 잠시 뿐, 현실적인 공간에서의 기녀는 언제나 남성의
행위에 대해 무기력하다. 그래서 그녀는 다시 님의 행태에 안타까워하는,
'어찌할 줄 모르는 정감'으로 돌아가고 만다.

기녀에 대한 봉건사회의 체제 모순적 규정과 현실, 남성의 기녀에 대한
부정적인 모습, 그리고 이 역설적인 모순 속에서도 보호받을 수 없는 처
지 등에서 기녀는 끊임없이 자신의 정체성에 대한 회의를 품지 않을 수
없다. 다음 시는 기녀의 정체성에 대한 회의를 묘사한 것이다.

**代箕城娼贈王孫 三五七言**

花易落          꽃은 쉬이 지고

| | |
|---|---|
| 月盈虧 | 달은 찼다가 기우네 |
| 莫將花月意 | 꽃과 달의 마음으로 |
| 枉比妾心期 | 멋대로 내 마음의 기약을 비유하지 마오 |
| 郎君還似浿江水 | 낭군은 다시 浿江 물 같아 |
| 不爲芳華住少時48) | 芳華를 위하여 조금을 머물지 않네요 |

**感遇**

| | |
|---|---|
| 君好提邊柳 | 그대는 제방변 버들개지를 좋아하고요 |
| 妾好嶺頭松 | 저는 고개마루 소나무를 좋아하지요 |
| 柳絮忽飄蕩 | 버들개지 홀연히 태탕하여 |
| 隨風無定蹤 | 바람을 따라 정처가 없네요 |
| 不如歲寒姿 | 세한의 자태만 못하지요 |
| 靑靑傲窮冬 | 푸르고 푸르게 힘겨운 겨울을 이기네요 |
| 好惡苦不定 | 좋아하고 싫어함을 정하지 못해 괴로워 |
| 憂心徒忡忡49) | 근심하는 마음 대단하네요 |

첫 수는 평양 기녀가 왕손(王孫)에게 부치는 시를 임제가 대신하여 지어준 6구의 여성 화자의 정감이다. 잣수가 3/3/5/5/7/7로 자유로이 변화하여 민요조 리듬과의 접맥을 연상케 한다. 꽃은 피었다가 쉬이 지고 달은 찼다가는 금방 이운다는 시상(詩想) 역시 민요의 모티브를 연상케 한다. 내가 기녀라고 낭군은 쉬이 변하는 꽃과 달의 생리로 내 마음속 맹세를 함부로 비유하지 말라. 낭군은 패강 물과 같아 쉬임 없이 흘러 잠시도 나를 위하여 머물지 않지만 내 마음속 맹세는 그렇듯 쉬이 변하는 것이 아니라는 항변이다. 다음 시에서 기녀는 남성의 마음을 제방변 버들개지처럼 정처 없이 떠도는 가벼운 것으로 비유하고, 자신의 마음은 고갯마루에

48) 林悌, 『白湖集』.
49) 許筠, 『荷谷集』. 許筠은 『國朝詩刪』에서 이 시가 明人의 『列朝詩集』에는 있으나 遺稿 중에는 없어 考信할 수는 없으나, 牽情人과 鏡囊詞 등의 가사가 모두 문집에 있으니 이로 미루어 허봉의 작품임을 증거할 만하다고 하였다.

우뚝 서서 추운 겨울을 견디는 소나무에 비유를 한다. 덧붙여 마음을 굳 건하게 정하지 못하고 이리저리 경박하게 옮겨다니는 남성에게 기녀는 오히려 괴롭겠다고 동정하듯 조롱을 한다.

사대부 사회는 도덕적인 규범과 윤리를 앞세워 성(性)을 팔아 살아가는 천한 존재로 기녀를 규정하고 천시한다. 한편 사대부 사회는 그들의 분방 한 서정을 해소하고 풍류를 더하기 위한 좋은 짝으로, 뛰어난 예능인으로 기녀를 대동한다. 이렇듯 기녀는 남성에게 풍류의 동반자로, 천시의 대상 으로 모순적인 대우와 규제를 받으며 살아가야 한다. 이러한 모순적인 상 황에서 기녀는 자신의 정체성(正體性)을 고민하지 않을 수 없다. 이별을 앞 에 둔 기녀는 좀체 끊어지지 않고 길이 이어지는 연뿌리에 자신의 마음을 비유하고 연꽃 위의 이슬처럼 가벼운 님의 마음을 탄식한다[妾身苦作藕中 絲, 郎意何如荷上露].50) 또 기녀는 아름다운 미모란 오래도록 자만하기 어려 운 것이니 절개를 높이 드러낼 것이며, 마음을 다잡아 세한(歲寒)의 자태를 기약하겠다고 다짐한다[姸華難久恃, 況當節向闌, 執心期歲寒, 萎葉同秋繭].51) 또 청동은 갈 수가 있고 돌은 구를 수 있지만 오직 자신의 마음만은 끝내 변치 않을 것이라고 한다[靑銅可磨石可轉, 唯有此心終不變, 欲識此心長憶君, 日 日揭囊看鏡面].52) 기녀는 사대부사회가 자신에게 규정한 정체성과는 다른 방향, 즉 세한송이나 연뿌리처럼 영원하고 항상된 것, 절개라는 가치 등으 로 자신의 정체성을 세운다. 사대부가(士大夫家) 부녀자들이 절개를 통해

---

50) "雄州樓觀飛雲外, 白簡霜威凌皂盖, 組練三千引綉衣, 羅裙二八搖鳴珮, 九華帳深暖 氤氳, 寂寂瓊籤午夜分, 苧里佳人嬌薦枕, 巫山仙子去行雲, 牽情夢罷首歸路, 別恨迢 遞烟郊 …… 錦水東西楊柳新, 往來多少斷腸人, 攀枝落日應惆悵, 芳草年年空復春." (許筠, 「牽情引調金仁伯」, 『荷谷集』)

51) "東郭何逶迤, 峻樓造雲端, 飛樓出其上, 迢遞 長安, 朝暉映綺跣, 綠林掩雕欄, 中有 羅裳女, 婥妁冰雪顔, 芳年遭離居, 顧言思所歡, 晨起理商絃, 日夕望西關, 竚立將何 覩, 蹢躅傷肺肝, 常恐中道阻, 軒車終不還 ……"(許筠, 「東郭美人」, 『荷谷集』)

52) "江南女兒當窓織, 染作春潭千丈黑, 十囊珍包入尙方, 五丁輸取歸東國, 幾年箱篋有 餘香, 今日裁縫爲鏡囊, 囊裏靑銅明似月, 鏡中白髮令於霜(…하략…)"(許筠, 「鏡囊詞」, 『荷谷集』)

지배 이데올로기에 적응해 갔다면 기녀는 이렇게 자신의 억압적인 처지를 극복하고 모순적인 상황을 초월해 가는 방편으로 절개나 항상성, 변함 없음이라는 가치를 추구한다. 결국 이 시기 기녀의 정감은 남성과의 사랑이라는 상황을 중심으로, 자신의 버림받은 처지와 자아의 정체성 모색이라는 과제를 풀어 가는 과정에서 형성된 것이라고 할 수 있다. 기녀는 자기 스스로 확립한 도덕성(道德性)이나 정체성으로 비극적이고 모순적인 처지(處地)를 스스로 초월해 간다.

**代人作**

賤妾自栖托　　천첩 스스로 몸을 맡겼으니

願郞無我忘　　낭군은 나를 잊지 마세요

芳心石不轉　　꽃다운 마음, 돌은 구르지 않지요

離恨水俱長　　이별의 한, 물과 함께 길게 흘러가지요

霜後菊猶艶　　서리친 뒤 국화가 오히려 아름답지요

雪邊梅亦香　　눈 속의 매화가 또한 향기롭잖아요

須知豫讓子　　아서야 해요, 豫讓子는

不死范中行[53]　范氏·中行氏를 위해 죽지 않았어요

이별을 앞에 두고 기녀가 남성에게 전하는 이야기다. 1·2구는 이제 자신이 몸을 맡겨 당신을 낭군으로 삼았으니 낭군도 자신을 잊지 말아달라는 소망(所望)이다. 3·4구는 이별 뒤의 자신의 '다짐'을 보여준다. "강물은 흘러도 돌은 구르지 않듯[江流石不轉]" 낭군을 향한 변치 않을 자신의 마음을 석(石)에 비유한다. 또한 변치 않고 지켜 갈 자신의 마음을 스스로 방심(芳心)으로 표현한다. 이별의 한 또한 길이 강물에 띄워보내며 이별을 견딜 것이다. 5·6구는 이렇게 고통을 견디고 난 후일에 대한 기대이다. 기녀는 서리친 뒤 무서리를 견디고 피어난 국화가 오히려 더 아름다운 꽃송이를 피워내듯, 눈 속에 핀 매화가 더욱 향기롭듯 이별의 고통을 참으며

---

53) 林悌, 『白湖集』.

다시 만날 날을 기다릴 것이다. 그런데 7·8구는 이제까지의 여성의 자기 마음에 대한 토로와는 다른, 그녀가 낭군에게 보내는 경고(警告)이다. 그녀가 그렇게 낭군에게 돌아오라는 소망을 품고, 기다리리라는 자기 다짐을 하며, 다시 만날 뒷날에 대한 기대를 지니고 사는데, 만약 낭군이 자기 마음을 몰라주고 자기와 다른 태도를 보인다면 자신도 낭군에 대한 절개를 버릴 것이라는 것이다. 옛날 예양(豫讓)이 자기를 알아주지 않던 범씨(范氏)·중항씨(中行氏)를 떠나, 자기를 알아주는 지백을 섬겼고, 자기를 알아주던 지백을 위해 목숨을 버렸던 것처럼, 자신도 자기를 알아주는 사람을 위해 목숨을 바치겠다는 경고다.

기녀는 자신의 마음과 행위의 잣대를 사대부의 덕목과 같은 경지에 두고 있다. 자신의 정체성을 확립한 기녀는 더 이상 부정적이고 모순적인 대접을 감내하지는 않을 것이다. 물론 현실적으로 기녀가 남성에게, 제도 규범에 맞서서 할 수 있는 일은 별로 없다. 하지만 자신을 희롱거리로만 생각하는 남성들에게 자신도 진정한 사랑을 주지 않음으로써 그들을 희롱한다. 그녀만의 내적 초월의 방법이다. 자신이 가장 가치있게 생각하는 '진정한 사랑'이라는 명제를 가지고 세상을 향해 맞서는 것이다. 기녀는 자신의 사랑, 절개, 목숨을 걸고 자신의 정체성을 지켜갈 것이다. 자기를 알아주는 사람을 위해 절개를 지키겠다는 그녀의 경고는 기녀의 입장에서 취할 수 있는 최선의 자기 주장이다.

임제 시의 기녀는 사대부사회가 자신에게 규정한 정체성과는 다른 방향, 즉 세한송이나 연뿌리처럼 영원하고 항상된 것, 절개라는 가치 등으로 자신의 정체성을 세운다. 사대부가(士大夫家) 부녀자들이 절개를 통해 지배 이데올로기에 적응해 갔다면, 기녀는 자신의 억압적인 처지 모순적인 상황을 초월하는 방편으로 절개나 항상성이라는 가치를 추구한다. 물론 그녀만의 내적 초월의 방법일 뿐, 현실적으로 기녀가 제도나 규범에 맞설 수 있는 힘은 거의 없다. 그러나 신분을 통해 사회적 제도의 횡포를 폭로하는 기녀는 힘겨운 고난 속에서도 고착되지 않고 끊임없이 자신을

생성하는 힘을 기대하게 한다

이러한 '기녀와 남성의 사랑과 이별'이라는 모티브를 중심으로 새로운 정체성을 모색하는 기녀의 정감을 형상화하면서 사대부 작가가 추구한 것은 무엇일까?

임제와 이수광, 허봉 등 16세기 기녀를 시적 대상으로 하는 사대부들, 특히 임제는 기녀에 대한 관습적인 이데올로기를 거부하고 의심을 한다. 그는 기녀의 정감을 통해 사대부의 규범의 이중성을 드러내고, 사대부의 비이성적인 행태를 비꼰다. 앞에서 든 작품들은 작가가 기녀에 대한 전통적인 구조들이 함축하는 이데올로기에 반대하는 것을 분명히 보여준다.

이렇게 기녀를 규정하는 지배 이데올로기에 대한 반항은 임제가 "주자학적(朱子學的) 체계 내에서의 의리정신(義理精神)에 기반한 고답적(高踏的)인 비판(批判)을 하였다"는 주장54)과 "주자학적 세계관(世界觀)과 거리(距離)를 두고 새로운 세계를 모색하였다"55)는 임제의 사유 양식에 대한 논쟁 사이에서 임제를 이해하는 데에 유용한 지표가 될 듯하다. 아직 주자학적 체계 내에서의 여성에 대한 인식이 선명하게 구체화되지 못한 상태에서 쉽게 단정할 수는 없지만 사림파들의 내면수양과 청정한 정신세계의 추구가 기녀의 세계를 외면하였음에 조응하여 본다면 기녀를 대상으로 한

---

54) 안병학, 「임제의 시 세계와 부정의식」, 『민족문화연구』 16집, 고려대 민족문화연구소, 1982. 정통적인 性理學의 흐름에 입각한 義理精神과 같은 高踏的이고 理念的인 시선으로 現實否定을 했다고 했다.

55) 징학성, 「백호시의 낭만성에 대한 역사적 이해」, 『한국한문학연구』 7집, 한국한문학연구회, 1985. "酒肆青樓를 漫浪하던 백호의 유명한 風流와 感覺的이고 審美的인 염정시는 그의 豪宕하고 多情多感한 天性의 소산이겠지만 동시에 이러한 自身의 天性을 肯定하고 그 自由로운 實現을 追求하던 백호의 人間中心的 倫理意識의 단적인 표현으로 보여준다. 하지만 관능적인 욕구와 정서의 분방한 발산은 백호가 지닌 윤리의식의 일단을 보여줄 뿐 그 자체가 백호의 삶과 문학을 대변할 만큼 중요성을 지니는 것은 아니다. 중요한 것은 기질적이고 동적인 정욕의 세계가 제한된 테두리에서나마 긍정하고 나서는 그의 의식에는 예교질서에 확립 과정에서 위축되어온 인간의 생동력을 개인의 삶 속에서 되찾으려는 의도가 자리하고 있다는 사실이다"라고 하여 임제 작품의 핵심에서 여성 정감시를 배제하고 있다.

임제의 사유 양식은 규범이나 지배적인 사유 양식에 대한 거부나 반발의 선상에 있다고 할 수 있다.

그러나 임제 역시 기녀에 대한 관습적인 사유 양식의 틀을 완전히 벗어났다고 할 수는 없다. 임제의 여성 정감시의 제재는 거의 대개가 '남녀간의 애정과 이별'이다. 그의 시상에는 언제나 남성과 여성이 함께 등장한다. 설사 여성 정감이 주요한 시상이 아닌 경우라 하더라도, 여성 화자이건 남성 화자이건, 여성이 등장하는 거의 모든 시는 상대(相對)를 설정하고 그와의 관계(關係)에서의 정감을 토로한다. 여기서 언급할 것은 남성화자의 애정 역시 그리움과 눈물로 형상화된다는 점이다.[56] 흔히 남녀간의 애정에서 그리움이나 눈물의 정감은 여성의 몫으로 구성되어 왔지만, 임제의 경우 '남녀간의 애정'을 형상화한 시의 화자 역시 남성 화자와 여성 화자로 비슷한 비율을 보이고 여성의 정감과 마찬가지로 남성의 정감역시 그리움, 눈물, 기다림으로 여성의 정감과 공통성을 나타낸다. 다만 남성의 여성에 대한 정감이 기다림, 눈물, 그리움에서 멈추고 원망이나 근심이 없다면 여성의 남성에 대한 정감은 단순한 기다림, 눈물에서 나아가 앞서 언급하였던 다양한 정감으로 나아간다는 점이다. 여기서 본다면 임제 역시 기녀에 대한 관습적인 사유 양식의 틀을 완전히 벗어났다고 할 수는 없다.

임제는 기녀라는 시적 대상에 대하여 '기녀의 정감 그 자체(自體)'를 포착하여 형상화하려는 창작 태도(創作態度)를 보여준다. 시적 대상을 사실적으로 포착하려는 태도는 임제의 여성 정감시 전반에 걸쳐 나타난다.[57]

---

56) "蘭皐夕露逕微微, 腸斷靑鸞暗別時, 倚柱尋思却恍惚, 疎星如眼月如眉", "無題蓬海
   茫茫碧落寬, 玉娘消息楚雲寒, 秋風一合相思淚, 月照瓊樓十二闌."(林悌, 「無題」, 『白
   湖集』)

57) "碧樹層城烏鵲飛, 殘星牢落月依微, 金鍾滿酌紫霞酒, 持勸仙郎盡醉歸."(林悌, 「齌
   體」, 『白湖集』); "曾向仙樓伴彩鸞, 酒醒深夜倚欄干, 玉簫聲斷蓬山逈, 松露幽巖鶴夢
   寒."(林悌, 『白湖集』, 伏巖寺偶成齌體) 첫 수에서는 새벽이 되도록 술자리가 이어지고
   술에 취해 손이 돌아갈 즈음의 정황을 포착한 시이다. 아마 저녁부터 시작된 술자리가
   새벽 별이 지는 시간까지 계속되었을 것이다. 신선이 마신다는 아름다운 紫霞酒에 취

남성과 기녀의 인식의 차이, 상황의 차이를 포착하여 다양하게 표출하는 작가의 태도에는 순간적인 농조(弄調)나 회학적(戲謔的)인 어조(語調)가 드러나지 않는다.

이렇게 작가가 기녀라는 대상에 대한 애정을 가지고, 다른 시선을 개의치 않고 표출하는 데에는 자신에 대한 자신감과 뚜렷한 주관이 기반이 된다. 임제의 경우 이러한 시적 경계는 그의 호일(豪逸)한 기(氣)에 기반한다. 그는 자기 개인의 경험에 밀착하여 기녀라는 대상에 대한 애정을 표현하였다. 그의 시에서 일반적으로 지칭되는 기남아(奇男兒) 기개(氣槪)와 여성 정감시의 특징은 바로 여기에 있다. 이러한 정감을 단순히 유흥적인 일탈의 순간으로 사상사적 의미를 결여한 것으로 본다거나 단순히 낭만적인 애정으로 가벼이 인정하거나 할 수 없는 이유이기도 하다. 이달과 임제의 정감의 차이도 바로 여기에 있다. 이는 뒤에서 살펴볼 것이다. 임제 시의 이러한 양상은 작가의 '객체(客體)'에 대한 사실적(事實的)인 인식(認識)'에 기반한 창작 태도(創作態度)에서 서정적 자아인 여성의 주체성(主體性)을 인식하는 것으로 형상화된다.

임제의 시에서 기녀의 정감은 우리 지명과 중국 지명이 혼용되고, 중국 악부시(中國樂府詩)의 제목과 우리 고려가요(高麗歌謠)의 가사(歌辭)가 혼용되어 조선 후기 민요취향의 한시에서 보여주던 미적 자질이나 창작 의식과는 차이를 보이지만, 민요조의 타령이나 한풀이의 어조로 나열식 구성 방식을 주로 한다. 그의 여성 정감은 민요조, 민간에 전해 오는 가요에의

---

해 술꾼들이 돌아가고 홀로 남을 기녀의 허탈함이 연상된다. 실핀하게 이어진 유흥적인 공간의 묘사가 아니라 기녀의 내면적인 정감이 가장 고조되는 순간의 포착이 다른 시에서는 보기 드물게 섬세하다. 작가의 기녀에 대한 관찰과 이해의 깊이가 돋보이는 작품이다. 작가가 기존의 관습대로 기녀와의 관계를 맺고 있었다면 아마 포착하기 어려운 정감이다. 여기서 기존의 사회적 관습과 규범을 상투적으로 받아들이지 않는, 대상의 진실에 관심을 기울이는 백호의 진정성, 성실성을 생각할 수 있다. 둘째 수는 남성 화자가 기녀와 짝하여 신선이 된 듯 놀다가, 한밤중에 술이 깨어 난간에 기댄 채 송로가 그윽한 바위에 잠든 학을 생각하는 시다. 기녀와 산사, 신선의 세계, 松露, 鶴 등의 맑고 청정한 어우러짐이 특별한 시적 경계를 형성한다.

관심과 그 모티브의 시적 수용과도 일정 정도 상승작용을 일으켜 형성된 듯하다.

#### 代人作

| 有琴不可彈 | 거문고 있어도 탈 수가 없어요 |
|---|---|
| 苦調聞易悲 | 괴로운 곡조 들으면 쉬이 슬퍼지잖아요 |
| 有酒不可飮 | 술이 있어도 마실 수가 없어요 |
| 醉別增凄其 | 취하여 이별하면 더욱 처량해지잖아요 |
| 萬般結不解 | 온통 얽히고 섥혀 풀리지 아니하여 |
| 心如春繭絲 | 마음이야 봄 누에꼬치 실 같은데 |
| 男兒輕遠別 | 남정네는 먼 이별을 가벼이 여기니 |
| 賤妾將何爲 | 천첩은 장차 어이 하나요 |
| 凄凄出江郭 | 쓸쓸히 강가 성곽으로 나가 |
| 手折楊柳枝 | 수양버들가지를 꺾네요 |
| 離辭千萬重 | 이별의 말 천만 번 거듭해도 |
| 摠是長相思 | 모두 잊지 말자는 말뿐 |
| 幽燕非故里 | 幽燕은 고향도 아닌데 |
| 夫子去何之 | 그대는 어찌하여 그곳으로 떠나나요 |
| 河橋日暮雨 | 강가 다리에 저녁비 내리고 |
| 佇立清漏滋 | 우뚝 서 있으니 맑은 눈물 자욱하네요 |
| 願爲山上石 | 산 위 돌이 되어 |
| 日日望君歸 | 날마다 그대 돌아오는걸 바라보았으면 |
| 願爲天邊月 | 하늘 가 달이 되어 |
| 處處照君衣 | 가는 곳마다 그대 옷을 비추었으면 |
| 終然獨不見 | 끝내 그리워도 보지 못하면 |
| 片玉銷愁圍 | 편옥으로 근심을 녹여야지 |
| 蕙質若可保 | 꽃다운 모습 보전할 수 있다면 |
| 期之江雪飛[58] | 강가 눈 내리는 날을 기약할께요 |

---

58) 林悌, 『白湖集』.

여성 화자, 5언(言) 24행(行)의 누군가를 대신하여 지은 「대인작(代人作)」이다. 그는 아마 임제가 만났다가 헤어지는 기녀일 것이다. 특이한 점은 이 시가 고려가요인 「정읍사」의 모티브를 수용하고 있다는 점이나. 이 시기로 들어오면 '남녀상열지사(男女相悅之辭)'라 하여 고려가요를 배제하는 분위기가 역력한데 임제는 작품 속에 직접 고려가요의 모티브를 사용하고 있다. 이러한 점은 사대부 사회의 반향을 별로 염두에 두지 않는 임제의 적극적인 태도를 보여준다.

1구에서 4구는 술과 거문고 그 무엇도 지금의 슬프고 처량한 심정을 도울 수 없다는 막막한 여성의 정감이다. 동일한 시행을 반복하여 일정한 리듬을 형성하고 그 리듬에 고(苦)・비(悲)・처(淒) 등의 시어를 직접적으로 노출하여 막막하도록 슬픈 여성의 정감이 절제 없이 흘러나온다. 5구에서 8구는 이별을 앞에 둔 자신의 심정을, 온통 얽히고 섥혀 걷잡을 수 없는 마음속의 정회를 봄 누에꼬치가 실을 뽑듯 끊임없이 흘러나오는 데 비유한다. 그러나 남정네는 먼 이별을 가벼이 여기니 기녀는 어찌해야 좋을지 모르겠다. 직유와 직서의 표현방법, 「만반결(萬般結)」・「춘견사(春繭絲)」의 민요적인 시어가 그 안타까움을 더한다. 9구에서 12구까지는 강가 성곽으로 나가 수양버들가지를 꺾어주며 이별을 한다. 금방 헤어지지 못하고 천 번 만 번 이별의 말을 반복하는데 그 말은 모두 장상사(長相思), "잊지 않고 오래도록 그리워하겠다"는 말이다. 이 시는 이렇게 타령조로 길게 이어지는 여성의 정감 외에 여성과의 이별을 안타까워하는 남성의 정감은 전혀 없다. 남정네는 먼 이별을 가벼이 여긴다는 여성의 토로처럼 이 시는 처음부터 끝까지 여성의 안타까움과 외로움과 쓸쓸함의 정감이나. 13구에서 16구에서는 낭군이 유연(幽燕)으로 떠나간다. 유연은 옛 유주(幽州) 연국(燕國)으로 지금의 하북성 북부의 땅이다. 그곳은 유곽이 많다고 하는데 고향도 아닌 먼 북방 유연 땅으로 왜 님이 떠나는지 모르겠다. 또다른 여인을 만날 지 걱정도 된다. 정지상의 송별처럼, 고려가요의 구절처럼. 17구에서 20구는 기녀의 소망이다. 망부석의 고사처럼 차라리 돌이 되어 님이 돌아오는 모습을 바라보았으면. 차라리 달이 되어 님이 가는 곳마다 함께 하였으면, 「정읍사」의 여주인공의 심정이 된다. 21구에서 24구는 가슴아프게 그리워해도 끝내 보지 못하나[傷思而不得見][59) 그래도 끝까지 기다릴 거라는 여성의 정감이다.

이별의 시점에서 떠나간 뒤에 기다리겠다는 여성의 정감을 24행의 장시(長詩)로 서술하여 「독불견(獨不見)」, 「장상사(長相思)」의 악부제(樂府題)를 그대로 드러내고, 「정읍사(井邑詞)」의 가사(歌辭), 「망부석(望夫石)」의 고사(故事), 고려가요의 모티브를 편입하여 사설을 풀이하듯이 민요조의 리듬으로 읊조리는 여성의 태도는 그의 여성 정감시가 유흥의 공간에서 부르던 노래의 제반 양식을 집합시킨 장으로 작가의 지적이면서 유희적인 태도가 일면 그 안에 내포되어 있음을 연상하게도 한다.

임제는 정(情)의 직접적인 표출로 정감의 외재화를 추구한다. 정(情)이 승(勝)한 방식은 전통적인 한시작법에서 본다면 작가의 긴장의 이완을 의미한다고도 할 수 있다. 그러나 임제의 여성 정감시는 비교적 직접적인 시상의 구사로 새로운 기녀의 정감을 형상화하는 기교가 돋보인다. 이렇게 시상을 직접적으로 구사하는 태도는 또한 사실적인 모티브와 만나 지배 이데올로기에 대한 개방적이며 도전적인 의식세계를 보여주는 데로 나아간다. 임제는 객체에 대한 애정을 매개로 초월의 정감을 표출하고 마침내 객체인 여성의 삶을 일정정도 이해하게 된다. 임제는 서민적이고 소박한 시어, 나열식 구성방식으로 정(情)을 그대로 표출하는 민요적인 이미지를 추구한다. 임제는 그의 호일(豪逸)한 기(氣)에서 유발한 자신감(自信感)으로 여성 정감을 표출하였다. 이는 백호가 객관대상에 대해 가지는 애정의 표현이자 그와 가까이하는 천한 기녀를 유흥의 대상이 아니라 개성을 지닌 주체로 파악한다는 뜻이다. 그래서 현실을 기녀의 현실을 적나라하게 묘사할 수 있었다.

---

59) 「獨不見」은 樂府雜曲歌辭의 하나이다. 梁 柳惲가 지은 것으로 唐人들이 많이 모방을 하였다.

이 시기 여성 정감시에서의 기녀의 상황(狀況)은 거의 대부분 남성과의
사랑이나 그 남성의 떠남으로 구성(構成)된다. 아내의 경우 남편이 집을
떠나도 언젠가는 돌아올 것이라는 기약이 있다. 그래서 남편이 집을 떠나
는 것과 아내가 버림을 받는 것은 다른 차원의 문제라고 할 수 있다. 그
러나 기녀의 경우 사랑하는 남성이 떠난다는 것은 곧 영원한 이별이나
버림받음을 의미한다.

그래서 낭군의 은혜란 원래 보존키 어려운 것인 줄 일찍부터 알았다는
인식과 그렇지만 합환금 자리를 벗어나자 곧 하늘 끝 아득한 곳으로 멀어
질 줄이야 몰랐다[重幃深掩夢雲多, 一半嬌嗔是怨嗟, 早識郞恩難自保, 合歡衾外卽
天涯]는 '허탈하고 쓸쓸한 여성의 정감'이 반복된다.[60] 또 꽃 같이 아름다
운 자신의 모습은 쉽게 지고 말 것이고 그러면 낭군의 마음은 버들개지처
럼 너울너울 날아 가볍게 떠나가 버릴 것을 알지만 백 척이나 되는 폭포
를 앞에 두고 낭군의 목란 배를 못 떠나게 가로막았으면 좋겠다[妾貌似花
紅易減, 郞心如絮去何輕, 願移百尺淸流壁, 遮却蘭舟不放行]는[61] 낭군의 마음, 자
신의 처지, 자신의 소망의 부질없음을 인식하고 토로하는 '무기력(無氣力)
한 여성의 정감'이 묘사된다. 기녀는 단순히 순간적인 정감을 묘사(描寫)하
는 것이 아니라 정감의 발생원인을 인식하고 있어 기녀의 정감은 더 절절
하게 토로(吐露)된다.

그 가운데에도 진정(眞情)한 사랑은 있다. 그러나 남성이 떠날 때 그 기
녀를 데리고 가지 않는 한 그들의 관계는 대부분 순간적(瞬間的)인 만남과
일회적(  回的)인 관계로 끝나 버리고, 그들이 다시 만나 사랑을 이루는 경
우는 드물다. 기녀는 자신의 사랑에 대해 어떠한 보호도 받지 못하고 궁
극적으로 버림을 받게 된다. 기녀는 자신의 잃어버린 사랑, 버림받은 처
지, 억압적인 신분에 대한 고통을 스스로 지고 살아가지 않으면 안된다.
기녀는 제도적(制度的)으로 사회적(社會的)으로 그렇게 규정된 특수(特殊)한

60) 林悌, 「又贈香奩」一絶, 『白湖集』.
61) 林悌, 「浿江歌」7首, 『白湖集』.

신분(身分)의 여성인 것이다.

## 5. 이달(李達), 관습(慣習)과 화미(華美)한 수사

임제가 여성 화자의 시점으로 자아의 정체성(正體性)을 세워가는 기녀의 정감을 형상화하였다면, 이달은 대개 전지적 작가 시점으로 전통적(傳統的)이고 관습적(慣習的)인 기녀의 정감을 포착하여 자신의 정감을 비유적으로 묘사하는 경향이 강하다. 여기서 이 시기 기녀를 시적 대상으로 하는 사대부의 모습을 찾아볼 수 있다.

**無題**

| | |
|---|---|
| 瑤絃纖縷合歡床 | 瑤琴 고운 선율의 합환잠자리 |
| 暖壓紅錦小洞房 | 포근한 붉은 비단의 신혼방 |
| 夢覺秦樓分翡翠 | 꿈이 깨자 秦樓의 비취새 흩어지고 |
| 日沈湘浦斷鴛鴦 | 해가 지자 湘水 물가에 원앙이 끊어졌다 |
| 粧鈿寶月明珠綴 | 비녀의 밝은 달은 명주를 꿴 것 |
| 腰帶盤雲瑞錦囊 | 허리띠에 서린 구름은 상서로운 비단 주머니 |
| 十二斜行金雁柱 | 열두 줄로 비스듬히 세운 기러기발 |
| 碧紗如霧掩秋香62) | 푸른 깁사 휘장, 안개처럼 秋香을 감싸네 |

옥돌로 장식한 아름다운 현악기(絃樂器), 그 고운 선율이 흐르는 동침(同寢) 자리, 포근하고 붉은 비단, 그 이불이 깔린 내밀(內密)한 신혼방의 화려하고 감각적인 시어가 넘칠 듯이 반복되어 농염하고 관능적인 분위기를 쏟아낸다. 요현(瑤絃)·섬루(纖縷)·합환상(合歡床)·난압(暖壓)·홍금(紅錦)·소동

---

62) 李達, 『蓀谷集』.

방(小洞房) 등 수식을 동반한 명사어만 나열되고 서술어가 생략되어 이미지로의 상상력을 한껏 고조시킨다. 그러나 그곳은 기녀의 몽환(夢幻)의 세계다. 고조된 간밤의 꿈에서 깨어나자 아침 진루(秦樓)엔 비취(翡翠)새도 흩어져 보이지 않고, 어느덧 해가 지니 상수(湘水) 물가엔 원앙마저 끊어지고 없다. 음악을 좋아하는 진(秦) 목공(穆公)의 딸 농옥(弄玉)과 쇼(簫)를 잘 부는 소사(蕭史) 두 사람이 결혼을 하여 봉루(鳳樓)를 짓고 함께 소를 부니 봉황(鳳凰)이 모여들어 노닐더니 드디어 그들은 그 봉황을 타고 떠나갔다는 전설처럼[63] 농옥과 소사의 신선 같은 열락(悅樂)과 합일(合一)을 꿈꾸는 진루에는 그러나 비취새·원앙새마저 끊어져 날지 않는다. 3구의 몽각(夢覺)을 통해 1·2구의 화려하고 감각적인 공간적 배경과 관능적인 정황이 꿈속에서나 가능한 일임을 확인하게 되고 또 분(分)·단(斷)으로 앞 구에서 한껏 고조되었던 기녀의 서정이 큰 낙차로 떨어지면서 남은 것은 아침에서 저녁으로 더디게 흐르는 시간과 그 시간 속에서 비취새·원앙새를 찾는 화려하고도 쓸쓸한 삶뿐이다.

이 쓸쓸함을 견디지 못하여 기녀가 머리를 빗질하고 명주(明珠)를 엮어 만든 장식을 머리에 꽂으니 밝은 달이 비치는 듯 눈부시게 아름답고, 허리띠에 비단주머니를 두르니 한줌이나 될까 가는 허리가 구름이 서린 듯 농염하다. 농염하고 아름다운 분위기는 6·7구에서 장전(粧鈿)·보월(寶月)·명주철(明珠綴)·요대(腰帶)·반운(盤雲)·서금낭(瑞錦囊) 등의 서술어를 생략하고 동질적인 이미지를 지닌 명사의 반복 나열로 다시 고조된다. 그 아름다운 모습, 고조된 서정으로 12줄 현악기의 기러기발을 이리저리 세우고 악기를 타니 아름다운 선율이 취할 듯 흐르고 그 소리 따라 푸른 깁사 휘장이 안개처럼 너울너울 추향(秋香)을 감싼다. 음악에 취하고, 그 음

---

63) 秦樓는 弄玉과 蕭史이 신선이 된 전설의 배경이다. 秦 穆公의 딸 弄玉이 음악을 좋아하니 穆公이 弄玉을 簫를 잘 부는 蕭史에게 시집보냈다. 두 사람이 鳳樓를 짓고 함께 簫를 부니 鳳凰이 모여들어 노닐고 드디어 그 鳳凰을 타고 떠나갔다는 이야기다. 이 내용이 詞牌, 曲牌에서는 憶秦娥라고도 불린다.

악에 맞춰 춤을 추는 비단 휘장에 휘감겨 기녀가 빠져드는 정감은 다시
몽환적(夢幻的)이다. 꿈에서 깨어났다가 다시 몽환의 세계로 젖어든다. 소
사(蕭史) 같은 낭군을 만나 열락의 즐거움을 누릴 수 있다면 그 옛날의 추
향(秋香)[64]처럼 부채와 버들에다 시까지 더하여 우아하고 운치 있게 이전
의 생활들과 고별(告別)을 할텐데, 그녀는 그럴 수가 없다. 내면에서 한없
이 그 옛날의 추향을 소망하는 기녀의 기저에는 이미 쓸쓸함과 외로움의
정감이 깊게 자리잡고 있다.

이 시는 화려하고 아름답고 관능적인 이미지를 연상하는 사물명(事物
名), 고사(故事)에 관련된 명사를 첫 행부터 마지막 행까지 일관되게 나열
한다. 서정적 자아의 정서나 정황을 직접적으로 묘사하는 시어는 거의 사
용되지 않고 정감은 이 사물·고사를 지칭하는 명사에서 연상되는 시각
적·청각적·촉각적 이미지를 통해 형성된다.[65]

### 錦衣曲

鴛鴦機上紫花錦　　원앙 베틀 위 紫花錦
剪下金刀作舞衣　　반짝이는 칼로 잘라 舞衣를 짓네
更向春風歌扇底　　다시 봄바람을 향해 노래하며 너울너울 춤추니
却愁身化彩雲飛[66]　문득 몸이 채색구름 되어 날아갈까 두려워라

전지적 작가 시점으로 기녀를 묘사한 시이다. 기녀가 자화면(紫花棉) 연
분홍 실로 아름다운 원앙기(鴛鴦機)에서 베를 짜서 반짝이는 칼로 잘라 내
어 무의(舞衣)를 지어 입고, 봄바람을 맞으며 노래하고 너울너울 춤을 추니
이를 바라보는 화자는 기녀의 몸이 구름이 되어 날아갈 듯 두려워진다. 원앙

64) 秋香은 南京 舊院의 妓女로 뒷날 남의 妻가 되었는데 옛날에 알고 지낸 이들이 그
　　녀를 보고자 하자 부채 위에 버드나무를 그리고 시를 지어 주며 거절하였던 여인이다.
65) 許筠, 『國朝詩刪』, 546면. 이 넘칠 듯 쏟아질 듯한 동질적 이미지의 반복은 짙은 분
　　위기를 형성하고 이에서 오는 흥취 때문에 許筠은 이 시를 "大槪如水月鏡花"라고 했
　　을 것이다. 言語를 超越한 奧妙한 興趣를 감지할 수 있다는 의미일 것이다.
66) 李達, 『蓀谷集』.

기(鴛鴦機)·자화금(紫花錦)·금도(金刀)·무의(舞衣)·춘풍(春風)·가(歌)·신저(扇底)·채운(彩雲) 등 화려하고 감각적인 이미지의 세계, 아름답고 귀족적인 분위기, 아름다운 무의를 입고 노래하고 너울너울 춤을 추는 기녀의 아름다움, 이들이 어울려 이루어내는 환상적인 분위기에 화자는 도취되어 그녀가 선녀가 되어 날아갈까봐 두렵다. 기녀가 아름다운 무의를 지어 입고 훨훨 춤추며 노래하는 마음에는 언제나 무언가에 대한 갈망(渴望)이 함께 배어 있다. 이는 원앙기(鴛鴦機)에서 암시된 듯하다. '원앙을 꿈꾸는 기대(期待)와 소망(所望)'이 짙게 담긴 기녀의 춤을 바라보는 화자 역시 그녀의 큰 갈망과 하나가 된다.

이달 시의 화려(華麗)하면서도 관능적인 여성의 정감, 도저(到底)한 호흡과 짙게 넘치는 서정, 고사·명사의 빈번한 사용에서 오는 지적(知的)인 취미, 이국적(異國的) 취향(趣向), 깊은 슬픔의 여성 정감 등은 어디서 오는 것일까? 다음 시는 이달의 여성 정감시를 이해하는 데에 보다 선명한 이정표를 제시한다. 이 여성 화자의 신분 역시 기녀인 듯하고, 시어 역시 화려함의 이미지를 환기하여 유흥적(遊興的)이고 전아(典雅)하지 않은 분위기를 풍긴다. 또 앞 시들처럼 무성하고 화려한 이미지가 반복되어 동질적인 이미지의 반복과 그로 인한 짙은 분위기의 형성 등의 표현수법이 지속되고 있다. 그리하여 앞 시에서 여성의 환상적인 자부나 원앙에 대한 소망이 실현되지 못하고 다시 몽환적이고 쓸쓸한 정감으로 표출되던 작품의 의미를 이해하는 데에 도움이 된다.

### 無題

| | |
|---|---|
| 黃鳥百囀千囀 | 꾀꼬리 백 번 천 번 울고 |
| 綠楊長枝短枝 | 푸른 버드나무 긴 가지 짧은 가지 |
| 彫窓繡戶深掩 | 조각한 창 수놓은 문 깊이 닫혀 |
| 淚臉愁眉獨知 | 원망어린 뺨 근심스런 눈썹 홀로만 아네 |

處處多逢馬跡    곳곳에서 만나는 건 대부분 말의 자취
行行且避車塵    가는 곳마다 또 수레먼지를 피하네
長安陌上花柳    서울 거리의 꽃과 버들
半是高官貴人[67]    반은 고관과 귀인의 행렬

「무제(無題)」는 여성 정감을 묘사한 대표적인 시제(詩題)의 하나이다.[68]
6언 4구 연작시로 첫 수의 화자는 여성으로, 둘째 수에서는 남성 화자로
바뀐다. 동일한 제목 하에 서로 다른 화자로 시점을 달리하고, 시상을 달
리하는 작가의 의도에 그의 여성 정감시의 창작 계기를 입체적으로 해명
할 긴요한 매개가 암시되어 있다.

뜰 꾀꼬리가 백 번 천 번 헤아릴 수 없이 지저귀고, 푸른 버드나무는
긴 가지 짧은 가지를 무성하게 드리운 봄날. 만물은 저마다 생명을 받아
활기차게 생동(生動)하고 번성(繁盛)하여 간다. 그런데 이 꾀꼬리 울음소리
가 요란한 청각적 이미지와 푸른 버드나무가지가 드리워진 무성(茂盛)한
시각적 이미지가 약동적으로 어울려 오히려 깊게 닫힌 창호(窓戶)안에서
폐쇄적이고 고립적인 삶을 살아가는 여성의 서정과 경계를 이루며 대응
된다. 1·2구는 외부세계의 그 요란함 무성함만큼의 깊이와 크기를 지니
고 깊숙한 방안에서 살아가는 여성의 눈물과 근심을 대조적으로 암시한
다. 아름답게 새기고 수놓은 창호(窓戶) 깊게 닫힌 방(房) 안의 서정적 자아
는 눈물 젖은 뺨, 근심스런 눈빛을 알아주는 이 없이 홀로 '깊은 슬픔과
원망(怨望)의 정감'으로 지낸다. 여기서 그녀의 눈물과 근심의 정체가 무엇
인가는 구체적으로 언급된 것이 아무것도 없다.

둘째 수는 고관대작과 귀인의 행렬이 꽃과 버들 피어난 듯 화려하게
거리를 수놓고 다니는데 자신은 어디든 가는 곳마다 그들이 타고 다니는
말의 자취와 그 수레먼지를 피해야 하는 초라하고 서글픈 정황이다. 봄날

---

67) 李達, 『蓀谷集』.
68) 許筠이 '穠艶'하다는 批를 남긴 작품이다.

의 생동적이고 화려한 세계에서 창문 하나를 경계로 폐쇄되고 고립된 여성의 정감과 거리에서 꽃 같은 고관·귀인의 행렬을 말울음 소리, 수레가 일으키는 먼지를 장막으로 차단당하고 초라함 서글픔에 빠지는 남성의 정감은 결국 같은 모습이다.

이달[69]은 충정도 홍주의 기생의 몸에서 태어난 서얼(庶孼)이다. 젊어서 읽지 않은 책이 없어 고금(古今)의 역사를 담론할 줄 알았고 진인(晉人)의 서체(書體)에 능하였으며 문장(文章)도 잘 지었다. 그러나 서얼출신이라 한리학관(漢吏學官)이라는 미관말직에 머물게되자 그 자리를 차고 나와 평생을 방랑으로 보냈다. 그는 누구보다도 출사(出仕)에 대한 기대가 강하였으나 신분적 제한으로 그 가능성이 원천적으로 봉쇄되자 현실에 대한 반발과 절망으로 고향 원주(原州)를 떠나 평생을 유리걸식(流離乞食)으로 떠돌다가 궁액(窮厄)속에서 늙어갔다. 농사지을 밭두둑하나 없어 생업에 종사할 수 없었고 오직 시짓는 재주로 지방수령이나 양반지주들의 애호를 받으며 전전하였던 것이다. 둘째 시는 바로 이러한 이달 자신의 삶의 모습이 그대로 형상화된 것이다. 게다가 성품이 검속(檢束)하지 못하고 세속의 예의를 익히지 않아 당시의 사람들이 그를 싫어하였으며, 세상을 전전하며 만난 기녀들과의 교분으로 '여색(女色)을 탐닉하여 규방(閨房)을 문란케 한다'는 비방을 듣기도 하였다. 이러한 경험을 바탕으로 그의 삶에 대한 절망과 반발을 첫째 시에서 여성 정감으로 형상화한 것이다.

여기서 이달의 여성 정감은 곧 소외된 자아, 고립된 시인의 삶의 정감에 대헌 객관적 상관물임을 알 수 있다. 그는 자신이 경험세계, 현실세계에서 만난 기녀의 객관적인 모습을 형상화하는 데에는 별 관심이 없고 기녀의 모습을 통해 자신의 주관적(主觀的)인 문제, 개인적(個人的)인 문제를 토로하는 데에 빠져든다. 그래서 이달은 여성이라는 시적 대상의 상황

69) 李達에 대한 연구는 이종호의 「蓀谷 李達과 三唐詩」(성균관대 석사논문, 1980)와 임형택의 「조선전기의 한문학」(『한국문학사의 시각』, 창작과비평사, 1984), 安炳鶴의 「三唐派 詩世界 硏究」(고려대 박사논문, 1988) 참조.

이나 정감의 사실성을 보여주기보다 자신의 주관적인 세계에 묻히고 만다. 그의 시에서의 여성 정감은 작가의 정감의 비유(比喩)의 체계(體系)이다. 이달의 여성 정감시의 정(情)은 철저하게 개인적이고 주관적인 세계의 정감이다.

이달의 여성 정감시의 상상력은 형식의 외피를 입고 매우 절제되어 있다. 이달은 여성의 외로움이나 두려움, 슬픔과 원망의 정감을 때로는 순간적인 포착인 듯, 때로는 정감보다는 수사(修辭)에 관심이 있는 듯 형상화하여 마치 내적 형식(內的形式)에 몰두하는 듯한 태도를 보인다. 슬픔이나 원망 등 여성 정감의 원인은 은폐하듯이 노출하지 않고 절제를 한다. 다만 이미지나 분위기만 강조할 뿐이다. 이달은 기본적으로 자신의 삶에 대한 왜소성이나 위축감에서 여성 정감을 창작하고 있었던 듯하다. 그는 자신의 현실적 처지, 정치 경제적 현실에서 소외되고 위축되어 있었으며 끝내 그는 자기대로 이 세계를 초월하여 생(生)에 대한 자신만의 긍지나 의의를 확보하지 못한 듯하다. 그래서 그는 이루지 못한 갈망과 내적 불운을 자신과는 거리가 먼 귀족적이고 화려한 세계로 때로는 몽환(夢幻)하듯이 때로는 도피하려는 듯한 태도로 여성 정감을 묘사하고 있는 것이다.

이달 시에서 여성 정감시와 작가를 직접적으로 밀착시켜 이해할 근거는 이외에도 작품의 내적 형식에서 선명하게 드러난다. 이러한 경향은 이달시의 표현방식을 추구해보면 그의 여성 정감의 세계를 창작하게 된 진정한 동기나 그의 여성 정감 시의 특징, 한시사적(漢詩史的)인 관점에서의 위치(位置), 나아가 삼당파의 시세계가 구현하고 있는 정의 실체를 보다 풍부하게 밝힐 수 있고, 당시풍(唐詩風)을 실현(實現)하는 데에서의 여성 정감의 역할과 관계까지 추적할 수 있을 듯하다.

**平調四時詞**

五色絲針倦繡窠    오색실 바늘로 자리를 수놓다 권태로운데
玉階新發石榴花    옥 섬돌에 새로 石榴花 피었구나

銀床氷簟無餘事   은빛 평상 위 얼음 대자리 남은 일 없고
盡日南園蛺蹀多70)  종일 앞 뜰에 나비가 분분하네

이 시의 서정적 자아는 궁인(宮人)인 듯하다. 오색(五色) 색실로 수를 놓다 권태가 오는데 문득 초여름 대궐 섬돌에 석류(石榴)가 새로 붉은 꽃을 피운 것을 보았다. 1구에서 궁인이 수를 놓고 있었던 것은 무료한데 소일거리가 없어 잡아본 방편이다. 금방 권태를 느낀 그녀는 섬돌의 아름답게 붉은 꽃을 피워 올린 석류화에 시선을 빼앗긴다. 그러나 다시 시선을 돌려 자신이 앉아 있는 방안을 둘러보고, 은빛 청결한 평상에 얼음처럼 찬 대자리를 깔고 시원한 초여름을 느끼지만 남은 일이 없이 한가한 권태는 여전하다. 다만 무슨 일인가 뜨락의 협접(蛺蝶)만 종일토록 분분하다. 초여름날 일이 없어 한가하고 무료한 여성의 정감이다.

이 시의 구조는 서정적 자아의 행위와 서정 묘사, 경물 묘사, 다시 서정적 자아의 서정 묘사, 경물 묘사의 반복으로 이어진다. 무료하고 권태로운 서정, 새롭게 꽃을 피워 올린 아름다운 석류화의 경물, 한가한 서정, 분분한 호접의 경물로의 시선의 이동교차는 여성의 서정이 지향하는 바를 서정이 아니라 경물을 통해 암시함을 알게 한다. 결국 이 시는 앞서 지적한 한가하고 무료한 여성의 서정의 묘사라기보다는 아름답고 생동적인 세계, 보다 구체적으로는 결구(結句)의 분분하게 노닐며 함께 어울려 즐기는 호접의 세계를 '동경'하는 여성의 정감 묘사이다. 오색(五色)·수(繡)·옥계(玉階)·석류화(石榴花)·은상(銀床)·빙점(氷簟) 등의 경물을 암시하는 시어들의 매우 아름답고 청결하고 맑고 귀족적인 분위기를 환기하는 감각적 이미지가 권태와 무료로 표현되는 서정과 대가 되면서 분분한 호접의 세계를 동경하는 정감을 선명하게 뒷받침한다. 그녀가 동경하는 세계는 생동감, 생명감의 세계다.

이렇듯 이 시의 구성은 기승전결의 근체시의 전개방식에 따라 촘촘하

70) 李達, 『蓀谷集』 卷1.

게 짜여져 결구로 수렴된다. 감각적이고 특히 시각적인 이미지와 서정을
표출하는 시어 역시 치밀한 작가의 구상을 거쳐 시상의 전개에 기여한다.
이러한 구성방식, 시어, 시상의 전개는 이달의 여성 정감시의 전체에 지
속된다. 앞에서 살펴본 「무제(無題)」에서 이를 확인할 수 있다.[71]

### 平調四時詞

| | |
|---|---|
| 門巷淸明燕子來 | 거리에 淸明이 되니 제비 날아오고 |
| 綠楊如霧掩樓臺 | 푸른 버들 안개처럼 누대를 감싸네 |
| 同隨女伴鞦韆下 | 여자 동무와 추천을 하고 내려와 |
| 更向花間鬪草廻[72] | 다시 꽃밭으로 투초하러 걸음을 돌리네 |

이달의 여성 정감 시의 제재는 '남성과 여성의 관계에서 형성되는 이
러저러한 사건'이 주(主)가 아니다. 봄날 추천(鞦韆)과 투초(鬪草) 놀이, 여름
날의 은빛 평상 위 시원한 대자리에서 분분한 호접을 따라 시선이 움직

---

71) 1구에서 4구의 構造는 모두 黃鳥·綠楊·窓戶·臉眉의 네 주제어가 각 시행마다 주
체로 서고 이를 설명하는 시어가 뒤따르는 詩行을 취한다. 동일한 구조가 전 시행에 걸
쳐 반복된다. 각 시행의 분위기는 모두 번다하고 무성하고 화려하고 짙은 同質的인 이
미지의 반복으로 형성된다. 매 句의 시어는 黃鳥·綠楊·長枝·短枝·彫窓·繡戶·怨
臉·愁眉의 명사형으로 일관하고, 이 시어들은 모두 수식어와 수식을 받는 명사어가 결
합되어 두 음절씩 짝을 이룬다. 전체가 두 음절씩 호흡을 이루는 시행이 반복된다. 차이
가 있다면 1구에서 3구가 경물의 묘사라면 4구는 여성의 서정의 묘사로 앞 시행들이 마
지막 결구 서정적 자아의 抒情으로 응집된다는 것이다. 이 시가 단순한 感傷으로 떨어
지지 않고 緊張感을 유지하는 것은 바로 두 음절씩 호흡을 이루는 구성이 정감에 적절
한 단절을 주어 서정적 자아를 조절하기 때문이다. 이외에도 서정적 자아의 감상을 제
어하기 위한 작가의 의도는 더 보인다. 모든 주제어에 수식어를 반복적으로 사용하여
서술어보다도 길게 하여 일종의 언밸런스를 형성하고, 長枝·短枝에서 垂를 생략하여
가능하면 서술어를 생략하는 태도 등이 흔히 7언으로 구성된 시에서 서술어를 한 자씩
빼 버리고 다시 구성한 듯한 6언시의 의도는 바로 작가의 정감의 절제나 조화에 그 의
도가 있는 듯하다. 이러한 구조의 반복, 시어, 시행, 이미지의 반복이 일련의 리듬을 형
성하고 자연스럽게 마지막 구로 응결되면서 폐쇄되고 고립된 여성의 슬픔과 원망의 울
결함을 깊게 한다. 許筠이 이 시를 "穠艶하다"고 한 것은 바로 이 반복의 수사를 통한
정감의 주체할 수 없는 깊이 때문인 듯하다.

72) 李達, 『蓀谷集』 卷1.

이고, 가을이 되어 비파줄 팽팽하여 끊어질까 두려운 추위가 와서 쓸쓸해
지고, 무의(舞衣)를 입고 채색(彩色) 구름이 되어 날아살까봐 근심되도록 미
모를 자신하고, 아황(娥皇)과 여영(汝英) 이비(二妃)의 전설의 세계기 그려지
고, 짙은 관능을 동반한 그리움의 세계, 눈물과 원망의 깊은 슬픔의 세계
가 제재가 된다.

그런데 그곳 어디에도 남성의 모습은 문면의 표면에서 제거되어 보이
지 않는다. 그녀의 정감의 구체적인 동기가 남성에게 있다 하여도 여성의
정감만 남고 그 상대방인 남성은 문면에서 사라지고 없다. 이달의 시에서
여성 정감의 구체적인 원인이 밝혀지지 않고 정감이 발생한 순간의 포착
에 철저하게 치중하는 모습을 보이는 것도 바로 이러한 시적 특질과 어
울린다.

이렇게 여성 정감만 남고 남성이 제거되는 것은 앞에서 보았듯 그가
여성 정감의 세계를 철저하게 자아의 정감의 비유체로 인식하여 창작에
임하고 있음을 의미하는 듯하다. 그에게는 여성과 남성의 관계가 문제가
되는 것이 아니라 바로 여성의 정감이 문제가 되는 것이고 이 여성의 정
감을 통해 그의 꿈과 이상과 바램과 현실을 비유하고 투사하는 것이다.
이것이 이달이 여성 화재 한시를 창작하는 근본적인 계기가 된다.

**平調四時詞**

| | |
|---|---|
| 金井梧桐下玉闌 | 가을 우물가 오동잎이 옥난간에 떨어지고 |
| 琵琶絃緊不堪彈 | 비파줄 팽팽하여 탈수가 없네 |
| 欲將寶鏡均新黛 | 보경을 가지고 새로 눈썹을 가다듬으려다 |
| 捲上珠簾怯早寒[73] | 주렴을 걷어올리니 이른 추위가 두렵구나 |

이 시는 「평조사시사(平調四時詞)」의 가을 부분이다. 정감은 직접적으로
표현되지 않고 경물을 통해 은유 된다. 우물가에 가을이 오니 오동잎이

---

73) 李達, 위의 책.

옥난간으로 떨어져 내리고, 비파줄 팽팽하여 타기가 두렵도록 날씨가 싸늘하다. 보옥으로 장식한 거울을 당겨 새로 화장을 고치려다 주렴을 걷어 올리는데 갑자기 이른 추위가 두려워진다. 이 시는 특별한 사건이나 정감을 묘사한 것이 아니라 순간적인 정감의 포착을 형상화하고 있다. 추위가 두려운 서정으로 여성의 외로운 정감을 환기한다. 여성 정감은 직접 드러나지 않고 은유적으로 표현되어 있다.

　이달은 직접적인 표현보다 승화된 표현을 추구한다. 이달은 은유적이고 은미하게 자신의 정감을 여성의 정감을 통해 표현한다. 객체에 대한 개성적 포착, 애정의 표현이라기보다 이달 자신의 주관적 투영으로서 대상을 인식하고 자신을 반영한다. 이달의 시는 시각적 이미지가 풍성하지만 지분기는 보이지 않는다. 은미한 정감의 은유, 승화된 표현이 그것을 방지한다. 왜 이달은 승화된 정감으로 여성 정감을 처리할까. 이달은 그의 외로움, 해결할 수 없는 현실의 좌절에 대해, 이해받지 못하는 처지에 대한 마음의 고통을 지니고 그를 은유하기 때문이다. 그래서 이달은 매우 주관적인 세계에 머물고 객관세계에 눈을 돌리지 못한다. 이달 시의 여성 정감은 전반적으로 귀족적이고 화려한 세계, 경험적 현실과는 거리가 먼 세계가 관념적인 상상력을 통해 묘사된다.[74]

---

74) 다음 시는 기녀의 한의 정감이 직접적으로 드러난 이달에게는 아주 드문 시이다.
　"金鳳叙低雲髻斜, 獨開深屋掃庭花, 愁來莫唱傷春曲, 唱到傷春恨更多. 李達, 蓀谷集, 平調四時詞. 金幕圍香寶獸危, 曉粧臨鏡涴臙脂, 繡籠鸚鵡嫌寒重, 猶向簾間侍兒."
　(李達, 「贈人」, 『蓀谷集』)

## 6. 부녀자의 부조리한 삶과 승화(昇華)

집 떠난 남편을 기다리는 아내의 정감은 이 시기에도 지속되고 또 확장
된다. 특히 16세기에 오면 뱃사공의 아내,[75] 수군의 아내,[76] 수자리 떠난
남편을 둔 아내,[77] 부귀권세를 찾아 나선 남편의 아내[78] 등으로 여성의 신
분이 매우 구체화되고 다양화된다. 또 이렇게 수군의 아내나 뱃사공의 아
내 등 일반 양인층(良人層)의 여성이 화자나 서정적(抒情的) 주인공으로 등
장하면서 작품의 전반적인 어조나 분위기는 매우 민요적인 성격을 띤다.

**羅嗊曲**

| | |
|---|---|
| 嫁作水軍婦 | 시집가서 수군의 아내가 되니 |
| 水軍能盪舟 | 수군은 배를 잘 저었지요 |
| 朝朝沙浦口 | 아침마다 물가 어귀에서 |
| 辛苦望潮頭 | 괴롭도록 조수를 바라보지요 |
| 里胥勸我農 | 아전은 내게 농사를 권하고 |
| 品官勸我耕 | 관리는 내게 밭을 갈라 하네요 |
| 寒籬一吠犬 | 쓸쓸한 울타리에서 짓던 개는 |
| 還爲品官烹[79] | 관리를 위해 삶아 주었지요 |

남편이 배를 저어 집을 떠나고 난 뒤 수군의 아내는 혼자 남아 아전과
관리들에게 시달린다. 이렇게 집을 떠난 남편을 둔 여성 정감의 양상은

---

75) "妾身嫁與弄潮兒, 日日昭陽江上望, 南風北風一吹衣, 上船下船齊盪槳, 桃花烟浪接
烟空, 渺渺歸帆夕照中, 愼勿辛苦沙頭候風色, 佳期蘭渚浮雲聰."(許筠, 「盪槳詞」, 『荷
谷集』)
76) 許筠, 「羅嗊曲」, 『荷谷集』.
77) "城烏啼啞啞, 城角吹夜半, 廬江主人婦, 出門望星漢, 星漢微茫北斗斜, 裁縫白苧寄
天涯, 人生莫作長離別, 君在天涯妾在家."(許筠, 「廬江主人婦」, 『荷谷集』)
78) 白光勳, 「龍江詞」, 『玉峯集』.
79) 許筠, 『荷谷集』.

남편에 대한 그리움이 지속되면서도 여성 자신의 구체적인 상황(狀況)에 대한 서정(抒情)과 집을 떠난 남편에 대한 문제가 다양하게 제기되어 매우 복합적인 성격을 띤다.

조선 초의 집 떠난 남편을 둔 아내라는 모티브는 대개 악부제(樂府題)와 그 의경(意境)을 빌어 표출되었던 데 반해, 이 시기에 오면 여성의 구체적인 신분, 민요적인 분위기, 다양한 상황·서정으로 구성되어 자연히 양식적인 측면에서도 변화를 보인다. 물론 악부제를 빌려 오는 경향은 여전히 강하지만 구체적인 지명과 현실적인 상황 등이 악부제의 시적 경계나 의경에서 벗어나 현실적인 사건을 매개로 한 새로운 의경(意境), 새로운 시적 경계(詩的境界)로 표출된다.

이는 작가의 여성이라는 시적 대상에 대한 지향성이 이전시기 훈구 관료의 여성이라는 시적 대상에 대한 지향성과 달라진 것을 의미하는 것이기도 하다. 이전 시기의 작가들 역시 악부시의 의경이나 시적 경계를 의고하면서도 사대부의 가부장제 가족윤리를 확립하려는 의도로 여성에 대한 현실적인 규정이나 권계로의 지향성을 나타내었다. 이 시기 작가의 여성에 대한 지향성은 특정 정감의 규정이나 권계보다 있는 그대로의 여성의 현실과 상황에 대한 작가의 관심과 그 묘사를 반영하고 여성의 상황, 여성의 정감에 동정을 표현하는 것이라 하겠다. 앞에서 살폈던 사랑이라는 모티브가 지배적인 이데올로기의 규정에 대한 긴장과 현실 속에 살아 있는 여성들의 강렬한 사랑의 정감을 부각시키던 의도와 상통한다고 할 수 있다.

다음 시는 여성 화자가 집을 떠난 남편을 그리워하며, 자신의 정감을 묘사한 것이다. 앞 시기부터 빈번하게 반복되는 집을 떠난 남편과 그를 그리워하는 아내의 모티브가 16세기로 들어와 어떻게 변화하고 있는지, 그 계기는 무엇인지, 이를 통해 작가의 여성이라는 시적 대상에 대한 지향성은 어떻게 변화하는지를 살펴보게 한다.

## 龍江詞

| | |
|---|---|
| 妾家住在龍江頭 | 저의 집은 용강머리 |
| 日日門前江水流 | 날마다 문 앞으로 강물이 흐르지요 |
| 江水東流不曾歇 | 강물도 동쪽으로 흘러 쉬임 없거늘 |
| 妾心憶君何日休 | 제 마음의 님 생각 어느 날 그치리요 |
| 江邊九月霜露寒 | 강변에 구월이 되니 찬 서리 내리고 |
| 岸葦花白楓葉丹 | 언덕엔 갈대꽃 하얗게 피고 단풍잎 붉네요 |
| 行行新雁自北來 | 줄지어 새 기러기 북으로부터 날아오는데 |
| 君在京河書未廻 | 님은 서울에서 편지 한 장 없네요 |

이 시는 집 떠난 남편을 둔 아내의 정감을 묘사한 것이다. 15세기의 훈구 관료는 집 떠난 아내의 절절한 그리움과 순종, 남편의 보호가 아니면 일어설 수 여성의 무기력을 형상화하여 남성의 가족에 대한 책임이나 윤리 의식을 환기시켰다. 여성의 정감은 오로지 절절한 그리움으로 반복되어 그가 왜 떠났는지, 그것이 그녀에게 어떤 마음을 일으키는지, 일상의 삶은 어떠한지가 생략되고 오로지 아내의 정감은 떠난 님에 대한 그리움으로만 일관된다. 이는 집을 떠난 남편을 둔 아내는 마땅히 그러해야 한다는 가부장제 가족윤리의 규정에 부합되는 것이다. 그래서 그 아내는 훈구 관료 작가의 동정과 남편에 대한 보호를 요청받을 수가 있었다.

이 시의 아내 역시 강물 따라 떠난 남편의 모습을 한시도 잊을 수가 없다. 흐르는 강물, 쉬지 않고 흐르는 남편에 대한 그리움 등으로 아내의 울적함을 비유적으로 표현한다. 계절이 변하여 어느덧 9월 늦가을이 되니 찬 서리와 이슬이 내린다. 님을 배웅하던 언덕에 하얀 갈대꽃 피고 단풍잎이 붉게 물들자, 떠나갔던 기러기도 따뜻한 곳을 찾아 다시 북에서 오는데, 서울 간 남편은 소식 한 장 없다. 집을 떠난 남편의 행선지가 서울이라는 것을 명시하여 전쟁터나 소식이 두절될만한 머나 먼 변방이 아닌데도 가족에 대한 무심함으로 소식 한 장 전하지 않는 남편에 대한 원망을 보인다.

秦樓望月幾苦顔    다락마루에서 달을 바라보며 몇 번이나 얼굴을 일그러
　　　　　　　　　 뜨렸던가
使妾長登江上山    첩으로 하여금 길이 강가 산에 오르게 할건가요
去時在腹兒未生    떠나갈 때는 뱃속에 있던 아이 아직 태어나지 않았었는데
卽今能語騎竹行    지금은 말도 하고 대막대도 탄답니다
便從人兒學呼爺    곧 다른 아이들 따라 아버지 하고 부르는데
汝爺萬里那聞聲    네 아버지 만 리에서 어찌 네 소리를 듣겠느냐

　남편의 무심함에 대한 원망으로 아내는 높은 누각에 올라 달을 바라보
며 괴로운 얼굴을 지은 적이 많았고, 남편이 떠난 강가 높은 산에 올라
멀리 남편이 떠난 곳을 바라보기도 했다. 기가 막힌 아내는 부재(不在)한
남편에게 혼잣말을 하며 묻는다. 얼마나 내가 더 이렇게 해야 하냐고 남
편에 대해 혼잣말을 하는 아내의 기다림은 자신의 그리움 때문만이 아니
다. 그것은 바로 태어나서 아버지의 얼굴도 모르고 자랐고, 아버지를 불
러보지도 못한 어린 자식에 대한 안쓰러움 때문이다. 남편이 떠날 때 뱃
속에 있던 아이는 어느 덧 자라서 말도 할 줄 알고 아이들과 함께 대막대
를 타고 놀기도 하는데 다른 아이들이 부르는 '아버지' 소리를 따라 자신
도 '아버지'하고 불러본다. 그 모습을 보는 아내는 아이에 대한 안쓰러움
으로 남편에게 화가 날 정도다. 그래서 아이가 부르는 아버지 소리에 "무
심한 네 아버지가 만 리 밖에서 네 소리를 듣겠느냐, 그럴 리가 없다"고
원망한다. 자식을 방치하는 남편에 대한 원망이다.
　아내의 남편에 대한 기다림이 어린 자식의 성장을 지켜보는 어머니의
마음으로 표현되면서 남편에 대한 객관적이고 이성적인 정감이 된다. 당
대의 규범으로는 남편이 집을 떠나면 아내는 가족을 돌보며 생계를 책임
지고 자식을 길러야 하지만 자신의 그리움만으로는 남편을 원망하지 못
한다. 그러나 아버지를 모르고 자라는 어린 자식의 그리움에 가슴 아픈
어머니는 얼마든지 남편을 원망할 수가 있다. 자식을 방치하는 무정한 부
정, 가족을 저버리는 무책임한 가장에 대해서는 얼마든지 원망을 할 수

있다.

집을 떠난 남편은 집을 떠남으로써 가족을 비극에 빠뜨리는 자이다. 아내는 그 이별의 고통과 짐을 도덕적으로 극복해 간다. 그러나 아내는 남편이 집을 떠난 사실에 대해 이유를 불문하고 무조건적으로 받아들이지는 않는다. 집을 떠난 남편을 둔 아내는 단순한 그리움의 반복보다도 자신의 일상적인 삶의 문제와 서정을 연계시킨다.

| | |
|---|---|
| 人生窮達各在天 | 인생의 궁달은 하늘에 달렸는데 |
| 可惜辛勤虛度年 | 애닯다, 괴롭게 세월을 부질없이 보내는가 |
| 機中織帛寒可衣 | 베틀 위에서 비단을 짜 추운 날 옷을 입을 수 입고 |
| 江上仍收數頃田 | 강가 몇이랑의 밭에서는 수확을 거두지요 |
| 在家相對貧亦喜 | 집에서 서로 마주하면 가난도 즐겁거늘 |
| 銀黃繞身不足貴 | 금은으로 몸을 두른들 귀할 것이 없지요 |
| 朝來鵲噪庭前樹 | 아침에 까치가 마당 나무에서 울어 |
| 出門頻望江西路 | 문을 나가 자주 강서쪽 길을 바라보네요 |
| 不向傍人道心事 | 옆 사람에게 속마음을 말하지 못하고 |
| 腸斷烟波日久暮 | 이내긴 파도, 해 저문 물결에 애끓는 마음 |
| 紅鞦金絡何處郞 | 붉은 굴레 금빛 광안 어느댁 서방님인가 |
| 馬嘶却入西家去 | 길게 울며 문득 서쪽 마을로 사라지네요 |

그녀는 남편의 부귀권세에 대한 부질없는 꿈을 간파한다. 남편이 집을 떠나 떠도는 것은 벼슬이나 부를 쫓기 때문이다. 그러나 아내는 부귀나 궁달은 하늘의 뜻에 달린 것인데 남편이 부질없이 세월을 괴롭게 보낸다고 안타까워한다. 아내의 눈에 남편은 허상을 쫓아나니는 가여운 사람이다. 아내는 오랜 이별과 고통에서 자신과 남편의 상황을 극복할 수 있는 합리적인 방안을 안다. 아내는 진정한 즐거움과 행복은 베틀에서 베를 짜 춥지 않게 옷을 입고, 약간의 논밭을 일구어 먹을 것을 구하고, 가족끼리 마주보고 살면 가난해도 즐거운 일인 것을 안다. 그런데 남편은 부질없이

금은 보화나 권력을 바라고 헛된 꿈을 쫓아 가족도 버린다. 그래서 그녀
는 이성적인 관점에서 남편의 집 떠남을 파악하고 남편의 올바른 길에
대한 조언자가 되고자 한다. 그녀가 남편에게 제시하는 해결책은 당대의
이데올로기가 남성에게 규정한 삶의 형식과 내용들을 크게 벗어나지 않
는다. 안빈낙도나 분수를 지키라는 덕목이 바로 그것이다. 또한 아내는
당대의 규범이 자신에게 규정한 역할도 인식하고 있다. 부지런히 일하고
소박하게 살며 만족하라는 것이다. 보통 남성에게 속한 것으로 이해되는
남성과 여성의 역할이 여성과 남성을 대조시키는 공간에서 여성의 역할
로 묘사된다. 아내는 그러한 생활로 자신과 남편의 이별이나 불만을 극복
하려 한다. 즉 아내는 자신의 삶의 테두리에서 스스로의 고통스런 삶을
초월해 가는 길을 찾는 것이다. 집을 떠난 남편을 둔 아내에게는 현실의
차원과 초월의 차원이 분리된 것이 아니다. 아내의 정감은 일상적인 생활
력이나 건강한 정신 경계 모두 유가의 가족질서가 요구하는 여성의 덕목
을 지니고 있다. 남편이 부질없는 욕망을 버리고 진정한 기쁨을 깨닫고
집으로 돌아오기를 기다리는 아내의 마음이 까치울음 소리로 되돌아온다.
그러나 아직 남편은 돌아오지 않고 있다.

「이소부사(李少婦詞)」[80]는 부부의 사랑과 이별을 통해 규범성을 넘어 개
인의 정감을 극대화하는 또다른 예를 보여준다. 이 시는 금슬이 좋던 부부
가 남편이 근친하러 길을 떠나면서 헤어지게 되고, 길을 떠난 남편이 돌아
오지 않자, 아내는 뱃속에 아이와 함께 죽어 버린 비극적인 이야기이다.

| | |
|---|---|
| 相公之孫鐵城李 | 철성 이씨댁 상공의 손녀 |
| 養得幽閨天質美 | 천생의 어여쁜 자질로 그윽한 규방에서 고이 자라 |
| 幽閨不出十七年 | 그윽한 규방에서 열일곱 해 문 밖을 나가지 못하다가 |
| 一朝嫁與梁氏子 | 하루아침에 양씨 댁 자제에게 시집을 갔네 |
| 梁氏之子鳳鸞雛 | 양씨 댁 자제 봉황새 난새 새끼인 양하여 |

---

80) 崔慶昌, 『孤竹集』.

| 珊瑚玉樹交枝株 | 산호, 옥수 짝지어 줄기와 가지 어울리네 |
| 池上鴛鴦本作雙 | 못 가 원앙새 본래 쌍을 이루듯 |
| 園中蛺蝶何曾孤, | 뜰안 나비 어찌 일찌기 외로이 날까 |

「이소부사(李少婦詞)」는 아내의 남편에 대한 지극한 사랑과 죽음이라는 모티브를 전지적 작가시점의 장편 서사시로 형상화한 것이다. 서사적 주인공은 사대부가 지체 높은 재상 집안의 손녀로 태어나 타고난 자질이 아름다웠으며 깊은 규방에서 고이고이 자랐다. 열입곱이 되어 양씨댁 도령에게 시집을 가니 양씨 댁 도령 역시 산호와 옥수가 짝을 지어 가지와 줄기를 이루듯 그녀와 아주 잘 어울렸고, 그들은 못 가의 원앙새가 쌍을 이루듯 뜰 안의 나비가 쌍쌍이 날 듯 금슬 좋은 부부였다. 그녀는 지체 높은 집안, 타고난 미, 어울리는 결혼, 금슬 좋은 부부애 등 모든 것이 더할 나위 없는 여성이다.

| 梁家嚴君仕遠方 | 양씨 댁 엄군이 먼 곳으로 벼슬살이 가시어 |
| 千里將行拜高堂 | 천 리 길로 장차 근친을 하러 갔네 |
| 出門恩愛從此辭 | 문을 나가면 은혜 이로부터 막히리니 |
| 山川阻絶道路長 | 산천이 막히고 격절되어 도로가 기네 |
| 不是征戍向邊州 | 변새 수자리 가는 것도 아니고 |
| 不是歌舞宿娼樓 | 가무지에서 창기에게 묵는 것도 아니고 |
| 心知此去唯爲親 | 마음으로 이 길이 어버이께 문안 여쭙고 |
| 好着斑衣膝下遊 | 색동옷 입고 슬하에서 기쁘게 해드리는 일이란 것 아니 |
| 兒女私情不忍別 | 아녀자 사사로운 정 이별을 차마 하지 못하여 |
| 別來幾時腸斷絶 | 이별하고 몇 대 애가 끊어졌는시 |

그런데 시아버지가 먼 타관으로 벼슬살이를 떠나시어 그 남편이 근친을 하러 가면서 부부는 이별을 하게 되었다. 비극의 직접적인 원인은 이 시기 한시에서 흔하게 보이는 집 떠난 남편의 모티브에 있지만, 남편이 집을 떠난 이유가 수자리나 또는 다른 어떤 것도 아니고 부모를 근친하

러 간 것이었다는 점에서 특별한 의미를 띤다. 당대에 부모를 근친하러 가는 것은 자식의 당연한 도리였고, 남편이 근친하러 길을 떠나면 아내는 이별의 슬픔을 숨기고 남편을 배웅해야 하는 것 또한 도리였다. 더구나 남편이 집을 떠나는 이유가 먼 곳으로 수자리를 떠나는 것도 아니며, 여색에 빠져 창루에서 머무는 것도 아니니 헤어짐이 슬프긴 하지만 지나치게 걱정이나 염려를 할 일이거나 지나치게 슬픔을 내색할 일도 아니다. 효(孝)를 우선시하는 당대의 분위기에서는 근친하러 길을 떠나는 일을 슬픔이나 이별의 고통으로 외재화할 수가 없는 것이다. 그런데 아내는 "문을 나서면 은애(恩愛)는 이로부터 막힐 것 / 산천은 험하고 길은 멀도다"라하여 남편이 집을 나서면 험한 산천과 먼 길에서 위험을 만나 그때부터 두 사람 사이의 은애가 끊어질 것을 예감한다. 아내의 남편에 대한 지극한 사랑과 좋은 금슬이 남편의 앞일을 불안하게 예감한 것이다. 그러나 남편이 근친을 떠나는 길을 만류할 수는 없는 일이다. 그래서 아내는 남편을 떠나보내고 애가 끊어진다. 아내의 남편에 대한 지극한 사랑이 남편의 앞일을 예감하게 되고, 그런데도 근친 떠나는 남편을 말릴 수 없는 아내의 갈등이 주요한 모티브이다. 실제 남편은 돌아오지 않았다.

| | |
|---|---|
| 秋梧葉落黃菊香 | 가을 오동나무 잎 지고 황국화는 향기를 뿜어 |
| 忽驚今朝是九日 | 홀연히 오늘 아침 구월 구일이라 |
| 佳辰依舊人不在 | 아름다운 계절 의구한데 사람은 있지 아니하니 |
| 滿園茱萸誰共採 | 뜰에 가득 산수유 누구와 함께 딸까 |
| 獨上高樓望北天 | 홀로 높은 누각에 올라 북쪽 하늘을 바라보니 |
| 天涯極目空雲海 | 하늘 끝 눈을 멀리 보니 구름바다 아득하다 |
| 不向傍人道心事 | 남에게 심사를 말하지 못하고 |
| 回身暗裡潛下淚 | 몸을 돌려 몰래 눈물짓는다 |
| 牛羊歸盡山日夕 | 소 양떼 돌아오고 산 해가 지는데 |
| 門外終無北來使 | 문 밖 끝내 북에서 오는 소식 없네 |

어느 새 계절이 바뀌어 가을 오동잎이 떨어지고, 노란 국화가 향기를 뿜는 9월 중양절이 되었다. 홀연히 흐른 시간에 놀라보니 아름다운 시절은 옛과 같아 변함이 없는데 뜰에 가득한 신수유를 함께 따던 님편은 지금 여기에 없다. 남편을 기다리며 홀로 높은 누각에 올라 북쪽 하늘을 바라보고, 눈을 크게 뜨고 하늘 끝까지 바라보나 부질없이 구름바다만 아득하다. 근친하러 떠난 남편에 대한 그리움을 누구에게도 말 못 하고 남몰래 눈물만 흘린다. 그런데 산 해지는 저녁이면 소와 양도 돌아오는데 끝내 북에서 오는 소식이 없다.

| | |
|---|---|
| 此身願得歸泉土 | 이 몸 황천으로 돌아갔으면 |
| 死後那知別離苦 | 죽은 후에 어찌 이별의 괴로움을 알리 |
| 一聲長吁掩玉顔 | 한소리 긴 탄식에 옥 같은 얼굴을 가리니 |
| 芳魂已逐郎行處 | 꽃다운 혼 이미 낭군이 간 곳을 따랐네 |
| 當時未生在腹兒 | 당시 태중에는 아이가 있어 |
| 母兒同死最堪悲 | 모자가 함께 죽으니 더욱 슬픈 일 |

이 작품에서는 남편이 죽었는지 아닌지가 분명히 암시되어 있지는 않다. 그러나 출정 나가는 남편을 전송하던 아내가 그 자리에서 돌이 되어 버렸다는 전설이나 남쪽 제후의 나라를 순수하러 떠났다가 객사한 순왕을 그리워하며 아황(娥皇)과 여영(女英) 두 비(妃)가 피눈물을 흘렸다는 전설의 인용으로 보아 시인은 남편이 죽어 버린 것을 암시하는 듯하다. 남편이 돌아오지 않자 아내는 어서 죽어 황천으로 돌아가 이별의 괴로움을 몰랐으면 좋겠다고 한다. 죽음을 불사하는 이별의 고통을 호소하던 아내는 드디어 뱃속에 든 아이와 함께 죽어 버렸다. 아내가 죽을 때에 뱃속에 아이가 있었으니 남편이 길을 떠난 지 열 달도 되지 않은 시간에 일어난 사건이다. 여기서 이 시가 남편과 아내의 깊은 사랑을 기반으로 한 것임을 알게 한다. 더구나 뱃속에 있던 아이가 아직 태어나지도 않았는데 사랑이 절절하여 남편을 따라 죽어 버린, 죽음을 불사한 아내의 극한적인

사랑의 정감이다.

> 魂兮不作武昌石    혼이여 무창석이 아니거든
> 定化湘江班竹枝    정녕 상강 반죽가지로 변하리
> 斑竹枝頭杜鵑血    반죽가지 끝에서 두견이 피를 흘리고
> 血點淚痕俱不滅    혈점 눈물 흔적 모두 사라지지 않으리
> 千秋萬古何終極    천추만고 어느 때 다할까
> 一片靑山墳上月    한 조각 청산 무덤위의 달인걸

「이소부사(李少婦詞)」의 정감은 가부장제의 규범성(規範性)보다도 개인(個人)의 감정(感情)을 추구하는 한 과정을 보여주는 주요한 작품이라고 할 수 있다. 이 시기는 인간의 개인적인 정감을 규제하고 특정 정감만을 강조하는 시기였으며, 동시에 그 이데올로기에 대한 비판과 그 폐단에 대한 반발이 일어나고 있었던 시기인 점을 떠올릴 수 있다. 개인의 감정을 중시하는 가치체계가 보편적으로 나타난 것은 아니지만 이렇게 개인의 감정을 추구하는 모습은 바로 작가의 여성이라는 시적 대상에 대한 창작 정신의 변화를 선명하게 보여주는 것이라 할 수 있다. 이 시기 여성 정감시에서 도학의 정신 경계가 고도로 실현된 극점을 넘어 경화되어 갈 때, 삶과 죽음을 넘나드는 강렬한 사랑과 깊이로 새로운 가치질서를 추구하는 모티브가 형상화되고 있음을 살펴볼 수 있다.

이소부의 죽음이 남편이 없는 시댁에서의 막막한 삶과 대가족제나 혈연사회의 엄한 제도적 힘과 여성의 지위, 정절과 순종을 강조하는 시대적 분위기에서 이루어진 것 같지는 않다. 뱃속에 있는 아이와 함께 그녀가 죽을 수밖에 없었던 이유는 남편에 대한 그리움을 이기지 못한 것이라 여겨진다. 무척이나 금슬이 좋았던 부부는 서로의 사랑을 발견(發見)하였고 이러한 서로에 대한 발견으로 그들의 사랑은 더욱 극적이고 절절하게 표출될 수 있었던 것이다.

「이소부사(李少婦詞)」는 아내의 남편에 대한 사랑과 이별의 슬픔ㆍ그리

움이 당대의 절대 가치인 효(孝)를 넘어서진 못하였지만 효를 내방(對方)에
내세우고 죽음이라는 극단적인 상황으로 내닫는 정감의 절정을 형상화하
였다는 것은 주목할 만하다. 부부가 인간적인 애착을 가지고 개인적인 감
정으로 유대되어 있으며, 이소부는 남편의 앞길에서 불운을 예감하지만
효라는 관습적인 규범을 넘어서지 못하여 만류를 하지 못한다. 하지만 근
친을 떠나는 남편을 차마 떠나보내지 못하여 눈물을 흘리고, 끝내 돌아오
지 않는 남편을 따라 뱃속의 아이와 함께 목숨을 잃고 만다. 남편에 대한
그리움과 사랑이 아직 미처 태어나지 못한 생명과 함께 목숨을 끊을 정
도로 치열하다. 이 모든 일들이 단순히 당대의 규범이나 남편이 없는 여
성의 고된 세상살이를 예감한 이소부의 단행이라고 하기 보다는 남편에
대한 인간적인 애착과 개인적이고 상호간의 사랑으로 맺어진 사랑의 결
말이라는 데서 이 작품의 의의가 있다.

이 작품은 부부가 인간적인 호감으로 서로를 욕망하는 존재라는 사실
외에 그들이 비록 근친을 계기로 이별을 하여 결국 남편이 객사를 하였
지만 아내는 남편에 대한 격렬한 그리움으로 죽게 된다는 즉 죽음으로써
남편과의 이별의 고통을 승화시키는 환상적인 정감으로 매우 낭만적인
비극성을 보여준다.


# 7. 마무리


백광훈은 「용강사(龍江詞)」에서 남편이 집을 떠날 때 뱃속에 있던 아이
가 어느 새 자라 아버지를 찾으며 말을 하도록 소식 한 장 없는 남편의 무
심함을 원망하는 여성을 형상화하였다. 그녀는 권세에 대한 부질없는 욕
망으로 객지를 떠돌며 세월을 허비하는 남편을 향해 연민을 던지기도 하

고, 안빈낙도나 분수를 지키라는 당대의 덕목을 강조하기도 하여 이전 시기의 철저한 자기 소외에 빠진 여성과는 다른 모습이다. 또 최경창은 「이소부사(李少婦詞)」에서 개인적 정감을 규제하고 효나 충이라는 보편적인 정감을 강조하던 시기에도 보편적인 정감을 넘어, 남편에 대한 지극한 사랑이 죽음으로 이어지는 아내의 서사가 있음을 장편으로 애절하게 형상화하였다. 사대부의 여성 인식에 여성의 현실이 보다 깊게 매개되는 분위기를 느낄 수 있다.

이 시기는 또 당시풍을 지향하는 이달·임제·허봉 등에 의해 기녀의 형상화가 확대되었다. 평양 부임길에 황진이 무덤을 지나며 제를 지내다 도중에 파직당한 임제나, 70세가 넘어도 평양성의 늙은 관기에게 객거하고 있었다는 이달 등은 한결같이 시를 잘 지었다는 칭찬과 동시에 성호색(性好色)이라는 비방을 들었다. 그들은 도본문말(道本文末)이라는 당대의 도학적 문학관에 거리를 둔 소외된 시인들이었으며, 지방도시의 유흥적 공간에서 지기(知己)를 발견하거나, 주체의 문제·개성의 문제를 고민하였다. 이들에 의해 주자학적 세계관이라는 조선 중기의 가시성의 배치를 벗어나는 흐름을 읽을 수 있다.

그러나 이달은 기녀에 대한 개성적 포착이나 애정을 표현하기보다 화려하고 감각적인 시어, 도저한 호흡으로 농염하고 관능적인 분위기, 빠져들 듯한 몽환의 세계에 몰두하며 서얼 출신인 이달 자신의 해결할 수 없는 현실적 좌절감을 기녀에게 환상적으로 투사하였다. 그의 태도는 관습적인 이미지를 재현하던 이전 시기의 형상화 방법과 닮았다. 반면 임제는 사대부 사회가 처의 신분을 보호하여 가부장제 가족윤리를 고양시키려는 한편에서 버림받는 것이 당연한 특수한 신분의 기녀를 제도적으로 용인하는 모순적인 상황과, 기녀의 보호받을 곳 없고 호소할 곳 없는 처지를 연민하는 데에 시적 지향성을 두었다.

임제와 이달의 여성 화자·화재 한시는 모두 작품 창작의 계기로 흥취(興趣)를 중시하는 듯하다. 그들이 기녀를 주인공으로 유흥적 공간을 시적

배경으로 한다는 점이 일단 이 사실을 설명한다. 그러나 그 흥취를 형상
화할 때, 임제는 구체적인 애정을 모티브로 하여 이지적인 표현 형식을
절제하고 평이한 언어구사를 하여 애정의 실상을 적확하게 보여주려는
듯하다. 임제의 시적 구사는 평이하지만 대상의 내면에 흐르는 정감의 진
실을 찾아가므로 비속하지가 않다. 그래서 임제는 기녀의 생동적인 시적
경계와 정감을 환기한다.

   그러나 이달은 감각적인 시어나 분위기, 비유나 이미지 위주의 엄정한
구성으로 기교 중심의 한시 감각, 상류 사회 중심의 품위를 지향한다. 이
달의 여성 화재 한시에는 짙게 흐르는 정(情)만 있고 그 정의 배경은 생략
한다. 시적 기교를 환기하려는 모습이 완연하다. 그래서 그는 구체성이
없는 추상적인 내면의 정을 짙게 유로하였고 지나치게 감각에 의지하여
혼후한 기운이 결핍되었다. 그의 여성 정감시가 허균에게 비판을 받은 이
유는 이 때문인 듯하다.[81] 이런 점에서 이달의 여성 화재시는 조선 전기
서거정의 감각적인 측면을 이어받았다고 할 수 있다. 물론 두 사람의 정
감의 특질은 이질적이지만 기교를 중시한다는 점에서는 통하는 듯하다.
이달의 이 기교 중심의 미적 특질은 자기 내면의 정에만 몰두하고 외부
의 대상으로 시선을 옮기지 못하는 갇힌 시적 경계를 형성하였다. 서거정
이 대상의 진실에 집중하기보다 자신의 이상을 투사하였다면 이달은 대
상에 대한 관습적인 의식에 기대어 자신의 불우를 표현한 것이다. 그럼에
도 이달의 시가 새로운 흥취를 낳는 것은 바로 자신의 내면의 정의 유로
에 진실하기 때문이다.

   임제는 기녀 사회의 '순간적인 만남과 이별'이 기져오는 곡절을 이해한
듯하다. 그러나 임제가 순간적이고 일회적인 대상을 주체로 내세우는 것
은 그의 의식이 일상의 현실에서 항상성을 찾지 못하고 있음을 의미한다.
조선 전기의 작품에서는 기녀를 대상으로 하는 시가 드물었으나 조선 중

---

81) "崔慶昌, 白光勳, 李達이 옛것을 회복한 공이 있지만 10수 이후에는 쉬 싫증이 난
   다."(許筠, 『國朝詩刪』)

기로 오면서 남성 사대부의 주변에 가까이 있으면서 제도적으로 천대받던 계층인 기녀의 발견과 그에 대한 애정이 강조되는 것 역시 기녀의 일상의 불안정을 포착한 것으로 볼 수 있다.

특히 임제의 시에서는 소수이기는 하나, 기녀의 이름, 장소, 구체적인 경험이 여과되지 않은 채 노출되어 사실성을 획득한다. 조선 전기의 의고 악부나 악부제가 중국 지명, 중국 여인의 이름, 신화나 전설상의 모티브를 주로 하는 것과는 분명 기반이 다르다. 그들은 대개 당대의 시대적 금기를 개의치 않고 자신들의 일상적 삶의 경험을 그대로 작품 속에 담고 있다. 그들의 문학에 대한 관념이나 의식이 기존의 관각 문인들과는 다름을 나타낸다. 효용론적 문학관을 지닌 경우에는 이러한 시적 경계를 기대하기 어렵다. 이들은 당대의 효용론적 관점에서 벗어나 작가의 개인적 경험과 그 표현으로서의 그들의 일상적 경험을 시적 대상으로 하여 여성 정감을 창작하였다.

또 그들이 지배적인 이데올로기, 당대의 사대부 문화의 힘 속에서 자기의 경험을 스스럼없이 드러내는 것은 작가 자신의 삶에 대한 진지성, 자신감 등과 관련이 있다. 비록 현실적인 처지에 따라 그 구체적인 양상은 달리 나타나지만 지배적인 문화와의 대립 속에서 자신을 방기하거나 자포자기하지 않고도 자신들이 가진 가치 체계를, 자신의 경험을, 감추지 않고 노출할 수 있는 힘은 바로 자신을 패배케한 현실과는 다른 자리에서 스스로의 가치를 찾고 인정하는 것이라고 할 수 있다. 특히 임제의 경우, 그의 호기(豪氣)가 자신감(自信感)으로 나타나고 이 호기나 자신감이 기녀의 여성 정감을 창출하는 원천이 된다. 이달의 경우, 현실에서는 패배한 자의 모습이지만 그가 살아갈 수 있는 또다른 힘이 바로 여성 정감의 세계와 연결된다. 그러므로 그의 여성 정감의 세계는 비록 기방 문화와 관련이 있지만 그 일상적인 삶이 퇴폐성·유흥성에 그치고 만 것이 아니라 진정한 지기의 세계, 개성의 세계, 주체의 세계를 열어 가는 보다 고양된 지향과 통하고 있음을 보여준다.

물론 조선 중기의 여성 화자·화재 한시 작가들이 본격적으로 성 모순에 대한 인식과 묘사를 시도하는 것은 아니다. 그들은 기녀와의 사랑을 주요 제재로 다루지만 그들은 사랑을 나누고 시로를 알아주는 지기가 될지언정 서로의 신분 모순, 체제 모순을 인정하는 대상이 되지는 못한다. 조선 중기의 작가와 기녀는 진정한 사랑이나 기다림 그리움 그리고 현실에서는 받아들여지지 않는 재능에 대한 서로의 인정을 통하여 서로의 울분이나 정감을 발산하는 동지가 되기도 한다. 그러나 이것이 신분에 대한 모순으로까지 나아가지는 않는다.

허균이 여성 정감시의 시의 몇 수를 읽고 나면 지겨워진다고 하였듯 이들의 정을 중심으로 한 작품들은 경험적 현실의 기반을 떠나 새로운 내용과 형식의 창조로 나아가지 못했다. 모방과 재현의 세계는 삼당파의 시작 초기부터 이미 배태되고 있었다. 이것이 17세기로 가면서 만네리즘을 노정하고 드디어 실학파의 문학에 의해 도전을 받게 된다. 이달의 고도의 지적 세련미 아래 기교적이거나 우회적인 자아 표출 방식을 선택하는 사대부의 미감(美感)이 다음 시대로 가면서 부정적으로 극복될 것은 자명한 일이다. 그러므로 허균의 평은 이달에게 더 집중되었을 것이다.

조선 후기에 가면 여성 작가가 아니면서도 의식적이건 무의식적이건 페미니즘의 인식과 목표와 같은 방향으로 나아가는 시인과 작품들을 발견하게 된다. 물론 엄격하게 표현하자면 결과적으로 페미니즘을 촉진하는 계기가 되는 작품군·작가군이 나타나게 된다. 당대의 지배 체제의 모순에 비판적 안목을 지닌 사람들이 나타나게 되고 정감은 현실 비판적 현실 모순의 폭로에서 발생하는 이면 것이 된다. 화자가 직접 여성으로 여성의 현실과 거리 없이 직접적으로 자신의 목소리를 내는 방법이 적극적으로 수용된다. 재제는 여성의 현실적인 고통과 모순의 반영과 사랑 이별의 재제는 여전히 확장된다.

# 제 5 장

# 18세기 전반, 변환기의 여성 인식

## 1. 머리말

조선 후기에 들어서면 여성 화자·화재 한시는 질적·양적 측면에서 매우 다양하고 풍부하게 팽창한다. 산발적인 창작까지 포함한다면 작가의 범주 역시 매우 광범위하게 확산된다. 그 가운데서도 18세기 전반기에 여성 화자·화재 한시를 뚜렷하게 보이는 작가를 든다면 강박(姜樸, 1690~1742)·최성대(崔成大, 1691~1760)·임정(任珽, 1694~1750)을 언급할 수 있다.

강박은 18세기 전반기 근기(近畿) 남인(南人) 시맥(詩脈)을 대표하는 인물이다. 채제공(蔡濟恭)은 성호 이익(李瀷)의 묘갈명(墓碣銘)에서 "오당(吾黨)의 학문은 퇴계(退溪)를 정점으로 사숙하여 정구(鄭逑)·허목(許穆)·이익(李瀷)으로 이어졌다. 오당(吾黨)의 시맥(詩脈)은 이민구(李敏求)·채유후(蔡裕後)·이서우(李瑞雨)·채팽윤(蔡彭胤)·오상렴(吳尙濂)에서 오광운(吳光運)과 강박으로 이

어졌으며 이를 다시 신광수(申光洙)·정범조(丁範祖)·채제공이 이어받아 정약
용(丁若鏞)에게로 넘겨주었다"[1]고 했다. 채제공의 이 말은 17세기에서 18세
기의 남인 시맥(詩脈)과 학맥(學脈) 그리고 남인 시맥 내에서의 강박의 위치를
말해준다.[2] 또한 신광수(1712~1775)·채제공(1720~1799)·정범조(1723~1801) 등
조선 후기 남인 시맥을 형성하는 주요한 문인들 가운데 상당수가 강박의
문하에서 배웠다. 이들의 작품 경향은 정약용·이학규(李學逵)·윤정기(尹廷
琦) 등에게로 이어지는데 특히 강박·신광수·이학규·윤정기 등이 여성을
주요한 시적 대상으로 하였다.

소북(小北) 출신의 최성대·임정·강세황(姜世晃)은 수원이나 안산 등 근
기(近畿) 지방을 배경으로 성장하여 매우 긴밀한 관계를 나누었으며 여성
을 형상화한 공통점이 있다.

이 남인과 소북 시인들은 비교적 동시대에 재세(在世)하면서 서울과 경
기 등 근기 지방을 배경으로 성장하였다(물론 작품 창작의 공간적 배경은 다르
다). 또한 남인 시맥에서 주요 인물인 오광운(吳光運)·채팽윤 등이 탕평정
국에서 최성대·임정 등과 친밀한 관계를 유지한 사실도 보인다. 그들은
탕평책(蕩平策)을 중심으로 전개되는 정치사(政治史)의 흐름 속에서 붕당(朋
黨)이나 권력(權力)의 부침과 정치적 운명을 함께 한 사람들이다. 그들은
지리적으로나 정치적인 입장에서나 밀접한 관련을 맺고 교유를 하였던
것이다.[3] 그들이 남인이나 소북으로서의 당색 구분이 있었지만 밀접한
교유를 할 수 있었던 것은 정치적 처지와 연관이 있다. 남인은 붕당으로
서의 당론이 뚜렷하였던 반면, 소북 출신들은 인조반정을 계기로 이미 당
파로서의 위력을 거의 상실한 처지였고 남인(南人) 특히 준소(峻小) 탕평파
의 정치적 입지와 궤를 같이하며 관직을 유지한 경향이었던 것이다.[4]

---

1) 蔡濟恭, 『樊巖先生文集』.
2) 채제공은 평안감사로 부임하여 그의 종조 蔡澎胤과 姜樸의 문집을 함께 간행하였다.
3) 姜樸과 소북 출신 작가들과의 직접적인 교유는 확인되지 않는다. 또한 李學逵, 尹廷
琦는 시기적으로 相去가 멀다.
4) 18세기 후반기로 가면 吳光運, 蔡濟恭으로 이어지는 남인 준론 탕평파의 정치적 기

그들은 문학적으로도 밀접한 관
련을 맺고 있다. 강세황의 『표암유
고(豹菴遺稿)』에는 "己巳(1749, 영조 25)
春遊洗劍亭與崔杜機任巵齋諸公
二十五人各賦" 등 최성대·임정·
강세황·채제공·정범조 등이 30
여 년의 나이 차를 넘어 성대한 시
회(詩會)를 열고 창작을 한 모습이
보인다. 그리고 강박은 강세황의
조부 강현(姜鋧)과 교유를 하였고,
강세황은 신광수의 「관서악부(關西
樂府)」를 써서 평양감사로 부임해
간 채제공에게 전해 주기도 하였

▲ 강현 초상.

다. 이렇듯 다양한 관련 속에서도 특히 여성 형상화를 공유하였음을 들 수
있다. 남인·소북 출신 작가들은 노소(老少) 주도의 탕평 정국에서 소외된
배경을 공유하며 이 경험을 그들의 한시 창작에 투여하였던 듯하다.5) 이
들은 대개 관직에 나아가지 못하였거나(최성대), 좌천을 당해 지방관으로
나가 있거나(강박) 할 때에 여성 화자·화재 한시를 지었다. 물론 임정은
비교적 무난하게 중앙 관직을 거친 시인이다. 그러나 그도 잠시 외직으로
나가 있을 때에 집중적으로 창작을 하였다. 그들은 거의 대부분 지방을 배
경으로 지방에서 창작하였다는 점에서 통한다. 그렇다하더라도 작품의 미
적 특질은 작기의 개성적인 창작 경험과 밀접한 관련을 가지며 개성적으로
다르게 형성되었다.

---

반 아래 최성대, 임정의 관직생활이 이어진다.
5) 18세기 前半期의 당쟁은 대부분 老少 위주로 진행되었고 정치 권력 역시 그들에게
   집중되었다. 그리하여 광해군 대에 붕당으로서의 위력을 거의 상실한 小北은 말할 것
   도 없고, 숙종 대의 甲戌換局과 己巳獄을 거치면서 정권에서 도태된 남인 역시 정치
   권력에서 소외되기는 마찬가지였다.

간략하게 언급을 하자면 사상적 이완을 통해 성정지정(性情之正)의 함의
(含意)를 크게 확장하고 그 안에 남녀간의 성애(性愛)를 자연스럽게 수용하던
강박, 자신의 경험적 현실을 이념적(理念的)으로 제어하거나 재단하고 수사
(修辭)하기보다 진솔하게 표현함을 중시하던 임정, 그리고 여성을 진(眞)이나
개성(個性)의 담지자로 인식하고 적극적인 형상화를 주창하던 최성대 등을
통해 여성의 다양한 현실이 활발하게 형상화되기 시작하였던 것이다. 또한
강박과 임정, 신유한이 기녀를 주로 형상화하였다면 최성대는 이웃에서 만
난 아가씨나 부녀자들, 여행을 하면서 만났던 여성들 등 다양한 신분의 여
성을 형상화하였다. 물론 그들의 여성 화자·화재 한시의 창작 경향, 시회
(詩會)나 시사(詩社) 등의 모임이 어떤 문화적·사상적 기반을 공유한 자리에
서 체계적(體系的)이고 집단적(集團的)으로 이루어진 것은 아닌 듯하다. 실제
이들 각각의 작품 경향과 창작 배경은 차이를 보인다. 한편 이 점은 18세
기 전반기 여성 화자·화재 한시의 다양성으로 나타나기도 한다. 그러나
이들의 창작이 산발적이거나 개별적으로만 이루어진 것은 아니다. 강박이
그의 벗 이인복(李仁復)과, 최성대가 신유한과 문학에 대한 담론을 통해 여
성 화자·화재 한시의 창작 배경과 작품 경향을 논하고 있어 당시의 문학
적 분위기를 짐작할 수 있다. 또한 강박과 최성대는 자신의 창작에 대한
의지를 구체적이고도 논리적인 문장으로 남겨 주목할 만하다.

본 장에서는 이들을 중심으로 한시에 나타나는 여성의 정감과 존재론
적 기반 그리고 사대부의 여성 인식을 고찰하기로 한다.


## 2. 강박(姜樸), 외설(猥褻)과 그 가치(價値)의 전복


강박(姜樸, 1690~1742, 字는 子淳, 號는 菊圃)이 남긴 여성 화자·화재 한시

작품의 편수는 많지 않다. 하지만 그의 시는 남녀간의 성애(性愛)를 제재(題材)로 형식(形式)의 변화를 꾀하기도 하고 외설적(猥褻的) 분위기를 적나라하게 표출하기도 하여, 다소 충격적으로 조선 후기 여성 화자·화재 한시 변모의 선편을 열고 있다는 점에서 주목할 만하다.[6] 아울러 그는 스스로 자신의 외설적인 작품에 대한 변(辯)을 남겼다. 또 평생의 지기로 작품세계를 공유하였던 이인복(李仁復)을 변호(辯護)하는 글을 통해 자신의 창작 의식을 선명하게 표현하고 있다. 이 자료들은 18세기 전반기 여성 화자·화재 한시의 표출 양식, 미적 특질과 그 변모 그리고 사대부의 여성 인식을 이해하는 주요한 매개가 된다.

다음은 강박이 자신의 풍류 공간과 기녀의 모습을 윤색하지 않고 직접적으로 형상화하고 있음을 보여주는 작품이다.

### 丹丘戲作聯句

| | |
|---|---|
| 老去風流已太低 | 늙어 가니 풍류가 이미 크게 낮아졌는데 |
| 無端小女近牀啼(睡) | 무단히 소녀가 침상 곁에서 우네 |
| 早知荳蔲春心遠 | 일찍이 두구에의 춘심이 멀어진 줄 알았더라면 |
| 寧折章臺瀾漫枝(蕙)[7] | 차라리 章臺에 흐드러진 가지나 꺾었을 것을 |

혜포(蕙圃) 강박이 단구(丹丘)에 가서 내초(來初) 이인복, 단구의 고을원님인 수당(睡堂) 홍건춘(洪建春)과 놀며 희작한 시이다. 1·2구는 홍건춘이 시작한다. 이미 늙어 노경(老境)에 들어선 고을 원님이 풍류가 예전 같지 않아 어린 기녀를 그냥 두고보는데, 기녀는 버림받은 줄 알고 침상 곁에서 눈물을 흘린다는 외설적인 내용이다. 이어 강박은 3·4구에서 일찍이 처자(處子)에 대한 정욕(情欲)이 멀어진 줄을 알았더라면 차라리 장대에 흐드러진 꽃가지나 꺾었을 것이라고 화답한다. 한시 속에 기녀와의 잠자리 일

---

6) 이 시기 申維翰은 『靑泉集』에서 일본 대판의 창루를 직설적으로 묘사하였다.
7) 姜樸, 『菊圃集』.

과 남성의 성(性)이 들어오고, 사대부 관료들의 정욕(情慾)에 관한 적나라한 대화가 시상으로 펼쳐진다. 여기에 함태화(含胎花)라고도 하며 처녀를 비유하는 두구(荳蔻)나 정욕을 연상케 하는 춘심(春心) 등의 시어가 노출되고, 여인을 범하는 일을 꽃을 꺾는 일로 비유하는 일견 비속한 분위기가 결구를 장식한다. 게다가 이러한 작품을 연구(聯句)하며 즐기는 명문가 관료들의 적나라한 대화, 허물없이 속내를 터놓는 풍류가 한 폭의 풍속화처럼 배경으로 어우러지고 있다.

사대부 문화에서 사대부와 기녀의 놀이가 새삼스러울 것은 없다. 하지만 강박은 허목계(許穆系)의 육경(六經) 중심의 학풍을 이어받았고, 현실 정치에서는 명분과 의리를 중시하여 강한 현실 지향과 비판 의식을 보여주었던 인물이다. 그러한 관료의 모임과 놀이가 당혹스러울 정도로 색정적(色情的)이고 외설스러운 분위기를 형성하였다는 점과, 사대부의 문집에 이러한 유흥 공간에서의 놀이가 윤색되거나 삭제되지 않고 그대로 수록되었다는 점은 분명 이전 시기와 구별되어 주목할 만하다. 여기서 18세기 전반기 사대부 사회의 이완되어 가는 분위기를 여실하게 살펴볼 수 있다. 조선 후기의 새로운 여성 인식은 이러한 유흥 공간을 적나라하게 표출하는 사대부 사회의 이완된 분위기와 함께 나타난다고 할 수 있다.

다음 작품은 의고 악부 시제인 「자야가(子夜歌)」를 모티프로 한 것이다. 하지만 강박은 자신들과 기녀의 유흥적인 공간, 질탕한 분위기를 적나라하게 드러내어 작가의 현실을 기반으로 시상을 전개하였다. 조선 후기에 들어서면 의고를 중심으로 하던 악부제가 작가의 즉자적(則自的)인 정감과 분방(奔放)함을 표현하는 수단으로 이용되기도 하고, 중세 이념이 허용하는 연정이나 정감의 범주를 넘어 외설과 일탈(逸脫)을 표현하는 양식으로 변용되기도 한다. 여기서 의고 악부제가 작가의 성과 사랑, 심지어 '중세 규범의 일탈을 담아내는 매우 현실적인 양식'으로 변모하는 것을 볼 수 있다.

#### 子夜歌

| | |
|---|---|
| 郎就他儂寢 | 당신이 다른 여인의 잠자리로 갈 적에는 |
| 不與儂計較 | 나에게 옳은지 그른지 따져보지 않더니 |
| 他儂不迎郎 | 그녀가 당신을 맞아들이지 않으니 |
| 郎忽向儂笑 | 당신은 홀연히 나를 향해 웃네요 |
| | |
| 郎自念他儂 | 당신이 딴 여인을 생각하는데 |
| 儂豈無他郎 | 나라고 어찌 다른 남자가 없겠어요 |
| 但爲疇昔好 | 다만 옛날이 좋아서 |
| 容郎在儂傍8) | 당신이 내 곁에 있도록 하였지요 |

첫째 수, 사랑하던 연인을 버리고 딴 여성을 찾아 떠나갔던 남성이 새 여성에게 거절을 당하고 다시 옛 연인에게로 돌아온다. 둘째 수, 그 버림 받았던 연인이 떠나간 사람에게 연연하지 않고 다시 다른 남성을 사귄다. 남녀간의 가벼운 사랑과 변심(變心)을 모티프로 한 시이다. 강박은 "사군(使君) 홍건춘이 새 여인을 취하지 못하고 돌아와 옛 연인을 다시 붙잡는데, 초조한 나비가 꽃에게 성을 내듯하여 그 광경이 까무라칠 정도였다. 2장을 지어 「고자야변(古子夜變)」의 남은 뜻을 보충한다"고 자주(自註)를 붙이기까지 하였다.

이 시는 기녀와 남성의 관계라면 으레 '버리고 떠나가는 남성과 버림받은 여성관계'라고 여겨지던 단선적인 구조를 깨어 버린다. 그리하여 한시의 버리고 떠날 수는 있어도 버림받는 일은 없었던 남성의 권위(權威)가 사라진다. 오히려 남성은 변심하여 새로 마음에 두었던 여성에게 거절당하고 돌아와 다시 옛 연인을 향해 비굴한 웃음을 흘리거나 옛 연인의 관용에 의해 그녀 곁에 머물게 되는 초라하고 우스꽝스러운 형상으로 전락한다. 여성 또한 버리고 떠난 사람에 대한 답답하고 폐쇄적인 애환에 빠지거나 자기 기만적인 슬픔에서 허우적대는 것이 아니라 즉각 다시 정(情)

---

8) 姜樸, 『菊圃集』.

을 나눌 수 있는 다른 남성을 만난다. 그녀에게는 중세(中世)사회의 남녀 관계 특히 여성의 전형적인 사랑의 형태라 할 수 있는 절대적(絶對的)인 사랑, 절개(節槪)라고 하는 가치 등에 대한 극단적(極端的)인 태도(態度)나 의지(意志)가 없다. 남성에게 사랑이 상대적(相對的)이듯 기녀에게도 사랑은 상대적인 것이다.

사실 기녀의 상대적인 사랑은 중세 사회가 기녀에게 부여한 전형적인 처지이자 전형적인 특질이다. 그런데 한시에서 기녀가 사랑에 대하여 자신의 전형적인 특질을 드러내자 역설적이게도 그녀는 중세적 이념을 넘어선 자리에 있는 것처럼 낯설게 느껴진다. 마치 기녀의 상대적인 태도가 새로운 여성의 정감과 새로운 남성의 형상을 구현해 내는 듯이. 여성과 남성의 관계나 성격이 얽히며 때로는 인물의 형상과 정감이 전도(顚倒)되는 듯이 느껴지기도 한다. 무엇 때문일까? 이는 이제까지 사대부 한시가 기녀의 사랑을 형상화할 때 절대적인 사랑, 절개 등으로 포장을 하여 왔기 때문이다. 이전 시기의 기녀를 대상으로 한 한시는 '버림받은 기녀의 슬픔'이나 '절개', 정체성의 문제 등 사대부의 미감(美感)에 긍휼(矜恤)히 여길만한 기녀의 내면심리(內面心理)나 가치를 형상화한 것이 대부분이었다. 현실세계에서의 기녀와 사대부의 관계는 버리고 버림받는 일이 비일비재하였다. 하지만 사대부의 시적 형상화는 인물들의 고상(高尙)한 내면심리를 주목하였던 것이다. 그들은 버림받은 기녀를 묘사할 때도 사랑을 잃고 슬픔에 빠지거나, 김만중의 「단천절부(端川節婦)」의 일선(逸仙)처럼 절개(節槪)를 목숨 걸고 지키는 것으로 묘사하여 기녀에 대한 칭찬을 아끼지 않았던 것이다. 이것은 마치 중세 규범이 사대부 아녀자와 같은 가치를 기녀에게도 요구하는 듯이 오인하게 한다. 그런데 일선이 목숨을 걸고 절개를 지키거나 남성의 부모와 처에게 정성을 다하는 것은 기녀라는 자신의 처지에 부여된 행위 양식과 위배되는 것이다. 다시 말하면 기녀는 사대부 사회가 자신에게 부여한 행위 양식을 어길 때 사대부에게 칭송을 받았다. 이것은 곧 기녀의 삶과 존재 양식의 아이러니를 말해 주는 것이다. 자신

들이 부여하는 삶과 양식을 행하면 비웃음을 가하고 위배하면 칭찬을 하
는, 사대부 문화와 규범의 이율배반적인 모습을 적나라하게 드러내는 것
이기도 하나. 또한 기녀가 사신에게 부여된 양식을 그내로 수용하자, 사
대부의 존재마저 우스꽝스럽게 비하되는 것 역시 기녀라는 사회적 존재
의 모순, 기녀와 사대부 관계의 모순을 역설적으로 드러내는 것이라 할
수 있다. 강박의 작품에서 마치 새로운 분위기와 인물 형상이 탄생한 것
처럼 신선하게 느껴지는 것은 바로 이 때문이다.

　물론 현실의 기녀에게도 남성을 향한 절대적인 사랑이 있다. 일선은 기
녀이지만 정결(貞潔)한 자신의 의지대로 자신이 사랑하는 사람을 위해 목
숨을 걸고 절개를 지킨다. 그것은 곧 한 인간으로서 자신의 행위를 선택
하는 것이다. 여기에 중세 규범에 대한 추수나 모방이 부재한다고 할 수
는 없을 것이다. 그러나 그녀의 남성에 대한 지극한 사랑은, 김만중이 「서
(序)」에서 말했던 것처럼 "예양이 범중항을 위해 죽지 않고 지백을 위해
죽었으니 옛 학자들은 여기에서 무엇을 취했던가? 예양은 말하기를 '사나
이는 나를 알아주는 사람을 위해 죽는다'고 하였다"고 한 것에서 알 수
있듯, 자신의 사랑을 알아주는 남성에 대한 감응에서 기반한다. 그런데
사대부 사회는 자신들의 이율배반적인 논리로 일선을 절개를 지킨 인물
로 칭송하거나 정려(旌閭)한다. 이러한 사대부의 칭찬과 정려는 실제 기녀
의 현실적 처지와 유리될 뿐만 아니라 기녀의 수난과 억압을 이중적으로
가중시킬 뿐이기 때문이다.

　강박은 기녀의 형상을 묘사하면서 사대부의 의리나 관념으로 수사(修
辭)를 하거나 기존의 사내부의 의식(意識)을 기녀에게 투사하지 않았다. 그
는 자연스럽게 '있는 그대로의 모습'으로 묘사하였다. 강박의 한시에는
사대부의 의리를 주입하여 절개를 지킨 여성을 묘사하거나 절대적인 사
랑을 추구하고, 버림받고 슬픔에 빠진 비련의 여성 형상이나 정감은 없다.
그는 자신들의 외설적이고 유흥적 분위기를 규범에 의해 재단하거나 은
폐하지 않고 솔직하게 드러내었다. 그런데 이러한 자리에서 사대부 사회

의 이념과 질서가 지닌 허구성이 그대로 드러나는 아이러니가 발생하였
다.9) 물론 강박이 현실적인 기녀의 모습을 그대로 드러내면서 사대부 자
신들의 규범과 가치의 모순을 드러내려고 의도하지는 않았을 것이다. 설
사 그렇다하더라도 경험을 가식하지 않고 그대로 드러내는 것이 주체의
의도를 넘어 기성의 가치를 전복하거나 폭로하는 힘을 발하고 있음을 볼
수 있다. 강박의 작품이 남긴 의의라고 할 수 있다.

**如雪梅詞**

| 梅花明如雪 | 매화 새하얀 눈처럼 |
|---|---|
| 寂寂依丹阿 | 쓸쓸한 丹丘 언덕에 의지하니 |
| 使君從何來 | 使君이 어디선가 와 |
| 駐馬暗咨嗟 | 말을 세우고 남몰래 찬탄하네 |
| 梅花謝使君 | 매화 使君을 거절하며 |
| 不願承顧笑 | 돌아보고 웃어주려하지 않네 |
| 豈無筐筥感 | "어찌 가득 담고 싶은 마음이 없겠어요 |
| 良畏簡書誚 | 참으로 간서로 꾸짖을까 두렵답니다 |
| 陌上有名花 | 길 위에 名花가 있으니 |
| 請君幸移車10) | 청컨대 그대 수레를 옮겨가세요" |

　강박은 이 작품에 "追衍昨日聯句中荳蔲之意, 作如雪梅, 陌上桑之遺
也"라 자주(自註)를 달았다. 앞에서 인용한 시의 '여인에게로 향하는 뜻'을
추연(追衍)하여 악부시「맥상상(陌上桑)」의 어조로 지었다는 의미이다.「맥

---

9) 姜樸의 女性화자, 화재 한시의 주요한 형식적 특징은 樂府詩題에 대한 패러디와 詩
　想의 變容으로 이루어진다. 물론「子夜歌」는「陌上桑」과 달리 南朝 民間 樂府에서
　男女간의 사랑을 기본 모티브로 하는 작품이라는 자체의 특징이 있기는 하다. 하지만
　조선 중기까지의「子夜歌」의 시제는 대개 남녀간의 가벼운 사랑을 담으면서 '여성의
　남성에 대한 사랑과 그리움의 정감'을 표현하는 데에서 벗어나지 않았다. 그래서 강박
　이 현실 속에 존재하는 여성을 대상으로 性愛를 연상시키는 새로운 여성을 창조한 것
　과는 아주 다르다.
10) 姜樸,『菊圃集』.

상상」은 나부(羅浮)가 맥상에서 뽕잎을 따다가 그 아름다움에 매혹된 태수의 유혹을 받고, "저는 이미 왕랑(王郎)과 결혼하였으니 그 맹세를 저버릴 수 없다"고 거절하며, 자신의 절개(節槪)를 강조하는 작품이다. 그런데 강박은 「맥상상」의 '미인이 남성의 유혹을 받고 거절'하는 기본 모티브를 차용하면서도, 등장 인물의 성격이나 정황을 보다 입체적으로 재구성한다. 그리고 「맥상상」의 핵심 주제인 '여성의 절개'를 '남성의 절개'라는 주제로 변용하여 패러디를 시도한다.

이 시의 주인공은 설매(雪梅)이다. 사군(使君)이 설매를 유혹하는데 사군은 곧 명화의 연인이다. 강박은 「맥상상」의 이 구절에서 "名花暗對雪梅亦使君宿眄者"라는 주(註)를 달고 있다. 「맥상상」에서 나부를 유혹하던 태수의 모습에, 이미 연인이 있으면서 다른 여성을 유혹하는 남성의 이미지가 첨가된 것이다. 남성이 여성을 유혹하는 기본 모티브는 지속되지만 「맥상상」의 단조로운 인물 구성은 이른바 남녀 사이의 삼각관계로 재구성되었다. 설매는 사군의 유혹을 거절한다. 그 이유는 바로 사군(使君)의 연인인 명화에 대한 두려움 때문이다. 설매는 "명화가 편지를 보내어 꾸짖을까봐 두려워서[良畏簡書誚] 거절한다"고 한다. 그러나 이 두려움이라는 표현은 설매가 사군을 거절하며 표하는 교묘(巧妙)한 예(禮)일 뿐이다. 맥상에서 나부가 절개 때문에 태수의 유혹을 거절하였다면, 설매는 사실 명화에 대한 의리 때문에 사군을 거절하는 것이다. 이 시에서 새롭게 등장한 명화는 설매에게 편지를 보내어 '적극적으로 자신의 사랑을 지키려는' 여성으로 암시된다. 「맥상상」에서의 여성의 절개라는 모티브가 사라지고, 여성의 여성에 대한 의리(義理)나 적극적으로 자신의 사랑을 지키려는 여성의 태도와 정감이 작품의 주요 모티브가 된다.

대신 절개를 지켜야 한다는 덕목은 여성에 의해 남성에게로 귀속(歸屬)된다. 설매의 어조는 매우 완곡하고 여유가 있다. 그녀는 사군에게 자신도 사군의 뜻을 받아들여 『시경(詩經)』에서의 현숙(賢淑)한 대부(大夫)의 아내처럼 "가정의 법도를 잘 따라 남편과 함께 조상의 제사를 받들고 싶다"11)고 한다. 이어서 설매는 사군의 연인인 명화가 있어서 그럴 수 없다고 점잖게 거절을 하며 맥상의 명화에게 가 보라고 충고까지 한다. 그녀가 『시경』, 현숙(賢淑)한 아내, 어진 대부(大夫)를 인용하는 것은 사군의 경박(輕薄)한 유혹(誘惑)을 짐짓 진지(眞摯)한 고백(告白)으로 변화시키며 역설적으로 경박한 사군을 무안하게 만들기 위한 고도한 심리장치이다. 또한 마지막 두 구에서는 이제까지 진지한 채 능쳐보던 설매의 힐난(詰難)과 진심(眞心)이 드러난다. 설매는 '사랑을 지켜야 존경을 받을 수 있다'는 함축된 충고와 함께 남성의 바람기에 대한 힐난과 비꼼, 풍자(諷刺)를 곁들여 남성에게로 절개의 몫을 넘긴다. 강박은 「맥상상」의 '미인이 남성의 유혹을 받고 거절'하는 기본 모티브를 차용하면서도, 「맥상상」의 핵심 주제인 '여성의 절개'를 '남성의 절개'라는 주제로 변용하여 패러디를 시도하는 것이다. 기존의 가치가 전복되고 새로운 인물의 형상 과정감이 창조된 것이다. 설매는 남성의 태도에 의해 경박하게 좌우되지 않고 자신의 의지를 분명히 하는 여성의 모습을 보여준다.

이 작품은 물론 작가의 회화적인 태도에서 창작되었다고 할 수 있다. 그런데 강박은 『시경』 「소남(召南)」의 구절과 외설적인 분위기를 결합시키고 「맥상상(陌上桑)」이라는 악부의 내용을 패러디하여 새로운 여성의 정감을 창조한다. 또한 남성의 시점이 도중에 여성 화자로 변화하고, 『시경』의 시가 두 편이나 인용되어 현학성을 더하며, 정황 설명을 부연하는 주(註)를 부기(附記)하는 등 작품의 내적 형식의 변화를 다양하게 시도한다. 즉 강박은 자신이 구사하는 주제를 위하여 짧은 시구 속에 한 편의 풍성하고 완성된 이야기를 사실적으로 전달하려는 의욕을 보여준다. 그만큼 그의 회화 속에는 어떤 작가의 의지가 들어 있는 듯하다.

---

11) 筐筥 역시 『詩經』 「召南」 「采蘋」편에 나오는 말이다. 대부의 아내가 시냇가에서 마름 풀을 뜯어 바구니에 가득 담아와서 가마솥에 삶고 요리를 하여 종묘에 차려놓고 제사를 지내는 것으로 대부의 아내가 법도를 잘 따라 선조를 제사 지낼 수 있음을 의미한다.

이렇게 작가가 자신의 경험적 현실을 그대로 표출할 수 있었던 배경은 무엇일까? 다음 글은 이인복이 남녀간의 색정에 관한 난잡하고 외설적인 사(詞)를 지었다고 비난을 받자 강박이 변(辨)을 하는 것이다. 18세기 전반기의 사대부인 강박이 설(褻)·염사(艷詞)와 시도(詩道)의 관계, 또는 설(褻)·염사(艷詞)와 작가의 인격의 관계에 대한 견해를 피력하였음을 포착할 수 있다.

> 사람들은 혹 李來初(李仁復)의 地驅樂詞가 褻에 가까워 병통이라 하나 이는 詩道를 모르는 말이다. 詩는 情에서 생기고, 情은 巧에서 생기고, 巧는 艷에서 생김이 지극한 이치다.
> 대개 '그러하기를 기약하지 아니하였으나 그러하게 된 것'이 있으니, 진실로 이를 병통으로 여긴다면 차라리 詩를 말아야 할 것이다. 陶令의 閑情과 宋廣平의 梅花가 어찌 그 性이겠는가. 譚元春이 말하기를 "才子가 비록 지극히 方正하여 犯하기 어려워도 붓을 내려 艷詞를 짓는데 스스로 一切의 蕩子보다 더 깊어진다"라 하였다.12)

이미 조선 중기에도 "남녀간의 정욕(情慾)은 천(天)이요 예(禮)는 성현(聖賢)이 만든 것이니 나는 천을 따를 것이요 성인을 따르지 않을 것이다"라 하여 남녀간의 정욕을 천명한 일이 있었다. 그러나 그 언급의 가운데에 있었던 허균도 정작 남녀간의 정을 적극적으로 형상화한 시인은 아니었다. 「황주염곡(黃州艷曲)」을 제외하면 그의 「궁사(宮詞)」 100수도 여성의 정감은 물론 남녀간의 정이나 색정적인 정감을 위주로 다룬 작품이 아니었다. 그런데 18세기 전반기로 들어오면 강박과 이인복에게서 외설과 색정이 정(情)의 본원(本源)으로 적극적으로 해명되고 작품화되기 시작한다.

강박은 정(情)의 내밀(內密)함, 외설스러움, 색정적인 면이 사람들의 내면(內面)에 원래적(原來的)으로 자리하였다고 주장하고 문면으로 끄집어내 가시화 한다. 그는 정이란 본래 이성적인 것이 아니라 감성적인 것이므로 '사람이 의도(意圖)하지 않아도 절로 그렇게 되는 면'이 있다고 한다. 그렇

---

12) 姜樸, 「李來初詞辨」, 『菊圃集』.

다면 사람들이 병통(病痛)으로 여기고 비난(非難)하는 '외설적인 것, 교염한 것' 등도 '절로 그렇게 된 것'일 뿐이다. 또한 외설적인 시, 교염한 시를 짓는 사람들도 품행이 방정치 못하다거나 예에 어긋나서 그러한 시를 짓는 것이 아니라고 한다. 작가의 품행이 외설적이거나 비례(非禮)한 것과는 무관하다는 말이다. 시는 정(情)과 관계된 것이고, 정이란 원래 그렇게 교염하기 때문에, 아무리 품행이 방정하고 예를 잘 지키는 사람이라 하더라도 그러한 시를 짓지 아니할 수가 없다는 것이다. 이것을 모르고 그 시와 사람을 병통으로 치부한다면 차라리 시인은 시를 짓지 말아야 할 것이라고까지 한다. 또 이렇게 말하는 사람들은 '시도(詩道)를 모르는 소치'에서 그런 말을 한 것이라는 것이다. 여기서 강박이 외부의 규범이나 시선에서 완전히 자유롭지는 못함을 알 수 있다. 그가 성정지정(性情之正)과 교염(巧艶) 사이에서, 성정지정과 시자정지발(詩者情之發) 사이에서 조화를 얻기 위해 애쓰며 성정지정의 경계를 넓혀 가는 모습을 볼 수 있다. 그러나 조선 중기까지의 작가들이 시의 창작 과정이나 근원을 언급하면서 성정지정이나 성정지변(性情之變), 성정지진(性情之眞) 등 성정(性情)의 어떤 국면에서 시가 발생하는 것으로 논리화 해 왔다면 강박은 시(詩)의 창작 과정에서 정(情)을 강조하는 이론을 펼쳐 18세기 전반기의 과도기적인 모습을 보여준다. 또 강박이 자신의 주장을 위한 논거로 내세우는 인물이 바로 담원춘(譚元春)이라는 사실을 주목할 수 있다.[13] 강박이 자신들의 행위를 변호하면서 그들을 기준으로 하는 태도는 이미 담원춘 등의 선집을 즐겨 보았으며, 색정과 정욕의 방향으로 성정지정의 경계를 넓혀 가는 그들의 모습이 돌발적이 아님을 살필 수 있기 때문이다.

강박은 26세에 과거에 급제하고 1년이 채 안되는 중앙관직 생활 뒤 유배로 3년, 사(士)로 3년, 지방관으로 3년을 떠돌다가 다시 중앙관직에 등용되었다. 그러나 2년여의 짧은 시간을 지내는 동안 상소와 좌천, 이인좌(李

---

13) 譚元春은 明代 竟陵人으로 동향인 鍾惺과 함께 唐詩, 古詩를 選한 「唐詩歸」, 「古詩歸」를 編하여 '鍾譚'으로 이름을 떨친 인물이다. 그들이 편한 詩體를 竟陵體라고 한다.

麟佐)의 난을 경험하는 등 그의 관직 생활은 그야말로 조선 후기 당쟁의
역사와 긴밀(緊密)한 관련 속에 치열(熾烈)하게 부침(浮沈)하던 시간들이었
다.14) 이러한 강박의 정계 은퇴 역시 명분(名分)과 의리(義理)를 중시하고
세가대족(世家大族)의 연합인 특권정치세력(特權政治勢力)을 배척하며 영조
의 완론 중심의 탕평에 대해 반대함을 보여준 데에서 비롯되었다.15) 강박
에게 영조의 완론 중심의 탕평은 사림의 붕당정치, 의리 논쟁 등을 부정
하며 왕실 외척과 결탁한 특권세력의 존재를 용인한 것으로 인식되었던
것이다. 그의 영조의 정책에 대한 반대는 결국 영조의 비난과 꾸중, 좌천
등으로 이어지게 되었던 것이다. 이렇듯 강박은 의리와 명분의 문제에 철
저한 인물이었다.16)

14) 姜樸의 父는 姜碩蕃(字는 盛圃)으로 贈吏曹參議이다. 外家는 선조대왕의 제9남 慶
昌君의 후손이다. 生父는 姜碩勛이다. 강박은 25세(1714, 숙종 40)에 節日製에 壯元하
고 26세(1715)에 式年文科에 급제하여 바로 弘文館 副正字 · 正字를 지냈다. 그러나
다음 해(1716년 윤 3월) 修撰으로 있으면서 戚臣 겸 外舅의 권력 남용을 탄핵하다가
황해도 安州로 유배를 가서 3년 뒤인 1719년(30세, 숙종 45)에 풀려난다. 黨論에 의해
임금을 바꿀 수도 있었던 치열한 당쟁의 와중에 그의 상소는 노론의 분노를 불러 일으
켰다. 甲戌換局(1694), 辛巳獄(1701)을 거치며 정권에서 도태된 南人의 일원으로서 원
지에 유배되었던 姜樸은 유배에서 풀려나 서울에 돌아와서도 다시 등용되지 못하고 경
상도 · 충청도 등 지방을 여행하며 다니게 된다. 이때 景宗이 즉위하여 소론정권이 성
립되면서 다시 노론에 대한 유배가 단행되었다. 당시 소론 완론은 남인 · 소북을 아우
르면서 발전을 하였기에 강박은 1722년(33세, 경종 2) 가을 경상도 英陽 현감으로 다시
부임한다. 이후 3년 뒤 영조 원년에(1725, 36세) 임기를 마치고 서울로 돌아와 修撰으로
다시 중앙정계에 복귀한다. 그러나 그는 등용되자마자 玉堂으로서 민진원 · 어유구 등
老論 戚臣의 전횡을 힘써 공격하였고, 1727년에는 副校理로 있다가 尹志述이 경종을
비판하자 영조에게 '좋아하고 싫어하는 것을 분명히 하고 是非를 결정할 것'을 주장하
며 윤지술을 '단순한 黨論의 죄가 아닌 倫理道德의 죄인'이라고 비판하다가 완론 탕평
을 시행하던 영조의 비난을 받고 다시 咸從으로 좌천되었다. 강박의 이러한 입장은 名
分과 義理보다는 喬木世家를 중심으로 老小保合을 추진하던 영조의 완론 중심의 탕
평 정국에 반대하고 그에 참여하지 않은 일단의 南人 세력의 견해를 잘 대변하고 있다
고 하겠다. 얼마 뒤 丁未換局(1727, 38세)으로 少論 영수 李光佐가 영의정으로 등용될
때에 함께 校理로 등용되어 弼善을 지냈으나 그 이듬해 李麟佐의 난이 평정된 뒤 강
박은 짧지만 치열하였던 중앙관직생활에서 은퇴를 하였다. 이후에는 남하정이 언급하
였듯이 實職이 없이 야인으로 평생을 보내게 된다. 그가 정계에서 물러난 뒤에는 오광
운과의 교유가 두드러지는데 오광운은 매양 그의 廢壁을 싫어하였다고 한다.
15) 이태진, 『조선시대 정치사의 재조명』, 범조사, 1985.

강박이 남인 시맥에서 주요한 위치를 차지한다는 것은 곧 다른 면으로
그의 정치적 입장 역시 남인의 부침(浮沈)과 밀접한 관련을 지닌다는 점을
뜻하기도 한다. 사실 남하정(南夏正)은 『동소만록(桐巢漫錄)』에서 "강박은
일찌기 문형지망(文衡之望)이 있었으나 당화(黨禍)를 입고 위축되어 무신년
(戊申年, 1728) 영조(英祖) 초년(初年)에 통정대부(通政大夫)로 승격한 뒤 15년
이 지나도록 실직(實職)을 얻지 못하고 재야인물(在野人物)로 세상을 등지
고 살았다"[17]고 언급하였다. 이는 강박이 젊은 나이 39세부터 53세를 일
기로 세상을 뜰 때까지 15년간을 사대부로서의 실직을 얻지 못하고 재야
인사로 지냈음을 의미한다.[18]

    강박의 여성 화자 · 화재 한시는 모두 그가 안주(安州) 유배에서 풀려나
3년을 떠돌다가 그의 나이 33세(1722)에 영양(英陽) 현감으로 부임해 있던
시절에 지은 것이다. 특히 이때 이인복(李仁復)[19] 역시 안동(安東) 사록(司
錄)으로 부임해 왔다. 정치적 지향과 학통을 공유하던 강박과 이인복은 틈
이 나면 서로 만나 시를 짓고 돈독한 우의를 나누었다.[20] 강박은 이때 지

---

16) 강박은 "먼저 의리를 분명히 한 다음에야 탕평을 의논할 수 있습니다. 그렇지 않고
    다만 탕평을 원한다면 이는 탕평이 아닙니다. 바로 고식책입니다"라고 주장하였다. 이
    는 그의 숙부 姜順觀 형제가 숙종 때 逆獄으로 몰려 죽었기 때문이기도 하다. 그래서
    소론 재상 趙顯命까지도 그의 登用을 꺼렸다고 한다.
17) 南夏正, 『桐巢漫錄』.
18) 姜樸의 생애에 대해서는 『菊圃集』, 『朝鮮王朝實錄』, 기타 주변 인물의 문집과 기록
    을 통해 재구성한 것임.
19) 강박과 가까이 지낸 인물로는 李仁復과 吳光運을 들 수 있다. 강박과 마찬가지로 그
    들도 許穆을 종주로 하는 기호 남인 출신으로 淸論을 표방하면서 정계에 진출하였고
    (경종 2), 경신 · 기사년간의 南人政權의 義理에 대해서조차 '政權爭奪에 급급하여 義
    理보다는 權力者나 王室과 관련된 여러 부류의 사람들과의 결탁을 우선시한 것으로 비
    판적인 반성을 하여야 한다'고 주장하였던 인물들이다. 그래서 남인 내에서도 門外派라
    불리기도 했다. 이들은 沈檀을 지도자로 하고 權以鎭 · 李仁復 · 吳光運 · 姜樸 · 李重
    煥들로 구성되어 있었다. 이들은 기사의리 및 辛壬逆獄에 있어서 소론 峻論과 같은 입
    장을 가지고 행동하게 된다. 이들 중 영조 대 탕평에 참여했던 대표자는 오광운 그리고
    소론과 인척관계를 맺었던 홍경보였다. 이들은 영조 대 정국에서는 국외인, 나그네 신
    하라는 평가를 받았으나 모두 무신난 때 공을 세움으로써 영조의 지우를 받았다. 영조
    대에는 嶺南人을 포함한 대부분의 南人 세력들이 탕평 실시에 대해서 비판적 입장을
    지키면서 대세를 관망하고 있었다.

은 시고(詩稾)를 모아 『남은록(南隱錄)』·『은사록(隱社錄)』 등으로 이름 붙이
고 스스로를 '이은(吏隱)'이라 자칭한다. 실제 강박과 이인복은 "내년 봄이
오면(1723) 함께 벼슬을 버리고 은거를 하자"고 약속을 하기도 하였는데
막상 봄이 되자, 이인복은 벼슬을 버리고 봉화(奉華)에 우거하여 소요자재
하였지만[21] 강박은 결국 벼슬자리를 떠나지 못하였다. 강박은 시고(詩稾)
에서 떠나지 못하고 그렇게 머뭇거리고 있는 자신을 부끄러워하는 심정
을 자주 표현하였다. 영양 현감 당시 강박의 심정을 가장 압축적으로 드
러내는 말이 바로 '이은(吏隱)'인 듯하다. 강박이 이은(吏隱)을 표방하면서
도 정치 현실에서 떠나지 못하고 머뭇거렸던 것은 명분(名分)과 의리(義理)
를 중시하던 그의 치열한 기질 속에 강한 현실 지향이 내포되어 있었기
때문이다. 실제 3년 뒤 중앙 정계에 복귀하자 그의 실천은 척신을 비난하
는 상소와 좌천으로 이어졌다. 결국 강박은 영조의 비난 속에 어찌할 수
없는 힘의 한계를 느끼고 끝내 정계에서 은퇴를 하게 된다. 그러나 이인
복은 다시 중앙 정계에 복귀를 한다.

  그런데 영양 현감과 안동 사록 시, 한때나마 은(隱)을 실현하고(이인복)
이은(吏隱)을 표방하던(강박) 그들의 작품은 강박 스스로 언급하였듯이 두
구체(荳蔲體), 염체(艶體), 설(褻)로 압축된다.

  如雪梅詞 이하의 여러 작품들은 한때의 戱劇에서 나와 대부분 艶體에 떨어
  졌다. 남녀간 잠자리의 말이 진실로 風人의 性情之正을 해하는 것은 아니나 한
  번 맛보기 시작하여 혹 절제하지 않으면 鄭衛의 繁音과 齊梁의 靡語로 옮겨가
  기 쉬우니 두려웁지 아니한가! 하니 이제부터 詩筒을 교대로 주고받은 점을 경
  계로 삼아 일체 이러한 體를 물리치고 오직 형과 아우가 질나팔 불고 저를 불며

---

20) 또 丹陽 군수로 있던 洪建春과의 교류도 여성 화자·화재 시의 창작에 밀접한 영향
  을 주었다.
21) 특히 李仁復(1683~1730)은 강박과 평생의 지기로 교유하였다. 오광운은 이인복을
  "公은 능히 굳세게 자립하여 조금도 흔들리지 않음으로써 옛 士類를 본받았다"고 칭찬
  을 아끼지 않았다(吳光運, 「己卯錄後 序」, 『藥山集』 卷15).

화목하게 지내던 전례를 따라[旄壎之例] 함께 늙도록 崇德之義에 힘씀이 어떠
하오 어떠하오

　南嶽諸篇은 곧 선배들의 風流盛事이나 朱夫子께서는 오히려 탐닉에 빠질까
경계하셨는데 하물며 이렇게 冶詞褻韻을 번갈아 부르며 화답한 것임에랴. 詞
學의 누가 되었으니 또 탐닉에 빠지는 데로 돌아갔을 따름만은 아닌 것이다.22)

　이 글은 강박이 영양 현감을 지내면서 이인복과 단양 군수 홍건춘 등과
어울려 경상도·충청도 일대를 돌며 풍류를 주고받은 작품들을 주희(朱熹)
가 장식(張栻)·임용중(林用中)과 남악(南嶽)을 유람(遊覽)하면서 남긴 시편(詩
篇 : 57題)과 비교하여 스스로 반성(反省)을 겸하며 지은 것이다. 위에서 살펴
보았듯이 당시 이들이 주고받은 시들은 남녀간의 외설적이고 색정적인 면
을 적나라하게 읊은 것인데 이러한 작품을 주희 등의 「남악제(南嶽諸篇)」편
과 비교하여 반성하는 것은 의외라 할 수 있다. 또 강박은 이 작품들이 한
때의 희극(戱劇)에서 나왔다고 하여 진중(眞重)한 의미를 부여할 만한 것이
아닌 듯 표현한다. 하지만 한편으로는 "남녀간의 잠자리의 일은 풍인(風人)
의 성정지정(性情之正)에 해(害)가 되는 것이 아니라"고 하여 색정적이고 외
설적인 부분을 성정지정과 연계시키는 모습을 보여준다. 이 점은 조선 후
기의 다른 시인들이 이러한 작품을 긍정할 때 대부분 성정지진(性情之眞)의
논리를 펼쳤던 것과 차이가 있다. 다만 그가 지금 반성을 하는 것은 바로
이 작품들이 문제적인 것이 아니라 앞으로 이를 적당히 절제하지 못하여
혹시나 정위(鄭衛)의 번음(繁音)과 제량(齊梁)의 미어(靡語)로 쉽게 탐닉해 들
어갈까 봐 미리 반성하는 것이라고 하니 그의 '성정지정의 범주 내에서의
염체를 긍정하고 있음'은 일단 인정할 만하다. 그러나 그의 색정적인 작품
들이 정위(鄭衛)의 번음(繁音)과 제량(齊梁)의 미어(靡語)와 어떻게 다른지, 그
는 이를 어떻게 이해하고 있는지는 의문이다. 아무튼 그는 주자(朱子)의 「남

---

22) 姜樸, 「麗鳥詞 後序」, 『菊圃集』.

악제편(南嶽諸篇)」과 유어황(流於荒)의 경계(警戒)를 근거로 자신들의 시를 야
사설운(冶詞褻韻)으로 단정하고 "사학(詞學)의 누(累)가 되었으니 또 유어황(流
於荒)에 그친 것만이 아니"라고 반성한다. 강박에게서 성정지정의 함의가
매우 확장되고 있음을 볼 수 있다.

실제 이후 이들의 작품에는 야사설운(冶詞褻韻)의 경향과 여성 화자·화
재 한시가 더 이상 나타나지 않는다. 다만 기속을 묘사한 시에서 여성이
보일 뿐이다. 따라서 강박의 외설과 유흥의 분위기가 여성에 대한 깊은
인식에 바탕하여 표출된 것이라고 할 수는 없다. 한 치열한 정치가가 현
실에서 은둔을 지향하면서도 낮은 벼슬자리마저 떠나지 못하는, 그리하여
스스로를 이은(吏隱)으로 표현할 수밖에 없는 고뇌와 일탈이 그 배경이 되
었다고 할 수 있다. 그들의 일탈은 시(詩)란 정(情)에서 나왔고 정(情)은 교
염(巧艶)을 근원으로 한다는 생각에서 나왔고, 그들이 자신들의 놀이를 용
인하지 못하고 다시 규준과 준거의 세계로 돌아가는 모습을 보여주지만
그 파장은 만만치 않다. 이러한 이완된 흐름이 여성 인식의 변화를 추동
하는 밑거름이 되기 때문이다. 강박과 이인복이 동시에 이러한 작품들을
창작하였다는 점은 이후 조선 후기 사대부의 여성 화자·화재 한시의 창
작 배경과 여성 인식의 추이를 밝히는 데에 긴요한 매개가 된다고 생각
한다.


## 3. 임정(任珽), 「밀성별곡(密城別曲)」과 심미적 시선


「밀성별곡 24수(二十四首)」[23)]는 임정(任珽)이 기녀가 부르는 노래를 듣고,

---

23) 任珽, 『巨齋遺稿』 卷2.

그 노래를 충실하게 재구성한 여성 화자 5언 절구 24수의 연작시이다. 임정은 「희답(戲答)」24)이라 제한 시에서 「밀성별곡 24수」의 창작 경로를 말하였다. 「밀성별곡 24수」의 여성 화자는 사랑하는 사람을 이별하는 자신의 서정을 순차 없이 섬세하게 표출하고 있다. 그런데 여성 화자인 기녀의 사랑과 이별의 상대는 임정이 아니다. 임정은 다만 "외로운 객사에서 매양 홀로 잠을 자니 / 낭자의 처지를 알겠구려"라 하여, 먼 곳으로 외직(外職)을 나온 자신의 외로움과 님을 이별한 기녀의 외로움이 서로 소통하고 있음에 동요하여 이 작품을 지었던 것이다. 임정은 「송강별곡(松江別曲)」을 듣고 그 감흥을 시로 표현하기도 하였다. 송강의 「사미인곡(思美人曲)」이나 「속미인곡(續美人曲)」이 기녀와 남성의 관계를 임금과 신하의 비유로 삼은 충신연주지사(忠臣戀主之詞)라면, 이 「밀성별곡」은 말 그대로 안주(安州) 기녀와 한 남성 간의 사랑과 이별에 관한 노래이다. 본 절에서는 「밀성별곡 24수」를 중심으로 임정의 여성 인식을 살펴보기로 한다.

### 1수

| 夜枕眠如失 | 잠자리에 들어도 잠은 오지 않고 |
| 春筵意欲悲 | 봄 잔치에서도 마음은 슬퍼지려 해요 |
| 隨人强笑語 | 남들 따라 억지로 웃어보지만 |
| 別恨妾唯知 | 이별의 한이야 저만이 알지요 |

첫 수, 님을 이별한 뒤 기녀는 슬퍼서 잠도 못 자고 술자리도 즐겁지 않다. 하지만 그녀는 남들을 따라 억지로 웃고 떠들어야만 한다. 남들은 기녀의 이별이란 으레 그러한 것이라 여기고 진정한 슬픔으로 인정해 주지 않기 때문이다. 기녀는 작가에게 님과의 이별과 슬픔을 자신의 처지(處地)에서 오는 애환(哀歡)을 토로한다. 임정은 이별의 슬픔을 단순히 내면의 풀어 낼 길 없는 무정향의 심리나 넋두리로 묘사하지 않고, 자신의 신분

---

24) "見娘卄四詩, 始識娘眞意, 孤館每獨眠, 可認爲娘地."(任珽, 『屺齋遺稿』 卷2)

적인 처지와 구체적인 상황을 객관적 세계와 연관지어 사고하고 표현하
는 기녀를 묘사한다는 점이 특징이다.

### 5수

| | |
|---|---|
| 蛾眉衆女妬 | 아름다움을 뭇 여인들이 질투하여 |
| 謠諑謂余淫 | 제가 음란하다고 소문내며 참소하지만 |
| 寃哉楚臣語 | 억울해요, 초나라 신하의 말 |
| 君子所宜箴 | 군자라면 마땅히 경계해야 하지요 |

### 7수

| | |
|---|---|
| 二月擇良日 | 이월 길일을 가려 |
| 參佛將上功 | 참불하며 장차 공을 드릴래요 |
| 發願延壽命 | 발원하노니, 오래오래 사시고요 |
| 與郎居處同 | 낭군과 함께 살게도 해 주오 |

### 19수

| | |
|---|---|
| 前後百餘書 | 앞뒤로 백여 통의 편지 |
| 一不見答字 | 한 번도 답을 받지 못했지요 |
| 不怨答書稀 | 답장이 드물다고 원망하지 않아요 |
| 但恐郎心異 | 다만 님의 마음 달라졌을까봐 두려워요 |

### 22수

| | |
|---|---|
| 暫疎妾不怨 | 잠시의 소원함을 저는 원망하지 않아요 |
| 同夢妾不喜 | 같이하는 잠자리도 저는 기쁘지 않아요 |
| 但看情淺深 | 다만 정의 깊이를 볼 뿐이죠 |
| 妾爾郎亦爾 | 제가 그러하면 님도 또한 그럴테지요 |

이렇게 「밀성별곡 24수」는 자신의 사랑을 찾으려는 여성의 적극적인
태도와 정감이 돋보이는 작품이다. 이전 시기에 기녀를 형상화한 한시에

서는 찾아보기 드문 모티프들이다. 「밀성별곡」에서 여성의 정감은 그녀가
님을 사랑한다는 데에서 출발한다. 여성은 단순히 자신을 버리고 떠난 님
에 대해 원망을 하거나 안타까워하지 않는다. 중요한 것은 그녀가 님을
사랑하고 있고 그를 다시 만날 것을 간절히 희구(希求)한다는 점이다. 그
래서 그녀는 훨씬 더 현실적이고 적극적인 모습이 될 수 있다.

사실 기녀와 남성은 서로 깊은 사랑을 나누다 헤어진 것이 아니다. 여
성이 일방적인 사랑을 한 반면 남성은 희롱조나 순간적인 쾌락으로 여성
을 대한 듯하다(儂情長於路, 懽意薄如紙, 懽若重別離, 胡使儂行止 : 2수). 기녀는
남성을 배웅하면서도 자기 마음을 다하지만(旣不從郞去, 下馬遵路歧, 淚顔羞
郞見, 故故頭下垂 : 3수) 남성의 마음은 자신의 마음 같지 않다. 그래서 기녀
는 울면서도 남성에게 눈물을 보이는 것이 부끄러워 자꾸 고개를 떨군다.

문제는 다음의 상황이다. 여성은 남성을 사랑하여 함께 하고 싶은 자신
의 소망을 이루기 위해 자신이 할 수 있는 일들을 적극적으로 시도해 본
다. 자신에 대한 나쁜 소문이 나면 그것은 자신의 미모를 질투하여 다른
여인들이 모함한 것이니 믿지 말라고도 하고, 만약 님이 그 말을 믿고 자
신을 의심한다면 이는 굴원을 참소에 의해 죽인 초왕 같은 잘못을 저지
르는 것이라고 적극적인 자기(自己) 변호(辯護)도 한다. 그리고 뒤이어 자신
의 절개를 믿어줄 사람은 많고 많은 사람 중에 당신밖에 없다는 사실까
지 덧붙인다(且看後凋節, 勿以間言嗔, 一萬一千戶, 誰爲相識人 : 6수). 그리고 길
일을 택해 장수하여 님과 같이 살날이 오기를 부처님께 빌어보기도 한다.
그녀는 백여 통이 넘는 편지를 보냈다. 하지만 남성에게서는 한 번의 답
장도 없다. 기녀의 이별을 형상화한 한시는 대부분 이별을 두고 아무런
매개 없이 슬픈 정감만을 토로하거나 반복하는 것 외에 다른 모티브나
시적 경계를 보여주지 못한다고 생각하는 것이 일반적이다. 만약 그렇다
면 그것은 듣는 이로 하여금 다소의 지겨움과 답답함과 매너리즘을 느끼
게 할 뿐일 것이다.

이러한 기녀의 정감은 앞에서 살펴본 임제(林悌)의 "항거(抗拒)하고 경고

(警告)할 줄 알던 정감"을 기반으로 하여 발전한 것이라고 할 수 있다. 그러나 임세는 작가 자신의 의지에 의해 기녀의 정감을 형상화하고 표출한 경향이 강하다. 반면, 임정은 직접 여성의 말을 듣고 그것을 형상화한 경향이 강하다. 즉 임정이 형상화한 기녀는 현실에서의 기녀의 모습이나 정감을 훨씬 더 다채롭게 부각한다. 이것은 단순한 차이라 하기 어렵다. 이별의 정감을 문제로 삼아 항거하고 경고할 줄 알던 여성은 자신의 정체성을 재인식하며 내면적이고 도덕적인 세계로 초월하려 하였다면, 자신의 현실적 삶의 제 면면을 표현하고 하소연할 줄 아는 여성은 보다 구체적으로 자신의 처지와 삶의 방향을 인식하고 때로는 이에 대해 미리 준비를 하며 적극적인 의지를 표현하기도 하는 것이다. 또는 자아(自我)의 문제(問題), 개인(個人)의 문제를 현실적인 삶이나 객관적인 여건과 결부 지으면서 전체적인 국면을 성찰(省察)할 수도 있기 때문이다.

### 11수

| | |
|---|---|
| 亦知當有別 | 이별이 있을 줄 알았는데 |
| 臨別如始知 | 이별하자니 막 알게 된 듯하네요 |
| 心驚不自定 | 가슴이 뛰어 진정되지 않으니 |
| 似夢但然疑 | 꿈인 듯 다만 의심만 되더군요 |

### 16수

| | |
|---|---|
| 父母常願我 | 부모님은 항상 내게 원하시지요 |
| 一生陪別星 | 일생 높은 사람 모시고 살라구요 |
| 從今勿復迫 | 오늘부터 다시는 핍박하지 마세요 |
| 誓不作隨廳 | 맹세컨대 수청을 들지 않을래요 |

### 17수

| | |
|---|---|
| 難資爲衣食 | 먹고 살 밑천을 마련키 어렵고 |
| 難捨爲父母 | 부모 때문에 버리기도 어려워요 |

若得去從郎   만약 낭군을 쫓아갈 수 있다면
在妾百何有   제게 모든 것이 무슨 소용 있겠어요

그녀가 어떻게 기녀가 되었는지는 나타나 있지 않다. 하지만 평양 사람
들이 "예쁜 딸을 낳으면 집안을 일으킬 아이라 좋아하고, 아들을 낳으면
기껏 병졸이 될 뿐이라고 한다"는 장지완(張之琬)의 시구25)처럼, 아마도
그녀는 양민의 딸로 태어나 고운 용모와 행실을 지니고 집안 사정 때문
에 억지로 성률(聲律)을 배워 기녀가 된 여인일 수도 있다. 늘 이별을 예감
하였지만 막상 이별이 닥쳐오고 나니 마치 처음 안 듯 안절부절 진정이
안 된다. 하지만 부모님은 그녀의 심정은 헤아리지 않고 돈 많고 권세 높
은 벼슬아치를 상대하여 풍족하게 살아가기를 원한다. 기녀는 자신의 사
랑과 이별의 애환을 통해 부모와의 갈등을 문제삼기도 한다. 경제적인 풍
요 때문에 자식을 강제로 기녀로 키우는 세태(世態)와 부모와의 갈등 등이
복합적으로 기녀의 애환(哀歡)에 개입(介入)된다. 드디어 기녀는 단순히 이
별의 애상 등 정감만으로 존재하는 고립적인 모습이 아니라, 사회적 존재
로 모습을 드러낸다.

그녀는 자신의 처지를 강력하게 거부하며 다시는 수청을 들지 않겠다
고 절규하듯 맹세하기도 한다. 그러나 현실은 그렇게 간단하지가 않다.
기녀의 적에 올랐으니 자신이 하고자 하는 대로 수청을 아니 들 수도 없
다(旣屬妓女籍, 安能夫不更, 雖然數三事, 終是不分明 : 20수). 그렇다고 먹고사는
문제 때문에 다른 남자에게 의탁하기도 싫다. 하지만 부모님 때문에 무작
정 수청을 거절할 수도 없다. 그녀를 옥죄고 있는 현실은 그녀가 기녀라
는 사실뿐만이 아닌 것이다. 그녀는 그 사실을 깨닫는다. 그렇지만 만약
님과 함께 할 수 있다면 부모도 다른 그 무엇도 다 상관 않고 따라갈 수

25) "學唱黃河一片聲, 三年伊軋繼家聲, 紅顔便是駒千里, 生子徒編卒伍名(原註 : 良家
女貌, 强教聲律, 雖 至四三年, 稍得成腔, 認作千里駒, 必大其門戶也)."(張之琬,「平壤
竹枝詞」29)

있다고 한다. 그러나 이렇게 모든 것을 걸 수 있을 정도로 적극적이고 강렬한 그녀의 소망도 성취되기는 어려운 일이다. 그녀가 사랑하는 남성은 앞에서 살펴보았듯이 다만 희롱이나 순간적인 기분이었을 뿐 그녀를 속량시켜 데려갈 의지가 없는 사람이다. 이제 무엇도 그녀의 의지대로 될 수 있는 일은 없다. 그러면서도 아직 남아 있는 미련이 있으니 혹여나 님이 다시 오지 않을 까 하는 소망이다. 그러나 그것은 부질없는 소망일 뿐이다. 기녀의 처지는 참으로 진퇴양난이다. 기녀의 복잡한 현실과 고민이 실감나게 형상화되고 있다.

임정의 작품은 앞서 강박이 시도하였던 다양한 미적 형식의 매개를 찾아볼 수가 없다. 하지만, 기녀가 이렇게 길게 노래할 수밖에 없는 이유 "淚盡情難盡, 詩長思愈長, 縱然多掛漏, 猶自望看詳"(24수), 곧 그녀의 다 표현하기 어려운 정이나 긴 그리움 그리고 삶의 갖가지 애환이 다채롭게 표출된다. 기녀의 사랑에 대한 치열함, 기녀의 신세, 부요와의 관계, 경제의 문제, 그러나 자신의 서정에만 매몰되지 않고 현실적 제관계 속에서 사유하고 있다는 점 등. 이것이 구어체의 구성과 민요적(民謠的) 기식(氣息)과 어울려 근체시의 정제된 형식과는 다른 신선감을 준다. 또한 기녀의 어조는 격렬하게 형상화되어 긴장을 환기한다. 이러한 미적 특질은 절개를 고수하며 목숨을 바치던 극단적인 몇몇 작품 외에는 거의 찾아보기 힘든 것이었다. 이렇게 다양한 정감이 특별한 형식적 특징의 매개 없이 거의 전적으로 여성의 어조와 결합하여 감동적인 세계를 구현한 것이다.

임정은 이러한 기녀의 이야기를 들어주고 절실하게 그려낸다. 비유가 좀 어색할지도 모르지만 이 도령을 위해 절개를 고집하는 춘향을 핍박하던 변 사또와 작가의 모습을 비교해 볼 수도 있다. 별성인 자신 앞에서 다시는 수청을 들지 않겠다고 맹세하는 기녀의 정감을 그가 가치의 개입 없이 그대로 묘사하였다는 것은 곧 그의 기녀에 대한 동정과 연민을 설명할 수 있다. 한 인간의 자기성찰(自己省察)에 작가가 참되게 동조할 수 있는 방법은 이처럼 진솔(眞率)하게 그들의 이야기를 들어주고 전해 주는

데에서 시작하는 것이다. 임정시가 이전 시기에 비해 훨씬 진전된 면모를
보여줄 수 있었던 점은 바로 이러한 작가의 여성이라는 대상에 대한 연
민과 동정으로 기녀의 이야기에 귀를 기울이는 모습이다.

### 8수

| | |
|---|---|
| 善保千金軀 | 천 금 같은 몸을 잘 보존하시어 |
| 勿爲賤妾念 | 천첩 생각일랑 하지 마셔요 |
| 終擬長相隨 | 끝내 길이 서로 따를 수 있으리니 |
| 會多別應蹔 | 만남은 길고 이별은 잠시겠지요 |

### 9수

| | |
|---|---|
| 李白與唐詩 | 이백과 당시 |
| 閒情歸去辭 | 한정 귀거래사 |
| 分明郎手寫 | 분명 낭군이 손수 쓰신 것이지요 |
| 敢不寶藏之 | 감히 보배로 간직하지 않으리요 |

### 18수

| | |
|---|---|
| 七島春花競 | 七島에 봄꽃이 다투어 피고 |
| 祥樓夜月明 | 백상루에 밤 달이 밝아요 |
| 琅然不可忘 | 낭랑한 그 소리 잊을 수가 없어요 |
| 滿耳誦詩聲 | 귀에 가득 시 외는 소리 들려요 |

### 21수

| | |
|---|---|
| 自此擬孤居 | 지금부터 과부라 여기고 |
| 將成仙少姑 | 장차 少姑仙女가 되렵니다 |
| 丁寧守燈操 | 정녕 지조를 밝게 지키면 |
| 郎或見容無 | 님께서 혹 모습을 보지 않을까요 |

작가가 기녀라는 '천한 신분의 인간에 대한' 연민과 동정을 발할 수 있

었던 것은 우선 낙천적이면서도 조화로운, 또한 나름의 견고한 지향점을 소유한 작가의 기질에서 근거를 찾아볼 수 있다. 또 이렇듯 풍부하게 기녀를 시적 대상으로 하는 작품을 형상화할 수 있었던 것은 작가의 의식이 이미 성리학적 이념의 제어와 틀에서 어느 정도 자유로울 수 있었기 때문인 듯하다. 사실 임정에게서는 학자나 사상가의 면모를 찾아보기가 어렵다. 그는 문신이면서 시인이었다. 그는 기존의 규범과 의리로 자신의 경험과 그것의 형상화를 재단하거나 수식하지 않았다. 그는 자신의 경험적 사실을 있는 그대로 묘사하면서 그곳에서 창작의 의의를 발견한 시인이었다. 임정의 여성 화자시의 창작 계기는 이러한 그의 의식에서 출발하는 듯하다. 이렇게 있는 그대로의 현실을 묘사하는 태도는 의외의 힘을 발휘한다. 임정의 여성 화자시는 여타의 시인들과는 다른 기녀의 형상을 창조할 수 있었던 것이다.

임정은 강박과 동시대를 살아간 문신이지만 실제 두 사람이 교류를 하였는지 현재의 자료에서는 드러나지 않는다. 임정은 강박이 정계를 은퇴하고 난 뒤 본격적으로 중앙정부에 등장하였다. 두 사람의 정치적 견해 역시 준론(峻論)과 완론(緩論)으로 다소 차이가 있다. 강박은 은퇴 뒤 경상도 상주나 함창 등 지방에서 많은 생활을 하였던 듯 한데 비해 임정은 고향 안산(安山)을 배경으로 살아간 듯하다. 그러나 강박은 임정의 장인인 강현(姜鋧)과 교류를 한 기록이 보이고[26] 임정의 처남인 강세황이 직접 강박의 문인인 신광수(申光洙)의 「관서별곡(關西別曲)」을 써서 채제공에게 보냈다는 기록[27]이니 강박의 지기(知己)인 오광운(吳光運)이 임정과 같은 시기에 오랫동안 관직생활을 하였던 점으로 미루어보아 두 사람의 간접적인 접촉을 추측해볼 수도 있다. 그러나 임정은 여러모로 강박과는 다른 경향을 지닌 작가이다.

임정(任珽, 1694~1750, 字는 聖方, 號는 巵齋)은 형조참판을 지낸 임수적(任守

---

26) 姜樸, 『菊圃集』.
27) 蔡濟恭, 『樊巖先生文集』.

迪)의 장남이다. 부인은 소북(小北)의 영수로 예조판서와 대제학을 지낸 강
현(姜鋧)의 딸이니 곧 조선 후기 시서화(詩書畵)의 대가로 불린 강세황이 처
남이다. 당시 그의 형제는 4인이 문과 급제를 하여 문장으로 이름을 떨쳤
다. 임정은 26세에(1719, 숙종 45) 진사시에 합격하고 29세에(1722, 경종 2) 황감
시(黃柑試)에서 일등을 하여 전시에 직부(直赴)되었다. 30세(1723, 경종 3)에는
증광문과(增廣文科)에 병과(丙科)로 급제하여 문학관을 역임하였다. 그의 중
앙관직 생활은 1728년(영조 4, 35세) 이인좌(李麟佐)의 난(亂) 뒤 지평에 오르는
것으로 시작된다. 이인좌의 난 이후 영조가 이른바 노소보합(老小保合)의 탕
평을 표방하면서 완론(緩論) 탕평파(蕩平派)가 탕평 정국을 주도하게 된다.28)
임정은 바로 이 시기부터 본격적으로 중앙관직 생활을 시작한다. 인조반정
이후 거의 붕당으로서의 위력을 상실한 소북(小北) 출신으로 중앙정계에 출
사한 임정은 완소(緩小)와 정치적 입장을 같이하며 평생 평탄한 관직생활을
보낸 듯하다.29)

임정은 35세에 지평에 올라 중앙 관직에 들어간 후 잠깐씩 북막·곡산
도호부사로 외직에 부임하였던 것을 제외하면 평생을 중앙관직에서 탕평
파의 일원으로 지냈다.30) 영조는 완론을 주장한 인물들을 재상으로 등용

---

28) 이태진, 『조선시대 정치사의 재조명』, 범조사, 1985.
29) 1729년 都堂錄에 오르고 이후 수찬·정언·교리 등을 두루 역임하다가 1733년 40세
의 나이로 北幕(평안도)에 부임한다. 다음해 1734년에 다시 수찬으로 돌아와 탕평책에
따른 시정의 폐단을 건의하여 영조의 칭찬을 받기도 하였다. 임정은 1735년(42세, 영조
11) 사간이 되었고, 進賀兼進香使의 서장관으로 청에도 다녀왔다. 1736년 응교·집의를
지냈고, 1737년에는 응교로서 중시문과에 을과급제를 하였다. 이후 동부승지를 거쳐
1740년(47세, 영조 16) 대사간에 올랐다. 이해는 영조가 老論 완론의 원경하와 小論의
정우량, 윤유, 南人의 오광운, 그리고 小北출신의 임정으로 구성된 得意의 탕평을 시도
한 해이다. 東西南北의 당색을 勿論하고 인재라면 등용을 하여 공도를 넓히자고 주장하
던 大蕩平論에 임정은 대사간으로 참여한 것이다. 이후 대사간·승지·이조참의 등을
두루 역임하고 54세인 1747년 谷山 도호부사가 되어 외직에 잠시 나갔다가 1750년 대사
성이 되었으나 이해 5월 21일 57세의 일기로 세상을 떠났다. 그의 5대조인 임숙영은 허
균과 막연한 사이로 동악 이안눌에게 보낸 700운이 공전절후의 거편으로 평가받았다.
아버지는 시문에 능하였을 뿐만 아니라 고금의 필법을 연구하여 근세의 명필로 이름을
알렸다. 임정 역시 시가에 능숙하였고 글씨도 뛰어나 蜀體의 서법에 능하였다 한다.

하고 또한 그들 가운데에 조문명·정우량 등을 인척으로 끌어들여 자신의
위치를 강화하였는데 그들이 임정의 정치적 주변인물이기도 하다. 임정과
가장 가까이 지낸 인물들은 부자(父子)가 재상을 지낸 이종성(李宗城)과 최
성대[31] 그리고 강세황이다. 그들 역시 완소 출신이지만 이종성대에 가면
문벌 중심의 인재등용을 비판하고(1742, 영조 18) 탕평파의 사적인 이익추구
경향을 공격(1745, 영조 21)하여 당폐의 출발을 문벌에 두는 준소(峻小)계의
성격으로 바뀐다(1734, 영조 10). 최성대 역시 45세의 늦은 나이에 처음 지평
으로 중앙관직에 들어가자마자 문벌 중심의 인재등용, 탕평책의 허상(虛像)
을 비판하는 상소를 올렸다가 패막(浿幕)·예막(藥幕) 등으로 좌천 유배를
당하였다. 영조의 탕평책이나 완론의 입장은 사대부보다 세가대족(世家大
族)을 우선시한 보합(保合)으로 교목세가(喬木世家)를 당폐(黨弊)의 핵심요소
로 보지 않아 준론이나 청론쪽의 반발을 샀던 것이다.[32] 이에 비해 영조
득의의 탕평에 참여한 임정은 대조가 된다고 하겠다. 사실 그는 의론이 평
완(平緩)한 사람이었던 듯하다.

　임정의 처남으로 나이 차는 있지만 매우 돈독한 우애를 나누었던 강세
황은 임정에 대하여 "공은 하늘이 부여한 도량이 크고 넓어서 따뜻하면서
도 굳세고, 어질면서도 사리에 밝아, 편벽되거나 과격함이 없고 이담(怡惔)

---

30) 당시 영조는 '탕평에 대한 반대의 의리는 역적과 같은 주장'이라 단호히 비판을 하여
　　반탕평의 견해, 탕평에 대한 부정적인 견해는 쉽게 표방하기 어려운 상황이었다. 따라
　　서 이때 임정의 건의는 탕평을 지지하는 논조에서 이루어졌음을 추측할 수 있다. 사실
　　이 당시 탕평파, 또는 완론 중심의 탕평당은 이미 영조 초년부터 소위 陰도 아니고 陽
　　도 아닌 무리들, 時勢에 아부하는 무리들, 권력이 강화될수록 私利를 추구하는 무리로
　　비난되기도 하였다. 완론은 朋黨만을 싫어하는 것이 아니라 士大夫 자체 즉 士論 내지
　　淸議에 의해 움직이는 정치 자체에 문제가 있다고 파악을 하여 비난을 받게 되는 것이
　　다. 그러나 임정은 당시의 정치현실에서의 가장 큰 문제는 붕당을 타파하는 일이 무엇
　　보다 급선무라 생각한 듯하다.
31) 최성대는 임정을 婿賓으로 대우하였고 둘은 막역한 교분을 나누었다.
32) 영조는 儒學者, 淸名, 士論, 山林들을 당론에 물든 사람들, 自作義理의 온상 등으로
　　인식하여 대단히 싫어하였다고 한다. 탕평파의 완론에서는 淸議임을 주장하는 士論에
　　서 朋黨의 말폐가 나타나는 것으로 보고 이를 억압함으로써 왕권을 강화하는 입장의
　　탕평책을 지지하였고 이를 위해서 붕당을 타파할 것을 첫째 목표로 하였다.

하면서 화평하며 바른 지조와 아름다운 행실이 있었다"33)고 하였다. 강세
황이 지적한 온(溫)·인(仁)·불편불격(不偏不激)·화평(和平) 등을 평생 완소
와 정치적 입장을 같이하며 격렬한 탕평정국하에서도 비교적 평탄하게 관
직 생활을 마친 임정의 일생과 조응해보면, 비교적 낙천적이고 원만하였던
그의 성품을 그려볼 수 있을 듯하다. 그러나 최성대가 아직 벼슬길에 나가
지 못하였을 때 임정에게 부친 시 가운데에 "그대(任珽)를 만나고 싶었지만
혹여나 관직이 높아진 그대의 집안이 아부하는 인물들로 북적댈까봐 두려
워 찾아가지 못하였는데, 어떤 사람이 지나가다 들려주는 말이 '종일 그
집 대문 앞에 앉아 있었는데도 높은 벼슬아치 집답지 않게 드나드는 사람
이라곤 여종밖에 없더라'고 하니, '그 이야기를 듣고 비로소 안심을 하면서
자신의 소심함을 반성하였다'"34)는 내용으로 미루어보면 임정의 낙천적이
고 원만한 성격 가운데서도 일면 자신을 올곧게 지켜가려는 지향을 유추
해 볼 수 있다.

　임정의 여성 화자·화재 한시들은 대부분 그가 40세(1733)에 북막(北幕,
평안도)에 부임하였거나 54세(1747)에 평안도 곡산(谷山)으로 부임하였던 두
차례의 외직(外職) 시(時)에 창작한 것이다.35) 임정은 장년(長年) 40세 이후
또는 비교적 노경(老境)에 외직에 나가 자신이 만났던 기녀를 대상으로 풍
부한 작품을 남기고 있다. 사실 1,500여 수나 실려있는 임정의 『치재유고
(厄齋遺稿)』에는 기녀 이외 신분의 여성은 거의 나타나지 않는다. 지방 외
직으로 나가는 길에 관료의 시선에 포착된 농촌 여성의 모습이나 기타
다른 여성의 정감도 거의 전무하다.

---

33) "公天賦氣宇恢宏, 旣溫且毅, 旣仁而明, 不偏不激怡愡, 和平雅操懿行."(姜世晃, 『豹
菴遺稿』, 祭任厄齋文)
34) 崔成大, 『杜機詩集』.
35) 그런데 우리가 임정의 기녀를 대상으로 하는 여성 화자·화재 시를 외직에 나간 한
平坦한 官僚의 緊張弛緩의 소산으로 또는 단순한 戱作으로만 간주하는 것은 석연치
않다. 이유는 『厄齋遺稿』의 '기녀를 제재로 하는 여성 정감시'의 豊富한 作品量 때문
이다.

그런데 임정은 기녀를 대상으로 하는 풍부한 작품을 창작하였음에도 불구하고 「밀성별곡 24수」 외 몇몇 시를 제외하면 대부분 남성 화자의 시각에서 여성을 화재로 하였다. 임정은 마치 작가들이 벗이나 지기(知己)의 이름과 호(號) 등을 시제(詩題)에 드러내는 것처럼 그렇게 많은 기녀의 이름을 직접 시제에 표출한다. 이러한 그의 태도는 조선 후기에 들어와 비로소 나타나기 시작하는 새로운 현상으로 주목할 만하다. 특히 조선 전기에 김정(金淨)의 문집을 편찬하면서 기녀를 대상으로 하는 시는 삭제를 하였던 경우와 비교를 하면 더욱 분명해진다. 물론 조선 중기 임제에게도 몇몇 기녀의 이름이 보이긴 하지만 소수에 불과하다. 임정의 경우처럼 풍부하게 또 집중적으로 나타나지는 않는다. 특히 특정 기녀의 이름이 반복되기보다 다양한 기녀의 이름이 등장한다. 임정이 기녀를 그 자신의 사랑이나 연정(戀情)의 대상으로서 묘사할 뿐만 아니라 기녀들의 특징(特徵)·미모(美貌)·재능(才能)을 초점으로 묘사하였기 때문이다. 또 이곳을 거쳐갔던 그의 지기(知己)들과 연정(戀情)을 나누었던 기녀들의 이야기를 마치 후일담(後日談)을 다루듯 묘사하고 있기 때문이기도 하다. 여기에는 기녀와 직접 교류하는 시인 자신의 모습도 나타나고, 관찰자로서 기녀를 묘사하는 태도도 나타난다. 그는 술자리에 나온 기녀의 모습을 보고 개성에 따라 이름을 붙여 주고 한 편씩의 시를 짓기도 한다.

**戲書松娘巾**

一尺手中巾    한 자의 손수건을
銜來鳥傳意    물고 와 새가 뜻을 전하니
遮顏故作羞    얼굴을 가리고 부러 부끄러운 양하는데
半染相思淚36)  그리움의 눈물로 반이 젖었네

---

36) 任珽, 『屺齋遺稿』 卷2.

### 又愛得人憐

投如飛鳥繞如鉛  나는 새처럼 던지더니 빙그르 돌며 따라 나가고
嫩笑工頻密意傳  어어쁜 웃음 교묘한 눈짓, 은밀한 뜻 전하네
雲鬢欲偏頻手整  다래 기우려 하니 자주 손으로 바로 하는데
見渠那箇不相憐37) 그를 보고 누군들 어여삐하지 않으리

雨肥風嫩晩粧新  윤나고 하늘거리는 저녁단장 새로워라
眞箇花中富貴身  진짜 꽃 중의 부귀한 몸이구나
衣染酒酣俱態色  옷이 취기에 물들어 태색을 갖추고
向人渾是一團春38) 사람을 향하니 완전히 한 떨기 봄이구나

　첫 수, 장난삼아 송랑(松娘)의 손수건에다 연서(戀書)를 써서 보내니 송랑의 눈물로 손수건이 다 젖는다. 손수건에다 연서를 쓰는 낭만적인 시상, 청조가 편지를 물고 와 사연을 전한다는 전설적인 모티브, 얼굴을 가리고 부끄러운 태를 짓는 여인의 모습, 눈물로 흥건하게 젖어드는 손수건 등 정감적이고 관능적인 주제를 낭만적이고도 감각적인 이미지로 구성한다. 두 번째 시, 춤을 추며 새처럼 가볍게 몸을 던져 자신에게로 뛰어들었다가 빙그르 돌며 무리를 따라 나가는 춤사위, 어여쁜 웃음과 눈짓으로 은밀하고 농밀한 뜻을 전하는 교태, 다래가 무거워 기우려하니 손으로 바로 잡는 섬세

한 동작 등 기녀의 춤과 은밀한 유혹과 섬세한 동작에 흠뻑 감탄하며 빠져든다. 오로지 기녀의 아름다움에 대한 화자의 감탄과 탐미만 남고 여색을 탐하

▲〈기사경회첩(耆社慶會帖) 본소사연도(本所賜宴圖)〉중 부분. 여기(女妓)의 춤.

37) 任埏, 『后齋遺稿』 卷2.
38) 任埏, 위의 책.

는 데에 대한 어떤 서리낌도 없다. 세 번째 시, 역시 물기를 머금은 듯 윤나는 얼굴과 히늘거리듯 가냘픈 몸매, 어여쁜 저녁 단장 등 기녀 중 최고의 미모를 갖춘 기녀의 모습을 묘사한다. 화려하게 물든 옷, 술에 취한 얼굴이 모두 태색을 갖추었고, 그 모습으로 사람을 향하니 완연히 한 떨기 봄처럼 화사하고 아름다운 모습에 화자는 흠뻑 빠져든다. 화자의 시선은 온통 기녀의 미를 감각적으로 묘사하고 그 자신 그 미에 감탄하며 빠져든다. 그 외의 어떤 거리낌이나 윤리적 기미는 없다. 임정은 자신의 시선에 비친 기녀의 미모(美貌)나 재능(才能) 등에서 미를 발견하고 시상(詩想)을 취하여 감각적으로 형상화한다. 이러한 임정의 모습에는 기녀의 내면적인 심리를 묘사하거나 정신적인 승화를 표출해야 한다는 부담이 전혀 없다. 그는 자유롭게 개방적인 시선으로 기녀의 외적(外的)인 모습을 탐닉하듯 감각(感覺)적으로 묘사한다. 임정(任珽)의 여성 화재 한시의 창작 태도(創作態度)에는 그의 희작 성향(戱作性向)과 탐미적 성향이 있음을 알 수 있다.

임정이 기녀를 화재로 하는 것은 주변에 대한 미적 충동(美的衝動) 때문인 듯하다. 임정 역시 강박처럼 사대부의 풍류(風流)를 기존의 규범이나 도덕률에 의해 재단하거나 취사하여 묘사하지 않는다. 그는 있는 그대로를 묘사한다. 하지만 임정은 강박과 달리 바로 그 자신이 풍류의 공간에서 만난 기녀의 미모나 재능 등을 미적(美的) 감수(感受)와 연결하여 풍성하게 표현한다. 사대부와 기녀는 대개 기녀의 미모나 재능 등을 매개로 사대부의 흥취와 이어지는 것일 터이다. 그런데 이제까지의 한시는 그 부분을 생략하고 기녀의 내면적 심리 묘사 위주에 치중하였던 반면, 임정은 유흥공간에서의 풍류나 흥취를 한시 속에 그대로 드러내고 미적 감수의 대상으로서의 기녀에 흥취를 느끼고 흠뻑 빠져드는 모습을 적나라하게 보여준다. 따라서 감각적이고 즉물적인 인식이 근엄한 정신적 고양을 추구하는 사대부의 이념에 맞지 않는다는 반성이나 소극적 태도로 물러서는 일이 없다.

또한 임정은 기녀의 미에 대한 추구뿐만 아니라 늙은 기녀가 들려주는

삶에 감동을 받는다던가 「밀성별곡」에서처럼 기녀의 이야기를 듣고 사실
대로 기록한다던가 하여 기녀라는 대상의 있는 그대로를 심미적인 대상
으로 관조하여 묘사하면서 동시에 인간적인 연민과 동정을 기저에 깔고
있는 듯하다. 이 점이 임정이 바로 여성을 형상화하는 한시 창작 계기의
한 축이다. 그러나 이러한 연민과 동정이 그의 기녀에 대한 인식을 사회
적 인식의 지평 위로 올려놓지는 않는다. 그가 풍류의 대상이나 재능의
소유자로 기녀를 다룬다하더라도 풍부한 작품량에 비해 그의 기녀 대상
시를 왜소하게 느껴지게 하는 이유이다.39)

## 4. 최성대(崔成大), 일상과 개성의 재인식

최성대는 여성 화자·화재 한시에서 매우 다양한 신분과 성격의 여성
을 보여준다. 그는 전처소생(前妻所生)을 구박하는 악한 계모(繼母)와 딸(「晚
陽」), 처자식을 돌보지 않고 집 밖을 떠돌다가 결국 자식을 기생으로 팔아
버리는 파렴치한 아버지의 딸(「兒女」), 남편에게 버림받고 강물에 투신 자
살하여 18세기 벽두 사대부 사회를 놀라게 했던 향랑(「山有花女歌」) 등을
서사적(敍事的) 구성으로 형상화한다. 그런가하면 그가 지방을 다니면서
만난 농염하고 색정적인 아낙네(「村婦詞」·「追補儒州雜曲」 2절, 「松京詞」 5수
등), 기녀(「新聲艷曲」 10편), 서울에서 상품화폐 경제의 변화를 누리는 중인
층(中人層)의 아녀자(「京城樂」), 고려 망국의 한(恨)을 지고 사는 여성(「女戴笠

---

39) 그의 시집에는 다른 한시집과는 비교할 수 없게 다양하고 많은 기녀의 이름이 나온
다. 이렇게 임정은 한시사에서 기녀를 대상으로 한 시를 가장 많이 남긴 시인 가운데
한 사람이자 기녀를 연정의 대상이 아니라 다른 어떤 면에서 포착하고 있음을 느끼게
한다.

詞」) 등 다양한 세층의 여성과 삶을 형상화한다. 또 서민 여성의 일상을
형상화하기도 하고(「古艷雜曲」), 여성의 깊은 슬픔을 꽃으로 의인화하여 토
로하기도 한다(「怨女草歌」·「山丹花歌」·「簪珥花歌」·「楚藜花歌」). 이렇게 최
성대의 여성 화자·화재 한시는 그 폭이 매우 넓어서 어떤 유형으로 규
정하기가 어려울 정도다. 조선 후기 시인들 가운데 최성대만큼 다양한 여
성의 상황과 정감을 형상화한 작가도 드물다.

　최성대가 이렇게 다양한 여성을 형상화하게 된 계기는 무엇일까?

　　내가 詩에서 잡고 완상하는 것은 規矩도 格律도 聲容色澤도 아니고 天機입
　　니다. 天之象은 日·月·星·晨·風·雨·霜·露요, 地之象은 山·川·草·木
　　·鳥·獸·漁·鼈이니, 누가 이것을 빚고 누가 이것을 갈고 닦았으며 누가 일삼
　　지 않고도 찬연한 형상을 만들었겠습니까. 그것이 사람에게 있어서는 學士·逸
　　民·任俠·僧胡·冶女·嬌姬의 끊임없이 이어져 나오는 노래·말·웃음·울음
　　입니다. 대저 물상의 천만 가지 붉고 푸른 빛깔이 난만히 아래위로 흩어져 절로
　　펴지고 절로 움직이니, 色色마다 天性이요 種種마다 天趣입니다 (…중략…) 대
　　저, 物象의 이치를 연구하고, 情을 쫓아서 꽃과 꽃술을 분별해 내고, 인간 세상
　　의 무한한 臭氣와 무한한 光景을 깨달아 그것이 곧 自家의 意思와 같아진다면,
　　나의 스승입니다. 나의 스승입니다.[40]

　최성대는 우주의 삼라만상은 모두 제각각의 천성(天性)과 천취(天趣)를 지
니고 있고, 천기(天機)에 의해 절로 그 구체상(具體象)을 현현(顯現)한 것이니,
자신은 시에서 규구(規矩)·격률(格律)·성용색택(聲容色澤) 등의 인위적이고
형식적인 틀을 벗어나 객관 물상의 친기를 잡고 완상하겠다고 한다. 그리고
천기의 구체적인 현현체는 일(日)·월(月)·성(星)·신(晨)·풍(風)·우(雨)·상

---

40) "吾於詩, 不以規矩, 不以格律, 不以聲容色澤, 而所把翫者, 天機也. 天之象, 日月星
　　晨風雨霜露, 地之象, 山川草木鳥獸漁鼈, 孰陶鑄是, 孰磨光是, 孰居無事, 濚然而成象.
　　其在人, 爲學士逸民任俠僧胡冶女嬌姬之歌言笑泣, 釋如班如者歟. 夫物之天紅萬碧,
　　爛漫低仰, 自然而舒, 自然而動者, 色色天性, 種種天趣. 大低, 格物沿情, 葩分藥別, 認
　　得人間無限臭氣, 無限光景, 便與自家意思一般, 卽吾師乎, 吾師乎."(申維翰, 『靑泉
　　集』卷1, 「筆園夜話有迹五十韻」, 34면)

(霜)·로(露)·산(山)·천(川)·초(草)·목(木)·조(鳥)·수(獸)·어(漁)·별(鱉) 등 인
간의 의지와 무관하게 하늘과 땅에서 제 각각으로 존재하는 만상(萬象)들이
라고 한다. 이와 마찬가지로 인간 세상에서의 천기의 현현체는 바로 학사(學
士)·일민(逸民)·임협(任俠)·승호(僧胡)·야녀(冶女)·상희(孀姬) 등 모든 인간
군상들이라고 한다. 꽃이 피었다가 지고 바람이 시시(時時)로 다르게 부는
것이 다 천기이듯, 각각의 인간 군상들이 가(歌)·언(言)·소(笑)·읍(泣)하는
것 모두가 천기라는 것이다. 즉 인간 군상들이 각자 일하고 생각하며 살아
가는 과정에서의 다양한 경험과 그에 대한 정감의 표현이 다름 아닌 천기라
는 것이다. 최성대의 여성 인식은 이러한 천기론에 기반하고 있다.

최성대는 실제 창작에서 천기의 현현체들, 그 가운데에서도 특히 인간
군상을, 그 중에서도 특히 야녀·상희로 대표되는 여성의 삶과 그 정감을
잡고 형상화하기를 즐겨한다. 17세기에 이미 김만중(金萬重)이 우리나라의
학사대부(學士大夫)들의 한시부(漢詩賦)가 앵무지언(鸚鵡之言)임에 비하여, 나
무하는 아이[樵童], 물긷는 아낙네[汲婦]의 노래는 진(眞)이라고 하여, 초동
급부(樵童汲婦)들의 천기 발현을 언급한 적은 있다. 하지만 김만중의 주장
에는 아직 '수왈비리(雖曰鄙俚)'라는 유보가 있었다. 실제 김만중의 의도는
국문시가를 긍정하는 민족어문학(民族語文學)의 강조에 있었지 초동급부의
천기 자체를 주장하고 그것을 적극적으로 형상화한 것은 아니었다. 김만중
의 여성 정감시가 대부분 화려한 분위기, 중국 고사의 수용, 충신연주지사
(忠臣戀主之詞) 등의 범주로 구성되었다는 사실 등은 이를 뒷받침한다. 말하
자면 김만중의 초동급부에 대한 자각이 사실의 논리적(論理的)인 확인의 차
원이었다면 최성대는 여성의 말과 노래를 진(眞)이며 천기라 인정하고, 여
성의 말과 노래를 적극적으로 형상화한 것이다. 최성대의 논리에는 야희(冶
姬)·상녀(霜女)의 천기와 개성의 긍정이 전체 문맥의 핵심 요소로 고려되
고 있는 것이다. 실제 이 시기의 최성대가 가장 몰두한 시적 대상은 바로
여성의 삶과 정감이었다. 이러한 사실은 그의 이론적인 표명이 작품 실제
와 긴밀하게 조응하여 그의 시세계의 정수를 이루고 있음을 의미하는 것

으로 특히 18세기 전반기 그의 여성 화자·화재 한시의 의의를 주목하게
한다. 또 이제까지의 여성 형상화에서는 여성의 신분과 상황이 몇몇 유형
화된 양상으로 전개되었다고 할 수 있음에 비해 최성대에게 오면 여성의
형상화가 매우 다양하고 본격적으로 전개될 수 있었던 것도 모두 이러한
그의 천기론에 기반한 여성 인식에 있다고 할 수 있다.

천기론에 기반한 최성대의 여성 인식은 어떠한 여성 화자·화재 시를
구현할까.

**追補儒州雜曲**

郎眸俏以利　　낭군의 눈동자는 짓궂고도 날카로워
不離儂腰身　　내 허리를 떠나지 않네요
出看不入看　　나가며 보고 다시 들어와 보니
教儂行逡巡[41]　내 걸음걸이 어색하기만 해요

深村有婦人不知　깊은 마을 어떤 부인을 사람들은 모르리라
新鬟揷釵閒容儀　새로 쪽진 머리에 비녀를 꽂고 예의 바른 모습
見客低頭不肯語　나그네를 보고 고개를 숙이며 말하기를 꺼리나
紅潮着面傄眼時　홍조를 띠고 훔쳐 볼 때,
若教置在歌舞地　만약 춤추고 노래하는 곳에 있게 한다면
儒州妓女應羞死[42]　유주땅 기생들 응당 부끄러워 죽을거야.

위의 시는 이성(異性)을 대하는 남녀의 미묘한 심리(心理)가 잘 포착되어
있다. 첫 수, 낭군이 짓궂은 눈으로 그녀의 몸매에서 시선을 떼지 않으니
그 시선을 의식하고 어색해하는 여성을 포착한 다. 둘째 수, 부끄러운 체
하면서도 홍조를 띠고 훔쳐보는 모습 등 여성의 심리를 남성의 입장에서
포착한다. 시인은 여성의 몸매를 짓궂은 시선으로 훔쳐보는 남성, 그 남

41) 崔成大, 『杜機詩集』 下 卷3.
42) 崔成大, 『杜機詩集』 下 卷1.

성의 시선을 의식하는 여성 등 농염하고 색정적인 모티프에서 미적 인식
을 한다. 시인은 여성을 훔쳐보는 남성에 대하여 부정하다고 비판을 하거
나 남성의 시선을 받고 교태를 보이는 여성에 대하여 천속하다고 비판하
는 등의 가치를 개입시키지 않는다. 최성대는 다만 이 모든 정감과 행동
들이 자연스러운 천기라는 인식을 할 뿐이다.

　최성대는 여성들의 심리, 자태에 대한 섬세한 형상화를 통하여 그들의
개성(個性)을 재발견한다. 물론 이러한 '여성들의 삶과 정서'가 새삼 조선
후기의 사대부가 '새로이 경험하는 것'이라고 할 수는 없다. 그러나 최성
대의 미적 태도와 형상화는 사대부가 미를 발견하고 묘사하는 지점이 달
라지고 있음을 보여준다. 그가 여성의 정감과 행위에서 개성을 발견하고
심미 인식을 하는 것은 사대부 시인들의 시뿐만 아니라 문화와 사회에도
변화를 일으키는 매개가 될 수 있다. 예를 들어 위의 두 수는 유주(儒州)
땅에서 만난 시골 여인이 조용하고 예의 바른 용모 속에서도 홍조를 띠
고 교태롭게 훔쳐보는 모습을 발견하고 이를 해학적으로 묘사하였고, '홍
조를 띠며 바라볼 때'에서 살필 수 있듯이 시상을 압축하여 간결하고 경
쾌한 어투로 표현하여 발랄한 정서를 자아낸다. 이러한 작품의 분위기는
한시의 미적 특질의 변화를 의미하는 것이다. 17세기 말의 한시는 기교적
세련미에 집착하고 개성적 생기를 상실하였다고 비판을 받았다. 그런데
사대부 시인들이 여성들의 삶과 사랑을 한시에 수용하면서 한시는 표현
수법, 정서의 변화를 이루고 개성을 띠기 시작한다. 시인의 의식보다도
그가 경험한 여성의 이야기와 사건 자체가 시를 전개시키는 주된 요소로
작용하여 여성의 정서가 작품의 개성을 주도하면서 사대부 사회나 한시
에 개성적 생기를 불어넣는 힘이 되기도 한다. 이러한 시적 변화는 동시
에 사대부 정감의 변화를 일으키기도 한다.

　「고염잡곡(古艶雜曲)」43)은 5언 절구 13수로 패성(浿城)사람의 아내가 된

---

43)「古艶雜曲」은 5언절구 13수로 여성 화자의 일생이 독백체의 다양한 제재와 어조로
　펼쳐진다. 이전시대의 비슷한 형식으로는 許筠의 「黃州艶曲」 8수가 있었다. 許筠 이

여성 화자의 일상이 다양한 세새와 독백체의 어조로 펼쳐진다.

1·2수는 여성의 현 시점에서의 소망과 성품을 묘사하였고, 3수에서 7수까지는 처녀적 시절을 회상(回想)하는 모습이며, 8수에서 11수까지는 시집가고 난 뒤 결혼생활에서 겪어온 사건과 정감이, 그리고 마지막 12·13수는 다시 여성의 현재의 소망과 사건이 형상화된다. 여성 화자의 시선이 현재(現在)에서 회상(回想)으로, 다시 현재(現在)로 돌아오는 구성(構成)을 취하면서 자신의 일상을 다채롭게 표현하고 있다. 물론 이 시는 한 인물의 사건을 논리적으로 연결한 구성은 아니다. 하지만 아마도 최성대는 자신이 만난 이러저러한 아가씨들의 모습을 다양하게 묘사하면서 그들을 비슷한 문제와 고통을 경험하는 공동체로 인식하고 애정을 느끼는 듯하다.

여성 화자가 자신의 일상을 서술하게 된 계기는 아마 남편이 결혼한 지 얼마 되지 않아 벼슬살이한다고 집을 떠나려하니 그 남편을 붙잡고 싶은 소망에 있는 듯하다(江南草堪結, 夫婿作官去, 野棠若可剪, 作官舞衣祛 : 12수). 현재의 그녀는 님은 덤불이 되고 자신은 인동초가 되어 서로 얽히고 서로 기대어 살아가고픈 소박한 소망을 지닌 여성(歡爲樸樕林, 儂作忍冬花, 花花自糾結, 葉葉自偎斜 : 1수)으로, 구리비녀에 좁은 소매 달린 저고리를 입고 지내는 촌스러운 아낙이지만 금비녀 꽂고 유행을 쫓는 여인이 부럽지

후 오랫동안 이 短形體의 連作詩가 보이지 않다가 崔成大가 「古艶雜曲」 13수뿐만 아니라 「新聲艶曲」 10수 등을 창작하기 시작하였다. 또 任埏의 「密城別曲」 24수나 申惟翰의 「花浪女兒曲」 30수, 李鈺의 「俚諺」 66수 등 조선 후기에는 여성을 형상화하는 대표적인 시제나 형식의 하나로 자리잡았다. ~艶·艶~ 등의 시제는 조선 전기에는 거의 보이지 않았다. 조선 중기 임제·이수광·허봉 등의 시제에 다수 나타난다. 朝鮮 中期의 艶曲이 주로 '남녀간의 사랑' 특히 '男性의 입장에서 女性에 대한 사랑'을 주세로 하는 시제로 사용된 데 반해, 朝鮮 後期에는 주로 '女性의 삶과 사랑' 등 女性의 情感을 집중적으로 묘사하는 시제나 양식으로 자리잡아 간다. 이는 조선 중기의 艶이 단순히 작품의 主題를 특징적으로 표현하는 의미를 지닌 것에 불과한 시제였다면 조선 후기의 艶은 작가의 여성이라는 시적 대상에 대한 보다 意圖的이고 體系的인 고려를 표방하여 붙여진 시제였음을 알 수 있다. 특히 18세기 후반기로 들어서면 작가의 기질이 패사소품체나 소설체 등 변화하는 문체의 수용과 새로운 정감의 노정에 경도하고 있음을 암시하는 시제로 수용된 듯하다. 이러한 단형체의 연작시 형식은 주지하듯이 竹枝詞의 형식으로도 널리 알려졌다.

않은 단정한 성품이다(銅釵與窄袖, 儂是村婆娘, 江南買金鈿, 不用時世粧 : 2수).
그런데 남편은 이런 소박한 소망과 단정한 여인을 물리치고 집을 떠나려
하는 것이다. 남편은 벼슬살이를 간다고 하지만 그가 집을 떠나고 나면
아마 그녀 홀로 남아 시부모와 집안을 책임져야 할 것이다. 이러한 고통
을 생각하며 여성은 자신의 어린 시절과 결혼 생활을 회상한다.

**古艶雜曲 3·4·5·7수**

| | |
|---|---|
| 少小被娘憐 | 어려서는 어머니의 귀여움을 받았는데 |
| 嫁儂浿城客 | 나를 패성 사람에게 시집 보내셨네 |
| 不喜浿城遠 | 패성이 멀어서 기쁘지는 않지만 |
| 但愛江水綠 | 푸른 강물이 좋아라 |

| | |
|---|---|
| 鴉鬢兩金釵 | 검은 머리에 두개의 금비녀 |
| 桃袖雙絲屐 | 복사빛 소매에 비단 신 신고 |
| 隨君拾草去 | 그대 따라 풀 뜯으러 가다가 |
| 暫恐娘母罵 | 잠시 어머니 꾸지람이 걱정이 되어요 |

| | |
|---|---|
| 晩孃愛豆娘 | 계모는 치장을 좋아하고 |
| 大姊好孤恓 | 큰 언니는 홀아비를 사랑하네 |
| 爺聽晩孃言 | 아버지는 계모 말만 들으니 |
| 女悲那敢題 | 딸의 슬픔 어찌 감히 말로 할까 |

| | |
|---|---|
| 回頭語阿妹 | 고개 돌려 동생에게 말하네 |
| 儂今定何許 | 나는 이제 어찌해야 하나 |
| 薯童寄信來 | 서동이 편지를 보냈는데 |
| 金輿那到汝[44] | "금수레를 어찌해야 너에게 보낼까" |

3수, 어릴 적에는 어머니 사랑을 받고 자랐는데 어머니가 멀리 패성(浿

---

44) 崔成大, 『杜機詩集』 卷2.

城) 사람에게 그녀를 시집보내셨다. 그녀는 패성 땅 먼 곳으로 떠나게 된 것이 슬프긴 하였지만 내색은 하지 못하고 패성의 푸른 강물이 좋다고 둘러 말하는 사려 깊은 아가씨였다. 4수, 그러나 정작 그녀의 슬픔은 다른 데에 있었다. 그녀에게는 이미 사랑하는 사람이 있었던 것이다. 검은 머리에 쌍비녀 꽂고 복숭아 빛 저고리에 비단신 신어 한껏 멋을 부리고 님을 따라 들놀이를 갔었다. 물론 어머님 꾸중이 두려웠지만 연인과의 들놀이를 포기할 수 없었던 당돌함이 있던 때였다. 5수, 그녀의 동무 가운데에는 치장만 좋아하는 계모와 홀아비와 사랑에 빠진 언니 그리고 계모에게 눌려 딸을 돌보지 못하는 아버지 때문에 괴로운 처지에 놓인 아가씨도 있었다. 7수, 또 사랑하는 사람은 그녀를 데려갈 능력이 없고 그녀는 사랑하는 이를 두고 딴 남자에게 시집가야 하는 안타까운 고통을 겪는 동무도 있다. 최성대가 형상화하는 아가씨들은 소박한 소망과 단정한 성품, 수줍은 마음씨 등을 지니고 바르고 곧게 자라 규범적 제재가 고통스럽지만 받아들이고, 발랄한 반항을 시도하지만 그래도 여전히 어머니의 꾸중을 겁낼 줄 안다. 그러면서 가족의 무관심과 소외로 가련하게 지내거나 사랑을 잃고 안타까움에 빠진 동무들과 서로 속내를 터놓으며 위로를 주고받는 따뜻한 우정을 지닌 여성을 표현한다.

그런데 시인은 여성의 정감의 방향을 다양하게 드러내면서도 교묘한 안배를 한다. 즉 소망과 사랑과 결혼 등을 제재로 하는 부분에서는 직접적인 진술로 표현하지 않고 사물의 속성으로 비유(比喩)적인 표현을 하거나(1수) 에두르는 심리를 부각시키고(3수), 두려움을 드러내어(4수) 시를 마무리한다(4수). 유행과 단장을 부정하거나 순종적인 모습 등을 표현할 때에는 직접적인 진술을 구사하는 등이 바로 그 예이다. 아가씨들의 어조(語調)는 신중하고 조심성 있지만 소극적이지는 않고(1수), 소박하지만 천박한 것을 거절할 줄 아는 단호함이 있고(2수), 자신 앞에 놓인 길에 대한 소망과 기쁨을 표현하면서도 들뜨거나 경박하지 않고(3·4수), 가족의 무관심이나 이루어질 수 없는 사랑이 슬프고 안타깝지만 순종할 줄 안다(5·7수).

이러한 아가씨의 정감과 어조는 비록 예교(禮敎)의 관념이 그들 앞에 억압
적으로 전제되어 있지는 않지만 거의 당대의 예교나 미감에서 긍정하고
수용하는 범주 내에 있다. 하지만 시인의 안배는 새로운 시적 제재를 수
용하면서도 그 제재의 정감을 운용하는 시인의 지향은 여전히 기존의 예
교를 자연스럽게 지켜 가는 곳으로 향하고 있음을 알게 한다. 사실 이 작
품의 제재는 아마도 당대의 일상에서 그리 드물지 않은 혼한 일들이었을
것이다. 그러나 이 시의 여성의 소망이나 사랑, 결혼하기까지의 과정, 계
모와 가족의 무관심, 사랑하는 사람을 두고 딴 남자에게 시집을 가는 것
등의 제재는 이전 시기의 여성 화자·화재 한시의 제재에서는 거의 찾아
보기 힘든 새로운 영역이다. 작가는 짧은 단형체 한시에 새로운 제재를
수용하여 한편의 인상적이고 강렬한 장면을 제시하며 이미지를 부각시킨
다. 최성대가 형상화하는 여성의 일상은 이제까지 한시가 발견하거나 인
식하지 못한 소중한 영역이다. 하지만, 그는 일상의 의미를 중시하는 소
박한 시선을 지닌 작가였지 일탈이나 극단적인 사건을 찾아가 그것을 전
체적인 안목으로 해명하거나 반영해 내는 작가는 아니었다.

  그렇다고 작가가 예교를 자연스럽게 지켜 가는 아가씨들의 애상적인 슬
픔과 아픔을 놓치는 것은 아니다. 최성대의 여성 화자·화재 시의 정감이
기존의 예교를 벗어나지 않는 자리에 있음에도 불구하고 여성을 형상화하
는 그의 어조에서 신뢰(信賴)를 감지할 수 있는 것은 바로 이 때문이다. 최
성대는 여성의 일상을 미적으로 인식하면서도 대상에 대한 관찰자적인 태
도와 섬세하고 따뜻한 시선을 유지한다. 최성대는 시적 대상을 잡고 완상
하거나 창작에 임할 때, "대상의 가시적(可視的) 속성이 아니라 대상의 내부
깊숙이 침투하여 본질적(本質的)인 속성을 포착해 내고[格物], 객관사물과
의 접촉을 계기로 촉발된 자신의 정감을 밖으로 드러내며[沿情], "꽃떨기
와 꽃술을 분별해 내는[葩分蘂別]" 섬세(纖細)한 관찰자(觀察者)의 모습을 중
시한다. 객관물상의 통찰을 통해 물상(物象)의 정수(精髓)를 포착하고 인간
세계의 무한한 취기(臭氣)와 무한한 광경(光景)을 터득하기를 바라는 작가의

창작 태도가 여성을 시적 대상으로 할 때에도 유지된다.

**古艶雜曲 其 9 · 10 · 11수**

| 郎定惡人性 | 서방님은 정말로 심성이 고약해 |
| 敎儂不出門 | 내가 문 밖을 나가지도 못하게 하네 |
| 暫逢相識人 | 잠시 아는 사람을 만나도 |
| 低頭那敢言45) | 고개를 숙이니 어찌 감히 말을 건네리오 |

| 昨日禳裙去 | 어제는 소원을 빌러 갔다가 |
| 冒闇歸暫遲 | 밤길이라 돌아오기가 조금 늦었지요 |
| 上堂執華燈 | 대청에 올라 등불을 켜는데 |
| 郎遽己生疑46) | 서방님이 벌써 의심두는 눈치더군요 |

| 不見芙蓉花 | 부용꽃을 보지 못하였나 |
| 長在水中泥 | 오래도록 물 속 진흙더미에 있네 |
| 儂是郎許物 | 나는 서방님의 허락을 받아야 할 몸 |
| 百年那得移47) | 백 년을 지난들 어찌 옮겨 가리오 |

위 시는 여성 화자가 아내의 개성을 무시하고 오로지 독점적 소유물로 취급하는 남편의 횡포를 노래하고 있다. 9수, 시집을 가니 남편은 대문 밖에도 못 나가게 구속을 하고 잠깐 아는 이를 만나도 고개나 숙일 뿐 말도 못 붙이게 하여 폐쇄적·종속적 생활을 하는 개체가 되었다. 10수, 또 강가에서 굿이 있어 소원을 빌러 갔다가 조금 늦게 왔더니 낭군은 벌써 의심을 둔다. 11수, 자신이 아무리 단정한 태도를 지니고 있어도 남편의 의심에는 소용이 없다. 이렇게 남편의 구속과 의심으로 마음이 편치 않은 그녀는 자신의 인생을 진창에 뿌리를 박고 백 년이 지나도록 벗어나지

---

45) 崔成大, 『杜機詩集』卷2.
46) 崔成大, 위의 책.
47) 崔成大, 위의 책.

못하는 연꽃 같은 처지로 느끼기 시작한다.

　여성은 남성을 상대화하여 그를 심성이 고약하다고 비판을 하고, 이유
도 묻지 않고 무조건 의심부터 하는 옹졸한 사람이거나 무책임한 사람임
을 폭로한다. 그래서 자신의 처지를 진창에 빠져 꼼짝 못하는 신세로 인
식하는 불행 의식(不幸意識)을 드러낸다. 이 남성과 여성의 갈등이 심각하
게 그려지지는 않지만 봉건 사회의 규범적(規範的) 당위성(當爲性) 안에서
여성이 불행하다는 사실을 포착하여 드러냈다는 것은 역시 의의를 부여
할 만하다. 그것은 단순히 생산성 없는 사랑과 한탄과 눈물의 매너리즘을
벗어나 일상의 면면에 애정 어린 시선을 보내던 작가의 새로운 안목에서
이루어질 수 있는 일이었다. 생동적인 여성의 어조가 부각되는 것이어서
주목된다.

　그가 창작 과정에서 관찰자적 시선을 중시하는 태도는 시적 대상의 본
질에 대한 명확한 인식을 통하여 그들의 '개성(個性)'을 발견해 내는 것으
로 실현된다. 이는 여성을 형상화할 때에도 예외가 아니다. 그리하여 여
성의 일상과 사건을 있는 그대로 묘사할 수 있게 되었다. 비록 그의 시가
규범에의 거부와 일탈을 보여주지는 않았고 있는 그대로의 일상을 천기
라고 하여 그대로 수용하는 것 또한 의미가 있다. 18세기 문학사에서 '일
상'의 수용은 작품 창작에 있어서나 인식론에 있어서나 중세 봉건 사회의
질적인 변화를 이루는 기반이 된다. 중세 봉건 사회는 진리의 절대성을
강요하던 주자학의 사유 체계를 중시하였음에 비해 18세기 후반기 연암
으로 대표되는 새로운 사조는 상대론적 인식 태도를 주목한다. 이러한 흐
름이 문예 방면에서는 일상의 발견과 개체의 개성의 창조로 발전한다. 일
상과 개성은 봉건적 권위주의의 근저에 균열을 만드는 힘이 되기도 한
것이다.[48]

---

　48) 宋載邵, 「燕巖의 詩에 대하여」, 『李朝後期漢文學의 再照明』, 창작과비평사, 1983;
　　李東歡, 「燕巖의 思惟樣式」, 『韓國漢文學硏究』 11집, 韓國漢文學硏究會, 1989; 임형
　　택, 「朴燕巖의 認識論과 美意識」, 『韓國漢文學硏究』 11집, 韓國漢文學硏究會, 1989.

여기에서 화자는 현실에서의 자신의 위치에 대한 객관적인 인식을 획득한다. 위의 시에서 보는 바와 같이 성리학적 신분 질서 하에서 남녀의 부당한 구속에 대해 객관석인 사기 인식을 획득하는 여성상온 단순히 사대부의 경험의 대상으로 존재하는 것에서 벗어나 자신의 객관적인 현실 인식을 획득한 여성의 형상으로 개성을 발휘하고 있다.

### 阿女篇

| | |
|---|---|
| 阿女勿縫裳 | 애야, 치마를 꿰매지 마라 |
| 勿繡香囊 | 향랑에 수놓지 마라 |
| 東家撲棗 | 동쪽 집에 가서 대추를 털어 주고 |
| 西家與汲水獎 | 서쪽 집에서는 물을 길어 주어라 |
| 懊濃有尺素書來 | 원통한 가운데 편지가 왔네 |
| (…중략…) | |
| 三日責成舞衣裁 | 3일만에 서둘러서 舞衣를 만들어라 |
| 不用羅貯稿 | 비단, 모시, 깁사를 쓰지 말고 |
| 羅貯稿麓且不好 | 비단, 모시, 깁사는 거칠어서 아름답지 않단다. |
| 彼棠之華 | 팥배나무 꽃 |
| 其葉婿婿 | 그 잎사귀 무성하구나 |
| 花作衣兮 | 꽃잎으로 옷을 만들고 |
| 葉作綬 | 잎으로는 끈을 만들어라 |
| (…중략…) | |
| 阿女答書道 | 딸은 답장하여 말하였네 |
| 葉兮堪結 | 잎사귀는 끈을 맺을 만하구요 |
| 化可剪 | 꽃잎은 옷감으로 지를 만합니다 |
| 女手之卷可以縫 | 여인의 손은 바느질을 할 수 있구요 |
| 但無針與線 | 다만 바늘과 실이 없답니다. |
| 南有松兮北有蘭 | 남쪽에는 소나무 북쪽에는 난초가 있지요 |
| 松作針兮蘭作絲 | 소나무로 바늘을 삼고 난초로 실을 삼겠어요 |
| 무使官人寄將來[49] | 빨리 관리에게 부치게 하세요 |

이 시는 여성들의 삶과 사랑을 수용하여 지속적으로 여성 형상을 추구해가던 최성대 한시가 본격적으로 서사성을 도입하여 가부장제 하에서 딸과 아버지의 갈등구조를 선명히 부각시키고 등장인물의 구체적이고 전형적인 사건을 그 인물의 행위의 묘사에 의하여 보여 주고 있다는 점에서 주목할 수 있다. 시적 전개는 품팔이 소녀가 "관리가 되었다"고 집을 떠나던 아버지의 편지를 받고 답장을 보내는 것으로 전개된다. 아버지의 편지 내용은 빨리 "팥배나무 아름다운 꽃잎으로 무의(舞衣)를 만들라"는 것이다. 자신을 관기나 창가에 팔아 버린 듯한 이러한 아버지의 편지 내용에 딸은 "아버지 말씀대로 팥배나무 꽃잎과 잎사귀가 있고 내 손으로 옷을 지을 수 있으나 바늘과 실이 없으니, 빨리 아버지가 돌아다니며 노는 남쪽지방 북쪽지방의 소나무잎 난초를 보내주신다면 그것으로 바늘을 삼고 실을 삼아 옷을 짓겠다"는 내용의 답장을 보낸다.

조선왕조 지배층은 정치·경제적 지배질서를 바탕으로 성립한 사회 신분질서를 확립하기 위하여 성리학의 인성론이나 명분론에 근거한 사회윤리를 강조하였다. 그 중에서도 효(孝)는 신분관계의 철저한 옹호수단인 군신·부부·장유관계의 기준이었고 아랫사람이 윗사람을 섬기는 주종관계로 규정되어 강제된 복종이나 맹종이 미덕으로 치부되는 폐단으로 흘렀다.

화자의 아버지는 이러한 타락한 권위를 행사하는, 동시대 딸을 팔아 관직을 사거나 방탕한 생활을 하는, 그리하여 가부장의 권위를 상실할 수밖에 없는 무능하고 부패한 인간의 전형이다. 어머니는 그러한 가부장의 권위에 무기력하게 순종하는 봉건적 윤리 의식에 구속되는 여성상이다. 딸은 그러한 아버지의 권위에 정면으로 도전하지는 않는다. 그러나 그녀가 아버지에게 보내는 답장은 순종하는 듯하면서도 은미하게 반항하는 여성상을 보여준다. 다른 것은 다 있는데 바늘과 실이 없다는 것은 일단 논리적으로 모순이다. 거기다가 남쪽 지방, 북쪽 지방은 아버지가 방탕하게

---

49) 崔成大, 『杜機詩集』 卷2.

돌아다니며 노는 곳으로 볼 수 있고 소나무 난초 잎으로 바늘과 실을 삼을 테니 빨리 보내달라는 것은 곧 아버지에게 그가 벌인 행위에 대한 재인식을 요구하고 그의 부당한 행위에 대한 도전적인 긴장을 느끼게 하는 인물이다.

이 시의 등장인물은 곧 파괴된 가부장의 권위를 보여주는 아버지와 봉건윤리 의식에 짓눌린 어머니, 그리고 동시대 사회적인 분위기 속에서 항거의 길을 찾는 딸이 이루는 한 가족 구성원으로서 봉건사회 해체기 전형성을 획득한 인물들로 평가할 수 있다. 따라서 이 시의 정서는 현재 딸의 처지에서 아버지의 편지 내용으로 전개되는 전반부가 나약하고 비극적인 분위기가 주가 되는데 비해 딸의 태도가 주가 되는 후반부에서는 어머니를 위로하고 아버지에게 편지를 쓰는 침착하고 이성적인 행위, 편지의 내용에서 기인하는 비장하고 도전적인 긴장, 역동성의 분위기로 발전을 한다.

최성대의 시세계는 여성 화자를 통하여 한시세계에 새로운 여성형상을 반영해낸다. 그의 새로운 경향의 여성은 현실비판 의식을 내포하기도 한다. 봉건사회에서 봉건제도와 민중의 모순, 가부장제와 여성의 모순은 동시대 사회적 모순의 첨예한 두 부분을 차지하고 그것은 현실을 객관적인 관찰의 대상으로 중시하는 시인에게 외면할 수 없는 시적 대상이다. 이는 현실 속에서 인간세계의 무한한 광경 무한한 취기를 인식하여 그 정수를 포착하려는 작가에게 여성이 보다 강하게 부각된 것은 당연하다. 또한 예술적 반영이 요구되는 현상의 영역은 바로 충분히 발전되고 개성이 뚜렷하며 그러면서도 동시에 본질적인 현상이 드러나는 곳에서 비롯된다.[50] 사실 18세기 전반기 최성대의 여성 화자·화재 시는 이전 시기의 이후를 이어주는 과도기적인 경향을 나타낸다고 할 수 있다. 궁극적으로 민중을 망라하는 집단적인 화자상으로 발전한다. 물론 이것이 그의 여성 화자·화

---

50) 에른하르트 욘, 임홍배 역, 『마르크스 레닌주의 미학입문』, 사계절, 1988, 32~36면.

재 시의 핵심은 아니지만 대상에 대한 진지한 관찰과 신중한 태도가 앞으
로 나아가게 될 지점을 전망케 하는 좋은 계기가 되는 것이다.

**新聲艶曲 十首中**

| | |
|---|---|
| 撞擧花枝嫩 | 아리따운 꽃가지를 들어올리더니 |
| 春寒試曉粧 | 봄날 찬데 새벽단장을 해보네 |
| 羞人暗偸見 | 남이 몰래 훔쳐볼까 부끄러워 |
| 回照鏡奩光 | 돌아서 화장거울에 비춰보네 |

| | |
|---|---|
| 春山藏曼脂 | 봄산 고운 빛을 감추고 |
| 露葉帶啼痕 | 이슬 내린 잎 눈물 자욱 띠었네 |
| 思量何限事 | 생각한들 정해진 일을 어쩌리 |
| 低蹙不肯言 | 고개 숙이고 찡그린 채 말을 않네 |

| | |
|---|---|
| 桃花承靨輔 | 복사빛 볼에 보조개 띠우고 |
| 蘭氣發朱唇 | 붉은 입술에 난초 향내 나오네 |
| 不將春扇掩 | 봄 부채로 가리지 않으면 |
| 應見惱死人[51] | 응당 사람들 괴로워 죽으리라 |

「고염잡곡」이 여성 화자로 시정의 여성을 묘사한 것과 달리 「신성염곡(新
聲艶曲)」은 남성 화자의 풍정(風情)의 대상으로서의 여성 묘사이므로 사실
「고염잡곡」만큼 풍부한 여성 정감을 보여주고 있지는 못한다. 다만 「신성
염곡 10수(首)」에서 신성(新聲)은 이 시가 예전의 전아(典雅)한 풍격(風格)과
제재(題材)를 벗어나 당시에 유행하고 있는 세속의 풍정을 담고 있다는 작
가 스스로의 고백을 표현한다. 시제(詩題)에서 미리 작가가 이 작품이 예스
럽지 않다는 고백을 한 것은 자신의 상상력(想像力)이 내달려갈 방향을 미
리 암시하고 동시에 자신의 시상(詩想)에서의 자유로움을 확보하려는 수단

---

51) 崔成大, 『杜機詩集』 卷2.

인 듯하다. 그래서 작가는 이 시에서 기녀를 서정적(抒情的) 자아(自我)로 하여 자신의 풍정을 마음껏 펼쳐본다. 너구나 지금 삭가의 상상력이 펼쳐지고 있는 시공(時空)은 바로 달빛 교교하고 아름다운 꽃이 핀 밤, 마치 환한 달빛마저 아름다운 꽃을 엿보고 사모하는 듯한 밤 분위기에(芳樹可憐月, 娟娟天一涯, 淸輝如戀夜, 窺照最高花 : 10수), 홀로 쓸쓸하게 번을 서고 있는 궁중(宮中; 孤直凄初上, 融明斷復連, 一聲檀板拍, 千里練光圓 : 9수)이다. 궁중(宮中)에서 공무(公務)를 지고 있는 관료(官僚)의 시상(詩想)에 농염(濃艶)한 기녀의 모습이 펼쳐지는 것이다. 그것은 달과 꽃 때문이지 시인에게는 아무 잘못이 없다는 능청스런 어조(語調)로

# 5. 정절(貞節)의 감상적 변주

선산(善山) 지방 농민의 딸 향랑(香娘)이 계모에게 구박을 받고 자라다가 17세에 임칠봉(林七峰)에게 시집을 갔으나 버림을 받고 다시 친정으로 쫓겨갔다. 그런데 계모의 박대함이 심하여 삼촌 집으로 옮겨가니 삼촌은 향랑을 개가시키려 하였다. 향랑은 다시 시집으로 가서 시아버지에게 자신을 받아달라고 애걸을 했다. 시아버지는 거절하며 오히려 그녀에게 개가를 권하였다. 향랑은 끝내 주변의 개가 권유를 따르지 않고 자살을 결심하였다. 그녀는 낙동강 지주비(砥柱碑) 아래로 가서 치마와 다래를 풀어 나무하던 소녀에게 주면서 자신의 부모에게 전해드리고 죽음을 증언해 달라고 하였다. 그리고 전래(傳來)의 메나리곡(曲)에 자신의 내력(來歷)과 신세를 한탄하는 가사를 지어 부르며 20세의 젊은 나이로 낙동강에 투신해 죽었다.

1702년(숙종 28) 개가를 거부하다 자살한 향랑의 이 이야기는 당시 선산

부사 조구상(趙龜祥)에 의해 조정에 보고되었고, 조정에서는 정려(旌閭)를 내리고 칭찬을 하였다.[52] 이후 향랑의 이야기는 오랜 세월동안 많은 작가들에 의해 전(傳)이나 시(詩) 등으로 형상화되었다. 향랑이 남편에게 버림받은 이유가 남편의 포악한 성격 때문인가 남편의 변심(變心) 때문인가, 향랑을 개가시키려 한 사람이 외삼촌인가 삼촌인가, 친정어머니는 언제 돌아가셨는가, 계모에게 구박을 받고 자랐는가, 남편은 누구이며 부부 사이는 어떠했는가 등 향랑의 구체적인 개인사는 개별 작가의 작품마다 다소 다르게 묘사된다. 그러나 향랑의 삶과 죽음의 골격은 위에서 언급한 일정한 틀을 크게 벗어나지 않는다.

그런데 향랑이 강물에 뛰어들기 전에 자신의 죽음을 절개로 표방하고, 이 사실을 알리기 위해 노래를 지어 나무하는 소녀에게 가르쳐 주었다고 전해짐에도 불구하고, 향랑의 죽음을 받아들이고 그것을 형상화하는 작가의 태도는 제각기 다르다.[53] 여기서 18세기 전반기 버림받은 여성인 향랑의 형상화를 통해 여성의 정절에 대한 작가의 지향과 인식의 양상을 살펴볼 수 있다.

당시 선산 부사로 향랑의 이야기를 조정에 올린 조구상의 전(傳)은, 향랑이 죽음에 임하여 "하늘은 높고, 땅은 넓구나, 천지는 넓어도, 내 한 몸 의탁할 곳은 없구나, 차라리 강물에 몸을 맡겨, 고기 뱃속에 실려나 가자"라고 하였다고 한다. 향랑이 자살을 하게 된 구체적인 동기를 남편에게 버림을 받아 떳떳하게 의탁할 곳이 없는 자신의 처지에 대한 한탄에서 찾고 있음을 알 수 있다. 그녀가 개가를 떳떳한 의탁처로 생각하지 않았다는 인식이다.

그런데 이광정(李光庭)은 「전(傳)」·「향랑요(薌娘謠)」 등에서 향랑이 죽음을 택한 이유를 "부모가 자식으로, 남편이 처로, 시부모가 며느리로 인정해 주지 않아 세상에 설 면목이 없었기 때문"이라고 묘사한다. "삼종지도

---

52) 『慶尙道邑誌』, 善山人物條.
53) 朴玉嬪, 「香娘故事의 文學的 演變」, 성균관대 석사논문, 1982 참조.

(三從之道)가 끊어지고, 사람의 이치(理致)가 어그려졌으니 무슨 면목으로 살겠는가"라 하여 유교석인 가치관에서 멀어진 자신의 처지를 비관함으로써 죽음을 택했다는 것이다. 향랑이 자신의 존재 이유를 유교적 행동 규범에 찾는 것으로 묘사한 것이다. 특히 이광정의 「전」은 선산 고을 역대 충절들과 길재 선생의 충절에 대한 칭송, 지주비가 세워지게 된 내력 등으로 전반부를 구성하여 작가의 창작 의도가 유교의 규범에 철저한 향랑의 행동을 칭송함에 있음을 알 수 있다. 이는 영남지방의 재야 도학자로서의 이광정의 면모를 여실하게 드러내는 것이기도 하다.

특히 이광정의 「향랑요」는 남편에게 버림받은 향랑의 상황과 그 정감을 세세하게 형상화하고 있다. 이는 15세기에 빈번하게 형상화된 여성 화자시와 궤를 같이한다고 할 수 있다. 그러나 15세기의 여성 화자시는 남편의 부도덕(不道德)을 비판(批判)하고 아내의 살아갈 길 막막한 가련함을 부각시켜, 처(妻)의 지위(地位)를 보호(保護)하고 처첩(妻妾)의 분변을 엄정히 하여, 가족질서를 확립하려는 사대부의 의도를 구현하기 위한 것이었던 반면, 버림받은 여성의 정절 이데올로기는 거의 나타나지 않았다. 그런데 이광정의 「향랑요」는 남편에게 버림받은 향랑의 사건을 매개로 여성의 정절을 칭송하는 시적 경계를 구성하고 있다. 물론 계모의 포악과 남편의 부도덕이 어우려져 향랑의 상황을 더욱 더 비극적으로 묘사하기도 하나 그 형상화는 대개 향랑의 정절을 칭송하려는 데에 의도가 있다.

그런데 일반 여성인 향랑은 주변의 권유를 따라 법적으로 개가를 할 수도 있었다. 그런데 왜 그녀는 정절을 지키려고 했을까. 17세기 특히 중반 이후, 사대부 사회에서는 예학(禮學)이 발달하고 가문을 중시하는 종법제(宗法制)가 적극적으로 수용됨에 따라 적장자(嫡長子) 중심의 부계직계(父系直系) 가족제도가 확립되어 갔다. 이렇게 17세기 이후부터 여성은 가부장제에 깊숙이 예속되어 갔다. 문벌 의식(門閥意識)이 중시되면서 여성의 정절과 순종은 더욱 강조되었다. 이와 더불어 여성 우위적 혼인 풍속인 남귀여가혼(男歸女家婚)은 친영제(親迎制)로 바뀌어 갔다. 혼속(婚俗)의 변화는 재산과 제사의

상속이 적장자 중심의 차등(差等) 상속으로 보편화되어 가는 것과 긴밀한
연관을 가진 것이다.[54] 가부장제의 질서가 더욱 확고해 감에 따라 여성의
지위는 점점 더 종속적으로 변해갔다. 아울러 성리학적인 사회윤리는 일반
민(民)에게까지 확대되었다. 당연히 열(烈)의 윤리도 상층(上層)계급에서 하
층(下層)계급으로 확산되고 일반화되어 갔으며 내외관(內外觀), 남녀유별관
(男女有別觀)도 더욱 강화되어 사회 관습화가 되어 갔다. 향랑의 비극적 삶
은 가부장제 윤리가 확대되고, 정절의 고수가 사대부가 여성의 도덕에서
일반 민의 도덕으로 확대되어 간 상황의 반영이라 할 수 있다. 정절은 양반
사대부가(士大夫家)의 여성을 위한 덕목이었으나 그것이 일반 여성에게까지
전해져 그들의 가치관으로 전이되었던 것이다. 또한 정절을 지키는 것은
국가에 의해 인정을 받고 정려와 포상을 받는 가치로 간주되었다. 일반민
인 향랑 역시 이 당시 가부장제 가족윤리가 점점 일반민에게까지 확대되어
가자 정절의 고수를 아름답게 칭송하는 사회적 분위기 내에서 자신의 정체
성을 찾는 것으로 볼 수 있다.

그런데 봉건사회는 정절 규범의 확대와 함께 모든 경작권과 조세권 등
경제적 토대를 남성 위주로 편성하였다. 따라서 남편에 의해 버림받은 일
반 여성은 현실적으로 남성에 의지하지 않고는 살아갈 길이 없는 상황이
었다. 즉 정절을 정려하는 분위기와 여성의 경제적 자립 문제는 서로 모
순이 되었다. 이러한 모순 속에서 여성의 삶은 이중적인 고통을 받아야
했다. 향랑의 좌절과 죽음의 선택은 바로 이러한 고통과 좌절에서 온 것
이라고 할 수 있다. 향랑이 시아버지에게 살 집을 마련해 달라고 한 것이
그 근거가 된다. 그러므로 향랑을 전통적인 유가의 정감 내에서 정절의
수호자로 받아들이고 형상화하는 사대부는 실제 세상에 던져진 향랑의
좌절을 간과하고 있다고 할 수 있다. 여성이 유가의 도덕 규율을 가장 적
나라하게 순종하는 예가 바로 자결이지만 또한 그 도덕 규율은 그녀의

---

54) 김일미, 「조선의 혼속변천과 그 사회적 성격―이조 전기를 중심으로」, 『이화사학연
구』 3, 1969.

생명을 담보로 하는 것이다. 정절은 여성의 비극이 극한점에 다다랐음을 보여주는 셋이라 할 수 있다.

한편 최성대의 「산유화녀가(山有花女歌)」는 "향랑은 뭇 자매들 속에서 부모의 관심과 사랑을 독차지하며 정숙하고 아리따운 소녀로 성장한다. 그는 남들의 부러움 속에 부자에게 시집을 갔다. 하지만 결혼 3년 만에 행복했던 생활은 끝이 나고 남편의 절연으로 친정으로 쫓겨나고 만다. 그러나 어머니는 이미 일 년 전에 돌아가셨고 계모의 냉대는 차갑기만 하다. 삼촌은 이러한 향랑을 위로하며 개가를 권유한다. 하지만 향랑은 끝내 이를 거절하고 한 소녀에게 「산유화곡」을 남기고 낙동강변의 물에 몸을 던졌다"고 노래한다. 최성대의 대표적인 작품으로 알려진 「산유화녀가 (山有花女歌)」는 향랑의 일생을 사실적(事實的)으로 묘사하기보다 화려하고 낭만적인 시상으로 죽음에 임박한 향랑의 비극(悲劇)을 부각시키는 방향으로 구성되었다.[55] 그는 향랑을 절개를 지킨 인물로 칭송하기보다 그녀의 가여운 신세를 감상적(感傷的)으로 형상화하고 있다.

이러한 모습은 이안중의 작품에서도 찾아볼 수 있다.

山有花

| 山有花 | 메나리꽃아 |
| 我無家 | 나는 집이 없네 |
| 我無家 | 나는 집이 없으니 |
| 不如花 | 꽃만도 못하네 |

| 山有花 | 메나리꽃아 |
| 桃與李 | 복사와 오얏이여 |
| 桃李雖相雜 | 복사나무와 오얏나무는 섞여 있어도 |
| 桃樹不開李花 | 복사낡에 오얏꽃은 피지 않으리 |

---

55) 박혜숙, 「남성의 시각과 여성의 현실」, 『민족문학사연구』 9호, 민족문학사연구소, 1996.

| 李白花 | 오얏꽃은 흰 꽃 |
|--------|---------------|
| 桃紅花 | 복사꽃은 붉은 꽃 |
| 紅白自不同 | 붉고 희어 절로 다르니 |
| 落亦桃花56) | 진다한들 복사꽃이 아니리 |

여성 화자는 향랑 자신이거나 향랑과 일체화된 정감을 가진 여성이다. 그녀는 죽음에 직면하여 "집이 없어 꽃만도 못한" 자신의 개인적인 처지를 슬픔과 원망으로 묘사한다. "나는 집이 없네"의 반복에서 그녀의 슬픔, 두려움이 드러난다. 그러나 그녀의 슬픔, 두려움은 "복숭아나무와 오얏나무가 섞여 있어도 복숭아나무에 오얏꽃이 피지는 않는다"는 단호(斷乎)함으로 전이(轉移)된다. 집이 없는 좌절감과 복숭아나무와 오얏이 섞여 피지는 않는다는 단호함은 그녀로 하여금 죽음을 선택할 수밖에 없게 한다. 그녀는 절개(節槪)라는 윤리규범(倫理規範)을 실천하는 듯하지만 실은 강한 자의식(自意識)과 경제적 좌절을 표출한다.

앞에서 남성 화자가 이렇게 죽음이라는 극단적인 선택을 할 수밖에 없었던 향랑을 열(烈)·절개라는 도덕적·윤리적인 규범의 준수에 초점을 두고 관념적인 태도로 보편 정감의 경계 내에서 묘사하여 칭찬한다. 하지만 여성 화자는 향랑을 통해 구체적이고 현실적인 자신의 존재에 대한 질문을 하게 한다.

18세기 전반기 최성대의 「산유화녀가」를 위시하여, 18세기 후반기 향촌(鄕村)에 거주하면서 향랑고사(香娘故事)를 시화(詩化)한 사(士)들, 특히 이안중(李安中)·이우신(李友信)·이노원(李魯元)·이학규(李學逵)·이유원(李裕元) 등은 대개 절개라는 유교윤리적 덕목보다는 애상적(哀想的)이고 감상적(感傷的)인 분위기로 향랑을 묘사하였다. 그들은 향랑의 생애적 사실을 제재로 하여 그 테두리를 벗어나지는 않았다. 하지만 향랑의 생애의 핵심,

---

56) 李安中, 『玄同集』. 이안중은 "善山女香娘 臨節時 作此曲而死 其曲甚俚 故更作之"라 하여 향랑이 지어 부른 노래 가사가 만족스럽지 않아 이 노래를 다시 지은 것이라고 하였다.

시의 주제, 의경은 오히려 낭만풍이 강한 서정시로 구성하고 있다. 그들
은 향랑이 죽음을 신택하기까지의 심리적 고뇌, 두려움에 감응(感應)하고
이것을 형상화하였던 듯하다. 그가 이렇게 삶과 죽음의 경계를 넘나드는
극한의 여성을 보이는 것은 그 자신의 삶에서 오는 감상성과 직접적인
관련을 지니는 듯하다. 그들은 향촌에 사는 재지 사족으로서 상층 사대부
문화가 주도하는 세계에서 자신들이 경험하는 고통을 향랑에게 전이하여
애상성, 감상성을 표출한 듯하다.

특히 최성대는 향랑의 죽음에서 그 스스로의 인간적 고뇌를 상기하며
동요하고 있었던 것 같다. 그는 여성 화자·화재 시 이외에도 자신의 전
생을 떠올리며 눈물을 흘린다거나[57] 죽은 딸의 넋이 새로 태어났다거
나[58] 하는 등 죽음의 이미지를 짙게 깔고 있는 작품을 창작하였다. 이러
한 점은 그의 생래적인 병약함과 섬세한 기질 그리고 정치 현실에서 좌
절한 사대부의 처지 등이 복합적으로 연결되어 형성된 시적 경계인 듯하
다. 최성대가 자신의 삶에서 오는 감상성을 배경으로 「산유화녀가」를 형
상화한 것과 상통한다. 그러므로 비원의 여성은 곧 시인 자신의 비유체로
그 자신의 투영의 형상화라고 할 수 있다.[59] 사실 향랑의 죽음은 열의 문
제뿐만 아니라 봉건제도의 제 면면과 연결되어 있다. 따라서 사대부의 정
감 전이가 용이할 수도 있었다. 이렇게 형상화된 여성은 향랑이 표방한
절개나 열(烈)이라는 도덕률과는 다른 정감을 낳기도 한다.[60]

---

57) 崔成大, 「酸蔣歌」, 『杜機詩集』.
58) 崔成大, 「古艷曲」, 『杜機詩集』.
59) 「江南樂府」는 趙顯範(1716~1790)이 1784년 그가 살았던 順川 지방과 관련된 역사적
    사실들과 고려에서부터 조선까지 살았던 인물들의 행적을 구체적인 사실을 토대로 하
    여 지은 것이다. 그는 烈婦刀·硏虎行·姜氏女·女妓巖 등에서 임난을 만나 왜적에
    게 몸을 겁탈당하기보다는 차라리 죽음을 택하여 정절을 지키려던 女妓를 진주의 논개
    와 비교하여 서술하고 칭송하는 등 절개를 강조하는 윤리의 규범은 이 시기에도 지속
    된다(『韓國樂府』, 「詞資料集」, 啓明文化史).
60) 이는 李安中의 「花江女兒歌」에서도 살펴볼 수 있다.

### 怨女草歌

| | |
|---|---|
| 有花花多事 | 저 꽃, 사연도 많아라 |
| 幽魂野田草 | 넋이 들풀이 되었구나 |
| 白白雙玉粒 | 희디흰 두 개 아름다운 열매 |
| 懊儂那能道 | 서러움을 어찌 말로 할까 |
| 苦心猶未已 | 괴로운 마음 아직 끝나지 않아 |
| 年年發春風 | 해마다 봄바람에 꽃을 피우네 |
| 低徊如向人 | 배회하며 사람을 향하는 듯 |
| 口輔臙脂紅 | 입과 뺨 연지가 붉구나 |
| 惟有簿裙識 | 오직 어여쁜 아가씨들이 알아 |
| 採之長歎息61) | 꺾으며 긴 탄식하네 |

### 淚線雙條詞

| | |
|---|---|
| 淚線雙條紅脂乾 | 두 줄기 눈물 흐르고 분홍 연지 메말랐네 |
| 翠鞅軋軋綠芳歇 | 남빛 재갈 덜컥덜컥 풀내음도 다 그쳤네 |
| 暮雨岡頭望不歸 | 저녁 비 내리는 산등성이에서 돌아오지 않는 님 기다리니 |
| 江波不盡南雲滅 | 강물결 자지 않고 남쪽으로 구름이 사라지네 |
| 幽香水底生裊裊 | 그윽한 향기 물 아래서 모락모락 생기고 |
| 蒲花笑春紅蘭發 | 부들꽃 봄빛에 웃고 붉은 난초 피었구나 |
| 爲君化爲野棠花 | 그대 위해 찔레꽃이 되어 |
| 千年露泣如點血62) | 천 년토록 울어 피눈물 흘리리라 |

첫 수, 고통스럽게 살다 죽은 여인의 넋이 들풀이 된 이야기를 모티브로 한다. 그러나 죽어서도 한이 사라지지 않아 옥 같이 아름다운 두개의 열매로 정결한 마음을 맺고, 괴로움 서러움이 다하지 않아 해마다 봄바람에 꽃을 피우는 황홀(恍惚)하도록 비극적(悲劇的)인 미(美)를 구현한다. 다음 시, 떠나는 님에 대한 슬픔의 눈물로 연지가 다 지워지고, 남빛 재갈을 물

---

61) 崔成大, 『杜機詩集』 卷2.
62) 崔成大, 위의 책.

려 말을 타고 님이 떠나자 풀내음도 그 향기를 그쳐 버렸다. 모든 사물이
정지해 버린 듯 막막한 슬픔을 안고 산등성이에 올라 님을 기다리는데
강물결도 자지 않고 그녀의 슬픔에 함께 울고 구름도 사라져 그녀의 시
야를 넓혀준다. 그러나 님은 돌아오지 않고 물 아래서 모락모락 피어나는
그윽한 향기는 그녀를 부르는 듯하다. 부들꽃, 난초는 봄빛을 받아 웃으
며 그녀를 유혹한다. 세상이 정지한 듯 막막한 그녀의 슬픔과 대조적으로
산등성이에 올라오지 않는 님을 기다리며 바라본 물가는 마치 그녀를 유
혹하듯 아름답고 친근하다. 아마 그녀는 다음 순간 그 물속으로 뛰어들었
는지도 모른다. 그녀가 물속으로 뛰어든 자리에 찔레꽃이 붉게 피어 천
년토록 눈물을 흘리며 슬픔을 못 이겨 목숨을 버린 여인의 한을 기억하
게 한다.

　최성대는 여성의 비원을 삶과 죽음의 경계를 넘나드는 극한의 고통 속
에서 이해한다. 원한이 쌓여 그 넋이 들풀이 되었다거나 죽어서 찔레꽃으
로 다시 피어나 피눈물로 붉은 꽃잎을 피우겠다거나 섬뜩하도록 강렬하
고 눈물나도록 슬픈 정감이다. 전통적으로 사대부 한시는 버림받은 여성
의 슬픔, 억압을 당하는 여성의 비참함 등을 형상화하면서도 당대의 윤리
규범을 준수하는 여성의 전아한 아름다움 등으로 묘사하였다. 또는 가부
장제 가족윤리를 확립하기 위한 사대부의 의도를 표현하기도 하였다. 슬
픔과 원망도 '원이불비(怨而不悱), 애이불상(哀而不傷)'으로 내재화(內在化)되
었다. 그런데 이는 개체의 내면에로의 침잠을 통해 자아 존재(自我存在)에
의 성찰(省察)로 나아가기도 한다. 또는 이렇게 내재화된 힘, 잠재화된 힘
이 내면에서 개체의 자의식으로 모아지면 결국 이는 은유나 함축으로는
수용되지 않는, 직접적인 토로나 발산으로 표출할 수밖에 없는 경계에로
나아가기도 한다. 그렇다면 결국 유가(儒家)의 정감 발산(發散)의 규제(規制)
범위(範圍)를 넘어서게 되고 이렇게 발산된 정감은 자결(自決)이라는 극단
적인 방법으로 외재화(外在化) 된다. 이 자결은 절개를 지키기 위한 것과는
다른 극단적인 항거의 표시이다. 죽어서 찔레꽃으로 다시 피어나 피눈물

을 붉은 꽃잎으로 피우겠다는 것은 바로 이러한 극단적인 저항의 다른 모습이기도 하다. 시인의 정감의 감상적 동일시에서 형성된 여성 인식이 나아간 한 지점이라고 할 수 있다. 이 시의 정감이 이전 시기와 다른 점은 정감 자체의 질에 있다.

또 사랑을 내재화하는 여성의 안타까움과 내적 정열이나 사랑을 절개로 승화시키는 기녀, 자신의 특수한 처지를 초월하는 기녀 등 기존의 사대부 사회의 윤리 질서의 모순에 대한 사대부들의 비판과 여성들에 대한 우호적인 관심을 표현하는 여성을 형상화하였다. 물론 18세기 후반기로 들어서면 적극적으로 성과 사랑을 추구하는 여성의 일탈과 당당함, 자신을 억압하는 부조리한 현실을 부정하고 비판을 가하는 여성의 단호함, 현실 인식을 통해 주체로서의 자아를 발견하는 여성의 성찰, 일상의 삶을 가치 있게 주목하는 여성의 실존적 인식 등 새로운 사회 문화와 새로운 가치 질서를 보다 적극적으로 구현하는 여성이 묘사되기도 한다.

중세에 형상화된 사대부의 여성에 대한 연민이나 동정, 칭송을 소홀히 여길 수는 없다. 이러한 사대부의 여성에 대한 태도는 곧 여성의 부조리하고 종속적인 억압을 보다 분명하게 노정하는 계기가 되기도 하기 때문이다. 또 사대부에 의한 여성의 재현은 사대부 남성의 권력을 강화시킨다기보다 이데올로기적 환상 속에 내재하는 불일치나 모순을 드러내는 것으로 표출될 수도 있기 때문이다. 이는 여성에 대한 남성의 환상이나 관념들을 보편적인 지혜로 정당화시켜 인간의 진리로 내세우는 주장들을 해체시키는 길로 나아가기도 하기 때문이다. 따라서 사대부의 여성에 대한 연민이나 칭찬, 여성의 종속적인 처지에 대한 확인과 유지 사이에 내재하는 다양한 미적 자질을 섬세하고 포착하고 그것을 정당하게 자리매김하는 태도를 견고하게 세워 나가는 것은 무엇보다 중요한 일일 듯하다.

그러나 한시에서 빈번하게 나타나는 남성에게 버림을 받고 절개를 지키려는 여성의 시적 경계는, 비록 작가가 이 여성에 대한 연민(憐憫)을 표출하고 있다고 하더라도, 그의 의식이 단순한 연민에서만 머무는 한, 절개를 칭찬하는 한, 그가 궁극적으로 여성은 남성과의 관계에서 송속적으로 존재하며 그 관계에서 절개를 지켜야 한다는 인식을 유지하고 확산하는 데에 기여한다. 이렇게 형성된 여성은 남성과의 관계에서만 자신의 존재를 인식하고, 그 자체로는 아무런 정체성도 갖지 못한다. 사대부의 윤리 규범을 준수하는 여성에 대한 칭송의 어조 역시 같은 관점으로 이해할 수 있다. 사대부들이 긍정적인 여성을 형상화하고 여성을 억압하려는 의도를 지니지 않았음에도 불구하고, 그들의 작품과 창작 정신이 당대의 윤리 규범을 준수하는 여성을 모범적인 어조로 형상화함으로써 여성의 종속적인 처지를 유지하고 정당화하려는 그 윤리 규범을 옹호하는 역할을 하고 있음을 부정할 수가 없다. 따라서 여성을 시적 대상으로 하는 사대부의 창작 정신이 여성에 대한 연민이나 동정, 칭송을 내포하고 있음에도 불구하고 한계를 내재하고 있음을 지적할 수 있다.

향랑을 형상화한 많은 작가들 특히 이광정·조구상 등 절개를 칭찬하고 강조하는 작가들의 창작 의의는 여기에 있다. 남성들이 자신들이 세운 윤리 규범을 여성에게 강요하고 여성을 그 규범을 잣대로 평가하고 억압하는 예는 여러 가지로 나타난다. 남성들은 여성의 사랑을 윤리적인 규범 내에서 파악하여 여성의 괴로움을 보면서도 그것을 고통으로 묘사하기보다 미로 감지하고 있다. 여성의 사랑에서는 정절이나 절개 자결 등으로 초월하는 모습을 강조하여 윤리 규범의 내면화를 강화시킨다. 향랑을 감상적이고 애상적으로 묘사하는 사대부의 의도는 여기에 있다고 할 수 있다. 최성대를 위시하여 18세기 후반기 작가들의 향랑에 대한 지향성도 이것으로 실명할 수 있다.

# 18세기 후반, 여성 인식의 새로운 지평

제6장

## 1. 머리말

18세기 후반기에 들어서면 자신들의 작품세계의 주요 특질을 '여성 정감의 심미적(審美的) 인식(認識)과 그 형상화에 두고 동인 의식(同人意識)을 지닌 일련의 시인군(詩人群)이 나타난다. 이안중(李安中)·이우신(李友信)·이노원(李魯元)·김우순(金愚淳)·김려(金鑢)·이옥(李鈺) 등이 대표적인 인물이다. 즉 이우신이 여주(驪州)에서 송숙부인 이노원 그리고 이안중과 교류하며 옥대향렴체(玉臺香奩體)를 짓고 배우다가 민원리(閔元履)의 책망을 듣고 나서 깊이 반성을 하였다거나, 이안중이 죽고 이노원이 서울로 옮겨 살게 되어 다시는 이러한 체를 짓지 않았다고 전하는 일화는[1] 이들이 '여성'이

---

[1] "余少從從叔父學詩, 又交丹丘李平子, 通其言議. 二公皆好爲玉臺香奩之詠, 余亦間效爲之. 閔元履眙書責之曰, 齊梁淫藝, 何足以累吾靈臺, 余於是瞿然悔謝. 旣平子之

라는 특정 인물의 정감에 대한 선호와 옥대향렴체라는 특정 문체에 대한 공감(共感)으로 모여 문학을 향유하였음을 보여준다. 또 김려는 여주에서 이우신을 만나 이안중의 여성을 형상화한 문사(文詞)에 대한 칭찬을 들었다고도 한다. 그 외에도 이들의 문집에는 서로 어울려 문학적 공감을 나누며 여성 화자・화재 한시를 창작하였음을 보여주는 일화가 다수 전한다. 따라서 서로 닮은 여성의 정감과 현실이 여러 작가에게 동시에 나타남을 발견할 수도 있다.

또한 작가는 여성의 특정 현실, 특정 정감의 구현에 국한되기 보다 다양한 현실, 다각적인 정감을 동시에 형상화하기도 한다. 즉 이옥은 「이언(俚諺)」 66수(首)에서 현실적(現實的)으로 존재(存在)하는 여성의 정감을 통해 다채롭고 풍부한 시적 경계를 보여준다. 이안중・이우신의 경우 역시 그러하다. 물론 이학규(李學逵)・이양연(李亮淵)・이제영(李濟永)・육용정(陸用鼎)・윤정기(尹廷琦)처럼 부요(婦謠)나 농촌 여성과의 접맥을 특징으로 하는 작가도 있다. 그리고 정약용(丁若鏞)처럼 여성의 정감을 주요한 모티브로 하지 않으면서도 때로 여성의 현실에 대한 강한 비판 의식을 표출한 작가도 있다. 그리고 심노숭(深魯崇)・김이양(金履陽) 등 여성을 대상으로 하면서도 여성 화자나 여성 정감을 구현하기보다 남성 화자의 측면에서 기녀와의 사랑이나 이별의 정감을 때로는 낭만적으로 때로는 질탕하게 묘사한 작가군도 있다. 이렇게 18세기 후반기에 들어서면 여성을 시적 대상으로 하는 작가군이나 작품의 양상이 풍부하게 확산된다.

사대부가 시세계의 특질로 여성을 표출하게 된 배경은 무엇 때문일까? 우선 지극히 개인적인 점에서 출발하고 있음을 지적할 수 있다. 과거제도(科擧制度)의 폐단과 벌열사회(閥閱社會)의 경화(硬化)로 대부(大夫)로서의 꿈을 실현하기가 점점 어려워지는 사대부 사회에서 사족(士族)들은 유자(儒子)의 수기치인(修己治人)이라는 공적 덕목이나 성리학(性理學)이라는 이념

---

沒, 叔父徙於京師, 余不復作詩."(李安中, 『睡山遺稿』 卷1, 규장각 소장본)

보디는 자신의 일상과 욕망에 대한 성찰 등으로 경도되기 쉬웠음을 지석할 수 있다. 그러나 조선 후기에도 개인적인 일상을 직접적으로 표출하는 것이 용이한 분위기는 아니었다. 이때 시인들은 여성 화사·화재를 통해 자신들의 경험이나 새로운 정감을 대리적으로 표출하였던 것이다.

다음, 작가 개인의 기질(氣質)과 밀접한 관련이 있음을 지적할 수 있다. 신유한과 최성대를 "부부 사이 같았다"고 하며, 최성대를 아내에 비유한 일화는 최성대의 개인적 기질이 당대에 여성적이라고 인지되던 정감과 친연성이 강하였음을 유추케 한다. 실제 그는 이러한 친연성으로 인연하여 개성적인 여성 화자·화재 한시를 다수 남기고 있다.[2] 또 김려와 연희의 사랑은 작가의 지극히 인간 중심적인 품성과 애정에서 출발한 것임을 보여준다.[3]

다음, 조선 후기에 오면 봉건제도와 민중의 모순, 가부장제와 여성의 모순이 동시대 사회적 모순의 첨예한 두 부분으로 드러난다. 현실의 모순과 좌절을 목도하고 미래에의 전망을 확보하려는 작가에게 본질적인 모순이 드러나기 시작하는 현실 자체는 외면할 수 없는 시적 대상이었을 것이다. 여성 화자·화재 한시의 등장은 바로 그 재제 자체의 내적 힘이 외적으로 발하여 시인들에게 전이되었음을 간과할 수 없을 듯하다.

아울러 이 시기에 광범위하게 진행되고 있던 조선풍·조선시 지향과 열정도 한시와 민요와의 교섭을 촉진시키며, 여성의 정감과 야취의 감각을 수용하게 하였을 것이다. 18세기 후반기에 들어서면 여성 화자·화재 한시는 한시사에서 새로운 변화를 담지하는 주류적인 위치에 자리하게 된디. 중세 보편사회의 보편 징감과는 다른 낯실고 새로운 여성의 현실과 정감의 표출은 성리학적 이념과 그에 기반한 가부장제 윤리에 의해 제한받던 여성 인식의 경계가 동요하고 있음을 감지케 한다. 이러한 여성 인식의 동요와 확산은 곧 중세적인 정감에서 근대적인 정감으로 나아가는

---

2) 박영민, 「杜機 崔成大의 詩世界 硏究」, 고려대 석사논문, 1990.
3) 박혜숙, 『부령을 그리며』, 돌베개, 1996.

갈림길을 보여주는 것이기도 하다. 본 장에서는 이 점을 염두에 두고 여
성 화자·화재 한시의 새로운 미적 자질을 중심으로 논의를 전개하기로
한다.

## 2. 부요(婦謠)와의 접맥과 분열

### 苦苦苦

| | |
|---|---|
| 苦苦苦 | 괴로워라 괴로워라 괴로워라 |
| 機上苦 | 베틀에서 괴로워라 |
| 田中苦 | 밭에서 괴로워라 |
| 廚下苦 | 부엌에서 괴로워라 |
| 十二時 | 열두 때 |
| 何時不苦4) | 어느 땐들 아니 괴로운가 |

### 嘲內

| | |
|---|---|
| 盡日靑山採蕨還 | 종일 산에서 고사리를 캐다 돌아와 |
| 月懸春杵曉歌寒 | 달밤에 절구질하니 새벽 노래 소리 차네 |
| 多羨隣家曲角犢 | 부럽구나, 이웃집 송아지야 |
| 夜來猶得一番閑5) | 밤이 오면 그래도 한 번은 쉬겠지 |

첫 수는 이안중의 작품으로 3·4언(言) 6행(行)의 자유로운 고시(古詩) 형
식이다. 여성 화자가 자신의 일상 생활에서의 힘겨운 노동을 차례로 나열
하고 '괴로워라'를 반복하여 외고 있다. '괴로워라'를 반복하는 화자의 어

---

4) 李安中, 『玄同集』.
5) 李濟永, 『동아집』.

조는 누군가에게 들려주며 하소연하려 하거나 어떤 지향을 가지고 있다
기보다 자신의 처지에 대한 스스로의 독백처럼 들린다. 그래서 그녀는
'무엇이, 얼마나'라는 식의 자기(自己) 변명(辨明)이 없이 '괴로워라'만을 되
뇌이고 그 소리는 낮게 깔리는 저음(低音)의 옹알이로 반복하여 전달된다.
그러나 여성이 고통의 외침이나 절규를 소리내는 것이 아니라 해도 마루
위의 베틀에서 밭으로, 다시 부엌으로, 열두 때 어느 때고 쉬지 않고 부지
런히 일해야 하는 아낙의 모습이 눈에 잡힐 듯 선연한 시상이다. 이는 당
시 농촌(農村) 사회 여성들의 힘겨운 삶과 그 독백이, 누구에게 하소연할
수도 없이 한결 같은 삶의 고통과 그 독백이 이 시의 화자를 통해 생생하
게 전해 오기 때문이다. 다음 시는 이제영의 작품이다. 여성이 종일 산에
서 나물을 뜯고 집에 돌아와서는 다시 다음날 아침을 위해 밤늦도록 절
구질을 하는 고된 자신의 삶을 송아지보다 못한 처지라고 비유하고 있다.
그러나 자신의 삶을 원망하거나 비판하기보다 송아지를 부러워하는 어조
로 가벼운 한탄을 한다.

　이안중의 작품뿐만 아니라 조선 후기 여성 화자·화재 한시는 부녀자
들이 집단적으로 공유한 삶의 지난(至難)한 고통을 표출하여 새로운 특질
을 구현하기도 한다. 이러한 작품들은 대개 민요·부요의 시적 경계와 결
합하여 비원(悲怨)의 정감을 나타낸다. 또한 평이하고 소박한 시어, 이야기
하듯이 자연스러운 시상 전개, 특별한 은유나 비유 없이 직접적인 표현으
로 미감(美感)을 전한다. 작가의 구사(構思)도 보고 듣고 느낀 그대로를 자
연스럽게 펼쳐 보인 듯하다. 바로 자연스러운 시어(詩語)나 시행(詩行)으로
대상의 진실성을 적확하게 포착하는 시적 경계에서 시의 미감은 감지된
다. 그러나 수식이나 비유 등 형식의 매개가 없어도 낮게 토로하는 듯하
나 강렬하게 발산되는 어조로 절실한 정감을 전한다.

　그런데 부요와 만나는 농촌 여성의 정감은 원망이나 슬픔의 깊이와 발
산에 제한(制限)과 경계(境界)를 두는 중세 사회 규범의 범주를 크게 벗어나
지 않는 듯하다.6) 그 기준은 대개 『시경』에서의 '원이불비(怨而不悱), 원이

불노(怨而不怒)'나『예기(禮記)』의 '애이불상(哀而不傷)'에 있다. 이옥은 「이언
(俚諺)」「비조(悱調)」 '소서(小序)'에서 "雅는 怨이 있어도 悱는 아니한다. 悱
한다는 것은 怨이 너무 심함을 말한다"[7]라고 하여 여성의 슬픈 정감의 질
(質)을 원(怨)과 비(悱)로 구분하고 있다. 한시에서 부요와 결합한 농촌 여성
의 정감은 바로 원(怨)의 정감에 해당되는 듯하다.

한편 18세기 후반기를 지나 19세기 전반기로 들어가면 부요의 기식(氣
息)을 강하게 수용하면서 한시의 전형적인 이념을 파괴하는 작품들이 나
타난다. 이들이 부요의 기식을 강하게 수용하였다는 것은 작가의 시선이
서민 여성의 의식에 깊이 닿아 있다는 것을 의미한다. 다음 시는 육용정
(陸用鼎)의 작품으로 여성의 결혼과 경제의 문제를 보다 집중적으로 보여
준다.

### 老處女吟 3首

| | |
|---|---|
| 未知爲婦早求夫 | 모르겠네, 빨리 지아비 구해 아낙이 되는 일 |
| 世亦良難可合夫 | 세상에서 참으로 마땅한 지아비 만나기가 어렵구나 |
| 到今非但身衰老 | 지금까지 몸만 노쇠한 것이 아니니 |
| 莫若從初不得夫 | 처음처럼 지아비 없는 것만 못하리라 |
| | |
| 戒君勿配貧家夫 | 가난한 집 남자에게 시집가지 마소 |
| 戒君勿適沖年夫 | 나이든 남자에게 시집가지 마소 |
| 治生辦事均無奈 | 생계문제 가사일 처리 아무 일도 못하니 |

---

6) 婦謠와 만나 농촌 아낙의 삶을 형상화한 사대부의 여성 정감시에는 여성의 삶의 문제
를 본격적으로 심각하게 묘사한다기보다 독백이나 토로의 어조로 가볍거나 해학적으로
묘사하는 시각도 존재한다. 예를 들면 李亮淵의 "風江無定波, 妾舟有定檣, 蓮花豈不
好, 蓮心苦難咀, 何如水底菱, 屛心不苦, 此語欲寄君, 渺渺隔雲浦"(『山雲集』, 「采菱」)
등에서 아내의 고통스런 삶을 묘사한 것 등이 그러하다.

7) "雅, 怨而不悱, 悱者, 怨而已甚之謂也. 大凡, 世之人情, 一失於雅, 則至於艶, 艶則
其勢必流於宕. 世旣有宕者, 則亦必有怨者, 苟見之, 則必已甚焉, 此悱之所以有作, 而
悱者, 所以悱其宕也, 則此亦亂極思治, 反求於雅之意也. 詩凡十六篇."(李鈺, 「俚諺」,
「悱調」,『藝林雜佩』

誤汝　身摠在大    네 헌 몸 그르치는 일 모두 남지에게 달렸다네

世上無他可樂事    세상에 달리 즐거운 일 없고
世間無夫可爲生    세간에 살 만한 남자 없네
斷當修道全吾節    결단하여 도를 닦으며 내 절개를 온전히 하여
第待終年訴玉京[8]    다만 죽고 나서 옥황상제께 하소연할 때나 기다리리

그녀가 아직까지 시집을 못간 것은 남편으로 삼기에 마땅한 남자를 아직 못 만나서이다. 그녀가 만나는 남자는 노쇠할 뿐만이 아니라 생계를 해결할 능력도 가사 일을 처리할 줄도 모르는 무능력한 남자이다. 그녀는 그런 남자와 결혼을 하는 것은 오히려 인생을 망치는 일이라고 경계한다. 이렇게 결혼을 거부하고 남성의 무능력에 회의를 느낀 여성의 전망은 무엇일까? 마지막 수에서 그녀는 "즐거운 일도 없고, 그렇다고 함께 살만한 남자도 없는 세상에서 도를 닦으며 절개를 온전히 지켜 죽은 뒤 옥황상제께 자신의 삶을 하소연할 수 있을 때나 기다리겠다"고 한다. 그녀가 선택할 수 있는 길은 죽어서 하소연이나 할 수 있기를 기다리는 것이라고 하니 결혼을 거부하고 사는 여성의 삶도 결국 생기 없는 고통의 연장이자 강한 현실 부정이거나 도피를 추구하고 현실 대응을 찾지 못하는 방향으로 나아가고 말았다.

한편, 부요보다는 『시경』이나 '고시(古詩)'체(體)를 도입하여 한시의 형식적인 측면으로 사대부의 의식을 강하게 전달하는 작품도 있다. 앞 시에서 살펴 본 이안중의 작품이 부요의 세계를 드러내어 여성의 소통과 사대부 시인의 동성을 표출하였다면 이미 부요의 세례를 풍성하세 받은 이후의 이양연(李亮淵)은 여성을 인식하고 묘사하는 과정을 통해 시인 자신이 새로운 변화를 겪고 있음을 보여주는 듯하다. 이 시기에 한시와 부요의 접맥을 시도한 다른 시인인 육용정과 마찬가지로 이들은 18세기 후반기를 지

---

8) 陸用鼎.

나 19세기 전반기에 부요와 관련을 맺은 대표적인 작가들인데 이들에게서 부요를 수용하기 시작한 여성 정감시의 향후 전망을 살펴볼 수 있다.

다음은 이양연(李亮淵)의 작품이다.

### 東家

| | |
|---|---|
| 繡我羅衣裳 | 내 비단 옷에 수를 놓으며 |
| 何必雙鴛鴦 | 어찌 반드시 쌍 원앙을 놓으리 |
| 父母勿我嫁 | 부모님은 내게, 시집가지 말라 |
| 嫁者多苦業 | 시집이란 대부분 고생길이니 |
| 東家啼遠戍 | 동쪽 집은 멀리 수자리 떠나 울고 |
| 西家怨遊俠 | 서쪽 집은 유협을 원망하네 |
| 但願爲女瘠 | 다만 비쩍 마른 처녀가 될지언정 |
| 不願爲婦肥 | 살찐 아낙이 되고 싶지 않네 |
| 苦樂在於人 | 괴로움이나 즐거움이 남에게 달린 일이라면 |
| 樂亦不足爲 | 즐거움도 족히 할 만한 것이 아니라네 |
| 二十豈粉脂 | 스물에 어찌 화장을 하리오 |
| 十五恥畵眉 | 열다섯에도 단장하는 일 부끄러웠다오 |
| 月出東南天 | 달이 동남쪽에서 떠오르는데 |
| 誰家不開帷 | 누구네 집인가 휘장도 안 걷었네 |
| 念彼月下人 | 저 달 아래 사는 사람들을 생각하니 |
| 優聞少如台 | 작거나 크거나 고통은 마찬가지인 줄 잘 알겠네 |
| 却爲他人憂 | 문득 남 때문에 걱정하여 |
| 弱淚無乾時 | 약한 눈물 마를 때가 없지. |
| 所以古君子 | 그래서 옛 군자는 |
| 樂彼猗儺枝9) | 저 유순한 가지를 사랑했구나! |

여성 화자에게 결혼 생활을 다고업(多苦業)이라고 하여 극단적으로 부정하고 시집을 가지 말라 권하는 이는 바로 그녀의 부모님이다. 그녀 역

---

9) 李亮淵, 『山雲集』.

시 주변을 둘러봐도 어떤 집 아낙은 멀리 수자리 떠난 남편 때문에 눈물 짓고, 어떤 집 아낙은 남편의 유협 기질 때문에 고통을 겪고 산다. 그래서 그녀는 차라리 비쩍 마른 처녀로 살아갈지언정 살찐 아낙이 되고 싶지는 않다고 한다. 그녀는 고통스럽거나 즐거운 일이거나 그것들이 자신에게 관여된 일이 아니라 타인에게서 기인하는 일이라면 즐거움마저도 누릴 것이 못된다고 생각한다. 그런데 달 아래 무수한 집들 어디를 둘러봐도 크고 작은 고통으로 눈물을 흘리며 지내는 여성들뿐이다. 그들은 모두 자신 때문이 아니라 남 즉 남편 때문에 눈물을 흘리며 고통스럽게 산다. 그녀 역시 마찬가지일 것이다. 그래서 그녀는 옛날 『시경』에서 방자한 회(檜)나라 임금 때문에 고통을 당하던 백성들이 차라리 "무지(無知)하고 집이 없는 나무의 신세가 이내 신세보다 더 낫다"고 한 이유를 알 것 같다. 남편의 학대와 방자함을 회(檜)나라 임금의 학정(虐政)에 비유를 하고 여성 자신의 처지를 고통받는 백성들의 처지로 비유를 하고 있다. 결혼을 부정하는 부모님의 발언, 남편을 남으로 남편과 나를 분리된 존재로 인식하는 여성의 태도, 남에게서 오는 것이라면 즐거움도 할 만하지 않은데 하물며 고통을 받겠는가라고 하는 여성의 정감에서 자신의 주체를 당당히 세우고 나서는 여성을 발견하게 된다.

　한시가 민요나 부요와의 결합을 통해 여성의 자기 인식, 자기 처지의 폭로를 수행하였다면, 고시체(古詩體)의 형식(形式)으로 시상(詩想)을 전개하고 『시경』의 의경(意境)을 결구(結句)로 도입하여 사대부의 기식(氣息)을 노출하는 형식적 매개 속에 여성의 자의식(自意識)이 한결 강하고 당당하게 표현되었음을 발견할 수 있다. 그러나 그녀의 전망은 그리 밝고 활기차지 못하며 새로운 미래의 가능성이 별로 선명하게 보이지는 않는다. "차라리 비쩍 마른 처녀가 될지언정 살찐 아낙이 되고 싶지는 않다"는 그녀의 소망은 오히려 당대의 봉건시대에 경제적으로 결혼이라는 제도에 종속된 여성이 결혼을 부정하고 나아갈 길이 막연하였음을 보여준다. 그래서 그녀의 당당함도 자기 주장도 결국 '비쩍 마른 모습'으로 또다른 그녀의 고통을 예고하고 있었고 아마 그녀는 마지막 결구처럼 '지각(知覺)이 없고 집이 없는 나무를 부러워하는 모습'으로 다시 결혼이라는 틀 속에 남아 있을지도 모른다. 결국 그녀의 진로는 어떻게 될까?

### 貧女

| 共得一天氣 | 함께 한 하늘의 기운을 얻었는데 |
| 鷺白烏何黑 | 백로는 희고 까마귀는 어찌 검은가요 |
| 人富我何貧 | 남들은 부유한데 나는 어찌 가난하여 |
| 呵手中夜織[10] | 손을 호호 불어 가며 한밤중에도 베를 짜나요 |

### 丹丘里曲

| 草草山中女 | 허둥지둥 바쁜 산골 여인 |
| 生不識綺羅 | 나서부터 비단이란 모르지요 |
| 富家黃楊釵 | 부잣집 회양목 비녀 |
| 貧家本無釵 | 가난한 집엔 본래 비녀란 게 없지요 |

| 日日白木鑱 | 날마다 흰 나무 꼬챙이로 |
| 獨採吉更草 | 혼자 질경이를 캐네요 |
| 借問大堤娘 | 묻노니, 大堤 아가씨 |
| 看花那得飽[11] | 꽃만 보아도 어찌 배가 부른가요 |

첫째 시는 모두 같은 하늘의 기운을 받아 태어났는데 왜 까마귀는 검고 백로는 하얀지 모르겠으며, 또한 어떤 이는 부자이고 나는 가난한지 그 이유를 모르겠다는 여성의 문제 제기이다. 여성은 이 차별성의 원인을 심상치 않은 어조로 질문하여 불만과 긴장감(緊張感)을 유발한다. 즉 자신은 추

---

10) 李亮淵, 『山雲集』.
11) 李安中, 『玄同集』. 5언 4구 8수로 이루어진 연작시이다. 이안중의 연작시는 모두 개별 작품 하나하나가 각기 완결성을 지니면서 다시 전체가 하나의 장편시를 이룰 정도로 긴밀하게 연결되어 있음이 특징이다. 「丹丘里曲」은 작가가 세거해 오던 단양 향리의 여성이 화자가 되어 가족의 일상을 통해 힘겨운 농촌생활의 모습을 토로한 시이다.

운 겨울날에도 한밤중까지 언 손을 녹여가며 베를 짜야 하는데 왜 이런 고통을 받아야 하는지 이유를 모르겠다는 것이다. 한 하늘에서 같은 기운을 받아 태어났다는 전제는 여성이 이러한 문제 세기를 근본(根本)에서부터 출발하여 한번 풀어보자는 제안(提案)이며 자신의 고통을 단순히 넘기지 않겠다는 의지(意志)가 스며있는 듯도 하다. 이러한 대립적(對立的) 인식은 다음 시에서도 지속된다. 허둥지둥 바쁜 산골 여인과 부잣집의 여인, 부잣집 여성의 회양목 비녀와 가난한 집 아내의 아예 비녀조차 없는 신세가 대립 구도로 선명하게 드러난다. 화자는 나서부터 지금까지 일생을 '산중(山中)'이라는 제한된 공간 속에 갇혀 있다. 여성 화자의 가난한 일상이 비녀라는 작은 물상에 집중되면서 닫힌 공간 속에서 물적 대상들로부터 소외된 삶을 사는 여성 화자의 결핍감을 표출한다. 이어서 자신은 날마다 나무 꼬챙이로 질경이를 캐야 허기를 채울 수가 있는데 부잣집 아가씨는 일은 하지 않고 꽃구경만 하니 그녀가 꽃구경만 해도 배가 부른 남다른 사람인지 궁금하다는 물음이다. 이렇게 자신의 처지를 대립적 구조로 인식하는 여성은 경제의 문제를 중심에 두고 기존의 질서 자체에 대해 회의를 품는 여성이다. 이 시기에 들어오면 깊어 가는 빈부의 격차, 국가의 조세수탈, 고리대 착취, 지대에 의한 지주계급의 착취 등으로 백성들의 삶은 궁핍과 고통을 겪게 된다. 개별적인 사안과 그에 따른 고통이 직접적인 시의 제재가 된 것은 아니지만 짤막한 시상 안에 들어 있는 여성의 심각한 문제 제기는 이 시기에 들어와 더욱 빈번하게 발생하는 민란(民亂)의 문제 제기와 같은 맥락에 서 있는 것으로 긴장감을 느끼게 한다.12) 강렬한 어조로 현실을 폭로하거나 거친 호흡으로 비판을 하지는 않지만 여성들의 문

---

12) 阿姑嗔我曉眠甘, 姑嗜昏眠我熟諳, 幷詣舅前優辦得, 昏眠宜女曉宜男.(李濟永,『동아집』, 嘲內) 問君母年幾, 我母常多病, 了鋤合一歸, 舅嚴不敢請 / 君家遠還好, 未歸猶有說, 而我嫁同鄕, 慈母三年別.(李亮淵,「村家」2수,『山雲集』) 明月何彎彎, 只在彦陽山, 兒家彦陽邑, 近月起樓欄, 月光應更寒, 父母念兒遠, 見月卽長歎, 夫壻暮來返, 衣上霜露薄, 言自彦陽還, 前見彦陽月, 更在東天端, 其外海漫漫, 去天九萬里, 月光如等閑, 兒女故不識, 敎兒仔細看.(李學逵,「蹋月詞」,『洛下生全集』)

제 제기는 뒤이어 그들이 어디에 서 있을 것인가를 예견케 해주는 것이기
도 하다.

18세기 후반기 이후 여성은 민요·부요의 세계와 만나 절절하고 강한
현실 인식을 획득하고 부조리를 폭로하였다. 하지만 사실 그들은 자신들
이 폭로한 결혼 생활이나 남편의 행태에서 별다른 전망을 발견하지 못하
였고 현실을 도피하거나 다소는 가학적인 모습으로 살아갈 수밖에 없는
모습을 보여주었다. 그렇게 살아갈 수밖에 없는 가장 큰 이유가 바로 경제
의 문제였다. 남편의 행태나 결혼의 문제를 떠나 경제적 현실의 문제와 직
접 만나는 지점에서 여성 정감은 오히려 자신들의 진정한 전망을 발견해
갈 긴장감을 보여준다. 결국 한시의 여성 정감이 부요를 만나 이룩한 전망
은 여기서 발견될 수 있었다.

부요와 여성 화자·화재 한시의 결합 경로는 이학규의 언급에서 선명
하게 나타난다.

　　下山歌는 향리의 여자아이들이 산에서 나물을 캘 때 부르는 노래이다. 그 가
　사는 鄙俗하고 猥藝스러우며 不經한 것이 많고, 그 소리는 슬프고 원망하며
　그리워하는 것을 주로 하였는데 한 여자가 先唱을 하면 열 명의 여자가 따라서
　화답을 하였다. 한가한 날 그 유래를 물어보았지만 말해줄 수 있는 사람이 없
　었다. 子夜歌, 懊憹歌, 讀曲歌, 羅嗊曲을 생각해 보니 그 처음에는 어찌 지금
　의 下山歌처럼 비속하고 외설스러우며 번쇄하지 않았겠는가? 모두 문사들이
　어떻게 바로잡느냐에 달려 있을 뿐이다.[13]

　　시골 여자가 산에서 산나물을 캐는 것은 본래 고역이 아닌데도 온갖 꽃에 싹
　이 돋아나는 것을 보거나 봄날의 먼 빛깔을 보고는 슬피 읊조리며 눈물을 흘린
　다. 큰 길거리에서 달을 보는 것이 특이한 경치가 아니지만 아이들은 팔을 휘두

---

13) "下山, 鄕里女兒採山時歌也. 其詞多俚藝不經, 其聲以悲哀怨慕爲主, 一女先唱, 十
　女從而和之. 暇日詢及所由始, 無能言之者. 因念子夜懊憹獨曲羅嗊, 其始何甞不非理
　猥瑣如今之下山乎? 皆有文人韻士, 製作檃括之如何耳."(李學逵,「前下山歌」,『洛下
　生全集』上冊)

르며 떼지어 다니면서 흥겨워하며 입에서는 저절로 휘파람을 불면서 화답한다. 그것은 무엇 때문인가? 마음속에 느낌이 있으면 저절로 소리가 발해지기 때문이다. 이것이 우리네 사람들의 常情으로서 참으로 천지간의 조탁하지 않은 시이며 절주를 맞추지 않은 노래라고 하였다. 이 말은 13國風 閭巷歌謠의 본 뜻을 깊이 얻었다고 하겠다.[14]

이학규는 서울의 명문 양반가에서 생장하였으나 31세에 신유옥사(辛酉獄事)에 연루된 이후 전라도 화순(和順)에서 수개월을 보냈다. 그 해 늦가을, 다시 황사영(黃嗣永) 백서사건(帛書事件)으로 경상도 김해(金海)에 이배(移配)되어 24년에 걸쳐 유배생활을 한다. 이학규는 남도 지역의 생활 현장을 직접 목도하고, 그들의 애환이 서린 민요와 향리의 촌부들의 비애원모(悲哀怨慕)한 노래를 들으며 농촌 주민들의 구체적인 생활상을 이해하고 공감할 수 있었다. 또 이학규는 『시경(詩經)』「국풍(國風)」의 창작 정신을 이어받아 유배하고 있던 김해 지방의 풍정을 곡진하고 은미하게 표현하려 하였다. 자신의 몰락한 경제적 처지와 유배지에서의 불안한 생활 체험이 그의 절절함을 더하게 하였다. 이학규는 사람의 마음속에 저절로 감동이 있으면 그것대로 의미가 있는 것이지 가치 판단이 우선하는 것이 아니라고 한다. 설사 그 내용이 외설스럽고 불경스러운 것이라 하더라도 옮기는 사람이 일정하게 바로잡으면 그만이지 무작정 외면하고 버릴 일이 아니라고 한다. 그는 또한 다산 정약용과 빈번한 서신 왕래를 통해 그의 의식을 적극적으로 발전시켰다.[15] 이러한 의식은 "백성의 재앙과 고통을 보면서도 홀로 가슴을 두드리고 통탄하면서 입을 다물고, 백성의 고통 가운데 경계하고 두려워하며 권장하고 징계삼을 만한 것들을 모두 사라져

---

14) "村女採山, 本非苦境, 而念百卉之生芽, 觀春天之遠色, 則至有哀音而隕涕者. 通衢見月, 本無異景, 而街亞市童, 掉臂群行, 懽然興發口, 自作吹彈聲, 旋唱旋和者, 何也. 由其感於中, 自不覺其聲發於外也. 此吾人常情, 而眞乃天地間不琢之詩, 不節之永言也. 此言深得十三國風歌謠巷歌之本旨也."(李學逵,「與○○」,『洛下生全集』中冊)

15) 李學逵의 文學과 文學論에 대해서는 白源鐵,「洛下生 李學逵의 詩 研究」, 성균관대 박사논문, 1991; 鄭雨峰,「19세기 詩論 研究」, 고려대 박사논문, 1992 참조.

버리게 하여 전하지 않는다면 애석한 일이다. 이러한 노래는 징계할 만하고 감발할 만하니 당시의 수령들로 하여금 각각 한 책을 베끼어 귀감을 삼게 한다면 이 백성들에게 다행일 것"이라는 진술로 이어진다. 그 결과 그는 당시 사회현실의 모순적 관계를 비판적으로 인식할 수 있었다.

특히 이학규(李學逵)는 봄날 마을 아녀자들이 나물을 캐며 부르는 민요 하산가(下山歌)를 「전하산가(前下山歌)」, 「후하산가(後下山歌)」 각(各) 7장(章)으로 옮겼는데16) 여기서 여성은 자신의 일상이 온통 근심뿐이라고 호소하고 있다. "산 오를 땐 괴롭게 숨을 헐떡이고, 산을 내려올 땐 수심으로 노래하네, 숨이 차 말로 다 할 수 없는데, 노래한들 근심을 어찌하리"(上山苦當喘, 下山愁當歌, 當喘不可說, 當歌愁奈何 : 前 1수), "봄날 아침 한들거리는 버들가지, 봄날 여인을 설레게 하는데, 아침마다 산을 내려올 때면, 어디서나 근심뿐이라오"(春朝散遊絲, 偏與春時女, 朝朝下山時, 無處不愁緖 : 前 2수)라는 이 작품의 시적 경계는 여성의 노동이 고통이나 괴로움으로 형상화되고 여성의 일상이 어디서나 근심뿐인 것으로 묘사된다. 이를 15세기의 여성의 가사노동을 전아한 정감으로 형상화하던 작품들과 비교하여 보면 18세기 후반기 이후에 들어와 가부장제 가족질서 내에서의 아내의 정감이 동요되어 가고 있음도 한시와 부요의 결합 계기임을 은미하게 파악할 수 있다.

조선 후기 여성의 결혼과 삶의 모순을 총체적으로 잘 형상화한 작품으로 정약용(丁若鏞)의 「도강고가부사(道康瞽家婦詞)」를 들 수 있다. 이 시는 360행의 장편 서사시이지만 도입부와 결말 부분을 제외하면 시인의 직접적인 설명이나 감회 등의 개입 없이 등장 인물의 대사와 극적인 전개 방식으로 구성되어 있다. 앞에서 살펴본 부요(婦謠)와 접맥한 여성 화자·화재 한시와 비교해 보면 더욱 깊은 여성 인식과 감응력을 보여준다. 「도강고가부사(道康瞽家婦詞)」는 임형택 교수에 의해 창작 배경이나 동기, 작품 구성상의 특징, 주제 사상과 그 표출상의 특징, 인물 형상의 대립과 전형

---

16) 李學逵, 『洛下生全集』.

싱, 표현상의 특징, 서지저 사항 등이 상세하게 분석되었다.[17]

(…상략…)

| 兒今計已定 | 저는 이제 마음을 정했으니 |
| 無復顧女行 | 다시는 여자의 도리를 돌아보지 않겠어요 |
| 久欲投淸池 | 오래 전부터 깊은 물에 몸을 던지고자 하였으나 |
| 寸腸苦未硬 | 마음이 모질지 못하니 괴로워요 |
| 傳聞寶林北 | 들으니 보림사 북쪽에 |
| 窈窕有僧房 | 조용한 승방이 있다 해요 |
| 兒今計已決 | 저는 이제 결정을 했으니 |
| 勿復生阻搪 | 다시 막지 마세요 |

(…중략…)

| 阿兒急塞耳 | 딸은 급히 귀를 막으며 |
| 謂言不忍聞 | 차마 듣지 못하겠어요 |
| 天只不諒人 | 하늘은 사람에게 어질지 않은 듯 해요 |
| 恩情從此分 | 은혜로운 마음으로 제 분수를 따르겠어요 |

(…하략…)

혼인 비극으로 엮어진 이 서사시에서 특히 주목되는 점은 아버지, 남편 그리고 고을 수령으로 표현되는 제도 등이 여성의 비극을 형성하고 억압하는 데에 중요한 역할을 한다는 점이다. 사건은 주인공이 앞을 못 보는 봉사에다 추한 몰골의 늙은이에게 시집을 가는 데서 발생한다. 18세 꽃다운 나이의 아리따운 처녀가 49세의 나이로 이미 두 번이나 초례를 치렀고, 막내딸이 23세나 된 남자에게 시집을 가게 되었다. 소경인 남편은 사신의 부를 미끼로 친정아버지를 유혹하고, 아버지는 부 때문에 딸을 팔아 넘기다시피 한 것이다. 그러고도 아버지는 자신의 행위를 방어하기에 급급하다. 이러한 현실에 대응하는 어머니의 태도는 너무 무기력하다. 그런데 시집을 가보니

---

17) 임형택 편, 『李朝時代敍事詩』 下, 창작과비평사, 1992.

▲ 김윤보, 〈죄지은 여인 매질〉.

소경은 밤낮으로 점을 친다고 산통을 흔들어댄다. 그녀는 구역질이 날 정도로 그 소리가 싫고, 듣고 있으면 송곳으로 창자를 찌르는 듯 고통스럽기까지 하다. 게다가 전처 소생의 아이들이 그녀를 구박하고 모함을 해서 살 수 없을 정도인데, 소경마저 아이들의 말을 듣고 그녀를 모질게 학대하며 폭력을 행한다.

그래서 그녀는 끝내 중이 되려고 마음을 먹고 어머니께 하직인사를 드리러 온다. 어머니가 "우리 집안은 본래 지체 높은 집안이 아니니 다른 사람을 골라 시집을 가면 되지 않겠느냐"고 말리자, 그녀는 급히 귀를 막으며 "하늘은 사람을 헤아려주지 아니하니 / 제 분수를 따르겠어요"라고 하며 거절을 한다. 그녀가 결혼 생활에서 겪은 절망과 좌절을 읽을 수 있다. 그녀가 개가를 하지 않으려는 것은 자신의 분수에는 좋은 남편을 만날 일이 없을 것 같아서이다. 그녀는 자신의 힘겨운 결혼 생활 때문에 새로운 삶에 대한 기대나 희망을 상실한 것이다. 사실 그녀에게 개가를 하는가 아닌가의 문제는 별로 중요하지 않은 듯하다. 다만 그녀는 지금까지의 힘겨운 삶을 벗어나고 싶을 뿐이다.

그녀는 마침내 중이 되려고 마음을 먹고 집을 떠나 절로 들어간다. 이당시 여성이 집을 떠나 머리를 깎고 중이 되려는 것은 서사민요에 자주 등장하는 모티브이다. 그녀가 머리를 깎고 중이 되는 길을 선택한 것은 또한 지아비에게 절대적으로 복종을 해야 한다는 도덕률을 거부하고 강렬하게 저항하려는 의지의 표현이기 때문에 그 자체가 봉건적인 윤리나

도덕률을 벗어난 것으로 볼 수 있다. 일부종사(一夫從事)라는 봉건적 세계에 대한 적극적인 반항을 의미하는 것이다. 여성은 합리적으로 인식할 수 없는 자신의 상황을 변화시키고자 하는 의지로 자신의 불행을 피할 수 있는 방법을 적극적으로 찾아 실현한다. 그러나 "소경은 여성의 의무는 순종임을 강조하며 그녀를 관아에 고발하고, 고을 원님은 소경의 말을 듣고 그녀가 남편과 집을 버리고 떠난 것만을 문제삼으며, 군졸을 풀어 붙잡아 오게 한다. 그녀의 적극적인 의지와 반항은 결국 좌절되어 군졸들에 의해 끌려오고 만다." 그녀는 자신의 비극을 형성하는 제 요소들의 권위나 제도에 의해 다시 끌려오게 된다. 그녀의 적극적인 반항은 결국 좌절을 겪고 만다. 비록 그녀는 잡혀오지만 그러나 그녀의 의지는 집요하고 강경하다. 아마 그녀가 다시 소경의 집에 들어가 살게 되지는 않을 것이다. 정약용의 어조는 집을 떠나려는 그녀의 강경한 의지에 깊이 감응을 한 듯하다. 그리하여 집을 떠난 여성의 행위가 봉건적인 윤리나 도덕율에 모순됨을 문제시하는 것이 아니라 그녀가 다시 소경의 집에 들어가 살게 되지 않기를 바라는 듯하다. 이후 그녀의 삶은 어떻게 되었을까? 의문을 남기며 이 이야기는 끝을 맺지만 가학적 형상의 중세 가부장제의 상징들에 맞서 자신의 고난을 피학적으로 받아들이는 것을 강력하게 거부하는 여성, 그리고 그녀의 형상을 포착하는 시인의 절박한 시선은 조선 후기 사대부 한시가 도달한 소중한 지점이라 할 수 있다. 이러한 여성 인식은 부요와 접맥한 한시에서 나아가 여성의 현실을 보다 깊이 있게 인식하고 적극적으로 형상화하였기에 거둘 수 있었던 성과라 할 수 있다.

## 3. 이안중(李安中), 자의식의 고양과 농염(濃艶)

**飛走謠**

| | |
|---|---|
| 君欲飛 | 그대 날려 하니 |
| 我爲翼 | 나 날개가 되네 |
| 我欲走 | 나 달리려 하니 |
| 君爲足[18] | 그대 다리가 되네 |

이안중이 한시의 형식적 규준에서 벗어나 3언 4구의 자유로운 구성을 시도한 작품이다. 아(我)와 군(君)의 간단한 행위와 그 서술만으로 상대와의 깊은 신뢰(信賴)와 서정(抒情)을 드러내는 화자의 비유(比喩)가 감동을 자아낸다. 등장 인물간의 동지적인 관계, 상호 보조적인 관계를 통해 화자가 인간관계의 참된 존재 양식을 무엇이라 여기는지를 직감하게 한다. 실제 이 작품의 내적 형식만으로는 여성을 형상화한 작품이라고 단정할 수는 없다. 다만 이안중의 여성 화자·화재 시에서는 등장 인물 상호간의 목소리가 이전까지의 시와는 비교할 수 없을 정도로 대등한 경향을 지향하고 있다는 점과 조응하여 그의 시 의식의 일단을 살필 수 있는 좋은 매개가 될 수 있다고 생각한다.

**子夜歌**

| | |
|---|---|
| 儂是蘭草性 | 나는 난초 성품 |
| 到死香不易 | 죽어도 향기가 변치 않지요 |
| 郎自白日心 | 낭군은 한낮 해 같은 마음 |
| 纔朝已復夕 | 겨우 아침이었는데 금방 저녁이네요 |

| | |
|---|---|
| 郎從芍藥園 | 낭군이 꽃밭에서 |

---

18) 李安中, 『玄同集』.

折花來比妾　　꽃을 꺾어와 비교하네요
艶色差似儂　　아름다운 색이야 저와 비슷해도
眞香殊未及[19]　진짜 향기는 절대 못 미치지요

님과의 이별을 경험한 여성 화자는 아침에 떴다가 저녁에 지는 해로 낭군을 비유하고, 죽도록 한결같은 향기를 간직한 난초에 자신을 비유하여 자신의 도덕적(道德的)인 우월성(優越性)을 강조한다. 조선 중기의 "꽃과 내가 누가 더 예쁘냐고 낭군에게 물어봐야겠다'던 여성 화자는 이안중의 작품에 와서 "외모는 비슷할지 몰라도 진짜 향기는 내게 미치지 못한다"고 자신 있게 주장한다.[20] 이러한 자신의 주장을 자세하고 상세하게 설명한다. 난초는 '고고함'을, 해는 아침저녁으로 변화무쌍한 '변덕'을 은유하지만 화자는 은유를 하고도 그는 의미를 설명한다. 그러므로 그 은유는 애매하거나 여운을 남기지 않는다. 이러한 표현은 작가가 가벼운 시상으로 작품을 구상해서가 아니라 기존의 여성과 다른 정감의 창출을 염두에 두고 있기 때문인 듯하다. 그래서 작가의 깊은 시상(詩想)을 거친 인물의 형상은 짙고도 강한 이미지를 보인다. 그의 작품에는 난초(蘭草), 향(香)처럼 화려한 색채를 지닌 시어가 전혀 없지는 않지만 그의 여성은 사치스러운 패옥과 화려한 색채를 지닌 의상 등의 시어로 형상화되지 않는다. 이 시들은 여성이 정감을 직접적으로 토로하고 발산하는 데에서 미를 감지하게 한다. 애정의 구현, 자아 존재의 성찰 등 앞 시기에서는 내재화된 방향으로 서정이 구현되던 소재들이 직접적인 토로와 발산을 통해 강렬하고 외재화된 성감으로 형성회된다.

---

19) 李安中,「子夜歌」二十首 中,『玄同集』.
20) 이규보의 작품에도 비슷한 모티브가 있다. 그러나 이규보의 작품은 질투하고 토라지는 여성의 정감을 형상화하고 있어 자의식을 보이는 이 시와는 시적 경계가 완연히 다르다.

**子夜歌**

笑停手中梭　웃으며 손에 잡은 북을 멈추고
呼郞屬斷縷　낭군을 불러 끊어진 실을 이어라 하네요
綺是郞所着　비단이야 낭군이 입는데
那得儂獨苦[21]　나만 고생할 수 있나요

**月節變曲**

折得可憐紅　어여쁜 꽃가지를 꺾어
與儂同照鏡　나와 거울에 비추네요
花定不及儂　꽃은 정녕 나만 못하지요
縱令花勝儂　꽃이 나보다 낫다한들
花詎爲郞織　꽃이 낭군을 위해 베를 짜나요
花詎爲郞食[22]　꽃이 낭군을 위해 밥을 짓나요

　첫 수에서 낭군의 옷감을 짜다가 "비단옷은 낭군이 입는데 왜 고생은 나만 하는가" 반문하는 여성 화자는 '천지지상(天地之尙) 인도지정(人道之正)'의 전아한 정감에서 일탈된 당돌한 형상을 보여준다. 두 번째 시는 1행에서 4행까지의 전반부와 나머지 두 행의 후반부로 나누어 볼 수 있는 것처럼 "꽃을 꺾어 낭군에게 누가 더 예쁜지를 물어봐야"라는 정감으로 채련곡(採蓮曲) 등에서 흔히 볼 수 있는 전통적인 여성의 정감이다. 그러나 이 시의 여성 화자는 분명 자신이 꽃보다 어여쁘다는 자신감이 있다. 후반부의 5행과 6행은 그 이유를 밝힌다. 그녀는 낭군을 위해 옷을 짜기도 하고 음식을 만들기도 하기 때문이라는 것이다. '천지지상(天地之常), 인도지정(人道之正)'에서는 당연한 임무로 받아들이던 태도가 여기서는 자신의 공로(功勞)나 희생(犧牲)으로 인지(認知)되고 강조(强調)된다. 그러면서 뚜렷한 근거를 지니고 주장을 하는, 자신감 있는 여성형상이 창조된다.

---

21) 李安中, 『玄同集』.
22) 李安中, 「月節變曲」 十二首 中 2首, 『玄同集』.

조선 후기의 여성은 '나[儂]'라는 주체(主體)를 직접 드러내고 강조한다. 또 '나[儂]는 ~'하고, '낭군[郎]은 ~'이라고 하여 '나'를 직접 문면에 노출시키고 '나의 정감'을 강조한다. 반면 이전 시기의 여성은 주로 첩(妾)이라는 지칭을 하여, 첩(妾)과 랑(郎)을 대구(對句)로 구성하여 비교하는 경우는 드물었다. 이 시기에 오면 남성과 여성의 관계를 모티브로 하는 여성 정감시는 외재화된 정감을 창조하여 인물의 형상을 부각시키는데 여기에는 '농(儂)'의 직접적인 발로의 몫이 크다. 18세기 후반기로 오면서 사대부 한시가 여성을 수용하는 계기가 큰 폭으로 확장되는 이유는 여기에 있지 않을까 한다. 끊임없이 '나'를 내세우고 자신감, 욕망을 표출하는 여성에 대한 사대부의 선망(羨望)이 이러한 형상을 창조하게 된 것은 아닐까 한다. 이 시기의 여성 화자·화재 시는 대개 외부에 객관적으로 존재하는 여성의 현실을 작가의 경험이나 관념의 투사를 거치기보다 직접적으로 묘사하는 특징을 가지고 있다. 이 '자의식을 주장하는 여성 정감'이 사대부의 의식에 포착된 것은 바로 현실에 좌절하고 억압된 욕망에 고통받는 사대부가 '나'의 세계에 충실한 여성 정감에서 그들 자신의 '나'를 찾아 나아가는 길을 발견하고 있었던 것은 아닐까 한다. 그러므로 농염(濃艶)하게 자아(自我)의 욕망(慾望)을 주장하는 여성 정감은 결국 사대부의 정감 표출의 변화와 그들의 새로운 정감 표출의 유형(類型)을 암시하는 것이라고도 할 수 있다. 한시는 대개 '언외지의(言外之意)'를 중시한다고 한다. '나'를 문면에 내세우고 나를 주장하는 여성 정감시는 '언외지의'보다는 문면 자체에 그 의미를 내세우고 그 안에서 완결성을 갖도록 유도하는 듯하다. 그렇다면 여성의 언외지의는 바로 사대부 남성 작가 자신들의 정감에 닿아 있는 것이다. 대표적인 인물로 이안중을 들 수 있다.

이안중(李安中, 1752~1791)[23]의 일생은 과거(科擧)를 하여 치인(治人)의 길로 들어서려는 사대부의 행로와 별반 다르지 않아 보인다. 조부가 군수(郡

---

23) 朴晙遠, 「玄同 李安中 硏究」, 『대동문화연구』 25집, 성균관대 대동문화연구원, 1990; 朴晙遠, 「薄庭叢書 硏究」, 성균관대 박사논문, 1994.

守)를 지내고부터24) 자리잡아 세거(世居)하기 시작한 단양(丹陽) 향리에서
이른 나이 40세에 세상을 뜨기까지 과거에 대한 미련을 버리지 못하고 수
차례 응시를 하나 결국 포기를 하게 된다. 이렇듯 출사(出仕)에 좌절한 사
대부가 후손의 패배 의식이 때로는 광기(狂氣)로 때로는 비분강개(悲憤慷慨)
로 그를 휩싼다. 김려(金鑢)는 "매양 서로 만나면 즐겁게 손을 잡고 청심루
(淸心樓)에 올라 술이 취해서야 돌아오는데 문득 「이소경(離騷經)」·「구가
(九歌)」·「애강남(哀江南)」 등을 읊조리며 배회하다가 먼 곳을 바라보고 눈
물을 흘리니 마치 옆에 사람이 아무도 없는 듯이 하였다"25)고 이안중을
회고한다. 이안중은 굴원(屈原)의 이소(離騷)와 「구장(九章)」에서 광적(狂的)
일 정도로 격분한 정감의 일체화를 경험하는데 그 근저에는 출사에 좌절
한 사족(士族) 후손의 패배 의식이 자리하고 있음을 알 수 있다. 그가 일생
동안 성리학의 명제들에서 눈을 돌리지 못하고 태극(太極), 기발미발(旣發未
發), 이기 논쟁(理氣論爭), 호낙 논쟁(湖洛論爭)에 관심을 가진 것 역시 그의
출사 의지와 관련된다. 그러나 깊은 이론적 성찰을 통한 논구(論究)라기보
다 다만 지속적으로 주자(朱子)의 틀을 수용하고 그 안에서 사유(思惟)하려
는 기본적인 태도를 내재하고 있음을 보여줄 뿐이다.26)

    이안중이 김려·이노원·이우신 등과 교유를 하며 광적(狂的)으로 비분

---

24) 李安中은 全州 李氏 廣平大君의 후손으로 號는 玄同, 丹丘요 字는 平子다. 五代祖
　　李厚源(1598~1660)이 右議政, 從高祖 選(1632~1692)이 이조참판을 지냈으나 祖父 函
　　은 丹陽郡守에 머물렀고 父 顯國과 그 安中 當代에 와서는 점점 더 宦路에서 멀어졌다.

25) "余幼時往來驪上, 從李竹莊先生遊, 慣聞丹丘李安中平子石坡金龍行舜弼文章士也.
　　每相逢, 輒相樂也, 携手登淸心樓, 酒酣以往, 輒誦離騷經九歌哀江南等編, 徘徊眺望,
　　相視泣下, 傍若無人者."(金鑢, 「題玄同詩藁卷後」, 『藫庭遺稿』 卷10) 金履陽 또한 李
　　安中의 墓地銘에서 "그 文氣가 奔放頓挫하고 스스로 손을 휘두르고 발을 구르는 것
　　을 깨닫지 못하였다. 왕왕 울부짖으며 울분을 터뜨리는데 이웃집 아낙들이 문구멍으로
　　엿보고 놀라 미쳤다고 하였다[其文氣奔放頓挫, 自不覺舞手動足以形象之, 往往爲呼
　　號叱咤聲, 隣媼穴窓而窺之, 愕然以爲狂也]."(金履陽, 「丹山李公墓地銘」, 『金履陽文
　　集』 卷1)

26) "朱子釋太極曰, 卽陰陽而指其本體, 不雜乎陰陽而爲言耳, 卽此究之, 則自無可疑於
　　一性之二性而二性之一性矣. 卽其氣質而指其本, 然不雜乎氣質而言之, 則大本之性,
　　是也."(李安中, 「答宋仲高厚淵」, 『玄同集』)

강개(悲憤慷慨)를 토로하던 때가 바로 옥대향렴체(玉臺香奩體)를 창작하던 시기이기도 하다.[27] 그런데 이안중의 여성 화자·화재 한시는 오히려 그가 세거하던 단양 향리에서 일상적으로 마주치던 이웃집 처녀 총각의 비밀스런 사랑이야기를 터뜨리기도 하고, 금슬 좋은 신혼부부의 내밀(內密)한 애정담(愛情談)과 근심을 소문내듯 발설하기도 하며, 그들의 일상을 수용하고 그들의 욕망에 대해 거리낌없이 이야기를 하면서 생생한 활기를 띤다. 그는 깊고 농염한 정감으로 일상과 욕망의 시적 경계를 형성한다. 그의 시는 출사에 좌절한 사대부가 후손의 패배 의식에서 자유로워 보이고, 또한 성리학자의 '도(道)의 체현(體現)'이라는 엄숙한 이상 실현(理想實現)의 길에서도 자유로워 보인다. 그는 자신이 속한 사대부 사회의 욕망과는 다른 향촌 사회 이웃들의 욕망, 그 안에서도 '소꿉친구가 자라 연인이 되고 부부가 되어 그 애정의 파국이 없이 일생을 보내는' 욕망을 감추지 않고 적나라하게 드러낸다. 이 세계에서 이안중은 사대부로서의 광기(狂氣)와 좌절(挫折)을 치유한 듯이 보인다.[28] 여기서 여성의 자의식과 욕망의 표출이 사대부의 현실 지향의 일면을 담당하고 있음을 알 수 있다. 따라서 이안중의 여성 정감은 단순한 소재 수용 차원을 넘어 그 적나라한 정감 표출의 배후에 자리한 작가의 창작 정신(創作精神)의 파고(波高), 시적 경계에서 특히 주목을 끈다.

또 조선풍(朝鮮風) 조선시(朝鮮詩)가 개성(個性)에의 자각(自覺)을 인도하였지만, 이는 대개 민족어(民族語)·민족문화(民族文化)·민족성(民族性)에 중점

---

27) "余小從從叔父學詩, 又交丹丘李平子通其言議, 二公皆好玉臺香奩之詠, 余亦間爲之."(李友信,「落花詞」,『垂山遺稿』卷1)

28) 李安中의 시세계는 그가 漢陽을 유람하며 지은 기행시, 丹陽 세거지를 배경으로 하는 시, 擬古樂府시, 그리고 이 글에서 중시하는 女性을 화자·화재로 한 시 등 크게 나누어 볼 수 있다. 그런데 이들 작품은 그가 때로 일상 생활에서 보여주는 광기와 좌절 의식과는 달리 맑고 담박한 시적 경계를 형성하고 있는 점이 특징이다. 여성을 형상화한 시세계는 이러한 맑고 담박한 시적 경계를 형성하는 시인의 창작 정신과 밀접한 관련이 있을 듯하다. 이 글은 이러한 여타의 작품들과 여성 화자·화재 시의 표출 양상은 관련성이 있을 듯하다.

을 둔 것으로, 여전히 개인의 개성에 별로 주목하지 않았던 유가의 윤리가
그 바탕에 흐르고 있다고 할 수 있다. 그러나 한시에서 정감 규제를 받아왔
던 여성의 정감이 본격적으로 '나'를 내세우며 밖으로 발산되고 토로되면
서 개인의 개성에 중점을 두게 된다. 여성 정감은 한 개인의 일상과 욕망을
통해 집단에서 벗어난 개인의 일상과 욕망에 가치를 두게 된다. 이안중은
자신의 시작(詩作)을 논리화한 흔적이 보이지 않는다. 그런데 그는 『시경』의
아(雅)와 송(頌)을 의(擬)하여 자신의 일대기, 자기 조상에 대한 공경을 주제
(主題)로 구현한다. 『시경』은 온후(溫厚)한 습속과 정사(政事)가 드러나 있고
그 가운데 아송(雅頌)은 굉오순심(宏奧淳深)·장엄전칙(壯嚴典則)하게 명당(明
堂)과 청묘(淸廟)에 베풀어지는 것이며, 성유현신(聖儒賢臣)들이 지은 것이다.
그런데 이를 의(擬)하여 개인적인 국면으로 주제를 구현한 것은 그가 경전
에 대한 자유로운 태도를 지녔음을 보여주는 것이라 할 수 있다.[29]

　여성은 거대세계, 성리학자가 지고한 정신 경계에서 중시하는 도(道)의
체현, 현실에 고뇌하는 사대부가 보여주는 은둔 등의 정감을 보이는 경우
가 거의 없다. 여성은 현실의 일상에서 출발하여 그 일상의 욕망을 애정의
성취로, 일상의 고뇌는 삶의 지난함, 가난으로 대별한다. 이렇게 제한적인
정감을 보여주지만 여성 정감이 의의를 지니는 것은 성리학자의 정감이
외면하던 그리하여 현실성의 가장 절박한 문제의 한 부분을 외면해야 했
던 모순을 여성 정감이 문면에 표출하면서 해소시킨 것이다.

---

29) 李安中,「降福六章一章十二句二章十二句三章十六句四章十六句五章十二句六章
二十句擬雅作」, 『玄同集』.

## 4. 제량체(齊梁體), 탕일(宕逸)과 부염(浮艶)

조선 후기에 들어서면 제량체(齊梁體), 옥대향렴체(玉臺香奩體)라 지칭되는 작품군이 다수 창작되고 그 시체를 선호하는 작가들의 양적 팽창이 일어난다. 이안중·이우신·이노원·김우순(金愚淳)·김려·이옥 등이 대표적인 인물이다. 아울러 제량체에 대한 비판과 함께 옹호의 변도 나타났다.

이우신은 『수산유고(睡山遺稿)』에서 자신의 젊은 날을 술회하여 "나는 젊어서 종숙부를 좇아 시를 배웠다. 또 단구 이평자(李平子)와 교유를 맺어 그 언의(言意)에 통하였다. 두 분 모두 옥대향렴체의 시를 좋아하여 나 또한 때로 그것을 본떠지었다. 민원리(閔元履)가 편지를 보내 책망하기를 '제량(齊梁)의 음란(淫亂)하고 외설(猥褻)스러운 것으로 어찌 우리 마음에 누가 되게 할 수 있는가'라 하였다. 나는 이에 뉘우치고 사죄하였다. 평자가 죽고 숙부도 서울로 이사를 간 뒤로 다시는 시를 짓지 않았다"[30]라고 하였다. 이우신의 술회는 제량체와 옥대향렴체가 병칭되었음을 방증한다. 조선 후기의 문인들에게 옥대향렴체, 제량체는 양대 서릉의 『옥대신영(玉臺新咏)』이나 당대(唐代) 한악(韓偓)의 『향렴집(香奩集)』에 기원을 둔 하나의 시체로 인식되었다.

뿐만 아니라 이우신·이노원·이안중 등 옥대향렴체를 즐겨 창작한 작가들을 통해 그때의 창작 열기를 살필 수 있다. 이안중의 술회뿐만 아니라 이 시기 다른 작가의 언술과 작품의 양상[31]에서도 제량체, 옥대향렴체가 주요한 문학 논쟁의 하나로 등장하였음을 알 수 있다. 즉 김이양·신위(申緯)·이상적(李尙迪)·유화(柳訸) 등은 정(情)의 자유로운 표출을 강조하

---

30) "余少從從叔父學詩. 又交丹丘李平子, 通其言議. 二公皆好爲玉臺香奩之詠, 余亦間效爲之. 閔元履貽書責之曰, 齊梁淫褻, 何足以累吾靈臺. 余於是瞿然悔謝. 旣平子之沒, 叔父徙於京師, 余不復作詩."(李安中,『睡山遺稿』卷1, 규장각 소장본)
31) 鄭雨峰,「19세기 한시 연구」, 고려대 박사논문, 1992 참조.

거나, 섬려(纖麗)하고 농염(濃艷)한 시풍(詩風)을 긍정하는 비평과 논의를 전
개하고 있다. 이건창(李建昌)이 신위의 시의 연원을 육조(六朝)시대의 궁체
시(宮體詩)로 유명한 서릉(徐陵)에서 찾는가 하면, 신위는 또 당대 사대부들
사이에 널리 인정을 받고 있던 이상적의 시를 옥대체(玉臺體)처럼 섬세하
고 아름다우며 서곤체(西崑體)처럼 농염하다고 칭찬을 하였다. 이상적은
서릉과 유신(庾信)의 시풍, 온정균(溫庭筠)과 이상은(李商隱)으로 대표되는
만당(晩唐)의 시풍을 이어 받았다고 평가받으며 당시 사대부들 사이에 그
문학성을 널리 인정받고 있었다. 그리고 유화는 안동 김문의 대표적인 인
물이었던 김유근의 시에 왕왕 서곤(西崑)의 풍미가 있다고 하였다. 물론
이전 시기에도 임제·허봉·정두경 등이 간혹 염체(艶體), 염체(奩體)라는
시제로 창작을 하였다. 하지만 조선 중기까지는 옥대향렴체 작가나 작품
수가 미미하였고 무엇보다도 특별한 시체(詩體)로 주목을 받지도 못하였
다. 그런데 조선 후기에 들어 제량체나 옥대향렴체에 대한 창작이 활발해
지고 시체에 대한 논란까지 일어난다.

　또 민원리 등은 '제량체의 미적 특질은 음란하고 외설스럽다'라고 비판
한다. 민원리의 비판을 받은 뒤 뉘우치고 사과하며 곧 창작을 멈추던 이
우신의 모습은 당대 제량체에 대한 지배적인 시선이 어떠했던가를 보여
준다.

### 復贈

| | |
|---|---|
| 相望光如月 | 바라보니 달처럼 빛나고 |
| 相親氣若蘭 | 가까이하니 난초처럼 향기롭네 |
| 耶能不顚倒 | 어찌 꼬꾸라지지 않으리 |
| 儂無鐵石肝 | 나는 쇠나 돌 같은 심장이 아닌데 |
| | |
| 本倚情相重 | 본래 의지하며 정이 깊었는데 |
| 非關輕妾身 | 저를 가벼이 여길 줄이야 |
| 反覆無端緒 | 이유 없이 뒤집으니 |

沈思事豈眞[32]　아무리 생각해도 그 일이 어찌 진짜리오

**戲效艶體**

脫下單羅衫　홑 비단 적삼을 벗으니
願憑烏啣去　까마귀가 물고 가 전해주었으면
半襟紅濕盡　옷깃이 반쯤 붉게 젖었거든
知儂淚成許[33]　내 눈물인 줄 아소서

　첫 수, 여성이 남성의 달처럼 환한 외모와 난초처럼 향기로운 모습을
보고 흠뻑 반한 정감이다. "그 모습을 보고 어찌 꼬꾸라지지 않으리, 나는
쇠나 돌 심장이 아닌데"라는 시상(詩想)의 직설성(直說性)이 강박과 유사함
을 보여준다. 둘째 수, 정을 믿고 의지하였는데 마음이 변하니 믿을 수가
없다는 시상이다. 셋째 수, 자신의 눈물을 님이 알게 하고 싶다는 강렬한
그리움의 정감이다.

　음란하고 외설스럽다는 제량체에 대한 비판은 어디에 기원을 두고 있
으며 과연 타당한가? 이 문제를 풀기 위해 우선 당대에 어떠한 작품을 제
량체나 옥대향렴체라 인식하였는지, 어떠한 기원을 갖는지, 제량체나 옥
대향렴체의 미적 특질은 무엇인가, 그 창작의 배경은 무엇인지 등을 살펴
보아야 이해를 깊이 할 수 있을 듯하다.

　향렴체는 한악의 『향렴집』에서 비롯되었다. 한악은 '지분기 넘치는 남
녀의 상사연정을 그린 염시를 쓴 격조 낮은 시인'이라는 비난을 받았다.
한악이 특히 비난을 받은 이유는 기녀와 표객(嫖客)의 관계를 그린 시들
때문이며, '그들의 관계는 용속외설(庸俗猥褻)하여 진실한 정감이 없다'는
것 때문이었다. 이후 그는 특히 기녀와 남성의 관계를 그린 시인으로 회
자되었으며, 그의 시체는 향렴체로 일컬어졌다.[34] '옥대향렴체'는 남조(南

---

32) "君作誰家雨, 朝朝解浥塵, 郞如渭城柳, 不許濕他人."(申光洙, 『石北文集』 卷6) 등
　이 있다.
33) 丁範祖, 『海左集』 卷10.

朝)의 서릉(徐陵, 507~583)이 편찬한 『옥대신영(玉臺新咏)』에서 비롯되었다.
그런데 『옥대신영』에 수록된 작품들을 일별해 보면 조선 전기의 성현이
편찬한 『풍소궤범(風騷軌範)』이나 조선 중기의 율곡이 편찬한 『정언묘선(精
言妙選)』에 수록된 악부제 시와 상당 부분 일치한다. 『풍소궤범』은 조선
전기 홍문관을 중심으로 한 관각파가 제시한 일종의 시(詩) 교과서이다.35)
즉 조선 전기 성현은 『옥대신영』에 실린 여성들의 삶을 다룬 시를 시체의
모범이 될만한 것으로 인식하였다. 그는 또 『풍아록』에서 『옥대신영』에
실린 작품들을 당대의 여성의 현실과 매우 긴밀하게 연계시켜 의고하고
있다. 율곡 또한 『정언묘선』에서 "세대가 점점 내려갈수록 풍기가 점점
더러워져, 시를 짓는 자는 능히 성정지정(性情之情)에 근본할 수 없고 혹
문식(文飾)을 거짓으로 하여 사람의 눈을 즐겁게 하는 자도 많다"고 비판
을 하고 "내가 조용한 곳에 거처하면서 홀로 끙끙거리는 틈에 때로 고시
(古詩)를 펼쳐보다가 뭇 체(體)를 다 갖추어 얻고, 시원(詩源)이 오래도록 막
히고 말류(末流)가 다기(多岐)하여 배우는 자가 눈을 부릅뜨고 쳐다보아도
아찔하고 어지러워 그 길을 찾지 못함을 근심하였다. 이에 감히 그 가장
정(精)하고 가히 본받을 만한 것을 채집하여 모아 8편을 만들고, 권점(圈點)
을 더하여 『정언묘선』이라 이름하였다"36)고 하여 『정언묘선』 역시 조선
중기의 시 교과서의 하나로 편찬하였음을 밝혔다. 이렇게 『옥대신영』에

---

34) 서복관, 『서복관선생전집』, 중화당, 1968; 韓偓(陳繼龍 註), 『韓偓詩註』, 학림출판사,
    2001.
35) 임형택, 『풍소궤범』 해제 참조. 『풍소궤범』은 성현이 古詩集의 필요성을 제기하여
    홍문관 학자들과 함께 편찬, 성종 15년(1484)에 간행한 것이다. 조선 전기 관각파를 중
    심으로 한 문물제도의 정비가 완성되자 중세적 보편성에 대한 인식의 심화 확대로 관
    심이 돌아가면서 그 분위기의 하나로 이루어진 것이 『두시언해』와 『風搔軌範』의 간행
    이다. 중국의 역대 손꼽히는 시인의 고시 작품이 망라된 이 책은 대개 전집은 악부계에
    속하는 부류이고 후집은 고시계에 해당한다. 성현이 "漢魏로부터 元末에 이르기까지
    빠뜨림 없이 채집을 해서 모범이 될만한 것을 뽑아 약간 수를 前後集으로 나누었다.
    前集 16卷은 體로 엮었으니 사람들로 하여금 體制를 알도록 한 것이며 後集 29卷은
    類로 나누었으니 사람들로 하여금 類를 따라 써보도록 한 것이다."
36) 李珥, 「精言妙選 序」.

수록된 작품들은 조선 진기와 중기의 매우 중요한 시교과서에서 인정을 받았던 작품들과 통한다.

그런데 조선 후기에 가면 옥대향렴체는 외설스럽고 음란하다는 인식이 강하다. 즉 조선 후기에 옥대향렴체로 지목된 작품은 『옥대신영』의 그것과는 편차가 크다. 여성들의 삶과 사랑을 다룬 부화한 궁체라는 국면에 편중되어 매우 소극적이며 부정적인 평가를 받게 된 것이다. 주로 궁녀나 기녀의 남성과의 사랑이나 관계를 묘사한 작품만을 강조하여 옥대향렴체라 부르게 된 것이다. 당(唐) 유숙(劉肅)은 『대당신어(大唐新語)』에서 "양간문이 태자가 되었을 때 염시(艶詩)를 좋아하여 지으니 경내가 그를 따라 풍속을 이루었다. 이를 궁체(宮體)라 한다. 만년에는 서릉에게 명하여 옥대집을 찬하여 그 체를 크게 하라하였다"고 하였다. 즉 『옥대신영』이 궁체라 불리거나 염시로 이해되는 것은 양간문이 태자였을 때에 궁중에서 짓고 좋아하여 마침내 풍속을 이루었던 문학적 환경에서 기인하였고 이것이 조선 후기에도 그대로 이어진 듯하다. 그러나 『옥대신영』은 궁궐에서의 일을 다룬 것만은 아니다. 서릉이 '옥대신영서'에서 '오로지 규정(閨情)의 시가만을 거두고 제영한 것'이라 밝힌 선집 기준에서 분명히 드러나듯 『옥대신영』은 여성들의 삶이 시의 주요한 모티브가 되며 '염가(艶歌)'라고도 불렸다.

그런데 조선 후기 역시 주로 기녀와 남성의 관계를 다룬 시를 지칭하여 향렴체라 일컫는 경향이다. 기녀와 남성을 대상으로 하는 시 가운데서도 '남자가 기녀에 빠져 있으면서 차마 잊지 못하는 것' 등 남녀간의 연정을 둘러싼 사건이나 정감을 주 내용으로 한정한다. 기녀와 남성의 관계나 연정을 그렸다하더라도 그들의 정감이 절개나 의리 등 중세의 지배적인 규범을 실현하고 있다면 그 작품을 향렴체라 일컫지 않았다. 기녀와 남성의 관계에서 상투적으로 연상하기 마련인 사랑과 이별, 관능과 욕망 등을 형상화하고 있는 작품을 향렴체라 한 것이다. 악부제라 하더라도 기녀와 남성의 관계나 서정을 형상화하고 있다면 향렴체라 할 수 있다. 물

론 향렴체가 기녀와 남성의 관계를 그린 것만은 아니다. '여인네의 그리
워하는 정과 아리따운 말에 마음을 두어 탕자(蕩子)로 돌아가기를 즐기는'
내용 등도 향렴체에 해당된다. 여성의 신분은 기녀가 아닐 수도 있다. 그
러나 그 서정의 방향은 앞에서 지적한 기녀의 정감과 통한다. 따라서 향
렴체는 남녀간의 연정을 둘러싼 사건과 정감 가운데서도 특정한 사건과
정감을 형상화하는 시체를 지칭하는 용어라 할 수 있다. 그러나 한악의
『향렴집』도 기녀와 남성의 관계를 그린 것만은 아니다. 『향렴집』의 여성
과 남성의 관계가 용속외설(庸俗猥褻)하여 진실한 정감이 없다는 평가가
얼마나 객관적인 것인가는 앞으로 고찰해보아야 할 과제이다.
　　김이양은 향렴체의 시풍에 대해 음탕(淫蕩)하고 경박(輕薄)한 것으로 치
부하였던 당대 사대부들의 통념에 대해 인간의 자연스럽고 진솔한 감정
의 발현이라는 관점에 서서 옹호하는 논리를 전개하여 주목된다.37)

　　韓偓의 『香奩集』에 대해 후세의 많은 사람들이 의심하였다. 그 말에 이르기
를 "韓偓은 당나라 말엽의 명신으로 왕실을 위해 마음을 다하여 험난함과 평탄
함을 피하지 않고 성취가 저와 같이 바른 사람이었는데 어찌 여인네의 그리워
하는 정과 아리따운 말에 마음을 두어 蕩子로 돌아가기를 즐기었겠는가?"라고
한다. 이 말은 맞지 않는 것 같다. 예부터 충신 열사들이 모두 법도를 엄중히
지키어 기생은 안중에 두지도 않았겠는가. 胡澹庵은 黎渦에 정을 두었고, 文文
山은 기생을 많이 두었는데도, 그들의 義氣 志節과는 아무 관계가 없었다. 어
찌 유독 致堯(한악의 자)의 향렴체시에만 의심을 두려하는가? 신하로서 왕실에
마음을 다하고 방황하며 연모하여 차마 떠나지 못하는 것은 情 때문이요, 남자
가 기녀에 빠져 있으면서 차마 잊지 못하는 것 역시 情 때문이다. 情이 발한
것에 바르고 바르지 않은 차이가 있지만 애연히 서로 느끼어 한번 가매 돌아오
지 않는 것은 한 가지로다. 이것이 정풍과 위풍이 淫辭인데도 夫子에게 산일당
하지 않은 까닭이다.

37) 鄭雨峰, 「19세기 詩論 硏究」, 고려대 박사논문, 1992 참조.

일찍이 詩는 情의 발현이며 詩의 알맹이라고 생각하였다. 감정이 없이 시를 짓는 것은 조화와 같아서 붉고 푸른 것이 알록달록 곱고 화려하여 조물주의 솜씨를 빼앗을 만하더라도 냄새를 맡으면 향기가 없다. 꽃이면서 향기가 없는 것을 꽃이라고 할 수 있겠는가? 그러므로 옛날에 시를 짓는 자들은 모두 그 감정을 노래하였으니 鄭風과 衛風처럼 淫蕩한 것일지라도 또한 모두 솔직하게 진술하여 거짓됨이 없었다. 솔직하게 진술하여 거짓됨이 없는 것은 誠이다. 그렇기 때문에 우리 부자께서 思無邪 한마디 말로 삼백 편 전체의 뜻을 재단하였다. 이것이 임금된 자가 사방을 살피고 시로 진술하여 풍속을 관찰한 까닭인 것이다.[38]

김이양이 대표적인 염정체(艶情體)시로 일컬어지는 한악(韓偓)의 『향렴집(香奩集)』을 옹호하는 논거는 인간의 자연스럽고 진실한 감정과 욕구의 표출에 있다. 신하가 임금을 그리워하는 것이나 기녀를 연모하여 잊지 못하는 것 역시 정 때문이라는 논조에서 그가 진솔한 정의 표출을 모든 것의 우위에 두는 문학론을 전개하고 있음을 알 수 있다. 물론 그도 정(情)에도 정(正)과 부정(不正)이 있다고 하였지만 그러나 정(情)에 빠지는 것은 마찬가지라고 한다. 앞서 강박이 "행동은 바르지만 시가 음사(淫辭)가 될 수도 있다"고 한 것과 비교해보면 김이양은 염정적인 인간의 행위 자체를 긍정하고 있음을 알 수 있다. 그래서 음란한 것으로 치부되었던 정풍과 위풍을 인간 감정의 솔직하고 꾸밈없는 표현이라고 하여 옹호한다. 당대 문인들이 진정에 바탕하지 않고 겉모습만을 꾸미는 것을 비판하고, 남녀간의 애정을 주요 소재로 다룬 향렴체의 한시를 긍정적으로 평가한 것이다.

실제 김이양은 여성 정감이나 여성 화자를 내세운 적이 없지만 기녀와의 애정을 노골적으로 묘사한 작품들은 많이 남겼다. 그는 자신과 기녀 특히 운초(雲楚)와의 애정을 묘사한 작품을 다수 남겼다. 이는 그가 남녀 간의 애정을 강조하고 옹호한 것이 문벌 귀족 출신으로서 안정된 물적 기반 위에서 산수 자연을 찾아다니며 유람을 즐기고 기녀와의 연정을 하

---

38) 金履陽, 「題黃山西遊漫吟後」, 『金履陽先生文集』, 국립중앙도서관 소장본.

나의 풍류로 즐기었기 때문임을 말해준다. 그러므로 김이양의 작품은 여성의 현실과 정감을 거의 드러내지 않고 사대부의 질탕한 정감을 표출한다. 그러고 보면 위의 글은 김이양이 자신의 애정행각에 대해 비교적 분명한 논거를 가지고 변호한 글인 듯하다. 사대부와 기녀의 풍류는 16세기 작가들의 작품에서도 빈번하게 나타난다. 그러나 그들의 작품은 다수가 기녀의 현실과 기녀의 정감을 중시하는 점이 강하였다. 반면, 이 시기는 사대부가 자신들의 풍류를 가감없이 표출하여 사대부의 정신 경계가 점점 이완되어 가고 있음을 보여준다. 이 시기 문벌 귀족 출신의 문인들에게서 그러한 경향이 더욱 확산되고 노골화되었던 것으로 보인다.[39] 이렇게 조선 후기 제량체에는 기녀와 남성의 부화하고 들뜬 삶과 정감을 표현한 작품도 있다.

그러나 이 시기 제량체의 대표적인 작가의 한 사람으로 알려진 김이양의 작품은 김이양과 운초의 사랑과 배려에서 나온 것이라고 할 수 있다. 이를 두고 '김이양의 제량체는 기녀와의 관계만을 다루고 정(情)의 문제를 하층 여성의 생활 정서로까지 확대하고 있지 않으며, 또한 사대부의 취락적 유흥적 생활방식과 연결되어 퇴영적 소극적 면모를 보이고 있다'고 비판을 하기도 한다. 그렇다면 그 비판은 특정한 정감만을 가치가 있다고 하거나 특정한 계층의 사람만이 가치고 있다고 하는 배제의 논리를 벗어날 수 없다. 또한 기녀가 제도적으로 용인되었던 중세사회에서는 기녀와 남성의 관계를 형상화한 것을 소극적·퇴락적·유흥적이라고 평가하기보다는 기녀제도가 어떠한 실체였던가를 논의해야 하고, 그들이 그 관계 내에서 어떠한 삶을 살아야 하였던가를 문제삼아야 할 듯하다. 김이양은 한악의 『향렴집』에 대한 옹호를 통해 모든 인간의 정감을 당대의 지배적인

---

39) 이옥, 김려와 같이 실세한 양반 사조에 의해 창작상의 풍부한 발전과 이론화를 보이었던 여류감정의 수용문제가 여성을 시적 대상으로 한 한시의 측면에서 본다면 문벌귀족의 소비적 취락적 생활형태와 연결되면서 다분히 퇴영적 유락적 형태로 변질되고 있다는 점에 주목할 필요가 있다는 의견도 있다(정우봉, 「19세기 詩論 硏究」, 고려대 박사논문, 1992 참조).

도덕규준으로 새단하기 전에 그 정감들이 모두 진실함에서 나온 것일 수
있으며, 인간의 삶의 정감은 단일한 것이 아님을 강조한다. 그는 기녀와
남성의 관계가 용인되는 중세의 틀 내에서는 제도의 모순 문제와는 다른
차원에서 이 관계도 얼마든지 진실한 정감으로 이루어질 수 있음을 강조
하였던 것이다.

조선 후기의 강박·임정·심노숭·신광수·정범조 등 향렴체 작품을
다수 창작한 문인들 역시 김이양과 비슷한 생각을 지녔음을 짐작할 수
있다. 따라서 향렴체의 미적 특질과 의의는 개별 작품에 대한 섬세한 고
찰을 통해서 살필 수 있을 것이다.

또 양간문이 궁체를 짓고 『옥대신영』의 편찬을 명한 시대의 시체를 지
칭하여 특별히 제량체라고도 한다.[40] 부염(浮艶)이나 기미(綺靡)는 바로 제
량체의 시적 내용에 관한 부정적인 판단을 내포하는 용어이다. 사공도는
『24시품』에서 "제량에 이러러 문풍이 점점 부염으로 나아가고 문사(文辭)
를 조탁하여 생활내용(生活內容)을 벗어났다"고 한다. 그가 제량체가 생활
내용을 벗어났다고 하는 것은 시가 형상화하고 있는 내용이 기녀와 관계
된 것이기 때문이다. 그런데 과연 기녀와 남성의 사랑이나 그 분위기를 다
룬 것이 생활내용을 벗어난 것일까? 기녀의 삶의 애환은 분명 그들의 생활
내용이다. 남성의 삶의 주변에 기녀를 공인하고 동시에 그 삶을 생활내용
을 벗어났다고 하는 모순적인 논리가 제량체에 대한 비판이나 그 비판을
따르는 논지에 들어 있다. 뿐만 아니라 조선 후기의 제량체는 이전 어느
시기보다 기녀나 남성과의 삶의 실체를 적나라하게 드러내고 있다. 따라서
제량체의 미적 특질을 범주화하여 기미나 부염에 그치는 것으로 파악하는
것은 매우 피상적인 것이라 할 수 있다.

제량체는 곧 기녀의 삶과 공간을 진실하게 표현할 수 있다. 다만 그녀가

---

40) 서릉은 梁陳간의 詩人이자 騈文작가이다. 서릉은 艶體를 즐겨 지었고 응제작이 많
  으며, 詞藻를 추구하고 對仗을 강구하였다는 평가를 받는다. 또 그는 庚肩吾·庚信 부
  자와 시풍이 비슷하여 그들은 함께 '徐庚體'라 일컬어졌다.

기반하고 있는 공간의 화려한 치장과 언어들 그리고 그 시공에서의 인간 간의 관계가 항상적이고 신뢰에 기반하여 이루어지지 않는 경우가 많고 그것을 풍자하는 경우가 많아 들뜨고 부화한 경향을 띨 수도 있다. 문제는 그것을 우리가 어떠한 시선으로 평가하는가이다. 이에 대하여 김이양은 인간사의 다양한 사건과 그 사건에 따른 다양한 정감이 모두 진실한 것이며 그것이 바른 것인가 바르지 않은 것인가는 다음 문제라고 한다. 조선 후기 문인들은 일반적으로 기녀와 그녀의 삶, 그리고 그 공간을 형상화한 시는 염어로 이루어졌다고 인식하는 경향이 지배적이다. 이는 매우 평면적인 판단이라고 할 수 있다. 사실 기녀의 삶과 시공간의 형상화에 화려한 채색, 농염한 분위기, 인공의 형상들이 등장하는 것은 인위적인 것이 아니라 오히려 실제적 묘사이다. 실제 기녀의 삶과 공간이 그러한 부분들로 이루어졌음을 비판하기가 어려움은 자명하다. 그런데 이를 형상화한 것을 염어라고 하여 부정을 한다면 모든 인물의 삶과 정감을 도학자의 삶과 시공으로 윤색을 하기를 바라는 것과 마찬가지이다. 사람에 따라 환경에 따라 그들의 삶과 시공간의 진실성은 그 모습을 달리하기 마련이다. 그것은 우열이나 가치를 가지고 논하기가 곤란하지만 중세의 신분제사회는 그것을 우열이나 가치를 가지고 논하였다. 그러므로 오늘날의 연구자들이 이러한 시적 경계를 염어라고 하여 비판을 하는 것은 신중히 해야 할 일이다. 중세 문인들이 지배적인 관점으로 재단하는 삶에 대해 오늘날의 우리가 아무런 양해 없이 받아들여 어떤 삶은 옳고 어떤 삶은 잘못되었다고 단정하는 것은 횡포를 반복하는 일이다.

제량체에 대한 논란은 작품의 내적 특질에 대한 탐구나 논의라기보다 이 시체에 대한 긍정이냐 부정이냐의 논의로 진행되었다. 물론 부정의 논리가 강하였고 긍정의 논리는 매우 예외적이며 특이한 시선으로 받아들여졌다. 물론 제량체나 옥대향렴체의 미적 특질에 대한 언급이 없는 것은 아니다. 그러나 매우 정형적이고 고정된 내용이 반복되는 국면이다. 왜 제량체에 대한 내적 특질에 대한 탐구는 이루어지지 않고 동일한 평가가 반복되는 것일까?

　18세기 후반기로 오면 한시에서 여성의 성(性)과 사랑이 큰 폭으로 확장되어 나타난다. 특히 18세기 후반기의 여성 정감시는 부부(夫婦) 사이의 사랑이 성(性)을 매개로 적극적(積極的)으로 구현된다.[41] 앞에서 살펴보았듯 한시에서 남녀간의 성(性)이 직접 시의 모티브로 나타나기 시작한 것은 18세기 전반기에 와서인 듯하다. 그러나 강박의 작품에서 보았듯이 성(性)의 형상화는 기녀와의 관계에서 이루어지는 것이었다. 통상 '남녀(男女)간의 성(性)이란 기녀와의 관계에서나 이루어지는 것'처럼 비속하게 치부하던 이전까지의 인식이 지속된 것이라고 할 수 있다. 즉 기녀와의 성(性)이란 신뢰(信賴)를 기반으로 전망(展望)을 내포한 성(性)이 아니라 일회적(一回的)이고 유희적(遊戱的)이며 퇴폐적(頹廢的)인 경향으로 흐를 소지를 다분히 내포하고 있었고, 이러한 측면이 명분(名分)과 의리(義理)를 중시하던 사대부의 의식(意識)에 합당하지 않다고 여겨졌던 것 같다. 강박은 이 작품들을 창작하고 난 뒤 반성(反省)의 변(辯)을 통하여 다시는 이러한 시를 짓지 않겠다고 하였는데 강박(姜樸)이 이러한 변(辯)을 밝히게 된 것도 어쩌면 기녀와의 관계에서의 성(性)이라는 문제가 지니는 왜곡(歪曲)된 형태(形態)를 그가 의식하고 있었기 때문인 듯하다. 그런데 18세기 후반기로 오면 부부(夫婦) 사이의 성(性)과 사랑이 본격적으로 대두된다.

### 子夜歌 5·6·9首

| 暗憶少小事 | 가만히 어릴 적 일을 생각하다 |
| 含羞面發紅 | 부끄러워 얼굴이 발개지는데 |
| 郎性好戱劇 | 낭군은 장난질을 좋아하여 |
| 道妾再嫁儂 | 저보고 두 번이나 시집을 왔다고 놀리네요 |

---

41) 물론 이 시기의 부부간의 사랑이 언제나 性을 매개로 형상화되는 것은 아니다. 특히 부부간의 純情한 사랑을 曲盡하게 묘사한 작품으로는 沈魯崇의 「新山種樹記」·「淚原」 등의 산문과 시에서 확인할 수 있다(金榮鎭, 「沈魯崇 散文 硏究」, 고려대 석사논문, 1996 참조).

儂家七寶鏡　　우리집 칠보 거울
郎照儂亦照　　낭군이 비추길래 나도 보았지요
朱口未及啓　　붉은 입술 아직 열지 않았는데
寶鏡旣知笑　　거울이 먼저 알고 웃네요

摘得園中橘　　뜰 안 귤을 따니
團團如拳許　　동글동글 주먹만 하네
郎自藏懷中　　낭군이 품속에 넣어 와서
道儂知橘處[42]　내게 귤 있는 곳을 아냐고 하네

「자야가(子夜歌)」는 자야(子夜)라는 소녀가 나서부터 함께 자란 이웃집 소년과 소꿉놀이를 하다가(憶妾少小初, 郎年纔六七, 郎家對門居, 遊戲每同出 : 1수 / 弄雛代冥雁, 編草作新鬏, 昨夜東家婚, 新娘如儂拜 : 3수) 답청을 하는 연인으로 성장하고(窈窕妾簪花, 蹀躞郎馬竹, 長干春草時, 携手共踏綠 : 2수) 결혼을 하게 된 과정(十五嫁眞郎, 眞郎非別郎, 華燭洞房內, 復作提上拜 : 4수)과 그 이후의 삶의 일대기를 마치 마주 앉은 상대에게 자연스럽게 이야기를 들려주듯이 묘사한 5언(言) 4구(句) 20수(首)의 장편 연작시이다. 소꿉놀이를 하며 신랑 각시가 되었었는데 진짜 혼례를 치루고 부부가 되니 낭군은 두 번이나 시집을 왔다고 놀리고 신부는 부끄러워 얼굴이 발개진다. 다음 시는 낭군과 함께 거울을 비춰보니 좋아서 입이 그저 벌어지려는 걸 참고 있는데 거울이 먼저 알고 입을 벌린다는 모티브이다. 새댁은 낭군과의 애정을 수줍어서 감추려 하지만 절로 드러나는 걸 어쩔 수가 없다. 다음 시에서는 낭군이 신부에게 주려고 맛난 귤을 품속에 숨겨 와서는 어디 있는지 찾아보라고 장난을 친다. 그들의 사랑과 애정에는 아무런 장애와 갈등이 없고 오직 두 사람의 합일된 마음만이 존재한다. 장난을 좋아하는 낭군과 좋아서 어쩔줄 모르는 각시가 자신들의 정감을 내재화하지 못하고 외부로 발산하여 정감의 외재화를 이루어도 그들이 혹여나 "樂而不淫"하

---

42) 李安中, 『玄同集』.

는 규범을 일탈할까 두렵지가 않다. 오히려 신랑 신부의 사랑과 애정 표현에서 어여쁘고도 맑은 미(美)가 감지된다. 왜냐하면 그들은 길고 오랜 설레임과 기다림 끝에 결혼을 한 부부이기 때문이다. 또한 부부 사이의 건강하고 진솔한 사랑, 생동적이고 발랄한 정감, 구체적인 애정 표현 등은 18세기 후반기 여성 정감 한시가 새롭게 창조한 시적 경계로 한시사에서 아주 오랫동안 적적하고 우울하였던 '아내의 사랑'에 새로운 지평을 열어주는 듯 신선하다.

물론 한시에서 아내와 남편간의 사랑의 표현이 이전 시기에도 전혀 없었던 것은 아니다. 그러나 이전 시기의 부부간의 사랑의 정감은 대개 도망시(悼亡詩)의 형태로 망자(亡者)를 위로하거나 그리워하는 예(禮)의 범주 내에 존재한 측면이 강하거나 서정의 내재화로 '깊은 사랑'을 표현하는 데 중점을 두었다. 그래서 여성의 함축적이고 내재화된 정감, 속 깊은 정감, 절개(節槪)의 의리(義理)에서 미가 감지되었다. 이안중의 경우처럼 연작시로 부부간의 정을 직접적인 애정표현으로 묘사하여 집중적으로 형상화하여 밝고 경쾌하고 생생한 어조로 표현한 경우는 드물었다.

| | |
|---|---|
| 薄雪寒不斂 | 희뿌연 눈 내리고 추위 가시지 않아 |
| 尙看春色遠 | 아직 봄빛이 먼데 |
| 先着儂兩臉 | 내 양 볼에 먼저 왔다고 |
| 願郞莫嗔儂 | 낭군은 성내지 말아요 |
| 錦衾共纏繞 | 비단 이불 함께 덮고 있으니 |
| 那得識儂身 | 어찌 내 몸을 알겠어요 |
| | |
| 今日寒政苦 | 오늘 추위는 정녕 대단해 |
| 鴛衾薄不暖 | 원앙금침도 얇아 따뜻하지 않네 |
| 竟夜交郞抱 | 밤새 낭군과 서로 껴안고 |
| 回首向郞道 | 고개 돌려 낭군에게 말하네 |
| 不知東家婦 | 글쎄, 동쪽집 과부는 |

獨宿寒何許   홀로 자는데 얼마나 추울까

今夜不張燭   오늘밤엔 촛불을 켜지 않아
不見阿郎面   낭군의 얼굴 보이지 않고
但聞香氣息   향긋한 숨결만 느껴지네
朝來對鏡看   아침에 일어나 거울에 비쳐보는데
如何臉邊朱   어찌나 뺨 주변이 붉은지
一半着郎面[43]   반은 낭군 얼굴에 붙었네

　낭군과 함께 밤을 보내는 신부의 얼굴에 빨갛게 상기된 홍조가 퍼지니 신부는 아직 멀리 있는 봄이 자신의 얼굴에 먼저 왔다고 수줍음을 둘러 표현한다. 또한 비록 봄이 자신의 얼굴에 먼저 왔지만 낭군과 함께 이불을 덮고 있는데 어떻게 자신의 몸이야 보았겠느냐고 낭군에게 봄을 질투하지 말라고 애교를 보이는 모티브이다. 여성 화자가 봄을 의인화(擬人化)하여 성적(性的) 시상(詩想)을 구성하고, 질투(嫉妬)의 주체(主體)도 여성 자신이 아니라 남성으로, 여성이 남성에게 질투를 하지 말라고 다독이는 행위(行爲)의 전도(顚倒)가 일어난다. 전통적인 관습으로는 4행에서 이미 완성되었을 법한 시상에 다시 두 행이 첨가되어 질투하지 말고 한 4행의 이유가 제시되는데 이는 아주 노골적 정감으로 토로된다. 대담하게 자신의 정감을 토로하여 시의 분위기를 농염하면서도 경쾌하게 발산한다. 다음 시는 추위가 심한 밤 여성이 낭군과 꼭 껴안고 잠을 자면서 자신의 즐겁고 만족스러운 마음을 표현하는데 이웃집 과부를 가련히 여기는 마음으로 비유적인 표현을 한다. 여성의 정감은 과부에 대한 과시(誇示)가 특징인데 그 과시가 성적(性的) 시상(詩想)에서 기반하여 일어난다는 것도 새롭다. 봄이나 추위로 남녀간의 성적 특징을 나타내는 서민사회의 일반적인 은어가 시상을 구성하는 핵심 모티브이다. 다만 은어로만 머물지 않고

---

43) 李安中,「月節變曲」,『玄同集』.

여성 화자의 입으로 직접 전달되어 은유적 구성을 꾀하지 않고 직접적인 구성을 취하는 것이 특징이다. 다음 시는 간밤에 있었던 짙은 성적 행위를 낭군의 뺨에 묻은 연지로 표현을 한다. 촛불을 켜지 않아 보이지가 않았다고 하는 여성은 다소 들뜬 정감이다.

이러한 여성 정감의 변화는 시의 형식의 변화를 가져오고, 변화된 형식은 다시 새로운 인물의 형상을 창조한다. 작가는 5언 6행시의 마지막 두 구에서 핵심적인 시상을 유감없이 펼치고 기(氣)를 분출하여 새로운 인물의 형상, 새로운 정감이 형성된다. 이렇게 이안중(李安中)의 시에서의 6행 잡체시는 절구를 이루는 4행과 첨가되는 나머지 두 행으로 구분되어 그가 왜 특별히 이 6행시를 지어야 하는지를 보여준다. 전통적인 감수로는 4행에서 끝이 날 것 같은 독자의 습관에 2행을 첨가하여 신선한 충격을 던져주며 새로운 인물의 형상을 창조하고, 내밀(內密)한 농염(濃艶)을 외부로 발산하여 새로운 정감으로 현실성을 획득한다. 이는 죽지사 7언 4구의 연작시와도 다르고, 이옥의 『이언(俚諺)』의 작품세계에서보다도 훨씬 더 짙은 농염한 정감의 표출이다. 내밀한 정염(情艶)을 아주 대담하면서도 솔직하게 다 토해 내기 위해 5언 4구에서 6행 잡체시 형식이 된 것이다.

주지하듯이 봉건사회는 성(性)이나 애정(愛情)의 본능적인 정감의 유출을 금기시 했다. 성이나 애정의 본능적 정감의 유출은 개체적 자유나 창조력을 확장시키는 기반으로 전일적인 사유체제로 개인을 통어 하고 중세규범을 수호하는 데에 장애물로 여겨졌던 것이다. 그러므로 조선 후기 성이나 애정의 문제가 직접 시적 대상이 되었다는 것은 바로 중세적 허위 의식에 대한 저항이나 신분 체제, 남녀차별이라는 봉건적 질곡에 맞선 개성해방이라는 면과 다층위로 결부되어 활발하게 형상화되었다.44)

더구나 아내라는 신분의 여성이 성이나 애정 같은 본능적 정감의 자유로운 유출을 보여준다는 것은 더욱 의미있다. 남성이 기녀를 성적대상으

---

44) 高美淑, 「19세기 시조의 전개양상과 그 작품 세계연구」, 고려대 박사논문, 1993.

로 희롱을 하는 데에는 기녀에 대한 본질적인 인식 즉 기녀는 성을 담보
로 살아가는 가장 하층의 인간 군상으로 사람으로 대우하기를 꺼려했던
일면이 있다. 그래서 기녀를 동등한 인간으로 취급하는 것이 아니어서 성
을 운위하였지만 아내라는 신분을 성적 존재로 인정하고 수용한다는 것
은 그들의 성에 대한 근본적인 이해가 달라지고 있음을 반영한다. 그러나
그들의 근본적인 지향점은 "된서리 눈처럼 두터이 쌓여, 온 산 다 시들어
도, 송백은 옛 절개를 지키네, 원컨대 낭군의 마음 변치 마세요, 백 년을
서로 마주보며 늙어 가요, 송백 같은 마음으로"라고 하여, 여전히 부부가
백년해로하는 것으로 귀결된다.[45]

여기서 사대부 한시가 성을 그리면서도 지나치게 일탈의 방향으로 나
갈 위험이 적어진다. 그들은 대개 신혼 부부로 그들의 애정은 매우 건강
하고 밝다. 여기서 이들의 성이 중세의 개체적 진실성, 인간적 욕구의 절
실한 표출의 역할을 제대로 수행하고 퇴폐적이거나 유희적으로 흐르지
않을 장치를 이미 보장받게 된다. 그들의 성은 인간의 보편적인 욕구, 정
서라는 매개항으로 공감의 영역을 확대하고 인간의 개체가 가진 생생한
약동성과 생명력을 잘 보여준다. 특히 이안중의 여성 정감시에서 성은 농
촌 여성을 대상으로 하는 데 농촌 여성 특유의 건강함이 시의 주조를 이
룬다. 한시의 여성이 드디어 중세의 고착된 금기를 뚫고 역동적으로 자신
의 개성을 해방하고 남편과의 사랑을 찾음으로써 무언가 전망을 밝게 하
는 듯하였다. 그러나 이들의 사랑은 대개 신혼부부의 성을 위주로 하고
있고 「월절변곡(月節變曲)」의 후반부는 역시 남편의 바람기와 여성의 고통
이 드러난다. 다른 점이 있다면 그녀는 이전처럼 다만 눈물을 흘리고 있
지는 않는다는 점이다.[46]

---

45) "嚴霜厚如雪, 千林盡憔悴, 松栢守舊節, 願郎心勿易, 百年相對老, 懷心比松栢."(李
   安中, 「月節變曲」 十二首, 『玄同集』)
46) 반면 尹廷琦의 작품들은 일상생활에서 부부가 조화를 이루며 일을 하는 모습에서 사
   랑을 은근히 표현한다.

## 秧歌

| | |
|---|---|
| 請將馬州秤 | 대마주의 저울을 가지고 |
| 秤汝憐儂意 | 나를 사랑하는 그대 마음을 달아보아요 |
| 請將海倉斛 | 해창의 말을 가지고 |
| 量儂之恩義 | 나의 사랑도 재어보아요 |
| 不然幷打團 | 아니면 모두 둥글게 뭉쳐 |
| 十襲裏衣帔 | 열 겹 치마폭에 싸서 |
| 縈之復絡之 | 얽어매고 묶어매어 |
| 裝作一擔簣 | 한 삼태기로 만들어 |
| 擔在兩肩頭 | 양 어깨에 짊어지고 |
| 千步百顚躓 | 천 걸음에 백 번 거꾸러져서 |
| 寧被擔磕死 | 차라리 짐에 눌려 죽는다 해도 |
| 此心無汝愧 | 이 마음 그대에게 부끄럼이 없다오 |

　이학규(李學逵)의 민요(民謠)를 한역(漢譯)한 「앙가(秧歌)」 5장이다. 16세기에서 17세기의 여성의 사랑에 대한 감정이 내재화되고 내적 강렬함이 부각되는 것과 달리 이 시기에는 여성이 자신의 강렬한 사랑을 외재화하고 표출한다. 님과 자신의 사랑을 비교해보고 자신이 훨씬 더 님을 사랑하는 마음이 훨씬 더 크다는 것을 강조한다. 만약 저울로 나타나지 않는다면 자신의 사랑하는 마음을 모두 덩어리로 만들어 양 어깨에 짊어지고 그 무게에 눌려 죽는다 해도 부끄럽지 않을 것이라는 여성의 강렬한 자기 주장이다.[47]
　이러한 여성의 사랑은 민요와의 교섭의 영향을 받은 측면이 강하다. 이학규는 "반가운 님 있는 곳을 알기만 하면, 높다란 고갤 망정 평지와 같아, 천 걸음에 숨 한번 쉬지도 않고, 나는 듯이 꼭대기에 올라가리라"거나 "오라버니 입매는 고운데, 하는 말은 경솔하기만, 네가 자는 방에서는, 코 고는 소리 둘인 것 같더라, 나는 참말 국화꽃이라, 어려서도 행동이 조신

---

47) 이학규는 고을 아전의 아들이 권세를 믿고 마을의 처녀를 겁탈하는 장면을 묘사하여 남녀의 性이 개입한 제재까지 개의치 않고 드러내어 비판적인 인식을 토로하는 태도를 보여준다("渠是府胥兒, 遮人壟東麥, 麥秀正含胎, 因渠太狼藉").

했다오, 어젯밤에 남풍이 심해, 문풍지가 울린 거라오"라고 하여 남녀간
의 잠자리를 두고 하는 노골적인 의설을 하기도 한다.

사공도는 "제량(齊梁)이후 청려(淸麗)는 발전하여 부염(浮艶)이 되었으니
문학풍격의 도태이다"라고 하였다. 물론 기녀와 남성의 관계를 형상화한
제량체에는 분명 들뜨고 부유하는 정감으로 화려한 언어를 모아 놓은 작
품도 있다. 그러나 기녀가 등장하는 작품은 들뜨고 부유하는 내용이라고
단정하거나 화려한 언어로만 점철된 것이라고 단정하는 것은 분명 편견이
다. 이는 시가 어떤 국면을 형상화하는 것은 나쁘다는 선입견을 갖고 있는
것이자 나쁘게 보는 것을 타자화하고 배제하려는 의도가 깔려 있는 것이
기 때문이다. 따라서 제량체의 시가 무엇을 형상화하고 있는지 그 작품의
표현 형식과 내용 형식은 어떠한 것인지를 섬세하게 살펴보아야 한다. 기
녀도 분명 중세를 구성하는 주요한 구성원이었고 그들의 삶의 애환과 정
감 역시 중세를 구성하는 중요한 요소이기 때문이다.


## 5. 마무리


조선 후기에 여성 화자·화재 한시를 집중적으로 묘사한 계층은 주로
18세기 전반기의 관료 출신과 18세기 후반기의 사족(士族) 출신으로 나누
어 볼 수 있다. 그러나 18세기 전반기의 작가들 역시 최성대처럼 아직 출
사하지 못한 사(士)의 위치에 있을 때 지었다거나, 강박처럼 지방관으로
나가 이은(吏隱)을 생각하며 지은 경우, 임정처럼 서울에서 멀리 떨어진
곳의 지방관으로서 지배적인 이념의 이완과 심미적인 정신 경계를 고스
란히 드러내 보이는 경우 등 중앙 정계에서의 활발한 활동과는 거리가
있을 때 지었음을 살펴볼 수 있다. 18세기 후반기의 작가들도 마찬가지이

다. 이안중처럼 향촌에 세기히던 사족의 입장에서, 김려(金鑢)·이학규 등
은 유배지에 있을 때, 이우신·이노원 등은 아직 출사하지 못하였을 때에
여성 화자·화재 한시를 주로 창작하였다. 이옥처럼 언제 창작을 하였는
지 불확실한 경우도 있으나 그 역시 출사하지 못한 사(士)의 신분에 머물
렀던 것은 분명하다. 그들은 대개 과거에 나아가지 못하고 벼슬에 나아가
지 못한 사족으로서 여성을 형상화하였다.

　여기서 여성 화자·화재 한시를 수용하는 작가들의 창작 기반이 대부
분 향촌 사회에 닿아 있음을 알 수 있다. 영남에 살던 신유한이 수원에 세
거해 살던 최성대를 찾아가 그의 여성 정감시, 악부체 한시에 감동을 받고
자신도 가끔 본떠지었다는 일화나, 최성대가 40세 이후에 과거를 하고 지
방 고을 현감으로 다니다가 중앙 관직으로 나아간 이후에는 여성을 형상
화하지 않았다는 점 역시 여성 형상화의 창작 배경이 향촌 사회를 기반으
로 하고 있음을 말해준다. 이 점은 18세기 후반기의 작가에게도 해당된다.
「사유악부(思牖樂府)」는 김려가 부령 유배지에서 연희와 나눈 사랑을 형상
화하고 있다. 사대부와 여성의 교류와 분위기를 잘 보여준다고 할 수 있
다. 물론 이옥처럼 도시 시정을 기반으로 한 「이언」도 있고, 김이양의 한
시처럼 운초(雲楚)와의 사랑을 기반으로 한 도시적(都市的)이고 유흥적(遊興
的)인 정감도 있다. 그러나 18세기 후반기의 여성 화자·화재 한시는 대부
분 향촌 사회를 기반으로 탄생되었다고 할 수 있다.

　그런데 시인들이 여성 화자·화재를 통해 향촌에서의 일상을 표출할
때도 매우 세련된 도시적 감각을 보인다. 이 점은 18세기 후반기 작가들
에게서 더 잘 보인다. 예를 들어 이안중은 단양에 세거해 온 향촌사족(鄕
村士族)으로서 자신의 일상에 포착된 여성을 형상화한다. 그는 향촌에서
제재를 취하였다하더라도 매우 도시적인 감각과 세련미를 지닌 모습으로
여성을 구현한다. 이안중의 심미감각(審美感覺)이 매우 도시적인 이유는
그가 향촌에 머물면서도 서울과의 접촉이 잦았던 데서 연유한다. 향촌 사
족의 서울 출입은 대개 사환(士宦)길의 모색에 있었던 것 같다. 또한 그는

서울과 경기 지방에 거주하던 이우신·이노원·김려 등과의 문화적 접촉
도 빈번히 했다. 이때에 수용한 세련되고 도시적 감각이 대부분 여성 형
상화로 표출된 것이라 할 수 있다. 물론 부요의 수용 등 도시적 세련미와
는 다른 정감을 구현하고 있음도 분명한 현상이다. 그러나 이는 대부분
제재적 성격에서 기인한 것이지 시인의 감각 자체가 그러한 것은 아니라
고 할 수 있다.

　조선 후기 사대부 사회 내(內)에서 여성 화자·화재를 창작한 시인들이
자리한 곳, 사회 경제적인 처지는 한결같지 않다. 18세기 전반기의 최성
대처럼 장년기를 넘어서 사환(士宦)의 길에 들어선 경우가 있고, 18세기
후반기의 이우신처럼 경연관(經筵官)을 지낸 경우도 있다. 이러한 사회 경
제적인 처지의 다양성은 그들 각각의 여성 형상화가 서로 다른 길로 향
해갔음을 보여주는 것이기도 하다. 그런데 시인들은 대개 청장년기에 여
성 화자·화재 한시를 창작하다가 장년기(長年期)를 지나면서 그 색채를
감추거나 성리학(性理學)으로 침잠하는 공통점을 보여준다. 최성대·이안
중 등은 장년기로 가면서 여성 형상화의 색채에서 벗어나고 있고, 다음
시기의 이우신은 성리학으로 침잠한다. 물론 김이양처럼 노년(老年)에 여
성과의 사랑을 묘사한 한시를 집중적으로 보여주는 경우도 있기는 하다.
그러나 매우 예외적인 모습이다. 그들이 다시 성리학의 세계로 돌아갈 수
밖에 없었던 이유는 무엇일까? 또한 여성 형상화를 경험하고 난 뒤 그들
의 성리학은 어떤 변모나 모습을 보이는 것일까. 그들의 주변인물들은 대
개 노론계(老論系)의 사람들, 김조순(金祖淳)·이우신·김용행(金龍行)·김이
양이었는데 이 변화가 주변 인물들에게 어떠한 영향을 미쳤을까 등의 문
제는 과제로 남긴다.

# 제7장

# 이옥, 여성의 정체성과 수동적 주체의 생산

## 1. 문제 제기

　「이언(俚諺)」에는 삶을 부정하는 하강(下降)의 선(線)을 타고 내려가는 여성의 슬픔과 고통 그리고 죽음의 기운이 흐른다. 「아조(雅調)」편에서 혼례를 치르며 생명의 세계로 향하던 여성의 낙관적인 소망은 「비조(悱調)」편의 마지막 부분에서 처참한 고통 속에 수의(壽衣)를 연상하는 죽음의 세계로 추락한다. 이렇게 4조 66수의 연작시 「이언」은 여성의 꿈 많은 결혼식 장면에서 시작하여, 그 여성이 결혼생활을 죽음으로 마감하고자 하는 지점에서 끝이 난다. 「이언(俚諺)」은 「아조」편의 첫 부분과 「비조」편의 마지막 부분이 정교하게 조응(照應)하여, 이옥이 작품 전체의 유기적(有機的) 구성(構成)을 염두에 두고 의도적(意圖的)으로 배치(配置)한 것임을 짐작할 수 있게 한다.

왜 「아조」편에서 미래에 대한 낙관적인 꿈을 꾸던 여성이 「비조」편에
서는 처참한 슬픔을 거쳐 죽음을 생각하게 되었는가? 직접적인 원인은
남성의 방탕(放蕩)과 폭력(暴力) 때문이다. 아내는 남성의 횡포에 대응하여
애원을 하기도 하고 항변을 하기도 하였으며, 미모를 가꾸고 자식을 낳으
려 애를 쓰기도 하였다. 때론 은장도로 남편을 위협하였고, 남편의 삶을
생생하고 혹독하게 평가하기도 하였다. 나아가 자신과 남편의 삶을 성찰
하고 사회의 규범과 자신의 보편적 신념에 균열을 가하기도 하였다. 이렇
듯 아내의 다양한 행동과 정감의 변화는 미래에 대한 꿈을 꾸던 그녀의
생(生)에 대한 열렬(熱烈)한 의지(意志)의 표현인 듯하다. 그러나 그렇듯 생
에 대한 강렬한 의지로 분분한 노력을 하였음에도 불구하고 결국 아내는
남편의 방탕과 폭력을 극복하지 못하고 죽음 충동으로 빠져든다. 왜 그녀
는 자신의 미래(未來)를 위한 생성(生成)의 장(場)으로 나아가지 못하고 생
(生)에 대한 의지(意志)의 결핍(缺乏)으로 나아가는가? 이옥은 「이언」을 통해
이러한 의문을 제기하고 탐사를 시작한 듯하다.

　이옥은 「이언」에서 18세기 후반기에서 19세기 초,[1] 어느 탕자의 아내
의 일상에서 어떤 일이 일어나고 있으며, 그 사건으로 여성의 정감은 어
떻게 변화하는지, 여성의 삶과 밀접한 관련을 갖는 사람들은 누구이며,
그들은 여성과 어떤 관계를 맺고 있는지 등을 여성 화자를 통해 섬세하
게 풀어낸다. 그리하여 중세의 여성이 일상의 삶과 사건 속에서 스스로의
위치를 찾아가는 기준점은 무엇이며, 그 정체성을 어떻게 형성하고 체득
하는지 그리고 여성의 정체성은 어떻게 무너지는가를 주목한다. 또 여성
의 정체성은 필연적으로 남성의 그것과 밀접한 관련을 맺고 있음을 주목

---

1) 「이언」의 창작 연대, 화자와 구조의 문제는 박영민, 「'俚諺'의 구조와 화자 연구」,
『민족문화연구』 33집, 고려대 민족문화연구원, 2000 참조. 「이언」과 「俚諺引」의 창작
연대를 직접 밝혀 줄 자료가 발견되지 않아 창작 시기를 확정하기가 쉽지 않다. 그러나
「艶調」편 6수의 '족두리로 天桃髻를 대신하는 모습'에서 1788년 정조가 내린 사대부가
와 민간 아녀자에 대한 다리금지를 읽을 수 있다. 그렇다면 「이언」과 「이언인」의 창작
연대는 일단 1788년 이후가 아닌가 한다.

한다. 남성의 정체성의 특성이나 향방에 따라 여성은 심각한 변화를 겪기
때문이다.

이옥은 여성에 대해 매우 섬세하고도 진지한 성찰을 한 탐사자였다.
그는 중세 여성의 삶에 대한 성찰을 통해 중세를 관통하는 의식의 흐름
과 문제점, 그것을 해결할 실마리까지, 나아가 중세적 삶의 모든 면을 다
시 성찰할 수 있는 출구를 발견하려고 한 듯하다. 남녀관계 구체적으로
부부관계를 통해 중세적 질서를 새롭게 사유하려는 의식의 흐름이 「이언」
으로 형상화된 것이라고 할 수 있다. 그리하여 이옥은 중세에 사는 여성
의 삶을 있는 그대로 형상화하면서 오히려 문학 내에서의 여성을 변화시
키고 그 자신도 여성이 되어 변화해 간다. 그의 사유는 「이언인(俚諺引)」
에서 직접적으로 선명하게 드러난다.

우리가 「이언」을 이해하기 위해서는 여성에 대해 매우 섬세하고도 진
지한 성찰을 한 이옥의 시선을 따라갈 필요가 있을 듯하다. 「이언」 연구
는 1970년대 후반기에서 1980년대 전반기에 활발하게 이루어졌다. 이 시
기의 연구는 봉건사회의 기본 모순의 두 축, 즉 계급 모순에서의 민중과
가부장제 모순에서의 여성을 분리하고 매우 적극적으로 「이언」을 사유하
였다. 또한 조선 후기 한시에서 사대부의 여성에 대한 인식은 민족에 대
한 각성, 민중에 대한 자각과 함께 등장하였으며, 이 세 요소는 조선 후기
한시사(漢詩史)의 전환과 문풍(文風)의 변화를 추동하는 조선풍(朝鮮風)·조
선시(朝鮮詩)의 구체적인 미적 특질이었음을 강조하였다.[2] 이는 거시적인
관점에서 여성을 민족문학의 문제와 나란히 주목한 것으로 이 시기의 다
른 연구에도 큰 영향을 미쳤다.

그런데 「이언」에 대한 거시적인 관점에서의 평가가 거의 일치하는 반
면, 각각의 작품에 대한 해석의 방향, 가치의 평가 등에는 다양한 시각의
편차가 공존한다. 「이언」의 화자는 누구이며 시적 지향은 무엇인가라는

---

[2] 李東歡, 「朝鮮後期 漢詩에서의 民謠趣向의 擡頭」, 『韓國漢文學硏究』 3~4집, 韓國
漢文學硏究會, 1979.

작품의 내적 특질에서부터 이옥은 누구인가라는 의문에 이르기까지 이러한 시각 차는 줄어들지 않는다. 예를 들어, "이옥은 교화론적 색채를 완전히 배제하고 시정적 삶의 진실성을 중시하는 새로운 지향을 한 인물인가, 교화론자인가"[3]에 대한 논란은 이옥 연구 초기부터 지금까지 계속되고 있다. 그 동안의 연구가 얼마나 극단적인 견해로 나뉘었나를 선명하게 볼 수 있다. 또한 "「이언」의 미적 특질은 시사적 관점에서의 의의에 미치지 못한다"는가 하면, "작품성을 새롭게 찾을 수도 있다"고도 한다.[4] 최근에는 「이언」은 여성의 삶을 있는 그대로 그렸다는 결론의 대척에 서서, "남성의 시각으로 여성을 왜곡한 것"이라는 견해[5]까지 제출되고 있다.

또한 「이언」은 이전까지의 여성을 대상으로 한 한시와 달리 '여성 화자로만 이루어진 4조 5언 절구 66수의 연작시'라는 점이 주목되었다. 그럼에도 불구하고 화자 문제, 연작시의 구조 문제는 여전히 미완의 과제로 남아 있다. 물론 「이언」은 서울의 도회적 분위기를 배경으로 한 도회지 여성을 노래한 것이며, 「탕조(宕調)」편의 화자가 기녀라는 점에 대해서는 이견의 여지가 없다. 하지만 「아조」편의 화자는 사대부층[6]이라고도 하고 부유한 중인층[7]이라고도 하며, 「염조(艷調)」편의 화자는 물질적 풍요를 구

---

3) 李東歡, 위의 논문과 金興圭, 『朝鮮後期의 詩經論과 詩意識』(고려대 민족문화연구소, 1982)에서는 "이옥은 삶의 유교적 체질의 폐쇄와 봉건적 계층의 폐쇄를 헤치고 현실로 요구되거나 존재하는 삶의 전폭을 향해 나아가는 일정한 정도에 이른 개방적인 세계관의 소산"이라는 견해인 반면, 金均泰, 『李鈺의 文學理論과 作品世界의 硏究』(創學社, 1986)과 박무영, 「여성 화자 한시를 통해 본 역설적 남성성」, 『이화어문논집』 17집(이화어문학회, 1999)에서는 "교화론적 색채를 지니고 있다"는 상반된 평가를 한다.
4) 이현우, 「李鈺 文學에 있어서의 眞情의 문제」, 『韓國漢文學硏究』 제19집, 韓國漢文學硏究會, 1996.
5) 박무영, 「여성 화자 한시를 통해 본 역설적 남성성」, 『이화어문논집』 17집, 이화어문학회, 1999.
6) 김균태 교수(『이옥의 문학이론과 작품세계의 연구』, 창학사, 1986)에 이어 김흥규 교수(『朝鮮後期의 詩經論과 詩意識』, 高麗大學校 民族文化硏究所, 1982)도 이 논의를 받아들인다. 「雅調」편만을 대상으로 삼아 사대부 여성으로 보는 견해(김도련·정민, 『꽃피자 어데선가 바람불어와』, 교학사, 1993)도 있다.
7) 이현우, 앞의 논문, 앞의 책.

가하는 상인층8)이라고도 하고 중인층이라고도 하여 견해가 엇갈린다. 다만 「비조」편의 화자가 서민층이라는 점에서는 대부분 인식을 같이 한다. 「이언」 전체의 화자를 서민층이라고 하는 견해9)도 있다. 이렇게 이옥과 「이언」에 관한 중요한 성과가 적지 않게 제출되어 있음에도 불구하고 「이언」의 주요 미적 특질에 관한 분분한 이견들이 지속되고 있다. 그 주된 이유는 여성을 민중·민족문학의 자장 안에 두고 논의하면서 미시적 성찰을 생략한 결과인 듯하다.

그런데 여성 화자의 신분 문제에 관하여는 시각 차를 보이면서도 「이언」의 여성 화자는 '다수인(多數人)'이라는 점에서는 대부분 인식을 같이 한다. 특정한 한 여성이 아니라 부녀의 일반적 모습이며, 여러 계층의 여인들이 겪는 생활의 곡절들을 다양하게 포착하여 간결하고 대담하게 그렸다고 한다. 여러 계층 또는 한 계층 내부에서도 다양한 여성의 다양한 모습이 다채롭게 등장한다는 것이다. 따라서 66수에 등장하는 여성은 그 수만큼의 다양한 여성 군상이라고 본다. 「이언」의 여성 화자가 일반적인 부녀, 서로 다른 계층의 다양한 여성이라는 견해는 「이언」의 구조가 파편적이고 개별적이라는 논거로 이어진다. 당연히 4조 66수의 사건 역시 인과성이 없는 것이라고 한다. 지금까지의 연구에서는 「이언」 66수를 잘 짜여진 한편의 유기체로 이해하지 않고 각각의 시편들을 파편적으로 절단하여 분석하였다.

과연 「이언」의 각 작품은 파편적이고 독립적으로 존재하는가? 그렇다

8) 이현우, 위의 논문과 강명관,『조선시대 문학 예술의 생성 공간』, 소명출판, 1999, 395~396면이 이 점에서 통한다. 그러나 대부분의 연구자는 「염조」편을 중인층 여성이라고 본다.

9) 이동환, 「한국고전문학에 대한 管見」, 이화여대 한국어문학연구소 주최『한국고전여성문학의 세계』2의 발표문, 1999. 여기에는 정우봉, 「李鈺의 시세계」,『현대문학』474호, 1994의 견해도 포함된다. "시의 감각을 민요풍의 서민적 야취를 구현하는 방향으로 기도하고 …… 상류층의 품위와 격조를 지향했던 이전의 대부분의 작품들과는 그 방향을 달리한다"에서 보듯, 이는 상류층과 서민층의 대비 즉 사대부층과 서민층을 대비하여 중인층도 포함하는 넓은 의미로 서민층 여성의 개념들을 사용한 것임을 알 수 있다.

면 왜 「이언」은 「아조」·「염조」·「탕조」·「비조」편 등 4부분의 연작시 66수로 구성되었을까? 이는 이옥의 의도 아래 유기적 구조로 정치하게 짜여진 것을 의미함은 아닌가? 「아조」·「염조」·「비조」편의 화자가 일반 여성인 데 비해 「탕조」편의 화자가 기녀라는 점에서 「이언」의 화자는 2인 이상이다. 그런데 「아조」·「염조」·「비조」편의 화자도 서로 다른 여성인가? 그들은 서로 다른 다수인(多數人)이라기보다 동일한 한 여성, 그녀와 동일한 경험을 가진 여성들의 전형적인 형상화는 아닌가?

「이언」과 이옥의 실체에 관한 논란을 해명하기 위해서는 어떠한 경로로든 작품으로 돌아가 작품 자체의 내적 특질에 관한 탐구로부터 다시 출발을 해야 한다. 작품의 지반을 떠난 자리에서 작가와 작품을 해명할 수는 없기 때문이다. 나아가 우리는 작품의 이해를 심화하기 위하여 대부분의 논자들이 동의하고 있는 「비조」편의 여성은 서민층 여성이라거나, 「아조」편과 「비조」편의 화자는 서로 다르다는 논거 등에 대해서도 그 근거는 무엇인가, 타당한가라는 질문들을 통한 미시적 성찰을 수행할 필요가 있다. 우리가 당연시해 온 논거들이 실은 편견에 기댄 것이며, 작품의 내적 특질에 관한 분분한 엇갈림도 그러한 전제 때문에 배태되었을 가능성을 배제할 수 없기 때문이다. 작품 자체의 치밀한 분석과 아울러 각 논거들을 새롭게 검토하여 화자 문제, 구조 문제, 여성, 창작 의도 문제 등을 재검토할 필요가 있다.

사실 「이언」 연구는 늘 앞 시기에 이룩된 연구 결과를 반복하는 것으로 귀결된 듯하다. "생동적이고도 발랄한 여성적 정서, 유교적 규범에 대한 반항, 남녀간의 정, 眞情, 市情的 삶의 진실성을 표출하였다"는 등으로 정리할 수 있는 그간의 연구 결과는 의미 있는 국면을 포착하고 강조한 것이 분명하다. 그럼에도 불구하고 선행 연구 결과의 반복은 「이언」의 특정한 면만을 보고 이외의 미적 특질을 외면하는 듯함을 부인할 수 없다. 이러한 연구 경향이 작품과 작가를 이해하는 데에 한계를 노정하였음은 언급할 필요가 없을 듯하다. 나아가 이 계열의 다른 작품군의 미적 특질에 관해서도 매우 관습적인 인식과 분석의 범주를 형성하고만 듯하다.

이 글은 지금까지의 「이언」 연구에 의문을 제기하며 「이언」을 제대로 해명하기 위해서는 새로운 문제 설정과 미시적 성찰이 필수적 과제의 하나라 생각한다. 지금까지의 「이언」 연구에는 거시적인 관점에서의 적극적인 해석과 성과가 있는가 하면, 작가와 작품을 섬세하게 읽고 해석하는 데에 소홀함에서 기인한 오류도 있다. 또 여성을 형상화한 한시를 읽는 관습적인 태도에서 기인한 오류가 반복됨도 볼 수 있다.

## 2. 「아조(雅調)」, 어느 여성의 삶과 사회화된 신체

「이언」 「아조」편의 서두는 혼례청에 선 신부의 엄숙하면서도 낙관적인 기원을 통해 부부(夫婦)간의 다함 없는 정(情), 출산(出産)과 장수(長壽)가 여성 화자의 소망을 구성하는 가장 기본 요소임을 보여준다. 1790년 무렵 서울, 광통교(지금의 종로)에 살던 한 처녀가 수진방(지금의 명동)에 사는 총각과 혼인을 하였다. 그들은 중인층의(사실 그들의 신분은 확실치 않다)[10] 부유한 집안 사람들이었다. 혼인(婚姻)의식(儀式)을 정(情), 탄생(誕生)과 장수(長壽)라는 생명세계(生命世界)의 표상으로 받아들이며 엄숙하게 행하는 신부의 표정에는 자신의 미래에 대한 낙관적인 예감이 어려 있었다.

1수

| 郎執木雕鴈 | 낭군은 아로새긴 기러기 잡으시고 |
| 妾捧合乾稚 | 이 몸은 말린 꿩을 받들었네 |
| 稚鳴鴈高飛 | 그 꿩이 울고 기러기 높이 날아도 |

---

10) 신분 문제의 고증은 앞으로의 과제로 남긴다.

兩情猶未已　두 사람 정이야 끝이 없고 지고

**2수**

福手紅絲盃　복 손으로 다홍실 맨 술잔
勸郎合歡酒　낭군께 합환주를 권하네
一盃生三子　한 잔, 아들 삼 형제 낳고
三盃九十壽　석 잔, 구십 수 누리소서

**3수**

郎騎白馬來　낭군은 백마를 타고 오시더니
妾乘紅轎去　이 몸은 붉은 가마 타고 가네
阿孃送門戒　어머니 문에서 송별하며 타이르시길
見舅拜勿遽　'시아버님께 절 드릴 때 허둥대지 말아라'

　첫 수, 신부는 전안례(奠雁禮)를 올리며 나무로 만든 기러기와 말린 꿩이 날 수 있는 날이 오더라도 지금 맺는 부부간의 정이 끝나는 날은 오지 않기를 염원한다. 둘째 수, 신부는 합근례(合巹禮) 때 신랑을 향하여 합환주를 올리며 '아들 삼 형제를 낳고 구십 수를 누리시라' 기원한다. 부부간의 정이 다함 없기를 염원하던 정성이 출산과 장수라는 생명세계의 표상들로 이어진다.
　신부의 소망에 이어 셋째 수, 신행(新行) 가는 딸에 대한 어머니의 당부가 이어진다. 그녀는 어머니에서 딸로 이어지는 당부를 통해 사회적 정체성을 교육받고 내면화한다. 교육은 곧 시아버님[見舅拜]으로 상징되는 사회 질서를 가장 효과적으로 전수하며 정당화시키는 상징적 기제이다. 이옥은 「아조」편의 서(序)에서 "대저 부인이 어버이를 사랑하고, 지아비를 공경하며, 집안 살림에서 검소하고, 일에서 부지런함은 天道의 항상된 것이요, 人道의 바른 것이다. 그러므로 이 편은 어버이를 사랑하고 남편을 공경하며, 집안 살림에서 검소하고 일에서 부지런함을 말하고 「아조(雅調)」편이라 이름한다"[11]라고 하였다. 여기서 이옥은 여성의 일상에서의 모든 행위나 생활방식을 천도(天道)와 인도(人道)로 병칭하였다. 그가 예법(禮法)뿐만 아니라 여성의 행위나 태도 등 일상의 생활방식 하나 하나를 우주의 질서와 연계하여 의식화하는 중세의 사유 양식을 표현한 것이라고 할 수 있다. 그 안에서 여성은 특정한 생활방식 즉 어버이, 남편, 집안 살림, 가사일에서의 특정한 생활방식을 사회가 자의적(恣意的)으로 구성한 것이 아니라 필연적(必然的)으로 형성된 것으로, 모든 사람들의 합의에 의해 형성된 것으로 인식하고 내면화한다. 그리하여 서울에 터전을 둔 부유한 집안의 새댁은 시집을 간 후, 낯설고 어려운 시집살이를 마다하지 않고 노력하며 부덕을 실천한다.

결국 「아조」편 첫 부분에 배치된 3수는 사회적 질서의 형식화라 할 수 있는 의식(儀式)을 엄숙하게 행하고, 그 질서의 내용이라 할 수 있는 덕목을 생명세계의 표상으로 받아들이며 낙관적(樂觀的)으로 소망(所望)하는 화자를 형상화한 것이다. 여성은 의식과 교육을 통해 사회가 부여한 정체성을 주체화한다. 그녀는 이미 교육받은, 이미 자신에게 주어진 사회적 정체성을 따르며 현실(現實)과 자신의 기대(期待)가 일치하는 삶을 살아갔다.

그러나 새댁이 그 동안 받았던 교육과 혼례시의 맹세가 현실에서 언제나 순조롭게 지켜지는 것은 아니다. 이옥은 이러한 시집살이의 어려움을 간과하지 않는다. 그러나 그 어려움 속에는 해결의 길 또한 있다. 이옥은 이 점을 세심하게 포착하여 형상화한다. 이옥은 「아조」편에서 긴장과 이완을 대비하는 구조를 시도하지만 이완의 부분에 초점을 두어 가부장제에 주체화한 여성, 사회적인 것을 신체화한 여성의 우아한 아름다움이라는 일관된 시상과 분위기를 구성한다.

먼저 4수에서 6수를 살펴보자. "친정과 시댁은 각각 종로와 명동으로

---

11) "雅者, 常也, 正也. 調者, 曲也. 夫婦人之愛其親, 敬其夫, 儉於其家, 勤於其事, 蓋天性之常也, 亦人道之正也. 故此篇, 全言愛親敬夫勤儉之事, 而以雅調各之. 凡十七篇."(『藝林雜佩』「俚諺」「雅調」)

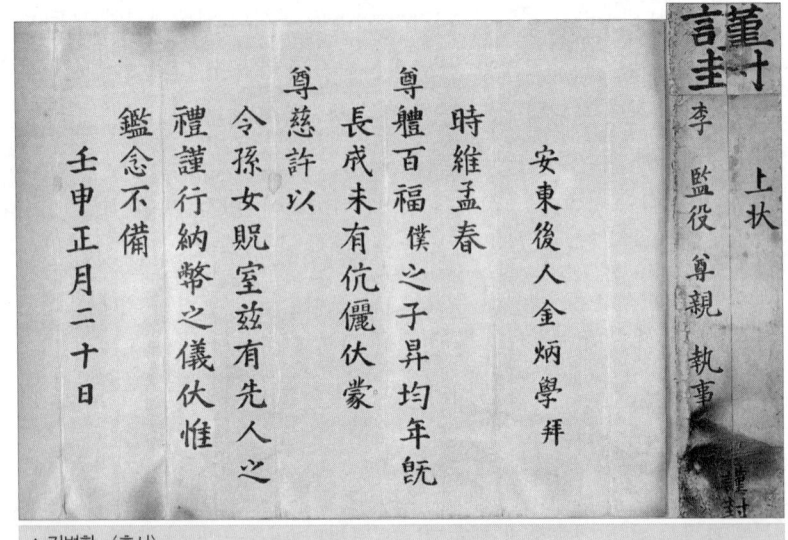

謹封
謹封
李 監役 尊親 執事

安東後人金炳學拜

時維孟春

尊體百福僕之子昇均年旣

長成未有伉儷伏蒙

尊慈許以

令孫女貺室玆有先人之

禮謹行納幣之儀伏惟

鑑念不備

壬申正月二十日

上狀

▲ 김병학, 〈혼서〉.

걸어서 다닐 수 있는 지척인데도 새댁은 가마를 탈 때마다 늘 친정에 대한 그리움의 눈물을 흘린다."12) 시집살이의 낯설음, 고됨, 어려움이 친정의 익숙함, 편안함과 대조되어서이다. 더구나 "검은머리가 파뿌리 되도록 함께 살자고 맹세한 낭군인데도 아직 일없이 수줍기만 하여 석 달 동안이나 말을 나누지 못했다."13) 그런데 신부의 친정에 대한 그리움, 낭군에 대한 서먹함은 시부모의 따뜻한 배려로 다소 풀릴 듯하다. "시집오기 전에 미리 궁체를 익혀서 이응 자에 살짝 모가 지게 반흘림체를 쓸 줄 아는 며느리에게 시부모는 언문에 여제학감이라는 다소 과장 섞인 칭찬을 아끼지 않으시며 다독여 주시는 것이다."14) 신부는 점점 시집살이의 외로움과 어려움이라는 위기를 넘겨 갈 것이며, 친정에 대한 그리움 너머로 자신이 있어야 할 곳은 시댁이라는 것을 깨달아 갈 것이다.15)

---

12) "兒家廣通橋, 夫家壽進坊, 每當登轎時 猶自淚沾裳."(4수)
13) "一結靑絲髮, 相期到蔥根, 無羞猶自羞, 三月不共言."(5수)
14) "早習宮體書, 異凝微有角, 舅姑見書喜, 諺文女提學."(6수)
15) 여기서 새댁의 문제 해결의 주체가 시부모라는 점은 기억할 만하다. 시부모의 형상은

시부모의 자애로운 배려로 친정에 대한 그리움, 낭군에 대한 서먹함을 극복한 신부는 이제 지금까지 교육을 통해 내면화해 온 덕목들을 자발적이고, 적극적으로 실천해 간다. 이는 새벽 문안례(問安禮)와 부지런함을 통해 구체적으로 표현된다. "그녀는 새벽 3시경에 일어나 세수하고 5시경에 시부모께 문안을 드리는 예를 빠뜨리지 않는다. 익숙하지 않은 생활이라 힘이 들고 잠이 부족하여 친정에 가면 실컷 잠만 자고 싶다."16) 하지만 여성 화자의 어조는 아무리 힘들어도 이 예를 중단할 의사는 없는 것 같다.17) 그녀는 예의 바른 며느리를 꿈꾼다. 새댁의 새벽 문안이라는 예(禮)의 실천과 그 노력의 자발성은 다음 수, "집안에 비단이 없는 것도 아니지만 오히려 부지런히 누에를 치고 뽕잎을 따며 그 일로 자신의 취미를 삼는 부지런함으로 이어진다."18) 그녀는 집안 일에서도 자발적이다. 그러나 다음 수는 "남편의 옷을 짓다가 꽃내음으로 나른해지면 바늘을 옷깃에 꽂아 놓고 「淑香傳」 등 소설을 읽기도 하는"19) 여유로운 일상으로 이어진다. 그녀에게는 예와 근면함에 따르기 마련인 긴장의 이완지대도 존재함을 암시한다. 새댁은 소설 속 숙향의 이야기에 빠져들며 자신과 숙향의 바느질을 비교해 보기도 할 것이고, 낭군의 옷을 짓는 자신의 모습을 바느질 솜씨로 이선(李仙)을 만나는 숙향의 행운에 조응시키기도 할 것이다. 그녀는 사회적(社會的)으로 규정된 '항상(恒常)되고 바른 덕목(德目)'을 능동적(能動的)으로 실천(實踐)하였고, 사회(社會)가 부여(附與)한 정체성(整體性)을 주체적(主體的)으로 소망(所望)하였다. 이렇게 이옥은 「아조」편에서 사회적

---

「이언」, 「비조」편의 마지막 부분에서 위기를 맞은 며느리의 심상 속에 다시 등장한다.

16) "四更起梳頭, 五更候公姥, 誓將歸家後, 不食眠日午."(7수)

17) 기존의 연구에서는 대부분 제7수를 새댁의 새벽 문안례의 고통과 반항으로 이해한다. 그렇다면 다음 이어지는 제8·9수의 시상, 그리고 이하 「아조」편 전체의 시상과의 距離感을 해명하기가 어렵다. 「아조」편을 유기적인 구조로 파악할 때 시상은 일관성 있게 잘 드러난다고 할 수 있다 이 점이 「이언」의 구조와 그 의미를 중시하여 세세하게 분석하는 이유의 하나이다.

18) "養蠶大如掌, 下墻摘桑葉, 非無東海紬, 要驗趣味長."(8수)

19) "爲郎縫衲衣, 花氣惱儂倦, 回針揷襟前, 坐讀淑香傳."(9수)

정체성과 주체의 소망이 낙관적으로 일치하고, 외부의 사회 현실과 여성의 기대가 일치하는 여성의 삶을 통해 사회적으로 규정된 '항상되고 바른 덕목'을 자발적으로 실천하고 그곳에서 발생하는 분위기를 전아(典雅)한 아름다움으로 경험하는 여성을 형상화하였다.

**15수**

| 屢洗如玉手 | 여러 번 씻은 옥 같은 손 |
| 微減似花粧 | 살짝 줄인 꽃 같은 화장 |
| 舅家忌日近 | 시댁 기일이 가까우니 |
| 薄言解紅裳 | 잠시 붉은 치마를 벗어 두네 |

**16수**

| 眞紅花布褥 | 진홍빛 꽃무늬가 펼쳐진 요 |
| 鴉靑土紬衾 | 검푸른 빛 도는 토산 명주 이불 |
| 何必雲紋緞 | 어찌 반드시 운문단에 |
| 四龜鎭黃金 | 네 거북을 황금으로 수놓은 것이리오 |

**17수**

| 人皆輕錦綉 | 남들은 다 비단옷도 가벼이 여기지만 |
| 儂重步兵衣 | 나는 무명옷도 귀히 여기네 |
| 旱田農夫鋤 | 가문 밭에서 농부가 호미질 하고 |
| 貧家織女機 | 가난한 집에서 직녀가 짠 베이니 |

지배적인 도덕을 사회화하게 되면 여성은 능동적으로 자기를 검열하고 통제할 수 있게 된다. 사회화된 신체에 대한 여성 스스로의 자발적인 일치는 자기 검열과 신중함으로 나타난다. 그리하여 시댁 제삿날이 다가오면 옥 같이 깨끗한 손도 여러 번 씻고 꽃 같은 화장도 엷게 줄이고 새댁의 붉은 치마도 잠깐 벗어 두고 재계를 한다. 그녀는 조상을 모시는 일에

도 소홀함이 없다. 그녀의 새계(齋戒)는 토산품을 아끼는 검소한 마음으로 이어진다. 넉넉한 시집이긴 하지만 황금색실로 4마리 거북을 수놓은 화려한 중국 비단을 부러워하지 않고 진홍색 꽃무늬 요와 토산 명주이불에 만족하며 검소함을 지킨다. 새댁은 가족이라는 틀 속에서 자신의 자리를 잡아가고 있지만 자신과 가족을 넘어선 세계와의 연계도 방기하지 않는다. 그녀는 얼굴도 모르는 타인의 노동을 소중히 하는 마음으로 자신의 삶이 닿아 있는 사물과 사람들을 향한 애정과 배려를 지향하였다. 남들은 모두 비단 옷도 가벼이 여길 정도로 사치를 하지만 자신은 옷감을 짠 농부나 가난한 집 아낙의 고생을 생각하며 오히려 숙연해 한다. 그녀의 의식은 가족의 틀에 국한되지 않고 사회적 질서와의 연계를 시도한다. 여성의 사회화된 신체는 주변인들을 향한 능동적이고 주체적인 표현을 하며 가족을 넘어 타자로 확장되어 간다. 그러나 시집살이는 낯설고 어려운 일이었다. 다행히 그때마다 딸을 염려하시는 친정 부모님은 그녀의 든든한 후원자 역할을 하였다.[20]

「아조」편의 시세계는 여성이 특정한 생활방식을 의식(儀式)과 교육(敎育) 등의 수단을 통해 규범화하고 사회화해 가는 과정과 그 과정에서 형성되는 다채로운 정감의 형상화라 할 수 있다. 「아조」편은 새댁이 이렇게 지배적인 도덕을 습속화해 가는 과정의 형상화라 할 수 있다. 그녀는 미리 주어진 정체성을 따라 자신의 이정표를 설정하지만 매우 능동적이고 주체적으로 자신의 삶을 생산하려고 하였다. 「아조」편의 우아함이나, 전아함의 의미는 이렇게 사회화된 여성의 신체에 대해 사회가 붙여 주는 이름이다.

소망과 교육을 서두에 배치하고 이어서 그 과정에서의 어려움, 그러나 그 속에서도 적극적이고 능동적인 실천을 다양한 모티프를 통해 형상화한다. 그러나 긴장과 이완의 분위기는 후자에 초점이 두어져 대체로 낙관적이고 자발적인 여성 화자의 정감으로 일관한다. 곧 「아조」편 서두의 3

---

20) "小婢憁隙來, 細喚阿哥氏, 思家如不禁, 明日送轎子."(11수)

수는 전체의 시상을 끌어내는 배치이고 4수 이하는 서두의 전제를 다양한
모티브로 형상화한 것이라 할 수 있다. 서두의 의식과 교육에 대한 여성
화자의 태도와 정감은 4수 이하의 여성 화자의 태도와 정감 등 시세계를
해명하는 데에 주요한 단서가 된다. 이러한 배치는 이어지는 각 편에서도
일관되게 지속된다. 여성의 삶은 이렇게 규범을 전아하게 느끼고 그에 자
신을 일체화시켜 가며 바르고 넉넉한 경험을 하는 것으로 지속될까? 「염
조」편의 시상은 「아조」편의 여성의 삶이 무엇에 의해, 어떻게, 변화해 가
는가를 중심으로 구성된다.


## 3. 「염조(艶調)」, 분열된 자아와 동일성의 지향


**1수**

| 莫種鬱陵桃 | 울릉 도화 심지 말아요 |
|---|---|
| 不及儂新粧 | 내 새 단장에 미치지 못하잖아요 |
| 莫折渭城柳 | 위성 버들 꺾지 말아요 |
| 不儂眉及長 | 내 긴 눈썹에 미치지 못하잖아요 |

**2수**

| 歡言自酒家 | 낭군은 술집에서 왔다고 하고 |
|---|---|
| 儂言自娼家 | 나는 창기집에서 왔다 하네요 |
| 如何汗杉上 | 어떻게 한삼 위에 |
| 臙脂染作花 | 연지가 꽃처럼 찍혀 있나요 |

그런데 결혼을 한 지 얼마나 지났을까. 낭군은 창기집을 드나들기 시작
하였다. 「염조」편은 창기에게 유혹을 느끼는 남편으로 인해 분분하게 변

화하는 아내의 행동과 정검으로 형상화되었다. 「아조」편에서 혼인을 하던
신부의 소망의 하나는 낭군과의 정(情)이 끝없이 이어지는 것이었다. 지금
낭군의 행위는 바로 그 소망을 위협하는 사건이다. 아내는 부부간의 다함
없는 정, 아들 삼 형제, 백년해로를 꿈꾸던 자신의 삶에 드리워진 위기를
감지하고 남편의 마음을 돌이키려고 노력한다. 첫 수, 화자는 울릉도화나
위성버들의 아름다움에 유혹을 느끼는 낭군을 향해 자신의 새 단장과 긴
눈썹을 내세우며 '하지 말라'고 간절하게 애원한다.21) 울릉도화나 위성버
들은 미모를 지닌 창기의 상징물이다.22) 둘째 수, 그런데 아내는 남편의
방탕을 목격하고 항변을 한다. 낭군이 창기의 미모에 빠진 것이라고 생각
한 아내는 자신의 미모를 주장하며 낭군에게 애원을 하기도 하고 항변을
하기도 하였다. 남편을 향한 그 항변(抗辯)은 창기집을 드나드는 것은 부도
덕한 일이라는 중세사회의 도덕(道德)과 자신은 항상 되고 바른 덕목을 실
천하는 바른 사람이라는 생각에 기반(基盤)을 둔 것 같다. 또한 항변을 한
다는 것은 아직 그녀에게 힘이 있음을 암시한다. 그 힘은 첫 수에서 보았
던 미모에 대한 자신감, 그리고 조선시대의 처첩 분변의 논리에서 기인한
듯하다. 그러므로 아직 그녀에게는 자신의 정체성, 사회화(社會化)된 자신
(自身)의 신체(身體)에 대한 신념(信念)이 있다.

　그러나 남편은 아내를 불안하게 하는 그 행동을 멈추지 않았다. 그러
자 아내는 점차 미모에 대한 자신감뿐만 아니라 '항상된 것, 바른 것'으로
사회화된 자신의 정체성에 대한 신념마저 상실(喪失)해 갔다. 그녀가 아무
리 규범과 도덕을 실천하여도 그것들은 그녀의 꿈과 소망의 실현에 아무
런 힘이 되지 못하였던 것이다. 이옥은 「염조」편 첫 두 수에 남성의 방탕

21) 기존의 연구성과에서는 대부분 이 시를 여성의 미모에 대한 자만심 · 자긍심이라고
해석한다. 그런데 「염조」편의 시세계는 자긍심이나 자만심보다는 간절함 · 애절함 · 공
허함의 정서가 지배적이다. 그러므로 1수를 만약 자만심 · 자긍심이라고 해석을 한다면
이후의 다른 시들과의 돌출성의 의미나 관련성을 해명하기가 어렵다.
22) 「염조」편 17수 "桃花猶是賤, 梨花太如霜, 停勻脂與粉, 儂作杏花粧"에서는 도화꽃
같은 단장은 천한 기녀의 단장임을 말하고 있다.

이라는 새로운 사건의 발생, 새로운 상황의 변화를 배치하였다. 그리고 3
수 이하에서는 스스로 항상된 규범을 지키고 바른 덕목을 실천하는 바른
여성이라는 경험을 하던 「아조」편에서의 여성이 남편의 방탕으로 인해
그 자신의 내부적 기대와 외부적 사회 현실의 조화로움이 와해되자 어떻
게 변화하는지를 세심하게 주목하여 형상화하였다고 할 수 있다.

### 3수

| | |
|---|---|
| 白襪瓜子樣 | 외씨 모양의 흰 버선발로 |
| 休踏碧粧洞 | 벽장동을 밟지 마오 |
| 時體針線婢 | 유행에 밝은 침선비들에게 |
| 能不見嘲弄 | 조롱을 당하지 않으려거든 |

### 7수

| | |
|---|---|
| 且約東隣嫗 | 또 동쪽 이웃 할미와 약속을 하고 |
| 明朝涉鷺梁 | 내일 아침에 노량나루를 건너려 하네 |
| 今年生子未 | 올해도 아직 아들을 낳지 못하여 |
| 親問帝釋傍 | 몸소 제석방에게 물어보려 하네 |

### 8수

| | |
|---|---|
| 未耐鳳仙花 | 봉선화 필 때까지 참지 못하고 |
| 先試鳳仙葉 | 먼저 봉선화 잎으로 시험을 하네 |
| 每恐爪甲靑 | 매양 손톱이 파랄까 염려했더니 |
| 猶作紅爪甲 | 오히려 붉은 손톱이 되었네 |

셋째 수, 화자는 "기녀의 신식 유행과 자신의 모습을 비교"해보며 오히
려 초라함을 느끼고, 심지어 "기녀에게 촌스럽다고 비웃음을 당할지 모르
니 외씨 모양의 버선을 신고는 기생들이 많은 벽장동 근처에는 가지 말
라"고 자조하며 초라해진다. 규범과 도덕의 힘을 의지하지 못하는 아내의
판단기준은 어느 덧 기녀와 동일한 지점으로 옮겨 가 그들의 세계관으로

스스로를 판단한다. 그리하여 어느 듯 검소하고 부지런한 「아조」편에서의 여성은 사러지고 창기를 의식하며 비단과 패옥으로 사치와 미를 추구하는 여성 화자가 형성된다.[23] 아내는 창기를 의식하며 붉은 항라, 남방사 등의 비단과 패옥으로 미를 구하더니 드디어 남편과 마찬가지로 당대의 사회적(社會的) 규범(規範)을 일탈(逸脫)하여 분열(分裂)하는 듯하다. 넉넉한 살림이지만 중국 비단을 쓰지 않고 오히려 고생하는 이웃들에 대한 애정을 보이던 그녀는 어느새 사치스럽고 호사한 성격으로 변화하였다.

또한 아내는 아들을 낳아야 이 위기를 해결할 수 있다고 판단하고 이웃집 노파와 노량진 너머 용하다는 점쟁이를 찾아다닌다. 가부장제가 강화되어 가는 시기, 여성이 선택할 수 있는 길이다. 7수, "아내는 내일 이웃집 노파와 노량진 너머 용하다는 점쟁이를 찾아가 아들을 낳을 수 있는지를 물어 보려 한다." '차(且)'에서 그녀는 이전에도 그 일을 해보았으나 뜻대로 되지 않았음을 알 수 있다. 7수의 아들을 기다리는 심정은 8수의 봉선화 꽃이 피기를 초조하게 기다리는 심정으로 이어진다. 봉선화 꽃, 붉음은 그녀의 간절한 소망 즉 아들의 상징인 듯하다. "화자는 봉선화 꽃이 피기를 미처 기다리지 못하고 파란 잎으로 물을 들인다." 마치 제석방에게 아들을 낳을 수 있을지 물어 보기도 전에 그가 아들을 낳을 수 있다고 예언하기를 간절하게 기다리는 듯. 신중하게 자기 검열을 하던 아내는 봉선화 붉은 꽃잎이 피기를 기다릴 여유가 없는 조급하고 인내심이 부족한 성격으로 변하였다. 그런데 "꽃잎을 섞지 않고 잎으로만 물을 들이고는 손톱이 파랗게 될까 봐 걱정하였는데 다행히도 손톱이 더 붉게 되었다." 봉선화 꽃잎을 섞지 않고 들인 물이 더 붉게 될 리 만무하지만 그녀의 간절한 소망이 붉은 빛을 더욱 붉게 보이게 한 듯하다. 마치 내일도 이처럼 좋은 운세를 들을 수 있기를 고대하는 듯하다. 이렇게 「염조」편의 여성은 한편에서는 자

---

23) "頭上何所有, 蝶飛竹節釵, 足下何所有, 花開金草鞋."(4수) "下裙紅杭羅, 上裙藍方紗, 琮琤行有聲, 銀桃闘香茄."(5수) "常日天桃髻, 粧成腕爲酥, 今戴簇頭里, 脂粉却早塗."(6수)

신의 미모를 가꾸고(4·5·6수)와 한편에서는 아이 낳기를 갈망한다(7·8수).

그런데 단장을 하면서도 그녀는 "자신이 처녀로 보일까 봐 걱정이 되어 부인의 표식인 정수리의 비녀, 족두리를 소중하게 지킨다."[24] 그녀의 소망은 혼례를 치를 때의 꿈 즉 부인의 위치를 잘 지켜 가며 미모를 갖추고 싶은 것이다. 그 마음은 "상자에 가득한 고운 옷들 가운데에서 그녀가 아이 적 옷을 제일 좋아하는" 이유와도 통한다.[25] 이런 저런 고민이 없던 아이 적에 대한 그리움 때문이기도 하겠지만 빨리 아이를 낳고 싶은 소망과도 통하기 때문이다. 「염조」편의 화자는 다양한 행동과 정감으로 분열하면서도 미모와 아들을 매개로 남편의 마음을 되돌려 혼인을 하던 당시의 꿈과 소망이 살아 있던 「아조」편의 세계로 회귀하기를 지향한다.

그러나 일은 자신의 뜻대로 쉽게 이루어지지 않고 그녀의 조급한 기다림은 다시 호사와 허영으로 나아간다. "방물장수가 재상집인 줄 알 정도로 철철이 비단 옷감을 끊어 옷을 해 입으며" 호사스러운 생활을 한다.[26] 그러나 비단으로 꾸민 호사와 허영은 다음 수에서 "꽈리 씨를 빼며 장난을 쳐보다가 바람 빠진 꽈리 씨에 다시 입으로 바람을 불어넣으며" 허전한 마음을 달래는 행위로 이어진다.[27] 그 허전함은 다시 "중배끼, 이강주, 전복, 유월 복숭아 등 온갖 맛나고 귀한 음식을 가까이 하는 호사"로 이어진다.[28] 그러나 호사함이 그녀를 만족하게 하는 것은 아니다. 다시 "은어 같은 자신의 살짝, 지나치게 하얀 이가 자랑스럽다기보다 오히려 부담스럽고 싫어 일부러 먹물로 입을 헹구는" 가학적이며 자포자기의 정서로 이어진다.[29] 낭군의 사랑을 받지 못하는 미모는 도리어 절망감만 더하게 할 뿐

---

24) "纖纖白苧布, 定是鎭安品, 裁成角歧衫, 光彩似綾錦."(9수)
   "莫觸頂門簪, 轉墮簇頭里, 恐有人來看, 呼儂老處子."(10수)
25) "儂有盈箱衣, 個個紫纈粧, 最愛兒時着, 蓮峰粉紅裳."(11수)
26) "三月松錦緞, 五月廣月紗, 湖南賣梳女, 錯認宰相家."(12수)
27) "細吮紅口兒, 扭來但空皮, 返吹春風入, 圓似在房時."(13수)
28) "甛嫌中白桂, 烈怕梨薑酒, 在腥惟花鰒, 於果六月桃."(14수)
29) "細梳銀魚鬢, 千回石鏡裏, 還嫌齒太白, 忙嗽淡黑水."(15수)

이다. 결국 사치와 허영도 남편의 방탕기와 아들이 없어 근심만이 가득한 그녀를 위로할 수가 없다. 사치와 허전함, 호사와 싫증의 반복, 그 가운데서도 허전함과 싫증의 부분에 강조가 주어지는 구조이다. 사치와 호사도 남편의 방탕기에 대한 근심만이 가득한 그녀를 위로할 수가 없었다.

마지막 부분 16수, 아내는 낭군에 대한 불안과 원망으로 조급한데, "낭군이 아내에게 꾸중을 한다. 그녀는 사흘 동안 밥도 먹지 않고, 은장도를 어루만지며 독기를 비친다."30) 낭군의 사랑을 얻기 위해 애쓰다가 역부족을 느끼고 절망하던 아내의 태도가 돌변한 것이다. 그녀의 삶의 방식에 뭔가 변화가 일어날 것 같다. 그녀의 도발적 반항이 낭군의 마음을 움직인 것일까? 낭군의 태도가 다소 회복되었다. 그러자 이제 아내는 경박하고 조급한 태도, 기녀에게 위축되던 모습과는 달리 이전의 부덕을 겸비한 여성의 모습으로 돌아가는 듯하였다. 17수, 드디어 아내는 "복숭화꽃은 너무 천박하고 배꽃은 너무 차다"31)고 하며 창기와는 다른 살구꽃 같은 자신만의 화장, 자신만의 세계를 주장할 수 있을 정도로 생기를 찾았다. 그녀의 도발적 반항이 낭군의 마음을 다소 움직인 듯하다. 덩달아 자신만의, 즉 기녀와는 다른 아내의 정체성의 세계를 주장할 수 있을 정도로 생기를 찾았다. 남편과의 관계에 따라 그녀의 정감과 행동이 어떻게 변화하는가를 직접적으로 보여주는 듯하다. 그러나 그 평화는 오래가지 않았다. 마지막 수, "마당에서 노니는 제비 가족을 보고, 낭군은 여전히 짝을 지어 노니는 제비에 빠지고 아내는 많은 새끼 제비들이 지지배배 서로 부르며 노는 모습을 사랑스럽다고 한다."32) 제비 가족을 보고 연정을 탐하는 남편과 새끼들의 모습을 주목하는 아내 사이에는 갈등의 불씨가 여전히 상존하는 듯하다.

이 갈등과 위험의 실체는 다음의 「탕조」편과 「비조」편에서 구체적으로

---

30) 어떤 판본에서는 阿郎이 아니라 阿娘으로 되어 있다. 그런데 「염조」편의 시세계를 전체적으로 이해를 하면 전자가 적합한 것 같다. 「俚諺」의 판본 문제는 작품의 전체 구조를 밝힐 때에 훨씬 해결하기가 용이하다. 구조의 문제가 중요한 이유의 하나가 된다.
31) "桃花猶是賤, 梨花太如霜, 停勻脂與粉, 儂作杏花粧."(17수)
32) "郎愛燕雙飛, 儂愛燕兒多, 一齊生得妙, 那個是哥哥."(18수)

드러난다. 이렇게 「아조」편과 「염조」편 사이의 연계성, 「아조」·「염조」편 내부에서 보여준 각 편의 연계성은 「탕조」편과 「비조」편에서도 일관되게 이어진다.

그런데 아내로 하여금 분분하게 변화하면서도 언제나 남편을 향하게 하는 것은 가부장제 사회(家父長制社會)의 권력(權力)의 역학적(力學的) 구조 (構造) 때문이다. 「염조」편의 사치스럽고 들뜨고 경박하고 과장하고 꾸미는 등등의 여성의 정감과 행동은 그녀가 남편의 방탕에 대응할, 남편과의 정을 잃지 않기 위한 수동적인 욕망을 표출하고 있음을 의미한다. 그녀는 자신의 욕망의 대상, 행동방식을 언제나 권력의 역학적 구조에 따라 수동적으로 결정하기 때문에 화려하게 꾸미고 사치를 부릴 때도 불안해하고 두려워한다. 따라서 아내의 정감 속에는 언제나 수동적 욕망의 허망(虛妄) 함과 비애(悲哀)가 짙게 깔려 있다. 「염조」편의 정조가 매우 화려한 외모 속에 슬픔과 결핍감으로 일관하는 것도 바로 여기서 기인한다. 그러므로 「염조」편의 여성을 "사치하고 과장하고 들뜨고 경박하다", "자만심, 투기심이 강하다", "여성의 교만성이 사치로 발전하고 사치성이 「염조」편의 미적 특질이다"라고 평가하기보다 그 속에 짙게 깔린 수동적 욕망의 허망함과 비애를 주목해야 할 것이다. 이옥은 「염조」편의 서(序)에서 "이 편이 말하는 바는 대부분 교만하고 사치하며, 마음이 들뜨고 경솔하며, 과장하고 꾸미는 일들이다. 위로 비록 雅에 미치지 못하더라도 아래로 宕에 이르지는 않으니 그러므로 그것을 艶으로써 이름한다"[33]라고 하였다. 그러나 그가 「염조」편의 시세계를 이 언표와 동일하게 인식하였다고 보이지는 않는다. 오히려 조급하게 다변하는 아내의 정감 변화가 남편과의 관계를 회복하기 위해, 아들을 낳기 위해, 분분히 애를 쓰나 뜻대로 되지 않아 괴로워하며 생긴 것임을 인정하고, 부정하거나 비판하지 않고 묘사한 것임을 알 수 있다. 이옥은 만약 이러한 권력의 역학구조 아래서도 여성

---

33) "艶者, 美也. 此篇所言, 多驕奢浮薄夸飾之事, 而上雖不及於雅, 下亦不至於宕, 故 名之以艶. 凡十八篇."(『藝林雜佩』「俚諺」「艶調」)

에게 「아조」편의 사회화된 신체를 기대한다면 그것은 곧 여성에 대한 일종의 폭력이 된다는 점을 간파하였던 것이다. 그래서 「염조」편의 여성은 「아조」편의 여성과 다르지만 그 차이를 난폭하게 재단하여 버리지 않고 염(艶)이라고(아름답다) 표현한 것이다. 이옥은 남편이 기녀에게 빠져 있을 때 기녀를 천하다고 업신여길 수가 없는 아내의 정감을 형상화하고, 여성의 부지런하고 검소하던 모습이 사치와 미모의 추구로 변화할 수밖에 없는 과정을 매우 섬세하게 포착하여 가부장제사회에서의 권력의 역학적 구조에 따라 여성의 태도와 정감이 어떻게 다채롭게 변화하는지를 매우 현실감 있게 형상화하였다.

그런데 왜 그녀의 다양한 노력은 삶의 방식을 바꾸는 실천으로 나아가지 못한 것일까? 여성이 언제나 사회적으로 규정된 정체성을 지향한 결과, 자신을 구원해줄 미래의 가치를 생산할 능력을 상실한 것이 아닌가. 또한 그녀가 보편성이나 일반성이라는 덕목을 떠나지 못하였기 때문이 아닌가? 사회적 정체성이 진정으로 항상적이고 바른 것이 되려면 주체를 생(生)에의 의지(意志)가 충만(充滿)한 삶으로 이끌어야 하지 않을까? 그러나 여성의 정체성은 그녀에게 현실적인 힘이 되지 못하였고 삶의 대안이 되지도 못하였다. 여성으로 하여금 언제나 남편에 대한 수동적 욕망을 표출하게 할 뿐이었다. 그런데도 아내는 끊임없이 사회적으로 규정된 18세기 여성의 정체성으로의 회귀를 시도한다. 그렇다면 왜 여성은 사회적 정체성으로의 회귀를 지향하는가?

여성의 사회적 정체성은 "시아버지께 절 드릴 때 허둥대지 말아라"고 당부하는 어머니의 교육으로 재생산되고 시아버지로 대표되는 가부장제는 교육을 통해 반복되고 지속된다. 여성에 대한 교육이나 담론들은 여성의 사회화된 신체를 만들어 간다. 여성은 이러한 사회적인 것을 신체화하는 데에 기꺼이 노력하며 그것이 미덕이라고 생각한다. 이 속에는 어떤 힘에 대한 복종이나 패배감이 전혀 없다. 그녀는 기꺼이 이것을 자신의 삶으로 받아들이며 그곳에서 기쁨과 만족을 얻는다. 여성은 사회적 정체

성을 능동적으로 욕망하며 자율적이고 넘치는 에너지의 삶을 보여주는
듯 했다. 그러나 남성의 방탕과 횡포라는 새로운 상황의 변화 앞에서 이
힘은 지속적이지 못했다. 그 정체성은 여성의 삶을 강화시켜 주지 못한
다. 그런데도 여성은 자신의 사회적 정체성을 벗어나지 못하였다. 그녀의
모든 노력은 남성과의 관계를 회복하여 자신이 꿈꾸던 세계로의 회귀를
지향하였다. 그러나 남성의 변화는 그 현실의 변화를 가능하게 하지 못했
다. 그녀의 불행은 더욱 깊어만 갔다.

## 4. 「탕조(宕調)」, 남성 섹슈얼리티의 향방

그런데 「탕조」편에서 화자는 갑자기 기녀로 바뀐다. 이 점은 그 동안
「이언」이 긴밀한 유기체적 구조로 이루어졌다는 인식에 가장 큰 방해 요
인으로 작용해 왔던 부분이다. 따라서 「이언」이 동일한 화자의 이야기로
형성된 일관성 있는 유기체적 구조라는 점을 해명하기 위해서는 「탕조」
편의 구조와 그 의미를 반드시 해명하여야 한다.

이옥은 「이언」에서 아내의 삶과 그 변화의 과정을 매우 섬세하게 포착
하여 다채롭게 형상화하였다. 그러나 남편이 왜 창기(娼妓) 집을 드나드는
것일까에 대한 이유는 전혀 설명하지 않는다. 따라서 그가 왜 집을 떠나
창기집을 드나드는지, 아내를 고통스럽게 하는지를 직접적으로 파악할
수가 없다. 다만 그가 창기와 어떤 관계를 맺는지 그 성격을 통해 대강을
유추할 수 있을 듯하다. 기녀는 자신의 집에 드나드는 남성을 두고 "그의
이름자도 직함도 모른다"고 하여 남성과의 일회적인 관계에 회의를 한다.
또 기녀의 업인 "노래를 부르는 일이 즐겁지 않고 고통스럽다"고 토로하
고, "늙어서 쓸모 없어진 자신의 처지나 가난을 한탄"하기도 한다. 남성

들은 "기녀를 조롱하고 기녀도 맞받아 그들을 조롱한다." 기녀는 또한 "질펀한 술상을 앞에 두고 노는 탕자를 비판하며 그들 아내의 가난을 동정한다." 기녀의 삶은 자조적이고 쓸쓸하다. 따라서 기녀와 남성의 관계는 신뢰의 형성이나 진심의 소통과는 거리가 멀다고 할 수 있다. 남성은 아내와의 관계에서도 기녀와의 관계에서도 신뢰를 형성하거나 진심을 토로하는 관계를 형성하지 못한다.

그렇다면 이옥이 남성의 변화에 대한 이유를 전혀 언급하지 않으면서 오히려 「탕조」편을 독립시켜 기녀의 삶을 섬세하게 형상화한 것은 창기집을 드나드는 남성의 행위와 양태에 어떤 수긍할 만한 개인적인 필연성이 있는 것이 아님을 적나라하게 드러내는 것이 아닌가? 오히려 기녀의 공간을 존재하게 하는, 이옥은 남성의 방탕을 조장하는 중세의 사회구조와 그 현실을 문제 제기 없이 그대로 답습하는 남성의 일상을 형상화하여 비판하고 있음을 유추할 수 있을 듯하다. 따라서 우리는 「이언」의 여성의 삶을 통해 남성의 방탕을 조장하는 중세의 현실적 조건과 그 아래서 창기집을 드나드는 남편의 삶 그리고 그 아내의 일상적인 삶과 죽음을 향한 충동의 과정들을 관찰할 수 있을 듯하다.

### 1수

| | |
|---|---|
| 歡莫當儂鬢 | 님은 내 머리에 대이지 말아요 |
| 衣沾冬栢油 | 옷에 동백기름이 묻어요 |
| 歡莫近儂脣 | 님은 내 입술에 가까이 하지 말아요 |
| 紅脂軟欲流 | 붉은 연지가 부드러워 흐르려 해요 |

### 2수

| | |
|---|---|
| 歡吸烟草來 | 님이 담배를 피우며 오는데 |
| 手持東萊竹 | 손엔 동래죽을 쥐었네요 |
| 未坐先奪藏 | 앉기도 전에 먼저 뺏어 감추니 |
| 儂愛銀壽福 | 나는 은으로 새긴 壽福자를 좋아하지요 |

### 3수

| | |
|---|---|
| 奪儂銀指環 | 내 은가락지를 뺏더니 |
| 解贈玉扇墮 | 옥 부채의 장식만 풀어 주네 |
| 金剛山畵扇 | 금강산 그린 부채는 |
| 留欲更誰戲 | 남겨 뒀다 누굴 주려 하오 |

1수, 성적 욕망과 관능의 세계에 연계되어 있는 기녀의 사회화된 신체를 객관적으로 표출한다. 그러나 동백기름이 묻으니 내 머리에 가까이 하지 말고 붉은 연지가 흐르니 입술에 가까이 하지 말라는 것은 기녀가 남성을 거절하는 표현이다. 그 남성은 「염조」편에서 창가(娼家)에 마음을 빼앗겨 방탕하며 아내를 초조하고 불안하게 하던 바로 그 남편과 같은 형상이다. 아내가 「염조」편 마지막 수에서도 남편에 대해 떨쳐 버리지 못했던 불안감은 관능적 시어로 기녀와 남성의 성적 욕망을 형상화한 「탕조」편 서두에서 적나라하게 현실화된 것이다. 그런데 기녀는 정작 남성을 거절한다. 왜일까?

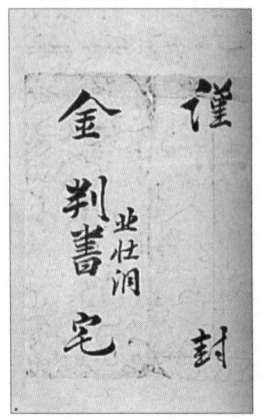

이는 2·3수로 이어지면서 점점 드러나는 기녀와 남성의 관계에서 그 단서를 찾을 수 있다. 2수, 기녀는 남성이 가진 탐나는 물건을 보고 뺏어서 감춘다. 그녀에게 남성은 경제적, 현실적 문제로 맺어진 대상이다. 3수, 그런데

▲ 기녀 옥화, 〈김판서께 올리는 서간〉.

남성은 기녀의 은가락지와 자신의 옥 부채의 장식을 정표로 바꾼다. 하지만 기녀는 자신에게 주지 않고 부채를 남겨 두는 것을 보고 그것을 또 어떤 여성에게 주려는가 질문하며 남성이 기녀 자신과 맺으려는 애정관계에 대해 회의한다. 기녀는 자신과 남성의 관계는 인간 전체를 받아들이는 애정이 아니라 경제적 현실, 관능적 욕망으로 이루어지는 것임을 지적하며 그것이 일회적이며 다소 폭력적임을 기녀 스스로 질문하는 것이다. 따라서 그 어조는 다소 해학적이면서도 자조적인 분위기를 함유하고 있다.

중세는 분리의 원칙에 따라 각 계층을 구분하고 계층에 따라 서로 다른 신체로 사회화하기를 요구한다. 따라서 기녀와 남성, 기녀와 아내의 신체 등 개인의 신체는 엄밀하게 차별화 되었다. 기녀가 스스로 자신의 신체를 성적 욕망과 관능의 대상으로 표현한 것은 바로 이러한 구분의 원칙을 형상화한 것이다.

기녀의 자조는 자신의 정체성에 대한 탄식으로 이어진다. 억지로 노래를 불러 즐거움을 팔아야 하는 그녀에게 노래는 즐거움이 아니다.[34] 기녀가 언제나 남성의 물질을 탐하는 것은 아니다. 오히려 그녀는 자신의 가난이 걱정인데 어떤 남성들은 기녀에게 기식하려고 한다.[35] 그 가난의 고달픔 뒤에 이제는 늙어 기녀 노릇으로 삶을 지탱하기 어려운 처지가 된 신세 한탄이 있다. "자신이 단오선을 치며 나직이 계면조를 부르면 듣고 있던 이들이 묘하다 감탄을 하는 모습을 떠올리거나",[36] "지금은 늙었으나 과거에는 꿰어차고 갈 만하였다는 주장을 하는 모습"[37] 등은 나이가 들면서 더욱 더 고달파지는 기녀의 처지에 대한 자조이다. 그래서 어디 후실로 들어가고 싶지만 남들은 자신들을 천하다고 중매하기를 꺼린다.[38] 늙어 의지할 데도 없고 생업을 계속할 수도 없는 처지이다.

---

34) "西亭江上月, 東江雪中梅, 何人煩製曲, 教儂口長開."(4수)
35) "歡來莫纏儂, 儂方自憂貧, 有一三千珠, 纔直十五緡."(5수)
36) "拍碎端午扇, 低唱界面調, 一時知我者, 齊稱妙妙妙."(6수)
37) "卽今秋月老, 年前可佩歸, 文君何業生, 儂不信渠詩."(7수)
38) "人疑儂輩媒, 儂輩實自貞, 逐日稠坐中, 明燭度五更."(8수)

기녀의 고달픔과 탄식의 상대편에는 지배적 존재인 남성들이 있다. 그들은 위에서 보듯 일회성으로 맺어진 인간관계에 기반을 한다. "님의 이름자도 모르는데 / 어찌 직함을 외리오 / 좁은 소매는 오직 포교들 / 붉은 옷은 정녕 별감들이겠지."39) 이러한 기녀와 남성의 관계는 서로의 신체를 관조하기에 용이하게 하기도 한다. 기녀는 자신의 고달픔 너머로 남성의 우스꽝스러움과 방탕함과 뻔뻔함 등을 관망할 수 있다.

신분 체계 속에서 기녀를 폄하하는 사람들의 의식은 불확실한 자가당착적 모순을 드러낸다. 기녀는 그 의식의 불확실성을 통해 남성의 정체성의 이면에 있는 모순을 간취해 내는 통찰력을 보여준다. 즉 자신이 부르는 「영산가」를 듣고 반 무당이라고 놀리자 기녀는 그렇다면 노래를 듣고 있는 그대들은 화랑이냐고 되물으며40) 남성들이 나르시시즘적 세계관으로 상대를 폄하하며 보여주는 암묵적 가정의 진위를 문제삼는다. 또한 기녀는 사회적 지배자인 남성의 정체성을 관조하며 풍자와 해학으로 드러낸다. 앞에서 「염조」편의 아내가 남성을 따르기 위해 많은 노력을 하였다면 「탕조」편의 기녀는 자신들의 열등한 상황을 이용하여 거꾸로 남성의 사회적 신체를 풍자하기도 한다.

물론 때론 그들이 친밀한 관계를 형성할 수도 있다. 그러나 사회적 규범은 이미 그들의 객관적 관계를 일회적인 것으로 규정하였고 그 규범에 의해 반응을 하는 개인의 신체는 자신들의 사회화된 신체를 벗어나기가 그리 용이하지가 않다. 앞에서 기녀의 성적 정체성이 자조적인 어조로 토로되는 것은 바로 이러한 측면을 인식한 기녀의 의식의 투사이자, 남성의 행위에 대한 풍자를 함유한 것이기도 하다.

---

39) "不知歡名字, 何由誦職啣, 挾袖惟捕校, 紅衣定別監."(9수)
40) "聽儂靈山曲, 譏儂半巫堂, 座中諸令監, 豈皆是花郎."(10수)

### 13수

| 小俠保重金 | 작은 한량은 금을 중히 지키고 |
| 大俠靑繡皮 | 큰 한량은 푸른 수 갖옷 입었네 |
| 近日花房牌 | 오즘 화류계 패두로 |
| 通淸更有誰 | 청관에 통할 이 다시 누가 있나. |

### 14수

| 儂作祠堂歌 | 내가 사당가 부르니 |
| 施主盡居士 | 시주하는 이는 다 거사들 |
| 唱到聲轉處 | 노래가 절정에 넘어갈 때 |
| 那無我愛美 | 나무아미타불 |

### 15수

| 盤堆蕩平菜 | 탕평채 쌓인 상 |
| 席醉方文酒 | 방문주에 취한 자리 |
| 幾處貧士妻 | 어느 곳에선 가난한 선비 아내가 |
| 鐺飯不入口 | 누룽지조차 입으로 들어가지 못하는데 |

　이옥은 「탕조」편에서 기녀를 화자로 하여 기녀의 세계를 형상화하지만 동시에 기녀의 모습에 의해 남성의 정체성의 실체를 드러내고 남성 섹슈얼리티의 향방을 형상화한다. 이옥이 「탕조」편의 마지막 수에서 "기녀가 질탕하게 노는 남성을 바라보며 가난하여 누룽지도 제대로 먹지 못하는 가여운 탕자의 아내를 떠올리는 장면"을 배치한 것은 그의 이러한 의도를 직접적으로 보여주는 것이라 할 수 있다. 또한 이러한 이옥의 의도에 의해 「탕조」편 다음의 「비조」편에서 화자가 자연스럽게 다시 탕자의 아내로 변하는 것이다. 즉 「탕조」편에서 이옥이 기녀를 화자로 선택한 것은 아내와 남편의 관계를 입체적으로 보여주기 위한, 작품 전체의 구성에 묘미를 주기 위한 의도에 따라 안배된 것이라고 할 수 있다. 그렇다면 작가

는 기녀와 탕자 아내를 적대적인 존재로 설정하려는 것이 아니라 오히려 탕자의 성적 정체성이나 인간관계를 맺는 방식 즉 섹슈얼리티의 실체를 드러내 주는 사람들이자 동시에 남성 섹슈얼리티에 의해 상처를 받는 자들임을 묘사하려는 의도를 가지고 있다고 할 수 있다. 기녀와 아내는 남편의 방탕으로 연결된다. 기녀와 아내는 남성의 관계 맺기가 파괴적인 행태를 보이는 것을 불만으로 여긴다. 그런데도 사회적 반응들은 그 행동을 정당화시켜 준다. 남성들은 타인과의 관계 맺기를 바로잡을 기회를 얻지 못한다. 그 모순이 남성들에게는 보이지 않는다. 오히려 「탕조」편의 기녀와 「비조」편의 아내는 본다. 이 점이 「탕조」편과 「비조」편의 역설이다. 「탕조」편은 바로 이러한 복합적인 구조를 꾀하여 생산된 배치임을 알 수 있다. 또한 「염조」편에서는 남성의 모습이 거의 나타나지 않다가 「탕조」편에서 적나라하게 드러나는 이유이기도 하다. 이제까지의 화자이던 아내가 「탕조」편에서 내부로 숨어들고 기녀가 화자가 되어 그녀의 공간에서 노니는 남편의 모습을 상세하게 형상화하는 것 역시 이러한 복합적인 구조를 꾀하기 때문이다. 따라서 「탕조」편은 남성과 기녀의 관계, 남편과 아내의 관계, 아내와 기녀의 관계를 입체적으로 보여주는 구성을 시도한 것이라 할 수 있다. 또 각 편 사이의 연계성, 이옥의 치밀하고도 섬세한 작품 구성을 확인할 수 있는, 「이언」의 구조의 특징이 가장 단적으로 드러나는 배치라고 할 수 있다.

그렇다면 「탕조」편을 '기녀의 관능성과 물질에 대한 탐욕이 드러나는 음탕한 노래'라는 기존의 비판은 재고의 여지가 크다. 또한 남성의 행태에 대한 풍자와 비판의 장만도 아니다. 이옥이 기녀와 남성, 아내 이 세 사람의 관계를 통해 보여주고자 한 것은 무엇일까? 남성이라는 지배적인 힘의 지반 위에 나타나는 서로 다른 차이들을, 그 이질성들을, 그리고 그들의 흐름을 보여주고자 하는 것은 아닐까? 아내는 언제나 남성을 기준으로 분열된 자아를 되돌리고자 애를 쓰다가 지친다. 그러나 기녀는 남성을 거절하며 다른 방식으로 남성과의 관계를 맺는다. 그녀는 남성이라는 동일성의 세계의 지반에 균열을 낸다. 이옥이 「탕조」편에서 화자를 전환한 이유는 바로 이 차이를 보여주기 위한 것이라 할 수 있다. 또한 여성의 삶의 방식에는 서로 다른 존재방식이 있음을 연계적으로 파악한 것이기도 하다.

## 5. 「비조(悱調)」, 죽음 충동과 수동적 주체의 생산

「아조」편의 꿈 많던 아내는 「염조」편에서 방탕한 남편 때문에 시름하더니 어느 새 「비조」편에서 탕자의 아내가 되었다.[41] 「비조」편 1수에서 5수로 이어지는 서두에서 여성 화자는 "가난한 집 婢女가 吏胥의 아내보다 낫고,[42] 吏胥의 아내가 軍士의 아내보다 낫고,[43] 軍士의 아내가 譯官의 아내보다 낫고,[44] 譯官의 아내가 商人의 아내보다 낫지만,[45] 그래도 蕩子의 아내보다는 商人의 아내가 낫다"[46]고 한다. 아내는 밖으로 나도는 남편 때문에 시름하더니 이제 자신이 가난한 집 비녀(婢女), 이서(吏胥)의 아내, 군사(軍士)의 아내, 역관(譯官)의 아내, 상인(商人)의 아내 등 세상 그 누구보다도 못한 탕자(蕩子)의 아내가 되었다고 토로한다. 그녀가 이렇게 변화하는 데에는 그리 오랜 시간이 걸리지 않았다. 그녀는 아직 아이도 없는 젊

---

41) 그런데 이 부분은 오히려 「이언」의 여성 화자가 다수라는 근거로 인용된다. 또한 이를 근거로 화자는 서민층의 다양한 여성이라고 한다. 그러나 이러한 연쇄적인 구성과 어법, 남편의 직업을 서로 비교하며 우열을 따지는 시상은 탕자를 남편으로 둔 아내가 자신의 처지가 가장 처참하다는 제5수로 가기 위한 의도적인 배치이다. 탕자의 아내로 수렴되는 구조인 것이다.

42) "寧爲寒家婢 莫作吏胥婦 纔歸巡邏頭 旋去破漏後."(1수)

43) "寧爲吏胥婦, 莫作軍士妻, 一年三百日, 百日是空閨."(2수)

44) "寧爲軍士妻, 莫作譯官婦, 篋裏綾羅衣, 那抵別離久."(3수)

45) "寧爲譯官婦 莫作商賈妻 半年湖南歸 今朝又關西."(4수)

46) "寧爲商賈妻, 莫作蕩子妻, 夜每何處去, 今朝又使酒."(5수)

은 아내이다. 「아조」편의 낭군과의 결합을 엄숙하고 낙관적으로 받아들이
던 아내는[47] 낭군에게 자신을 어여삐 여기지는 못할망정 구박을 하느냐
고 따진다.[48] 「아조」편 5수와 「비조」편 6수는 민요조의 어투가 물씬 풍기
는 어조다. 그런데 「아조」편의 검은머리 파뿌리 되도록 살아보자 맹세를
하던 어투는 「비조」편에서 '당신이 그래도 사나이라고 여자가 몸을 맡겼
더니 어여삐 여기지는 못할망정 구박인가'라는 적나라한 비판적 어조로
변화한다. 남편의 지독한 방탕과 구박으로 엄청난 삶의 전환을 겪은 아내
가 큰 폭으로 정감의 질적 전환을 하고 있음을 보여준다. 「비조」편은 이어
서 창가에서 집으로 돌아온 탕자의 갖가지 행태와 그에 대응하는 아내의
정감을 형상화한다.

**9수**

亂提羹與飯    어지러이 국과 밥을 들어
照我面門擲    내 얼굴에 던지네
自是郎變味    지금 낭군의 입맛이 변한 것이지
妾手豈異昔    내 솜씨가 어찌 달라졌겠소

**10수**

巡邏今散未    순라군 아직 흩어지지 않았는데
郞歸月落時    낭군은 달이 져서 돌아오네
先睡必生怒    먼저 잠들면 반드시 성을 내고
不寐亦有疑    잠들지 않으면 또한 의심을 하네

**11수**

使盡闌干脚    난간 같은 다리로
無端蹴踘儂    무단히 나를 차네
紅頰生青後    붉은 이마에 퍼런 멍이 생긴 후에

---

47) "早習宮體書, 異凝微有角, 舅姑見書喜, 諺文女提學."(6수)
48) "謂君似羅海, 女子是托身, 縱不可憐我, 如何虐我頻."(6수)

何辭答尊公　　시부모님께 뭐라고 답하리오.

창기집을 드나들다 집으로 돌아온 남편은 점점 더 아내에게 폭력과 횡포를 부린다. "밥상을 들어 얼굴에 던지며 음식투정을 하고, 새벽녘에 들어와서는 아내가 자고 있으면 잔다고 나무라고 깨어 있으면 무슨 짓을 했냐고 의심을 한다. 더구나 얼굴에 퍼런 멍이 들도록 축구하듯이 때린다." 남편의 형상은 폭력·바람기·의심 등으로 묘사된다. 아내는 억울함·비꼼·항변·비판의 어조와 정감으로 대응한다. 밥상을 들어 내동댕이치며 거칠게 음식투정을 하는 남편에게 아내는 자기 솜씨가 달라진 것이 아니라고 항변한다. 이리저리 돌아다니며 탕평채와 방문주 등으로「탕조」편 마지막 수) 질탕하게 먹고 지낸 남편의 입맛이 달라진 때문이라는 듯. 어디 가서 밤을 세우고 새벽에 돌아와서는 도리어 의심하고 성내는 남편에게 아내는 기가 막히고 황당하다는 어조를 보낸다. 무단히 다리로 축구하듯이 때려 얼굴에 멍이 들도록 폭력을 쓰는 남편에게 아내는 이렇게 퍼렇게 멍이 든 얼굴로 시부모께 뭐라고 답변을 할 수 있겠느냐고 한다. 언제나 남편으로 향하던 아내의 마음은 이제까지와 다른 방향으로 급격(急激)하게 변화(變化)하는 듯하다. 아내는 자신을 구박, 폭력, 바람기, 의심 등으로 대하는 남편의 일상에 대해 비꼬거나 조소(嘲笑)하는 어조, 억울(抑鬱)함을 토로하거나 비판(批判)하는 정감으로 대응한다. 그녀는 이제 남편을 존경하라는 중세 보편(普遍) 규범(規範)의 권위(權威)를 인정할 수가 없다. 탕자의 아내의 일상은 깊은 슬픔을 지닐 수밖에 없다.

「아조」편에서 시어머니가 주신 옥동자 노리개를 조심스럽게 간수하고, 「염조」편에서 빨리 아들을 낳아 남편의 마음을 돌이키려 애를 쓰던 아내는 드디어 「비조」편에서 아들에 대한 소망은 부질없는 것이라는 인식을 한다.[49] 그녀는 무자식이 오히려 낫다고 자위를 한다. 예로부터 삼종지도

---

49) "早恨無子久, 無子反喜事, 子若渠父肖, 殘年又此淚."(12수)

(三從之道)라 하였으니 늙어서는 자식에게 의지해야 하겠지만 그 자식이 만약 남편을 닮았다면 또 다시 자식의 구박 때문에 노년을 눈물로 지낼까봐 두렵기 때문이라는 것이다. 다분히 가학적인 어조이다. 이제 그녀는 영험하다는 무당을 찾아가도 아들 낳기를 소원하는 것이 아니라 자신의 재액을 방지할 방도를 찾는다. 자식은 반드시 낳아 대를 이어야 한다는 당대의 규범마저 일탈하는 듯하다. 여성은 이제 그녀가 사회화(社會化)된 신체(身體)를 학습할수록 폭력(暴力)이 되돌아오는 순환(循環)의 틀을 두렵게 인식하며 자신의 정체성을 벗어나려 한다.

여성의 사회적 정체성은 그녀의 에너지가 집중된 곳이었다. 그런데 이제 그녀는 남편에 대한 존경을 잃고 자식마저 포기하며, 자신의 처지를 성찰하고 남편의 행위를 평가하며 자신의 정체성을 부정하는 듯하다. 그러나 아내에게 그 길은 죽음으로 이어지는 길이다. 그녀는 자신의 사회화된 신체를 벗어버리려 하였지만, 아내의 변화는 새로운 생성(生成)의 세계(世界)로 나아가지 못하고 죽음의 길을 생각하게 한다. 「비조」편에는 남성의 폭력과 횡포 때문에 끝없이 삶을 부정하는 하강의 백터를 타고 내려가는 여성의 슬픔과 고통 그리고 죽음의 냄새가 난다.

### 15수

| | |
|---|---|
| 夜汲檜下井 | 밤에 회나무 아래 우물물을 긷자니 |
| 輒自念悲苦 | 문득 절로 슬프고 고달파지네 |
| 一身雖可樂 | 한 몸 비록 즐거울 만하더라도 |
| 堂上有公姥 | 당상에 어른들이 계시니 |

### 16수

| | |
|---|---|
| 一日三千逢 | 하루에 삼천 번을 만나면 |
| 三千必盡嗔 | 삼천 번 다 반드시 성을 내네 |
| 足趾鷄子圓 | 뒤꿈치가 계란처럼 둥근데도 |
| 猶應此亦罵 | 오히려 이것마저 욕을 하네 |

17수

| 嫁時倩紅裙 | 시집올 때의 어여쁜 붉은 치마 |
|---|---|
| 留欲作壽衣 | 남겨 두어 수의를 지으려 했지 |
| 爲郎鬪箋債 | 낭군의 투전 빚 때문에 |
| 今朝淚賣歸 | 오늘 아침 눈물 흘리며 팔고 왔지 |

15수, 여성은 우물가에서 물을 길으며 자기 한 몸은 편안해질 길이 있을 것 같다고 생각한다. 그녀는 아마 우물에 빠져 죽는 일을 생각한 듯하다. 그녀의 자살기도는 아직 생존해 계시는 시부모 때문에 차마 이루지 못한다. 시부모님은 「아조」편에서 그녀가 친정에 대한 그리움과 외로움, 낭군에 대한 서먹함으로 괴로워할 때 따뜻하게 배려하여 다독여 주던 분들이다. 또 그녀의 신체 속에는 부모님을 두고 자살을 하는 것은 씻지 못할 불효라는 담론이 본능처럼 자리잡고 있어 거역할 수 없는 힘으로 기능한다. 조선시대의 가부장제는 효(孝)를 근원에 두고 진행되었던 것이다. 가부장제 등 모든 권력에는 상징적 차원이 있기 마련이다. 가족, 효는 가부장제의 상징적(象徵的) 차원(次元)이다. 즉 가부장제가 제대로 작용하기 위해서는 여성이 스스로 합리적 사고를 하고 그 결과 가부장제에 복종하기로 결정하는 것만으로는 부족하다. 그 이상의 것, 즉 여성이 거의 본능적으로 복종하도록 사회화시키는 것이 필요하다. 그리하여 가부장제의 상징적 지배(支配)는 의식적 성찰의 힘이 닿지 않고 의지의 통제를 받지 않는 사회화된 신체라는 실천적 영역 자체 속에 깊이 새겨지게 된다. 그러므로 가부장제는 상징적 수단(手段)을 동원하여 자연적인 것과 거의 동일시되기에 이른다.[50] 부모는 가부장제 상징적 차원의 대표적인 것이다. 그녀는 규범과의 동일성을 지향하여 쉽게 벗어나지 못한다. 그녀는 사회화된 신체를 벗어버리려고 죽음을 충동하였으나 아이러니하게도 자살 기도는 다시 정체성, 사회화된 신체 때문에 실패(?)하게 된다. 그녀는 자신의 정체성에 대

---

50) 피에르 부르디외, 정일준 역, 『상징폭력과 문화재생산』, 새물결, 1997.

한 회의를 끝까지 밀고 나갈 수가 없다.

어떠한 관계에서도 지켜야 할 항상적이고 바른 것이 있다는 생각은 주체로 하여금 자기 희생(犧牲)이나 헌신(獻身) 등의 가치를 선택하게 한다. 그리하여 「이언」의 여성은 결국 자신의 정체성을 극복하지 못한 채 죽음도 실현하지 못하고 주저앉는다. 그녀가 그렇게 주저앉게 된 가장 큰 원인은 기존의 가치를 추구하여 내면화하는 태도 때문이다. 이러한 태도와 삶은 결국 자기 희생으로 나아간다. 희생을 선택한 여성의 삶은 수동적 주체로 생산된다. 습속과 압력에 굴복한 여성은 새로운 사유를 탄생시키지 못하고 오히려 그 압력을 우상시하며 그곳으로 귀환하는 방법을 모색한다. 자신의 정체성을 확인하고자 할 때 정체성은 변화를 방해한다. 동일성의 지향이나 정체성의 확인은 여성을 허무주의로 이끈다. 그곳은 다른 삶을 만들어 갈 힘이 상실된, 자신의 미래를 낳을 수 있는 동력이 상실된 세계이다. 당연히 새로운 가치의 창출은 좌절되고 여성은 소극적 주체, 수동적 주체로 재생산된다.

사회적 정체성으로 회귀하려는 시도를 포기하였을 때 아내는 죽음을 생각한다.[51]

그러나 남편은 하루에 아내를 삼천 번 만나면 삼천 번 모두 화를 내고, 심지어 아내의 뒤꿈치가 계란처럼 생긴 것마저 욕을 한다. 남편에게서 희망을 발견할 수가 없는 아내는 결국 다시 죽음을 연상한다. 어쩌면 남편과의 '끝없는 정'을 이룰 수 없고 자식도 없는 상태 즉 자신의 결혼시의 소망 중 두 가지를 이룰 수 없는 상태에서 장수(長壽)라는 나머지 하나의 희망마저 버리는 것 역시 그녀가 극단적으로 사회적 정체성으로 회귀를 시도하고 있음을 의미하는 것이기도 하다. 사실 여성에게 장수란 앞의 두 소망이 전제될 때에만 의미가 있었다. 자신이 낙관적으로 꿈꾼 그 이상들이 비현실적임을 깨닫는 순간 여성은 그 꿈들을 담고 있던 자신의 신체마

---

51) "夜汲檜下井, 輒自念悲苦, 一身雖可樂, 堂上有公姥."(14수)

저 자포자기하는 섯이다. 그녀의 죽음 충동을 더욱 크게 한 것은 아내에 대한 애정이 전혀 없는 남편 때문이다. 그녀에게 자신의 정체성, 사회화된 신체의 무게는 버겁지가 않다. 오히려 그것을 실현하지 못하는 현실과 그러한 현실에 처한 자신의 무게가 감당할 수 없을 정도로 버거운 것이다. 이 무게는 자신의 의지만으로는 도저히 벗어버릴 수 없다. 그래서 그녀는 신체 자체를 벗어버리고 생을 마감하는 것으로 고통을 벗어버리려 한다. 신부가 시집올 때 가져온 옷은 간직해 두었다가 나중에 수의로 쓰기도 한다. "그녀는 혼인을 하던 당시의 꿈과 소망이 담긴 그 옷을 이제 수의로 대신하고 혼인생활을 끝내고 싶다. 그런데 남편은 그것마저 노름빚으로 팔아 버려 아내를 더욱 절망케 한다." 그러나 죽음은 진정 그녀가 원하는 것이 아니다. 수의(壽衣)가 없어 죽을 수가 없다는 다소간의 역설적인 토로는 그녀가 얼마나 죽음을 두려워하는지, 얼마나 생에 대한 집착을 하는지를 말해준다. 죽음은 살아서의 고통을 감당하기 어려운 그녀가 떠올릴 수 있는 한 방법일 뿐 그녀가 진정 원하는 길이 아니다. 그러나 그녀는 자신을 구원해줄 미래의 가치를 생산할 능력을 상실하였다. 그녀는 보편성이나 일반성이라는 「아조」편의 덕목을 떠나지 못한다. 어떡해야 하나? 「이언」은 여성의 삶의 방향에 의문을 남긴 채 끝을 맺는다.

「이언」「아조」편의 서두는 혼례청에 선 신부의 엄숙하면서도 낙관적인 소망을 통해 부부간의 정이 다함 없기를 염원하던 정성이 출산과 장수라는 생명세계(生命世界)의 표상들로 이어짐을 형상화하였다. 그런데 혼례를 치르며 생명의 세계로 향하던 낙관적인 여성의 소망은 「이언」「비조」편의 마지막 부분에서 처참한 고통 속에 수의(壽衣)를 연상하는 죽음의 세계로 귀결된다. 이렇게 「아조」편의 첫 부분과 「비조」편의 마지막 부분은 정교하게 조응(照應)하여, 이옥이 작품 전체의 유기적(有機的) 구성(構成)을 염두에 두고 의도적(意圖的)으로 배치(配置)한 것임을 짐작할 수 있게 한다.

「비조」편의 여성은 남편의 삶을 생생하게 해석하여 혹독하게 평가하고, 자신의 사회화한 신체와 보편적 신념에 균열을 가하였다. 그러면서도 그녀가 자신의 미래를 위한 생성의 장으로 나아가지 못하였다. 왜 그녀는 결국 삶의 방식을 바꾸는 실천으로 나아가지 못하고 죽음 충동에서 벗어나지 못할까? 그녀는 영험하다는 무당 판수가 그녀에게 삼재(三災)가 끼었다는 말을 해도 도화서(圖畫署)에 돈을 주고 부적을 사서 액운을 막으려 할 뿐 결혼생활의 불행을 의지할 데가 없다. 그녀는 정체성의 틀을 벗어나 다른 삶을 기획할 수 없다. 더구나 남편의 횡포와 폭력에는 그녀의 친정도 어떤 후원을 하지 못하는 듯하다. 또 부유한 그녀의 시댁은 어느 새 남편의 노름빚으로 시집올 때 해 온 아내의 옷을 팔아야 할 정도로 급격히 기울어 그녀의 절망감, 무기력은 더해 갔다.52) 아마도 그녀는 정체성의 틀을 벗어난 곳에서 위험과 공포를 느꼈을 듯하다. 결국 그녀가 자신의 삶을 생성과 창조의 생명선으로 이끌지는 못하는 이유가 아닐까?

그 동안의 연구에서 이옥의 「이언」에 대해 반복하여 되풀이해 온 '있는 그대로의 여성'의 실체는 바로 이러한 모습이다. 그런데 지금까지의 연구에서는 「이언」은 '있는 그대로의 여성'을 드러내었다는 사실만을 말하고, 그 있는 그대로의 여성의 '실체'가 무엇인지를 구체적으로 말하지 않는 듯하다. 그렇다면 무슨 의미가 있을까? 습속의 윤리에 굴복한 여성이 새로운 사유를 탄생시키지 못하고 오히려 그 윤리를 우상시하거나 자신의 정체성을 확인하고자 하며 그로 귀환하는 방법을 모색하자고 할 때, 동일성의 지향이나 정체성의 확인은 변화를 방해하고 여성을 허무주의로 이끈다. 그곳은 다른 역사를 만들어 갈 힘이 상실된, 자신의 미래를 낳을 수 있는 동력이 상실된 세계이다. 당연히 새로운 가치의 창출은 좌절되고 여성은 소극적 주체로 재생산된다. 어떠한 관계에서도 항상적이고 바른 것이 있다는 생각은 연민이나 자기 희생, 헌신 같은 것의 가치를 미화시키게 된다. 이러한 가치는 주체를 허무에로 유혹을 한다. 「비조」편의 여

---

52) "丁寧靈判事, 說是坐三災, 送錢圖畫署, 力購大鷹來." "一日三千逢, 三千必盡嚇, 足趾鷄子圓, 猶應此亦罵(15수)." "嫁時倩紅裙, 留欲作壽衣, 爲郞鬪箋債, 今朝淚賣歸(16수)."(『藝林雜佩』「俚諺」「悱調」)

성이 벗어나지 못한 것은 비로 이 지점이다. 이옥은 「이언」에서 있는 그
대로의 여성을 묘사하여 이러한 점을 보여주고 있다.


# 6. 이옥, 문체반정과 여성 되기


이옥(李鈺, 1760~1813, 字는 其相, 號는 文無子·絅錦子)은 성균관에서 대과를
준비하던 유생의 신분으로 과시체(科試體), 응제문(應製文)에서의 일탈을 시
도하여 18세기 후반기 대대적인 필화사건을 촉발시킨 인물이다.[53] 과시
체와 응제문은 균질화된 대상과 구조 안에 군주로 향하는 사대부의 견고
한 의식을 담는, 중세의 글쓰기 가운데서도 폐쇄적인 양식이라 할 수 있
다. 그런데 이옥은 과시체와 응제문에 조선 후기 사회의 다채로운 변화를
능동적으로 담지하는 패사소품체(稗史小品體)를 구사하여 이 양식의 폐쇄
성에 파열을 내었으며 그의 태도는 성균관 유생들의 문체 변화에도 영향
을 끼쳤다.

'문체를 읽으면 세상의 오융(汚隆)을 점칠 수 있다'고 생각한 정조(正祖)
는 이옥의 일탈과 패사소품체의 확산에서 중세의 질서가 처한 위험을 직
감하고 묵과하지 않았다. 정조는 성균관 유생들뿐만 아니라 과거 응시자,
문신들에 대해 문체를 바꾸라거나 패사소품체를 쓰면 정거(停擧)를 시키
고 교수(敎授) 물망에 오르지 못하도록 하겠다는 제재를 가한다. 18세기
후반기의 필화사건은 문체의 변화가 주체와 대상 모두의 사유와 무의식
까지 지배하는 기제로 작용할 수 있다는 군주의 위기 의식에서 기인한
것이다. 그러던 중 남공철이 대책문(對策文)에 패관잡기어를 쓴 것을 계기

---

53) 문체반정에 대해서는 김혈조, 「燕巖體의 成立과 正祖의 文體反正」, 『한국한문학연
구』 제6집, 한국한문학연구회, 1981 참조.

로 정조는 조선 초 이래 지속된 재도지기(載道之器)나 육경(六經)을 근본으로 하는 보수적 문학관으로 이미 변화하고 있는 조선 후기의 문체를 되돌리겠다는 의지를 더욱 강하게 표출한다.

또한 정조의 의도에는 문체를 통하여 왕실과 밀착된 노론 세력을 견제하려는 의지가 깔려 있었다. 소수 벌열의 정권 농단에 대항하여 왕권 회복을 도모하면서도 정치문제를 직접 거론할 처지가 못되었던 정조는 문체반정을 미시 권력의 지배 전략으로 실행하였던 것이다. 그러나 정조의 공격을 받은 노론은 다시 남인의 문체를 문제삼기 시작하였고, 이 문제는 급기야 당쟁으로 번져 갔다. 그러자 정조는 문제의 책임을 박지원(朴趾遠)에게 전가시키며 문신들에게는 자송문(自訟文)을 지어바치라는 명령을 내리는 것으로 사건을 수습하려 하였다.

하지만 이옥의 문체는 번번이 정조의 표적이 되었다. 이옥은 과거에 대한 꿈을 버리지 않고 과시와 응제에 응하였으나 글을 제출할 때마다 심한 꾸중을 들었고, 그 벌로 군적(軍籍)에 편입되었다가 다시 성균관으로 돌아오기를 반복하는 수모를 당한다. 또 별시(別試) 초시(初試)에서 수석을 하였으나 문체가 격(格)에 맞지 않다고 하여 방말(榜末)에 붙여지기도 한다. 이옥의 신체는 이미 그 자신의 의식적 성찰의 힘이 미치지 않는 다른 무엇이 되어 있었던 듯하다. 게다가 한미한 가문 출신으로 당파와 관련이 멀었던 그에게는 구원의 힘이 미칠 곳도 없었다. 이옥의 30대는 이렇게 문체파동의 격랑과 함께 흘러갔다.

이 시기 이옥의 사유 양식과 세계관이 이미 자신의 의지를 넘어 중세의 틀을 벗어나고 있었음은 「이언」과 「이언인」에서 잘 드러난다. 이옥은 「이언인」에서 당대의 지배적 담론과 그 담론이 자신들의 근거로 내세우는 경전(經典), 예(禮), 고인(古人)의 말 등의 함의를 의문에 붙이고 기원의 시점으로 소급해 가서 타당성을 다시 고찰해보고자 한다. 그 결과 이옥은 당대에 횡횡하는 지배적인 담론이 경전(經典)과 예(禮), 고인(古人)의 말 등을 자의적으로 왜곡하여 배타적인 항들을 만들고 그들에게 폭력을 행하고 있음을 논증한다.

그 대표적인 예가 바로, 남녀차별론이다. 이옥은 『시경』을 근거로 하여 가부장제의 지배적 담론이 마치 남녀 차별을 생물학적 차원이나 자연적인 차원인 양 전가시키려 하지만 그 차별은 역사적으로 제도화된 인위적인 것, 허위일 뿐이라고 밝히며 전도된 가치를 바로잡으려 한다. 또한 이옥은 남녀간의 정을 살피면 "그 마음의 邪正, 그 사람의 賢否, 그 일의 得失, 그 습속의 奢儉, 그 토양의 厚薄, 그 집안의 興衰, 그 나라의 治亂, 그 세상의 汚隆을 알 수 있다"[54]고 하여 남녀간에 일어나는 다양한 일과 그 일에서 발생하는 문제 즉 섹슈얼리티의 문제를 통해 세계를 재구성하고 해석하려고 한다.

이옥은 이러한 자신의 사유 양식을 「이언」이라는 66수의 연작시로 형상화한다. "무릇 천지만물을 살피는 데에는 사람을 보는 것보다 큰 것이 없으며, 사람을 살피는 데에는 情보다 묘한 것이 없으며, 정을 살피는 데에는 남녀간의 情을 보는 것보다 더 참된 것이 없다"고 한 이옥은 탕자와 그의 아내의 삶을 매우 밀도 깊게 관찰하여 중세를 관통하는 의식의 흐름과 그 흐름의 문제점을 해결하는 실마리까지 여성의 삶을 통해 중세적 삶의 모든 면을 다시 성찰하려고 한다. 그러면서 그는 자연스럽게 여성이 되어 간다.[55]

이옥은 여성과 함께 언어의 용법과 공명의 힘에 대해 관심을 가졌다. 이옥은 언어란 규칙이나 보편적 원리를 뛰어넘어 많은 사람이 공명할 수 있는 용법이 중요함을 역설한다. 고을 태수의 명을 받아 물목을 들고 제수를 사러 시장에 간 아전이 목록에 적힌 물건이 무엇인지를 아는 이가 아무도 없어서 끝내 사지 못하고 돌아온 일화를 소개하면서 이옥은 이는

---

54) "夫天地萬物之觀, 莫大乎觀於人, 人之觀, 莫妙乎情, 情之觀, 莫眞乎觀於男女之情. 有是世, 有是耳, 有是身, 有是事, 有是事, 便有是情. 故觀乎此而其心之邪正可知, 人之賢否可知, 其事之得失可知, 其俗之奢儉可知, 其土之厚薄可知, 其家之興衰可知, 其國之治亂可知, 其勢之汚隆可矣知."(『藝林雜佩』「俚諺引」「二難」)
55) 박영민, 「가시성의 배치와 시선의 변화」, 『전통과현대』 12호, 2000.

아전의 잘못이 아니라 공명하지 못하는 언어를 사용하는 태수의 잘못이
라고 꼬집는다. 언어란 권력의 표상이나 명령의 체계가 아니라 소통의 체
계임을, 공명의 힘이 중요함을 강조할 때 이옥의 신체는 이미 소수자가
되어 있었다.

　19세기와 함께 순조가 즉위하자 문체문제에 이어 신유옥사가 새로운
태풍으로 몰아쳤다. 이미 정조는 세상을 떠났지만 이옥은 더 이상 서울에
머물지 못하고 고향인 남양주로 낙향을 한다. 이후 고향에서 50세 초반까
지 살다가 생을 마치지만 그렇다고 이옥이 낙향으로 여성 되기, 소수자
되기의 행보를 멈춘 것은 아니었다. 자신이 시대를 앞서 너무 빨리 나타
난 사람이라고 하며, 뒷날에 자신을 알아줄 사람이 나타나기를 기다렸던
이옥이 고독하지만 쉼 없이 달려간 곳이 중세를 넘어 선 그 어디였던가
는 그가 남긴 문집과 소설들, 소품체의 연구를 통해 앞으로 우리가 풀어
야 할 과제이다.

제 8 장
결론

특정한 방식으로만 보고 특정한 방식으로는 볼 수 없게 만드는 가시성(可視性)의 배치는 사회 역사적 습속으로 존재하며 동시대에 사는 사람들의 시선의 방식을 결정한다. 지금까지 우리가 어떠한 방식으로 한시의 여성을 응시해 왔던가를 살펴보면 우리 시대의 가시성의 배치와 그 안에서 움직이는 주체의 시선을 알 수 있다. 조선시대의 사대부 한시를 살피기 전에 작품을 읽는 우리의 시선과 가시성의 배치를 성찰해 보는 것은 중세와의 비교를 가능케 하기도 한다.

한 번 흘러가고 나면 다시는 돌아오지 못할 비가역(非可逆)의 세계로 사라지는 시간과 달리 역사나 문학은 끊임없이 현재로 돌아와 가시성의 배치 속에서 새롭게 창조된다. 역사를 현재와 과거의 끊임없는 대화로 정의한 E. H. 카아의 문제 의식이나 감상하는 이의 관념에 따라 늘 재구성되는 문학의 운명을 말하는 수용 미학의 견해 또한 이 가시성의 배치를 염두에 둔 것이리라. 그런데 최근 1~2년 사이 한시 연구에서는 여성 작가와 남성 작가를 비교하여 여성 문학의 특성을 찾으려는 것으로 여성주의적 시각을 해석하는 경향이 농후한 듯하다.

남성 작가와 여성 작가의 비교는 둘 사이의 차이를 말하기보다 우열을 말하게 된다. 남성 작가의 여성 화자·화재 시를 무조건 긍정하던 이전 시대와 반대되는 또다른 극단이 시작되는 느낌이다. 남성 작가와 여성 작가를 비교 고찰하여 우열을 구분하는 것은 타자의 배제를 통해 자신의 동일성을 확보하려는 근대의 이분법적 사고 방식과 닮았다. 이 점은 과거의 가시성의 배치나 시선이 다수자를 지향하던 구도와 동형이므로 우리가 가장 경계해야 할 점의 하나이다. 문제는 남성 작가인가 여성 작가인가를 구별하기보다 각각의 작가와 작품들 안에 작동하는 강밀도를 포착하는 것이 중요하다.

남성 작가와 여성 작가의 비교는 필연적으로 여성 문학의 특성, 여성성의 정체를 찾으려는 데에 나아간다. 조선 후기의 최성대는 '전생에 신유한과 부부였을 것이다. 최성대는 아내, 신유한은 남편으로'라고 얘기될 정도로 당대 규범이 여성적이라고 규정하는 성향을 지닌 인물이었다. 그러나 그의 시세계는 병자호란을 겪으며 지독한 인생 유전을 경험하는 노승(老僧)의 이야기를 장편 서사시로 펼친다거나 새와 꽃들의 개성을 섬세한 필치로 포착하는 등 매우 다양하다. 한 사람은 양면성이 아니라 매우 다양한 성향을 지닌 것 같다. '남성성은 이러한 것', '여성성은 이러한 것'이라는 도식은 남성 내부, 여성 내부의 차이를 배제하며 총체성을 설정하던 중세규범과 닮은 모습이다. 수십 세기를 살아온 다단한 삶의 체험을 여성과 남성이라는 이분법으로 나누고, 그들을 여성성·남성성이라는 총체성으로 규정하며, 그 틀을 벗어나는 사람에 대해 억압을 가하던 중세의 규범과.

여성주의적 시각은 여성을 규정하는 중세의 규범이나 근대 이성의 조합적 도식 자체에서부터 벗어나려는 욕망의 표출이다. 남성과 여성은 끊임없

이 생성하는 변이를 통해서야 비로소 자신을 규정하는 여성성·남성성이
라는 집합적 무의식과 습속의 체계에 파열을 낼 수 있고, 이것이 새로운
생활 양식의 창출과 결합될 때에만 가부장제의 한계를 뛰어넘을 수 있다.
우리는 규정된 여성성·남성성이 무엇인가를 찾을 것이 아니라 '끊임없이
변이하는 여성과 남성의 성이 무엇을 생성하는지'를 보아야 한다. 우리는
왜 여성주의적 시각을 말하는가? 각 주체가 자기 안에 있는 다양한 성들을
다른 주체들의 다양한 성들과 접속하여 무수한 사랑의 형태를 만들어내는
공존의 장을 모색하기 위하여, 우리시대의 삶의 방향 미래의 대안적 가치
의 모델을 추구하기 위하여. 성적 표시의 코드가 더 이상 차별적으로 작용
하지 않는 타자와의 관계라는 영역에 도달하는 것, 그리고 우리의 궁극적
인 목표는 페미니즘의 경계를 넘어서는 것이다.

# 찾아보기

## 작품명

## 서명

## 인명